大国顶梁柱

——“央企楷模”报告文学作品集

中央企业党建思想政治工作研究会　编

2022

中国经济出版社
CHINA ECONOMIC PUBLISHING HOUSE

·北京·

图书在版编目（CIP）数据

大国顶梁柱："央企楷模"报告文学作品集. 2022 / 中央企业党建思想政治工作研究会编. -- 北京：中国经济出版社，2024.1

ISBN 978-7-5136-7607-6

Ⅰ. ①大… Ⅱ. ①中… Ⅲ. ①报告文学-作品集-中国-当代 Ⅳ.①I25

中国国家版本馆CIP数据核字（2023）第231683号

项目统筹　李煜萍
责任编辑　王　帅
责任印制　马小宾

出版发行　中国经济出版社
印 刷 者　中煤（北京）印务有限公司
经 销 者　各地新华书店
开　　本　710mm×1000mm　1/16
印　　张　19.25
字　　数　294 千字
版　　次　2024年1月第1版
印　　次　2024年1月第1次
定　　价　98.00元
广告经营许可证　京西工商广字第8179号

中国经济出版社 **网址** www.economyph.com **社址** 北京市东城区安定门外大街58号 **邮编** 100011

本版图书如存在印装质量问题，请与本社销售中心联系调换（联系电话：010-57512564）

目录

时代楷模

央企楷模

时代楷模

钱海军：双城记之凉山暖

◎文 / 潘玉毅

2022 年 5 月 6 日，中宣部授予国网浙江慈溪市供电有限公司职工钱海军“时代楷模”称号。钱海军是该公司客户服务中心的一名社区经理。从 1999 年开始，他利用业余时间无偿为社区居民尤其是孤寡、空巢老人和残疾人提供电力维修服务及生活方面的种种关怀，前前后后帮助过万余人。他不光自己做志愿服务，还在单位的支持下，成立了宁波、慈溪两级志愿服务中心，以项目制的形式开展帮扶活动，其中“千户万灯”项目更是辐射全国多个省份。四川省凉山彝族自治州布拖县即是其中一站。钱海军带领志愿者在布拖县实施“千户万灯”照亮计划，消除了这些残疾人家中的用电隐患，为他们点燃了梦想和希望。

——写在前面的话

楔　子

凉山既是一个地方的名称，也是一座山脉的名字。

当它被用作地名时，专指四川省凉山彝族自治州。顾名思义，此地是彝族同胞的聚居之地。它还有一个广为流传的名字——大凉山。

当它被用作山名时，指的则是凉山州境内一条东北—西南走向的山脉。这条大雪山的支脉海拔在 2000 ~ 3500 米，个别高峰接近 4000 米，一路迤逦，向着四面八方伸展开来。

如果说群峰耸峙、山川绵延是凉山呈现于世人面前的样貌，那么它的气质内核更多地体现在一个“凉”字。据说凉山得名的由来与清代《宁远府志》中对它的描述有关——“群峰嵯峨，四时多寒”。八个字压缩，便有了“凉山”。

或许正是因为凉山的冷，世代生活于此的彝族人才会有敬火、护火的习俗，才会有彝族众多传统节日中规模最大、内容最丰富、场面最壮观、参与人数最多、民族特色最为浓郁的盛大节日——火把节。火把节上，身穿节日盛装的彝族人民围着火堆载歌载舞，纵情欢呼。彝族有“以火色占农”“持火照田以祈年”的美好寄寓。彝族人家必备火塘，那是世世代代的彝族人在长期适应自然、改造自然的过程中流传下来的实践经验，也是民族文化传承和延续的印记。彝族人对火有着特殊的感情，从出生、成长到“回归祖界”（去世），终其一生都不曾离开火。彝族有谚语云“生于火塘边，死于火堆上”。

与名字里的凉冷之意不同，大凉山给人的感觉是温暖的。这温暖不是来自肌肤的触感，而是发乎人的内心。至于这温暖的源头，有世代居住在凉山的彝族人民，也有从他处千里迢迢来到这里的“外乡人”。不信，你且看凉山州布拖县，你且听 2021 年发生在这里的故事。

2021 年是“十四五”开局之年，也是浙江宁波慈溪市新一轮东西部协作对口帮扶凉山州布拖县的起步之年。“老牛亦解韶光贵，不待扬鞭自奋蹄。”为了给巩固脱贫成果、助力乡村振兴贡献力量，国网浙江慈溪市供电有限公司数次派代表前往布拖县，调研当地生活困难残疾人家庭用电情况。

随后，宁波市钱海军志愿服务中心的志愿者循着召唤而往，帮助布拖县 112 户生活困难的残疾人家庭实施“千户万灯”照亮计划，消除了他们家中的用电安全隐患，也点燃了他们心中的梦想和希望。

一

2021 年 10 月，全国劳动模范、全国最美志愿者、中华慈善奖“慈善楷模”、国网浙江慈溪市供电有限公司职工钱海军远赴四川省凉山彝族自治州布拖县，和同事们一起去走访、调研当地生活困难残疾人家庭的用电情况。

他们 12 日去，15 日回，前后用了 4 天时间。我原以为他们回来后就会着手实施下一步计划，谁知过了一个星期仍不见有所行动。

几天后，钱海军的说话声在办公室走廊里响起，我跑出去一问才知道，他刚从四川大凉山回来。我想要了解一些他二访大凉山的细节，但他态度十

分坚决："现在事情还没个准儿呢，不要声张，等做好了再说。"

转眼又是数日，我因为填报材料需要，去办公室找他。他的态度与之前并无两样。我干坐了几分钟，最后只得铩羽而归。心有不甘，几日后，我再一次去拜访他，结果与他一个办公室的同事告诉我，他又去了大凉山。

很快，我便从领导处获悉：11 月 1 日，随着钱海军三上大凉山，"千户万灯"照亮计划——生活困难残疾人家庭住房照明线路改造项目在凉山州布拖县低调开工了。

钱海军和另外几名志愿者克服水土不服、雨雪天气带来的不利影响，每天早出晚归，穿行在弯弯曲曲的山路上，为那些室内照明线路存在隐患的生活困难残疾人家庭消除隐患，为他们的房屋换上新的供电线路、开关，用自己的专业知识和辛勤付出给他们营造一个安全的用电环境。

这文字不多的描述像是一段默片，让我看到了 2400 公里外的地方，也让我对那里正发生的故事充满了向往。

几天后，我听说钱海军从四川回来了，就直接冲到他的办公室，旁敲侧击，想要打听点消息。

钱海军不想多说，但在东鳞西爪的交谈中，依然有三件事情深深地打动了我。

第一件事情与一个叫阿能么土外的老太太有关。阿能么土外年逾古稀，有视力、听力残疾。她有两个女儿，但都不在身边，与老伴相依为命。老人家中的室内线路年久失修，线头裸露，存在安全隐患，几年前还曾因电线短路差点酿成火灾。那次意外，把两位老人吓得够呛。事后，他们想要找人来修理，却找不到专业的电工。钱海军来了以后，说要免费帮她家整改室内线路，老人哪里肯信？反复询问，待到确定真的“全部免费，不要钱”之后，她才肯放志愿者进屋。

11 月 3 日，志愿者将阿能么土外家老旧的室内电线全部拆除，换上了崭新的套管线路，还装上了 4 盏 LED 灯和 1 盏日光灯。她家昏暗的小屋一下子变得亮堂了。志愿者还为她示范了插座怎么插，开关怎么开，并通过“翻译”科普了安全用电知识。那一刻，老人的眼眶湿润了，拍着胸口神情激动。老人说，当地有一个习俗，人死之后遗体“送祖”前会在家里摆放 7 天，让亲戚朋友瞻仰仪容。现在，灯一开，屋里亮堂堂的，再也不担心亲戚看不到自己“最后一面”了：“我们心里好高兴，（哪怕）我死了，也瞑目了，谢谢你们！”

第二件事情与一个叫吉子友伍的彝族青年有关。吉子友伍是视障人士，年少时一只眼睛被钢筋划伤，从此落下残疾。如今，他是布拖县特木里镇日嘎村的残疾人联络员。吉子友伍听说钱海军等人要免费给生活困难残疾人家庭改造住房的照明线路，将信将疑，认为他们充其量也就是免费换几个灯泡。但当他发现钱海军等人的真正意图后，就马上行动，在农活正忙的情况下挨家挨户排摸，初步确定了日嘎村需要改造照明线路的家庭名单。

为了能够提供翔实可靠的资料，他总共拍了 1000 多张照片，并把它们及时传给志愿者，使志愿者下一步的走访、排摸和改造更加高效、更有针对性。

第三件事情与布拖县残疾人联合会党组书记、理事长伍是光有关。随着“千户万灯”照亮计划在布拖县的推进，他与钱海军之间的关系逐渐变得亲密起来，称呼也由“钱理事长”“钱大哥”变成了“老钱”。

钱海军等人第一次拜访的时候，拿着由宁波市钱海军志愿服务中心出具的公函。钱海军是宁波、慈溪两级钱海军志愿服务中心的理事长，故而初次见面时，伍是光叫他“钱理事长”。那一次会面，钱海军主要向他介绍了自己的来意，以及“千户万灯”照亮计划的相关情况。能够改善生活困难残疾人家庭的用电环境，伍是光自然举双手赞成，但对方何时来做，他心中却没底。

显然，伍是光没有料到钱海军的行动速度会如此之快。10天之后，当钱海军只身一人第二次出现在他的办公室门口时，他惊呆了，下意识地问：“钱理事长，你还没回去吗？”

钱海军闻言，发出了他那具有标志性的爽朗笑声：“不是，我又回来了。”

得知钱海军此次前来想要深入走访、对接相关事宜时，伍是光当场表示“马上落实”，说着便拨通了一个号码。通话结束之后，他立即带钱海军去了两户生活困难残疾人家里。

这一次走访，让钱海军对当地生活困难残疾人家中的用电有了更加直观的印象。看着那房前屋后的泥地，院子里跑进跑出的鸡鸭牛羊，他感到淳朴的乡村气息扑面而来。而与之相应的用电环境却不甚理想：裸露的电线头随处可见。有一户人家柱子上还有电线烧灼过的痕迹。钱海军看到残疾人家中普遍只有一盏灯，屋子多是大通间。这些屋子不像江南人家的老房子那样在屋顶安有天窗，能透光。这些屋子里，光线十分昏暗。只有生火的时候，屋里人才能看到跳动的红色光亮。他们走访的第二户人家，因为灯泡烧坏室内线路，已经10多天没用电了。他们家里虽然也有各种用电设备，如电冰箱、电视机、电炒锅等，但是没了电又要怎么用呢？这更加坚定了钱海军实施“千户万灯”照亮计划的决心。

走访结束，钱海军对布拖县生活困难残疾人家庭的用电情况已然心中有数，便马不停蹄地赶往车站。得知钱海军要去西昌，伍是光表示要开车送他。

钱海军半开玩笑地说：“你在西昌也有房子吗？”伍是光认真回答：“我在西昌虽然没有房子，但是钱大哥你要走，我是一定要送的。”是的，不知从什么时候开始，他对钱海军的称呼由“钱理事长”变成了“钱大哥”。钱海军来了两次布拖，知道在布拖与西昌之间往返一趟不容易，当即摆摆手，婉拒了他的好意：“感谢伍书记，送就不要送了，如果你这边能帮忙把生活困难残疾人的名单和资料提供给我的话，对我来说就是最大、最好的支持。”等到初筛名单出来，伍是光再与钱海军通话时，称呼又从“钱大哥”变成了“老钱”。钱海军说，“老钱”让他觉得特别亲切。

我还想问些什么，钱海军却不肯再说了。他说，有些事情只有亲眼看过、亲身感受过，才能得到更深刻、更真实的体会。如果我想了解更多，下次不妨跟着他们一起去。

我猛地点了点头。

虽然钱海军说的与我听的只是发生在大凉山的诸多故事里的几个片段，但窥一斑而知全豹，通过这三件事，我便知他们在布拖县实施的“千户万灯”照亮计划深得人心。同样也是因为这三件事，钱海军第四次去大凉山的时候，我便跟了去。

二

和慈溪相比，布拖的天色暗得晚，亮得也迟。我们住宿的酒店依着马路而建，不远处路灯分列两旁，路灯灯柱的顶端悬挂着一个个三角铁片。有风吹过时，铁片与铁片互相碰撞，发出“叮叮当当”的声响。

凌晨 1 点，凌晨 2 点，凌晨 3 点，我趴在窗前一连看了好几次。说是夜里要下雪，似乎也并没有下。等到天一亮，我就早早地起了床。

8 点来钟的时候，我风风火火地冲进隔壁的面馆，点了一碗臊子面，除了“快”什么要求都没有提。我就着凉拌折耳根吃完面后，静静地等待出发。

不一会儿，志愿者们也都准备好了材料。大家分坐几辆车，直奔目的地——特木里镇洛奎村。同行的还有吉子友伍，他的“工作”是当翻译。

车子驶过一段平路之后，开始沿着山路爬坡而上。山路弯弯绕绕，既陡且峭，此时太阳还没有出来，山岚赖在涧壑里不肯退去，使司机的视线大受影响。路上有些险峻的转弯处，正前方就是断崖，一旦驾驶员方向盘抓得不稳或是油门、刹车的切换掌控得不好，保不齐我们的车子就会冲下断崖。幸运的是，几位老司机都是值得信赖的，此行有惊无险。

车辆行驶至一处陡坡前缓缓停下，那陡坡的坡度足有五六十度。考虑到晨间露重，地面湿滑，志愿者商量之后，决定徒步上山。

他们清点完改造需要用到的材料，满载出发：背上背着工具包，肩上扛着套管、线路，手里抱着装灯具的箱子，拎着梯子，还有两块写有“千户万灯”

照亮计划情况介绍、作业现场安全注意事项和人员行为准则的牌子。

出发点海拔达到 2657 米，志愿者负重上山，走得快了些，呼吸有些急促。好在路还算畅通，一条水泥路直接通到了洛奎村各家各户的屋门口。绕过几个弯，走过几户人家，志愿者当天要改造的第一户人家——阿库么尔则家就在眼前了。

志愿者来到屋门前的空地处，放下材料，支起牌子，留下两个人负责阿库么尔则家的室内照明线路改造，另外两人则驾车去了山腰处的另一户人家。

留在山上的除了钱海军，另一名志愿者叫刘学，他是四川德阳人，曾经从事过许多种工作，两年前参与了“千户万灯”照亮计划的室内照明线路改造工作，他觉得这是一件十分有意义的事，从此便成了钱海军志愿服务中心的一分子，与“千户万灯”、与残疾人结下不解之缘。2021 年 9 月 9 日，宁波市钱海军志愿服务中心与慈溪市周巷职业高级中学联合举办的浙江省“千户万灯”成长计划——首期乡村电工培训班开课，刘学和另一名志愿者江建铭以社会电工的身份，主动报名参加，且成绩十分优异，并被遴选出来参与大凉山的“千户万灯”改造。

钱海军和刘学正在整理工具和材料，阿库么尔则一家人听到响声从屋里走了出来。

阿库么尔则穿着传统的彝族服饰，面容淳朴。66 岁的她不会讲汉语，但是看到志愿者来了，显得很开心，与老伴一起把他们迎进屋。

当地人管年长的老头叫阿普，管年长的老太叫阿妈。志愿者入乡随俗，也以阿普和阿妈称呼他们。虽是称呼上的小小变换，不经意间就拉近了彼此的距离。

后来我才知道，每次开工前，志愿者都会提前一天或者半天，按照布拖县残疾人联合会提供的名单和之前调研、排摸的资料先行走访，了解屋内线路和设施的具体情况，并与受益户约定改造的时间。由于言语不通，他们常常需要借助“翻译”。吉子友伍不在时他们双方的交流只能靠双手比画着来，困难可想而知。明明几句话就能说明白的事，他们要花费数倍多的时间。

阿库么尔则家，志愿者前一天便已来过，了解了老人的家庭情况，也了解了他们对用电的需求。

阿库么尔则的残疾证上写着“视力残疾四级”。老两口膝下儿女早亡。我们去的时候，她的孙女也在。孙女会讲普通话，只是小姑娘胆子小，怕见生人，看见我们就躲开了，只在问她问题时才又走回来。

志愿者再一次向老人表明来意之后，便开始忙碌起来。

两人扛着梯子、拎着工具包来到屋里。

屋里只有一盏灯，光线昏暗，唯一亮堂的只有门口和灯下的一点地方。老人一家睡觉的床就摆在那里。床上铺着被子，被子盖着衣物，还放着一张油纸。吉子友伍说，山里雾气重，如果不用油布盖着，被子和床单就全湿了。

此时屋外阳光正好，就着大门里透进来的光，我可以看见屋里头挂着的玉米和腊肉，同时也看见了屋里老旧而凌乱的供电线路。它们像是人体曲张的静脉，一直存在“病变”的隐患。

房间应该是多年未清理了，钱海军手中的榔头轻轻一敲，屋里灰尘如雪花飞降，劈头盖脸地落下，眨眼工夫就将人“淋”了个通透。钱海军和刘学似乎已经习惯了，连拂都没有拂一下。他们就这样默默地、有条不紊地操作着，像是水平高超的白衣天使动作娴熟地运用手术刀，誓要妙手回春让这屋子焕发生机。

刘学身材瘦小、行动灵活，爬上爬下，布线套管，与钱海军配合得十分默契。他们像是一对老搭档，只需看一眼便知道对方下一步要做什么。因为屋里光线昏暗，他们有时不得不借助手电筒或者手机上自带的手电筒来照明。即便如此，梯子、起子、剥线钳在他们脚下和手上依然如同杂技演员的道具一般，动作之流畅令人叹服。

不知过了多久，另一名志愿者胡群丰开车将午饭送了上来。没有餐桌，他们因陋就简，在屋外的空地找了一块略微整洁的地方当桌子，将装菜、盛饭的盒子打开，蹲在地上狼吞虎咽地吃了起来。

那大快朵颐的模样，似乎把他们身后不远处的两头牛都给看饿了。他们吃着饭，身后的牛则猛地啃了几口玉米秸秆，吃着吃着还“哞哞”叫了几声。

约莫 5 分钟后，钱海军和刘学将餐盒收拾好，又重新开工。他们继续在光线昏暗的屋里爬上爬下，固定卡扣、安装面板……

他们的室内照明线路改造不是那种呆板的、机械式的操作，而是如同“梦想改造家”一般，在安装电灯和开关的时候会考虑阿库么尔则一家日常起居的习惯，让他们得到真正的方便和实惠。

5 盏灯，10 块面板，1 个漏电保护器，全新的套管线路……他们的改造不仅规范，还颇具工匠精神。这从一旁观看的吉子友伍脸上那羡慕的表情就可看得出来。

雪白的管子贴着墙角、柱子、横梁一路匍匐而行，就好像光明延伸到屋里的轨迹。改造过后，屋里变得亮堂了，用电隐患也没有了，阿库么尔则喜上眉梢，就连她那位不苟言笑，表情甚至还有点严肃的老伴的脸上也露出了笑容，用他有限的汉语词汇向志愿者表示感谢。他可能是对自己的汉语水平不那么自信，旋即又改用了彝族语言。

志愿者想要帮忙清扫房屋，却被阿库么尔则的孙女夺去了扫把。小姑娘说：“地我会扫的，谢谢你们能来，还把我们的房子变得那么亮。”

志愿者争不过，只得由她，转头清点起了材料。等一切忙完，已过了下午 2 点。

稍事休息，我们又马不停蹄地去走访几户先前整改好的人家，其中就有我想要一见的阿能么土外家。

三

车子在一个斜坡处靠边停好，左后侧车门对着的地方有一条小路。路没有浇筑水泥，地面上“撒”满了落叶，还有被雨水“挖凿”出来的浅浅的坑。

路口处有一头牛，不声不响，牛头正对着我们。吉子友伍说，牛头迎客，它在欢迎你们哩。

于是，我们在牛的欢迎下走过那条湿漉漉的小路，到尽头处转一个弯，又穿过一个不宽亦不阔的门洞——洞由黄泥和石头垒成，门是木头做的，说是门其实就是几块散碎的木板钉在一起。

进到木门里面，阿能么土外的老伴正在院子里信步闲走。他的手里拿着半块荞粑，嘴里则在不停地咀嚼。看见钱海军，老人面露笑容，迎了出来。

钱海军打招呼：“阿普，你还认得我们吗？”

阿能么土外老伴布满褶子的脸上绽开了笑容：“认得，认得，我们还合过影呢。”

“阿妈在吗？”

“不在，赶集去了。”

吉子友伍在一旁解释，镇上定期会有集市，有需要的村民都会去嘎子街南段的“市场”里赶集。因为街市兴旺，甚至附近乡镇的村民也会赶来特木里镇赶集。

钱海军同老人说明了来意：“阿普啊，我们这次来，主要是了解一下上次线路改过之后，现在家里的用电好不好。”

“好，好！”老人一连说了两个好，可能是因为心情激动，而自己所知的汉语词汇又十分有限，老人后面的话全都改用彝族语言。

我们这些外乡人是听不懂彝语的，好在有吉子友伍在。吉子友伍给我们翻译了大概意思，并表示，“他在向你们表示欢迎和感谢”。

老人引着我们去往屋里。志愿者按了按门口的灯的开关，又查看了家中的线路，发现一切都好，与老人说了许多祝福的话，正准备离开，却被老人一把拉住。老人拿出一瓶珍藏的泸州贡酒，要请志愿者喝。

那瓶酒的包装没有拆封过，上面还落有些许灰尘。显然，酒已放置了很久，老人平时定然舍不得喝，看见志愿者来才拿了出来。

钱海军连忙让他把酒收起来，并推脱说：“我们下次再喝。”

离开时，老人执意要将志愿者送上车。路口站着几个村民，老人同他们激动地交流着。吉子友伍说，“他正在说你们的好”。

整个下午，钱海军几人拢共回访了5户人家。虽然每户人家的条件各不相同，性格也有差异，但从那频频竖起的大拇指、真诚的笑容和献与志愿者的冻肉、糖和苞谷酒里可以看得出来，大家对照明线路改造的效果是十分满意的。村民送上的礼物都被志愿者一一婉拒了。

回访结束，吉子友伍邀我们去他家里做客。

因为刚过完彝族年不久，吉子友伍家门上的荆条还没有除去，墙上挂着的“千户万灯”照亮计划——困难残疾人家庭住房照明线路改造项目的竣工牌更是醒目。此时我才知道，原来吉子友伍家是“千户万灯”照亮计划在大凉山地区实施的第一户人家。不仅如此，这里还是志愿者存放物料的地方。

具体的事情要从11月2日说起。那天，从宁波运过来的材料到了，因为东西太多，一时间找不到合适的地方存放。吉子友伍知道后，主动提出将材料放在他家，并表示：“你们的东西我们不会拿，偷鸡摸狗的事情我更不会做。你们可以买一把锁，把房间锁起来，钥匙你们自己拿着。”

此后，吉子友伍家便成了志愿者的一个“物资仓库”。通常，忙完白天的改造后，天就已经黑了，志愿者总是踏着满天星光或是带着一脚泥水来到吉子友伍家，连夜把第二天改造需要的材料依次装上车，清点完毕后再驾车离开。每一次，不管来得多晚，吉子友伍一家人都会等他们离开后才睡觉。

若是来得早，路过吉子友伍家时，志愿者就会分一些零食给在他家门口玩耍的孩子。久而久之，那些孩子看到他们总是特别欢喜。孩子们会不声不响地回家拿橘子来给志愿者吃，也会争着抢着想要帮他们扛材料。尽管最后橘子都没有送出去，材料也没有扛成，但下一次孩子们依然会跑过来。

我们正说着话，吉子友伍的女儿走了过来，将折成心形图案的几张纸交给胡群丰，说是一个叫“阿兴”的小女孩给的。胡群丰将“心”打开，里头总共有三张纸，其中两张上面画着画，另一张上面写着字。那画画得甚是抽象，除了几个人、几朵花是分明的，其余的压根儿瞧不出是何物；那字字迹虽清晰，但除了破折号没有其他标点，以至于理解起来有些费劲，上面写着："给你们的我是阿兴——福——福画给你们——福画。"

虽然语句并不通顺，但胡群丰的心里依然满是感动。他看向不远处，阿兴正怯生生地倚在门旁，露出一个小脑袋。在我们的邀请下，吉子友伍的女儿将阿兴领了过来。

我们问阿兴："为什么要送福画给叔叔啊？"

阿兴回答："因为他给我们吃糖，给我们带来了甜甜蜜蜜的东西。"

小孩子的快乐总是要比成年人来得容易。从阿兴的神情里，我知道她说的都是心里话。

四

11 月 26 日，天下起了雨。这雨虽不大，但十分细密，像蚕宝宝结茧时吐出的新丝一样。

根据前一天夜里的会商，志愿者当天上午会兵分两路，一路去先锋村，一路去洛日村。我跟着钱海军、刘学还有吉子友伍去了洛日村的吉尔木加家。

雨天，定位信号很差，车子在路上耽搁了不少时间。

到目的地之后，我们推门而入，进到屋里。

屋里很暗，隔上三五米，一个人站在你对面，你也休想看清他脸上的表情。但屋里并不是没有光，刚好相反，屋里有很多的光，比如不曾遮蔽严实的屋顶上有漏进来的光，打开的房门口有照进来的光，梁上悬着的灯盏上有散开来的光，正在播放《喜羊羊与灰太狼》动画片的电视机里有映出来的光，祖孙几人围坐的火塘里有跳动的火光……可是这么多的光，都不足以让整间屋子亮起来。

"我们今天来，主要是给你们家里安一下电灯，安好后，晚上就会变得很亮——你们该做什么就做什么，不用理会我们。"钱海军同主人家打过招呼，就和刘学一道开始往屋里搬工具、运材料，做着开工前的准备。我观察起了室内外的环境。

这家整个房子外屋为砖瓦结构，里头立着几根粗大的木头柱子。进门的地方有一个牛棚，棚里关着一头牛，只有脑袋和脖子露在外面。

离牛棚不远处的地面上躺着一根电线，线很细，露出红黄两种花色。电线附近没有任何防护措施，小动物们可以自由地在上面奔跑，可以咬，也可以啄——这是很危险的。

要知道，吉尔木加家的房子同大多数彝族人家的住房一样。屋里架着横梁，梁上堆满了干柴草料；几个床铺上用来挡风的床帘都是油纸和尼龙布；地上还有许多塑料盆、纸箱，以及晒干的秸秆。一旦失火，恐怕整个房子会迅速被引燃。

如何消除隐患，确保用电安全，这也正是钱海军他们挂心的。

我请吉子友伍代问那位在火塘边烤火的阿妈，这个房子是何时建造的，对志愿者的到来有什么感想。吉子友伍同阿妈用彝语交流后，用汉语将话转述于我。房子是 28 年前建的，电线也是那时拉的。20 多年了，电线从未换过，只要没坏掉，只要还能用，就一直将就着用。因为不懂电，所以他们也不觉得有安全隐患。有一天，志愿者来走访时，指出她家里的线路存在的问题，她这才意识到这样的供电线路是不安全的。知道了不安全，他们也就对改变充满了期待。可是家里虽然已经脱贫，但是经济条件有限，两个儿子都是残疾人，一个听力有问题，一个说话有问题。他们家靠养猪养鸡所得的收入，买完衣服和食物也就所剩无几了，根本存不起钱来。老人心里很是惆怅，不是不想改，而是改不起啊。

可能是猜到了老人心中的顾虑，志愿者告诉她所有的改造都是免费的，让她不必为此忧愁。刚开始的时候，老人不肯信，认为天底下哪有那么好的事情，就算有也落不到自己头上。她心想，要是一开始说不要钱，等改完了又要钱可怎么办？

因为言语不通，她只听懂了“不要”。志愿者用求助的目光看向陪同他们一道来走访的村委会人员。村委会的工作人员告诉阿妈，这些志愿者是从宁波慈溪来布拖开展帮扶的，他们帮扶的项目名称叫“千户万灯”照亮计划，主要为生活困难残疾人家庭改造住房照明线路，改造的也不止她一家。志愿者已经改造了几十户了，都没收钱。老人这才放下心来。

她原本以为要等很多天，没想到第二天志愿者就来了，还把材料和工具一并带了来。老人不太能表达自己的情感。屋外寒冷，她想让志愿者在火塘边坐一坐，烤烤火，等暖和了再开工，但又不知道如何用汉语表达，于是想要说的话没有说出口，千言万语化作一个在火塘边挪身的动作。

屋里通风条件不佳，火塘里新柴刚放下，整个屋子里到处都是烟。她让儿媳和孙女坐到下风位，把烟尘吹不到的上风位让给“客人”。

不过，“客人”没有当自己是客人，甚至比主人家还要忙碌。

“吱——”打孔的声音传来，志愿者已经开干了。

吉子友伍跑了过去。他从刘学手里接过工具，给他们打起了下手。

穿完孔，紧跟着就开始放线，线要套管子，硬质的PVC线管可以防腐蚀、防漏电，对电线有保护作用，维修的时候也会更加方便。

对于志愿者来说，施工难度最大的是靠近墙角的那一段线路。墙角堆满了瓶瓶罐罐，又以塑料制品居多，他们的梯子无处立脚。如果直接踩上去又担心瓶罐的承重能力不够。刘学固定线路的时候，在梯子上的半个身子几乎是悬空的。我看着觉得害怕，不住地提醒他要注意安全。

事后，刘学告诉我，在他们改造的房子中，这种还算好的。有些屋里放置的瓶罐比这家还多。施工的时候，人必须跪着或是趴着才行。有些屋子是用木板隔开的，还要放“飞线”。

这边，刘学正在同我讲述“办法总比困难多”，那边，吉子友伍已经在钱海军这位资深电工的指导下，开始了现场实操。

灯要如何装，线要如何放，卡扣要如何固定……钱海军教得十分用心，经验细节，毫无保留，吉子友伍侧耳倾听，不时点头，学得也分外认真。

随着“千户万灯”照亮计划在布拖县的实施，生活困难残疾人家庭目前的用电安全问题算是解决了，但钱海军心里却一直想着以后的事。往后，随着项目不断推进，受益户越来越多，志愿者离开后，他们后期的维护怎么办，遇到问题又该找谁？钱海军思前想后，决定等到时机成熟，就把“乡村电工培训班”开到布拖来，而吉子友伍就是他物色的第一个“学员”。要是吉子友伍学会了，那么以后这边残疾人家中线路需要维护的时候就能找得到人了吧。他想做一个“传薪者”，传火于薪，前薪尽而火又传于后薪，火种便可传续不绝。

有意思的是，钱海军心里想的，也正是吉子友伍所盼望的。

自打钱海军来了布拖以后，吉子友伍只要有空，就跟随志愿者早出晚归，一起去改造线路。志愿者整改线路的时候，他在一旁观看学习。志愿者科普安全用电知识的时候，他帮忙当翻译。他还向钱海军吐露了自己的“心思”：“钱师傅，我想跟着你们学点电力方面的知识和技术，等我学会了就把这些知识和技术带给那些需要帮助的残疾人、老年人，尽我所能去帮助他们。”

见吉子友伍有这份心，钱海军特别开心，言传身教，从不藏私。有这样一位专业师傅指导，加之自己卖力肯学，吉子友伍的技术很快就提高了。

随着导线的延伸，4 盏 LED 灯和 1 盏日光灯被装在了适合的地方。或许是感应到了什么，在志愿者准备拆除旧线的时候，火塘边那位原本一直盯着电视屏幕眼睛一眨不眨的小姑娘，注意力从《喜羊羊和灰太狼》挪到了志愿者身上。她不知道他们从哪里来，又为何要给自己家换灯换线，但她觉得自己似乎应该做些什么，于是跑到梯子旁边，小声地问志愿者：“叔叔，我能做些什么吗？”

志愿者被她的可爱模样逗笑了，反问：“你能做什么呀？”

小姑娘想了想，然后说：“我能给你们递电线，递电灯……”

见她稚气未脱却又一本正经的样子，志愿者认真地同她道了一声“谢谢”。

20 多年未被清理的旧电线，线上的灰尘刮下来搓一搓，比线还要粗。断开电源，扯动线身，灰尘簌簌落下。只是几秒钟，志愿者的黄帽子、蓝口罩，全都变成了灰黑色。

旧线拆除之后，电源重新接通。按下开关，整个房间都亮了，就连远离地面、贴近屋顶的地方挂着的玉米也能看到了。

改造线路完成后，刘学拿出一张纸，在上面标记好房间里所有线路灯盏的位置，收拾工具、材料出了门。屋里，钱海军还在借助吉子友伍的翻译，耐心地同主人家讲解安全用电需要注意的事项。

刘学在车里放好工具和材料，关上车门。我们聊了一会儿，钱海军也出来了。坐上车，我们直奔下一站——光明村。为了节省时间，他们打算一边整改线路，一边等胡群丰送饭来。

五

由于前一天未能和阿能么土外见上面，而伍是光也在外地开会，此来大凉山的目的落空了三分之二。我同钱海军商量，想要先回驻地，和吉子友伍聊聊。钱师傅同意了。

吃过胡群丰送来的蛋炒饭，我们便回了酒店。未及休息，烧水煮茶，静候佳客。茶水半开的时候，吉子友伍走了进来。初时，我以为我们的对话会进行得很艰难，毕竟双方没有那么熟络，而我又不是一个健谈的人。谁知一切竟然出乎意料地顺利。

吉子友伍同我讲了许多，讲他的童年，讲他的现在，讲他如何与妻子相爱，如何为残疾人服务，又是如何与钱海军结识，并参与到“千户万灯”照亮计划中来的。

讲述吉子友伍的故事，须得从他的母亲说起。吉子友伍的母亲去世已经5年了，但她的音容笑貌和谆谆教导，始终印刻在吉子友伍心中。

吉子友伍小时候很听话也很勤快，母亲一直把他当成女儿来养。母子俩平时无话不说，也没什么隐私。母亲不管做什么，种地、打水也好，编织彝族服装也好，都会叫上他。

母亲很能干，农活、针线活，什么都会做，而且她心灵手巧，很多新鲜事物看一眼就能学会。即使那些操作起来比较繁复的，她也能凭借自己的不懈努力，慢慢领悟，制作成品。

虽然家中不富裕，但是母亲很疼惜自己的三个儿女，对吉子友伍就更不用说了。有着“东方的狂欢节”之称的火把节是彝族的传统节日，活动期间，会举行斗牛、斗羊、赛马、摔跤、歌舞表演，别提有多热闹了，对年轻人更是充满了吸引力。但参加火把节，朋友相聚，总是要买些饮料酒水招待一下的。吉子友伍知道家里的情况，为了省下这个钱，读小学五年级那年（吉子友伍上学晚，这一年他已十六七岁），火把节到了，他却背起背篓去山里拾起了柴火。

母亲吃饭的时候看到吉子友伍，便问他：“你今天怎么没去参加火把节？”吉子友伍的回答是自己不想去，但躲闪的眼神根本骗不了人，更何况是生他养他的母亲。母亲心里明白，小孩子怎么可能会不想去呢，无非是不想同自己张口要钱。只见她不知道从哪里掏出来 70 块钱，自己留了 10 块，把 60 块钱给了吉子友伍。

这件事对吉子友伍触动很大，即使 10 多年过去了，他已娶妻生子，对这一幕依然记忆犹新："我再不懂事，自己家里是什么情况还是知道的。爷爷在的时候，别人家吃土豆、玉米，我们能吃大米饭，而且吃得比别人都早，过年期间更是天天有腊肉；爷爷去世后，家道中落，日子并不好过，我从小就知道不该乱花钱，去学校读书，别人骑车，我走路，走 20 分钟。"

因为知道母亲持家的不易，吉子友伍最终没有去参加火把节，出了门，他转头去了山上。火把节结束后，有一天，母亲收拾床铺时在枕头边看到了那 60 块钱，两行泪水顺着她的脸颊缓缓落下。

母亲的心肠也很好，最见不得人受苦。亲戚朋友，左邻右舍，认识的，不认识的，看到谁家需要帮助，自己又力所能及，她都会主动帮忙。

让吉子友伍印象最为深刻的是，母亲帮助别人时总是高高兴兴的，而不是愁眉苦脸的。耳濡目染之下，助人为乐也成了吉子友伍的一种习惯。

吉子友伍知道，这个世界需要帮助的人实在太多了，如果一一去帮，根本帮不过来。他说："我也想过控制自己不去做一些事情，但是那些人真的太可怜了，不帮，于心不忍。明明看见了，却假装没看见，心里说不过去，我妈如果还在的话，知道了也要怪我。"

提及母亲，吉子友伍哽咽了，过了良久，他将低着的头抬起，语气坚定："所以我选择遵从自己的内心，帮一个是一个，帮一点是一点。"

吉子友伍的话朴实无华，却又掷地有声，不由得让我联想到钱海军。

钱海军从利用一技之长义务为社区居民提供电力维修服务到将更多的时间用在服务老年人上，从免费为他们修灯、修电器到关心他们的生活起居，已经有 20 多年了。20 多年来，他帮助了很多人，温暖了很多人，得到过肯定，也曾遭受质疑。曾经有人这样问钱海军：这个社会需要帮助的老年人那么多，你哪里帮得过来？钱海军的回答与吉子友伍如出一辙：帮一个是一个。后来在一次采访中，他说，其实他的心里还藏着另外半句话：多帮一个就少一个。

生活给每个人的时间都是相同的，为了多帮一个，他只有比别人更加勤快一点。早上，当别人还躺在暖和的被窝里做美梦的时候，他已经出门了；晚上，当别人坐在电视机前欣赏节目的时候，他还留在老人家里；周末和节假日，当别人一家人欢欢喜喜出游的时候，他要么在为老年人服务，要么在同老年人聊天。钱海军说，没有什么事情比需要帮助的人得到帮助更有意义的了，我们既然做了就应该走心，服务到老人的心坎里去。

对照两人的善念和善行，我没来由地想起了托尔斯泰的一句名言：“幸福的家庭都是相似的，不幸的家庭各有各的不幸。”如果将句中的“幸福”换作“善良”，“家庭”换作“人”，那么这句话变成“善良的人都有相似的地方，又各有各的特点”也是正确的吧。

吉子友伍说，他也不是什么人都帮。有些人很有钱，但是态度蛮横，颐指气使，他见了，理都不想理，哪怕给再多的钱，他都不会去。他真正想帮的是那些需要帮助的人，比如残疾人和老年人。残疾人就不用说了，吉子友伍自己也是残疾人，知道残疾人生活的辛酸和不易；那些老年人则是因为年纪大了，什么都做不了，孩子又大多在外打工，或者住在很远的地方，照应不到老人的日常起居。能为他们做一点事情，吉子友伍非常乐意。

吉子友伍在讲述这些的时候，眸子里闪闪发亮，特别有神，甚至会让你忘了坐在你对面的其实也是一个残疾人。

我曾在网上看到这样两句话，用来形容吉子友伍无疑是极为贴切的：

甲说：明明自己的生活一地鸡毛，却看不得一点人生疾苦。

乙说：不就是因为自己的生活一地鸡毛，才看不得一点人间疾苦吗？

大抵，这就是佛家所说的“慈悲”吧。

这种悲悯情怀钱海军有，吉子友伍也有。

或许，正是因为有着许多的相似之处，吉子友伍和钱海军才会如此投缘吧。以至于每次回想起与钱海军相识的画面，吉子友伍总觉得历历在目。

六

两人第一次相见是在 2021 年 10 月。

那一天，吉子友伍正在院子里忙碌，布拖县残疾人联合会的伍是光理事长带着一群人来到家中，说是从宁波慈溪过来结对帮扶的，这次来，主要是为了调研布拖县困难残疾人家庭的室内照明线路和用电设备，根据实际情况实施“千户万灯”照亮计划。

吉子友伍把他们领到屋里，一个矮个子、戴眼镜的中年男子里里外外、角角落落仔细地看了一遍，然后与同行的几个人说“线路存有隐患，需要进行整改”。

吉子友伍看了他一眼，嘴上没有说什么，但心里略微有些不满。家里的线路、灯盏都是自己照着网络视频搭接和安装的，虽然算不得规范，可用的却是公牛的牌子，在村里不说最好，那也是数一数二的了，怎么到了这人嘴里，就成了“有隐患”了？

或许是看出了吉子友伍心中的不快，那个中年男子耐心地给他指出了问题所在，诸如没有安装漏电保护器、线头搭接的地方绝缘没有做好，等等——这些都极易酿成火灾事故。听他说得在理，吉子友伍心中的不满也就不复存在，待听到中年男子说“我们这次只是来打个前站，看看哪些地方可以做、应该做，专业的电工师傅下次过来”，他更加确信他们是来干实事的。

交谈中，中年男子得知吉子友伍是日嘎村的残疾人联络员，做事特别认真，征得伍是光理事长和吉子友伍本人同意后，加了他的微信。“滴”的一声，吉子友伍点开一看，中年男子的微信名叫“钱海军”，猜想那是他的大名。果然，中年男子笑着说：“我微信是实名的，请惠存，回头少不得要麻烦你！”

吉子友伍以为钱海军所谓的“回头”只是客套话，谁知才过两天，他就接到了钱海军从慈溪打来的视频电话。

“我是钱海军”，电话那头，中年男子自报家门，他告诉吉子友伍，他们的队伍想在11月初进场，为了提高效率，他拜托吉子友伍先将日嘎村残疾人家庭的用电情况和残疾人的信息资料进行初步筛查。

此时正是玉米丰收的季节，吉子友伍白天要去地里掰玉米，但他没有推托。他不推脱，不只为电话那头那一句厚重如山的“吉子友伍，拜托了”，更因为自己也是残疾人，深知残疾人的不容易，而且家里的用电隐患经钱海军指出之后，他发现，类似的隐患其实在当地的残疾人家里十分普遍。作为一名残疾人联络员，他很热爱也很珍惜这份工作，也希望村里的残疾人都能确保用电安全。

于是，吉子友伍白天在地里劳作，天黑以后，拖着疲惫的身体开始走访和排摸，有时连饭都顾不上吃。

日嘎村由吉子友伍原先所在的苏嘎村和其他村庄合并而成，村里有40多户残疾人家庭，其中有10余户已经搬去了安置区，剩下的需要挨家挨户去走。

对于苏嘎村，吉子友伍是熟悉的，哪家哪户的残疾人缺了护具、拐杖、轮椅、马扎、助听器之类的，他都会帮忙领取，并帮他们送到家中。间或，他还会和妻子一起帮他们干农活。但是新并进来的村里的残疾人他还不是特别熟悉，只能请分管的组长带路。通常，组长将他带至门口便离开了，有时户主不在，他就只能在门口静候。若是久等不来，吉子友伍只得先去下一户人家，忙完后再折返回来。有时白天人不在，晚上九十点钟还得去。有一户人家，他足足跑了四趟才见上。

夜里的风很冷，路也不好走，但吉子友伍的心是火热的，也是快乐的。

那几日，他曾在网上搜索过钱海军和“千户万灯”照亮计划的相关情况，知道钱海军是国网浙江慈溪市供电有限公司的一名普通职工，在兢兢业业做好本职工作的同时，20多年如一日，无偿为社区居民尤其是孤寡、失独、空巢老人和残疾人提供免费的电力维修服务及生活方面的种种关怀，前前后后帮助过万余人。钱海军还成立了慈溪市钱海军志愿服务中心，以项目制的形式开展帮扶活动，“千户万灯”照亮计划正是由该中心联合地方民政局、残联、爱心企业等社会各界力量所发起，只因在长期的服务过程中，钱海军发现很多生活困难的残疾人家中存在严重的用电隐患却又无力改变，故而想通过“走千户，修万灯”，让放心灯照亮每个家庭，温暖身边每一个人。7年来，从慈溪到宁波，再从宁波到浙江，甚至浙江以外的西藏、贵州、吉林等地都有他们的身影。从报道中那些受益户的笑容里，吉子友伍明白，他们做的是一件十分有意义的好事与实事，而他也愿意成为与之并肩战斗的伙伴，成为“千户万灯”这条大爱之路上的一颗石子。

为了尽早完成任务，不负所托，吉子友伍甚至将田里的农事交给了妻子，自己则专心走访。就这样，他用了整整4天时间，走遍了日嘎村的所有残疾人家庭，还拍了 1694 张照片。

将资料传给钱海军的那一刻，吉子友伍的脸上笑得特别灿烂。看着忙完农活从田里归来的妻子，他轻轻地道了一声：“老婆，你辛苦了！”

妻子没有说话，心里也为丈夫开心不已。

吉子友伍的妻子名叫阿库么尔作，实际年龄比丈夫小一岁，身份证上的年龄则要大他一岁。她和吉子友伍是经朋友介绍认识的，认识后曾一起去新疆拾过棉花和石榴，也曾一起在南方的砖厂里当过“搬砖工”。两人的性格都比较内向，虽然结伴出去打工，但交流、见面更多是在网上进行。认识一年有余，吉子友伍的勤快、善良深深地打动了阿库么尔作，他们很快就结了婚，并育有一儿一女。

有了孩子以后，妻子专心照看家里，吉子友伍则继续外出打拼。他修过床，修过高速公路，也捡过辣椒和西红柿。他有什么话，都愿意毫无保留地同妻子讲。妻子也了解他，就像了解自己一样，他们生活虽然不富裕，却对未来充满了期盼。

考虑到家里老人年纪大了，地里的农活缺少劳力，两个孩子也正是需要陪伴的年纪，妻子一个人忙不过来，2019 年回来后，吉子友伍便没有再出去。他决定留在家乡。

留在家乡，意味着一切都得从头再来，但吉子友伍没有退缩。他开过夜宵店送过餐，还在 KTV 里做过收银员。两年前，吉子友伍开了一个养鸡场，自己照着网络上的教学视频，搭棚子，选鸡苗，打疫苗……很长一段时间，他醉心于学习，每天只睡三四个小时。因为能吃苦，也肯动脑筋，渐渐地，他的“成赢农场”在县里有了不小的名气。

第一年养了 400 只鸡，第二年也养了 400 只，数量不算少，但刨去疫苗、电费、五谷杂粮、饲料等成本，其实赚得并不多。因为每年吉子友伍都会将其中一部分鸡送与亲友，以及那些子女在外打工、身边无人照料的老人和残疾人。

起初，很多人慕名而来，想要当他的合伙人，但是当吉子友伍提出每年必须拿出一定数量的鸡免费送给那些老人和残疾人时，“合伙人”纷纷打起了退堂鼓。吉子友伍想了想，与其合作大家都不痛快，在找到志同道合者之前，不如自己一个人单干，能养多少只就养多少只。

对于吉子友伍的热心肠，妻子打心眼里认可。只是家里目前还是负债状态，光靠养鸡维持不了生活，妻子有时也会劝吉子友伍帮助别人要量力而为，要是对身边的可怜人没法做到“视而不见”，那就离得远一些，出去打工，赚些钱来把欠账还了，也省得人家来催讨。

不过，说归说，吉子友伍做了那么多事情，她从来没有不支持的。或许，从某种角度来说，她对丈夫所说的“你今天不帮助别人，以后有一天你需要人家的时候，别人也不一定乐意帮你，我想趁我现在还年轻，还帮得动，多去帮帮他们”也是理解并赞同的，否则她就不会跟着丈夫去给那些素不相识的残疾人、空巢老人种土豆、种玉米，不会在烧玉米秸秆的时候，骑着三轮车去帮他们干农活，也不会在吉子友伍排查生活困难残疾人家庭用电情况期间把田间的农事全都揽了下来。

正是因为有妻子的支持，自己才能顺利完成钱海军的嘱托。吉子友伍心里明镜似的。妻子的好，他全都记在心里。那天，将所有资料传给钱海军以后，他特地敬了妻子一杯酒。

万事俱备，剩下的便只待风从东边吹来了。

11 月 1 日，在吉子友伍和众多残疾人朋友的盼望中，钱海军如约而至。刚办好入住，他就打电话给吉子友伍：“吉子友伍，我过来了。”与他前后脚到来的还有另外几名志愿者。他们会合之后，载着材料来到吉子友伍家里，打造起了“样板间”。

热情的吉子友伍和妻子拿出食物、酒水想要款待他们，却遭到了婉拒。只见他们宛如神奇的魔术师，背着梯子，拿着工具，在黝黑的房间里一顿忙碌。随着新电线、新开关、漏电保护器被装上，老旧的线路一条一条被拆除，整个房间立时就变了一副模样。

晚上打开开关，几盏灯相继亮起，看着熟悉的家，妻子有些不敢相信自己的眼睛，她拉着吉子友伍的手臂使劲地摇了摇，然后问道：“这个房子今天是不是变大了、变高了？”吉子友伍故作淡定地“嗯”了一声，内心却非常激动。同村里的许多人家一样，吉子友伍家原先也只有一盏灯，开关装在自己的床头边。那盏灯是 28 瓦的，无法将整个屋子都照亮，甚至连直射的地面上有什么都看不分明，更不要说角落里了。吉子友伍拍了个对比视频，打算天亮后拿给那些之前对改造犹豫不决的生活困难残疾人看，问问他们："看，人家是这么改造的，你们觉得好不好？"

与成年人的忍耐不同，小孩子心里的欢喜是藏不住的。吉子友伍的女儿和儿子在屋子里跑来跑去，这里开一下，那里关一下，以略显淘气的行为表达着他们那一刻的心情。尤其是儿子，从小就特别怕黑，以至于出生到现在，吉子友伍家晚上从来没有关过灯。有时遇到停电，吉子友伍会在他的床头放一个小夜灯。所以，家里变亮了，最开心的就是他。

但要说受到的震撼之大，还是当属吉子友伍。以前只听钱师傅说"我们的团队是专业的"，却不知道专业是什么样子，如今在一旁全程见证"房屋换脸术"，吉子友伍算是领教了志愿者接线、装灯的手法，再对比自己此前的技术，深深地感到了差距，也对"隐患"与"安全"有了更清晰的认识。他不禁感叹道："要是我也有这技术就好了！"

为了"偷师"，也为了现身说法，让"千户万灯"照亮计划更顺利地推进，志愿者去其他残疾人家中改造时，吉子友伍都会一同前往，早出晚归，毫无怨言。志愿者听不懂彝语，吉子友伍就给他们当翻译，在志愿者与阿普、阿妈之间建起一座沟通的桥梁；志愿者人手不够，他也会主动帮忙运材料、递东西，化身为钱海军志愿服务中心的"编外"一员。

钱海军看见吉子友伍每次说起"电"时眼里有光，为他的赤诚所打动，便问他："吉子友伍，如果我们在特木里镇开设'乡村电工培训班'，把老师请到这里来，你愿不愿意学啊？"

吉子友伍不假思索，脱口而出："当然愿意，我现在最大的梦想就是学电工技术。"

事实上，在没有接触电工的时候，吉子友伍还有另一个梦想，那就是考驾照。他想等自己有钱了，买一辆汽车，休息了，放假了，带着家人一起去旅旅游，看看外面的世界，别人需要帮助的时候，也能更快地赶去帮忙。遗憾的是，因为眼伤，这个梦想在他 10 多岁的时候就已经宣告破灭。

一个旧的梦想破灭之后，多半会有新的梦想产生，而且追梦人对它会比对前一个梦想来得更加执着。自从见识过志愿者的本领，吉子友伍的脑海里经常出现那些家中线路存在隐患的残疾人，他心里说：“要是我能把电工技术学好，以后无论他们什么时候需要，我都可以帮助解决了。”也正因如此，当钱海军问“学了电工,必须为布拖县的生活困难残疾人服务,你愿意吗”时，他点点头，毫不犹豫地表示“我愿意”，并拜钱海军为师。

一句“我愿意”，虽然只有三个字，但包含在其中的承诺却重如千钧。

吉子友伍是这样说的，也是这样做的。在布拖县实施的首批“千户万灯”照亮计划的112户人家中，他除了本村的20余户人家户户必到，志愿者去附近村子实施住房照明线路改造时，他只要得空，也是尽量抽身前往，一边认真观察，认真学习，一边在钱海军的指导下动手参与实践。吉子友伍和妻子这样说：“我也想像师父一样，学习更多的知识，帮助更多的人。”妻子呢，自然也是支持的。有时吉子友伍一整天不回家，她也不会责怪，因为她知道丈夫跟的是好人，做的是好事。

吉子友伍说，他坚信梦想正离自己越来越近。我说，我也相信。

七

此次来布拖的这些志愿者每一个人都深受钱海军的影响，他们以之为榜样，并渴望成为像他一样的人。其中，胡群丰受到的影响最深，他是钱海军的同事，也是“千户万灯”项目的资深参与者，做志愿服务的时间也最长。正因为时间长,正因为资历深,他对“千户万灯”及相关受益户的感情也更深。

这次能来凉山州负责“千户万灯”项目的具体实施，胡群丰非常开心，用他的话说，那是组织对自己的信任。为此，他连儿子20岁的生日都没能陪伴一起度过。

胡群丰的儿子胡林托在杭州读大学，11月26日是他虚岁20岁的生日。按照慈溪人的说法，20岁生日阴历阳历都在同一天，十分难得。可是胡群丰人在凉山，与儿子相隔数千里，自然没法为儿子庆祝生日。他给儿子发了一个666元的红包，希望他诸事都能顺顺利利。儿子很懂事，从妈妈口中得知爸爸刚到布拖时有轻微的高原反应，不干活还好，一干活就有点喘不过气，再三嘱咐他一个人在外，要多注意身体。

与儿子聊天的时候，胡群丰答应得很好，但是放下手机，他又开始忙碌起来。

看得出来，胡群丰做事是很用心的。为了能够更好地与受益户打成一片，他通过跟吉子友伍和一些会讲普通话的青年老少聊天，认真地学习、了解彝族的习俗文化，以便配合文明施工与规范安装，更好地开展上门服务。

哲学上说，静止是相对的，而运动是绝对的。显而易见，那些残疾人对待志愿者的态度也是如此。态度的运动即是变化。这种变化不是很突然地出现，由一个极致走向另一个极致，而是如细水长流般渐变。

志愿者刚到布拖的时候，对这个地方的风土人情所知不多，因而项目的推进十分缓慢，平均一天只能做一户人家。

与之相对，受益户对他们也缺乏了解。虽然有布拖县残联工作人员和联络员前期所做的铺垫，但大家对志愿者和他们带来的“千户万灯”照亮计划依然是陌生的。受益户知道有这么一群人，有这么一个项目，但具体做什么，能做到什么程度，效果好与不好，全然不知。

因为不知，所以心里没底。尽管志愿者告诉那些受益户，所有电灯、线路的安装都是免费的，但他们将信将疑，觉得天上不会掉馅饼，即使真掉了也不会落到自己头上。他们甚至有些担心，担心志愿者一开始说免费，等到老线拆除之后就要收钱了。

有一个受益户的女儿刚刚出狱不久，观点有些偏激。她根本不相信世上会有“免费的午餐”，不相信会有这么好的人，装灯装线，不收一分钱，不抽一根烟，不吃一块肉、一个土豆，甚至连水都不喝一口。志愿者到她家的时候，她冲着他们一顿冷嘲热讽，认为他们的一言一行都是装出来的，肯定有陷阱等着受益户往里钻。她是那样自信，说的话是那样难听，以至于当灯亮起之后，志愿者收拾工具准备离开时，她感到不可思议，讷讷地问道：“你们就这样回去了吗？”志愿者给了她肯定的答复：“是的，我们要回去了。”志愿者走后，她一个人坐在那儿发起了呆。

需要说明的是，态度不好的只是少数，更多的受益户对志愿者心怀感恩。志愿者在屋里忙碌的时候，他们也在忙碌，忙着把家里最好吃的东西翻找出来送给志愿者品尝。志愿者若不吃，他们就会换一样，再换一样，直到干活结束为止。

有时他们也会懊恼，问志愿者："你们给我们帮那么大的忙，却不抽我们的香烟，不喝我们的啤酒，不吃我们的坨坨肉，是不是看不起我们啊？"其中有两位老人家，因为家里别无他物，他们烤了土豆请志愿者吃，遭到婉拒后，眉眼间掩不住地失落："你们不会是嫌弃我们的土豆吧？可是我们给你们的已经是家里最好的了，这种土豆我们平时都舍不得吃。"老人说，他们素常吃的是另一种土豆，口感远不如这种。

志愿者听了很是感动，当即正色回答："阿普，阿妈，不是看不起你们，而是我们有纪律。如果看不起你们，我们就不会从那么远的地方来到这里，就不会把最好的服务、最好的材料提供给你们。"

听志愿者这样说，老人理解了，眉间的表情也舒展了许多。但套用网上流行的话说，他们手中的动作"却很实诚"，总是忍不住要将吃的喝的递与志愿者，而且动作十分粗犷，怕志愿者拒绝，直接将筷子插进肉里，用刀将饮料瓶口划开，殷殷相劝……

灯和线装好后，开关一按，屋子里的灯亮了，照见了房间的角角落落，也照亮了受益户的眼眸。他们喃喃自语："这么好的材料，这么好的灯，装在我们这种穷人家真是太可惜了，它本该装到条件很好的老板的房间里去啊。"

随着一户又一户生活困难残疾人家庭的住房照明线路改造完成，大家对这群来自宁波慈溪的志愿者变得越发认可。

一传十，十传百，慢慢地，胡群丰等人的名气越来越大。不说整个布拖县，至少在特木里镇，很少有人不知道"宁波来的志愿者"。他们与另外一支装风车的队伍成了小镇上鼎鼎有名的两批"电力人"。有时去小店里买个东西，店里的老板和顾客都能认出他们。

有人说，改变一个人不容易，改变一个人的想法更不容易，然而，胡群丰他们做到了。本来彝族新年期间是不能在家里留陌生客人的，但是灯装好后，纯朴的彝族老乡怕志愿者无处可去，热情地邀请他们去家里过年。虽然出于对习俗的尊重，志愿者并没有去，而是借此机会交流起了接线、装灯的经验，但他们的心里是温暖的。

说起这些，胡群丰嘴里含笑，很是骄傲。可谁又能想到，骄傲背后也曾有过焦虑呢?

志愿者前往大凉山时是立了军令状的，要在12月底前完成112户生活困难残疾人家庭的住房照明线路改造。然而刚开始几天，他们诸事不顺。先是成都发生疫情，有两个装着材料的包裹在那里中转时因为核酸检测，在快递站“关”了两天，迟迟没有送达。紧跟着，在网上下单的棉服也未能及时发货，气温却下降得厉害，把志愿者冻得瑟瑟发抖。与此同时，走访的过程也并不顺利，譬如特木里镇特木里村就是如此。

特木里村总共有9户生活困难残疾人家庭住房照明线路需要整改，这9户人家分散在6个小组。11月16日，胡群丰去其中的4户人家走访。出发前，他同这4户人家所在小组的两位组长分别取得了联系，请他们帮忙指路。

跟着导航来到特木里村的地界，胡群丰前后左右看了看，发现并没有人。他打电话给其中一位组长，问具体的地点在哪儿。那位组长拍了一张照片给他，照片上是一座不起眼的小桥，小桥的后面还附有一条信息——我在这里，你在哪里?

虽说胡群丰在布拖县已经待了半月有余，但毕竟不是土生土长的当地人，还没有熟悉到每一座桥都认识的程度。他同那位组长沟通，然而组长的普通话不是很好，讲了10分钟也没有讲清楚他所在的位置。他又给胡群丰发了一张房子的照片，一个劲儿地说“我就在这儿等，你过来嘛”。那一刻，胡群丰当真有种欲哭无泪的感觉，因为在他看来，照片里的那两间房子与他这些天所见的成百上千间彝族人家的房子并无多大不同。

即使此事如今已经成为过去式，胡群丰再度谈起时依然颇为无奈。他说：“兴许在那位组长眼里，他所拍的都是地标建筑，但我哪知道那是哪里，只凭一张照片，想要找到地方实在是有心无力。”

那几日，由于水土不服，加之心里着急，胡群丰满嘴都是虚火，口腔里的溃疡一个连着一个，一说话就犯疼。眼看天气越来越冷，又下了雪，给施工造成诸多不便，11月20日又是当地的彝族年，至24日前一般是不让陌生人进屋的。胡群丰心急如焚，想要抓紧时间多走几户，多改几户，偏偏沟通上又遇到这样那样的“曲折”。

可再着急也不能同彝族同胞发脾气，胡群丰深吸一口气，定了定神，再次拨通了那位组长的电话。得知组长所在的位置离布拖县人民医院不远，胡群丰便同他约在医院门口碰面，并告诉他自己开的是一辆金杯面包车，牌照是“浙 B”的，方便辨认。

发生在胡群丰身上的这则故事让我想起了自己早前写过的一篇文章——《月亮右边》。文章的开头，我援引了网上的一个段子，说是有一个姑娘和闺蜜出去游玩，在郊外迷了路，让男朋友来接。男朋友问她人在哪里，她回答“我就站在月亮右边的那条道上”。

想来，当胡群丰看到“我在这里”时，与看到《月亮右边》的男主人公内心感受定然是差不多的吧。好在费了九牛二虎之力后，他们最终还是接上了头，也顺利完成了走访。待到改造完成，这段经历被志愿者当作一件趣事在茶余饭后闲谈时偶尔说起。

似这般难忘的故事在走访过程中时有发生，正式在受益户家中实施照明线路改造的时候更多。

11 月 16 日至 18 日，23 日与 24 日，布拖一连下了几场雪。大雪纷纷扬扬，从半空跳落，落在山川草木之间，也落在盘山公路之上。当它们叠罗汉似的“叠”于路面，使得本就不太好走的山路变得更加难走了。这时，纵然心里再急，开车的志愿者也只能把速度放慢下来，必要时还得加装防滑链，以每小时 10 码的速度小心翼翼地向前行进。

速度慢了，相同的路程需要耗费的时间便长了，以至于本来 20 分钟就能到达的地方，下雪天需要跑一个多小时。这些在路上耽搁的时间，想要找补回来便只能利用室内整改线路的机会。整改的时间越短越好，但改造质量是不能打折扣的，所以他们只有不停地倒逼自己，让自己的手脚再快一点，休息再少一点，甚至把喝水、直腰的时间都省却了。

当然，改造不只是辛苦的，也是幸福的；不只能给受益户带去温暖和光明，也能让志愿者的心里时刻充满阳光。

刘学说，曾有很多次，他在梯子上忙碌的时候，那些老人和小孩一直守在梯子旁，努力想给他帮忙。虽然彼此语言不通，无法深入交流，但老人们嘘寒问暖的样子根本就不需要语言的赘述。

那些上了年纪的老人总是觉得他们干活会累，隔一会儿，就走到梯子边，不停地问：“累了吧？快下来了，抽支烟。”有的还会让他们喝酒——他们干活怎么能喝酒呢？

刘学同我讲述着他到布拖参与“千户万灯”改造以来遇到的种种趣事，说着说着，嘴角不由得露出了笑容。他管这些叫“甜蜜的烦恼”。

胡群丰补充道：“老人们是出于好意，想让我们休息会儿，不要太累了。可是，我们是带着任务来的，走了这么远的路，就是想快点把事情做好，早点让他们用上安全电、放心电。”

使命在身，对于时间也就越发重视。从来到布拖的那一天起，志愿者几乎没有准点吃过饭。说是午饭，有可能下午 3 点才吃，有时甚至要延到 5 点。偶有一两次，他们一天才吃一顿饭。对此，负责送饭的胡群丰也颇为无奈。

每天早上，他把其他志愿者送达之后，就折返下山，去排摸第二天乃至第三天需要实施照明线路改造的生活困难残疾人家庭。因为不认得路，且与受益户素昧平生，不能贸然前去，通常他会提前一天联系村干部或村民小组的负责人陪同。如先前所讲的那个“我在这里”的故事一样，双方碰头的过程免不了会有一些波折。紧跟着到了受益户家里，也会遇到受益户不在家或证件不齐全等情况，比如身份证、残疾证由儿子或女儿保管着，儿子女儿又放羊去了……胡群丰有时会等待，有时会同他们约定下次再来。

核实完人员信息，胡群丰还要把房屋结构的草图画出来，开关安装在哪个位置，电线布在哪个方向，如果受益户有特别要求，还会在图纸旁边一一加以注明，并同受益户或其家人约商整改的具体时间。

就这样，不知不觉间，时间便如流水般流逝。有时明知饭点将至，胡群丰却不能离开，更别说去给山上的志愿者送饭了，因为事情未完，一来一回太浪费时间。他只能在每天出门前，叮嘱他们早饭多吃一点。久而久之，他便有了一句口头禅：“干活的时候要认认真真地干，吃饭的时候要认认真真地吃。”然而，劝的人态度殷殷，听的人并不敢领命。原因是山里厕所不多，大小便极为不便，故而早饭不敢吃得太多、太杂。

人是血肉之躯，不是钢筋铁骨。不规律的饮食、高负荷的劳作，给志愿者的身体带来了不小的挑战。特别是江建铭，他本来就有胃疼的老毛病，疼痛发作的时候，脸上的血色好像突然间被抽空，一下子变得煞白煞白的。他不是没有想过当“逃兵”，但是每每念及那些受益户，想到自己做志愿服务的初衷，又咬咬牙坚持了下来，初心如磐。

听着他们的故事，我的脑海里忽然闪过这样一句话：饿是一种本能，不受人的意志控制，但是人能凭借意志把饥饿感扛过去。

虽然吃饭难得准点，但志愿者很少有怨言。因为能够为那些生活困难残疾人的用电安全、幸福生活贡献自己的力量，他们打心眼里觉得开心，哪怕历尽艰辛也心甘情愿。而且他们饿着肚子在山上坚持作业的时候，胡群丰在山下走访同样饿着肚子。对此，胡群丰说了这样一句话：“他们饿着，我也饿着；我自己有饭吃了，就不会饿着他们。”

其实，前一天晚上回到酒店或者第二天早上出发之前，志愿者通常都会在车里放一些水和饼干，干活干得渴了、饿了，可以垫巴垫巴，救济一下冒火的喉咙和辘辘饥肠。但是每次在村口看到三五成群的小孩，受爱心驱使，他们早早地就把食物分光了。

食物没了，饿的时候便只能忍着。如果干活的地方附近有超市，间或，他们也会去买一些零食用来充饥。买东西是一个简单的操作，但简单操作的背后，有时却藏着许多感人的故事。

八

纵然再过10年、20年甚至更漫长的岁月，刘学依然会记得2021年11月10日发生的事情。如果那一日的经历是一部电影，他早已把每一帧画面都记在了心里。

那天，他在日嘎村的乃保扯呷家忙到下午三点半还没有吃上午饭，却接到胡群丰打来的电话，告知走访还未结束，送饭要晚一点。刘学大概估算了下，房间里的线路全部整改完，至少还需要半个多小时。因为早上赶着出门没来得及吃饭，此时的他已然有些坚持不住。为了不让自己饿到虚脱，刘学问乃保扯呷附近哪儿有超市，自己想去买点东西吃。

刘学虽然也是四川人，却讲不了也听不懂彝族话，只得连说带比画。经过一番吃力的沟通，乃保扯呷理解了刘学的意思。他指了一个方向，说：“就在那前面，我去给你买泡面。”

刘学伸出手拦住了他，表示自己去买。刘学之所以没有接受老人的好意，并无“拒人千里”的意思，而是有着自己的考量：一者，1940 年出生的老人已是 82 岁高龄，一只耳朵还有听力残疾，行动多有不便，让他帮忙去买，如何忍心；二者，自“千户万灯”照亮计划启动以来，除了工艺上的要求，钱海军对人员的纪律也有明确的规定，一言以蔽之，就是洁身自好，不能拿受益户一分一厘。刘学怕老人受累，亦怕老人掏钱。

想到老人说超市“就在前面”，找起来应该不费事，刘学快步朝着老人指引的方向走去。谁知这个所谓的“前面”竟有一公里远，也不知是自己听岔了，还是理解出了错。刘学边走边看，始终未发现超市的影子，路上问了三个人，才找到一家很小的小店。

刘学买了一瓶饮料和几只蛋黄派，一边狼吞虎咽地吃着，一边打开手机准备付钱。这时，乃保扯呷忽然从身后走了过来，用彝语同店老板说，不要收刘学的钱，刘学买的东西由他来埋单。店老板将老人的话转述给了刘学。刘学说：“你别管，我直接用支付宝扫码支付。”得知刘学已经付钱，乃保扯呷有些失落地说：“哎哟，这怎么好啦，我们家虽然什么都没有，但是这个让我来啊。”这话当然也是店老板翻译给刘学听的。

“我完全不知道他跟在我后面，还跟了一路 —— 可能他怕我找不到地方吧。老人都 82 岁了啊，早知道他跟在后面，我就算饿死也不会去小店的。”

此事让刘学刻骨铭心。虽然干活的时候身体很累，肚子很饿，但在“千户万灯”项目落地布拖县的过程中曾发生过这样一件事情，有过那么一个人，他的心里暖暖的。

刘学正在回味的时候，江建铭打完电话，也加入了群聊的队伍，并同我讲起了他的故事。刚刚迈入而立之年的江建铭工作经历和生活阅历堪称丰富。

2008 年汶川地震发生的时候他还在德阳市里念初中，当时很多援助物资经由德阳运往灾区，他同老师请了假，主动跑去当志愿者，帮忙装货、卸货，一做就是一周。

到了十七八岁的时候，因为家庭原因，他辍学出去打工，最西边去过新疆，最东边去过浙江。在外打拼的那些年，他吃过很多苦，也遇到过很多贵人。钱海军和胡群丰就是江建铭心目中的贵人。2018 年，从新疆回来后，他在机缘巧合之下认识了钱海军和胡群丰，从此便与“千户万灯”项目结下了不解之缘。2019 年，“千户万灯”项目从慈溪走向宁波，又从宁波走向浙江全省。随着光明的印记不断延伸，江建铭去过的地方也越来越多。2019 年 8 月，“千户万灯”进入舟山群岛，钱海军、胡群丰、江建铭各带领一队志愿者前往，彼此都称“老师”。这个称呼直到现在依然延续着。

五代词人顾夐曾以一阕《诉衷情》享誉文坛，词中“换我心，为你心，始知相忆深”诸句更被创立“神韵说”的清人王士禛称为“透骨情语”。然则此句不只用来形容相思，亦可形容其他情感。至少在江建铭看来是这样。他从不觉得自己给残疾人、孤寡老人干活有多么伟大，一来平台由钱海军志愿服务中心搭建，自己不过是往本已烧得很旺的炉火里添了一根小柴而已；二来，相比付出，自己从那些受益户中得到的东西更多。

江建铭说，可能是自己年少时父母离异、外出闯荡漂泊久未归家的缘故，在给那些残疾人、孤寡老人干活的时候心里总有这样一种感觉——就好像看到了自己的爷爷奶奶。

他们给我递食物也好，递水也好，感觉特别亲切，就像以前每次回到家中，爷爷奶奶总是把最好的东西给我。虽然我们有纪律，不能拿他们一分钱，不能抽他们一根烟，不能喝他们一口水，但是他们带给我的温暖却填满了我的整个心房。所以，相比做志愿者的补贴，去企业里当电工的收入或许要高很多，可我还是愿意做志愿者。给他们修修电、装装灯，听他们说说话，那感觉真的很好。

曾经在慈溪做“千户万灯”项目的时候，江建铭遇到过一个老太太，老人拿证件的时候看到了过世老伴的身份证，一直坐在那儿哭。他就在一旁安慰她，口中直接喊她“奶奶”：“奶奶，你不要哭了……”如果说志愿者来到老人家里，像是回到了久违的家中，那么老人看见志愿者则像是看到离家的孩子回家来了。后来在安龙的时候，他又遇到一个老太太。老人说，已经 10 多年没有人去看过她了。看到江建铭对自己非但没有疏离感，还忙前忙后，装灯装线，把昏暗的小房子整修一新，老太太坚持要认他当干儿子，还把一个存有10多万元的存折直接拿了出来。这样的事情不独一桩两桩，而是时有发生，它们让江建铭的心灵得到了洗礼。

江建铭说，他已经把“千户万灯”项目当成自己的事情在做了。自己给自己干活，心里舒服，因为付出再多也是自己的，算是有点“私心”。为了这次能来凉山州做“千户万灯”项目，他足足等了半年，除了偶尔打打零工，别的事情什么都没有做。

出发的日子敲定后，胡群丰是乘公共汽车到的布拖，而江建铭等人则是自己开着车来的。考虑到开展“千户万灯”改造没有车极为不便，如果租赁的话费用又太贵，他们把自己的一辆老式金杯车从宁波开了来。那辆车跟随他们已经很多年了，称为“老爷车”都不为过。

从宁波到布拖地图上显示有2400多公里，实际距离还要更远，他们整整跑了四天三夜，路上车还坏了两次。11月2日，等他们赶到布拖的时候，钱海军等人已经完成了布拖县生活困难残疾人家庭住房照明线路改造“样板间”的打造。

到布拖的当晚，不知是天气干燥还是别的原因，江建铭鼻子出血，过了好半天才止住。但他没有同钱海军和胡群丰请假，第二天就拿着工具加入了“千户万灯”改造的队伍。

彝族人家都很朴实，大多数受益户哪怕不明白“千户万灯”项目是什么，对待志愿者也都是客客气气的，但也有一些残疾人得的是精神疾病，他们对志愿者的态度并不友好，有时还会把他们赶至屋外。江建铭从不生气，打不还手，骂不还口，并请联络人帮忙做好解释工作。

与对待老人的耐心不同，生活中的江建铭性格直率，说话甚至还有点糙。说起在布拖实施“千户万灯”改造有什么难忘的经历，他笑称，以前觉得偶尔下下雨挺好，别有意境，但是自从来了布拖，这份闲心再也没有了。毫不夸张地说，他最讨厌的就是下雨天。他讨厌下雨天，不只因为下了雨山路不好行车，更因为牛粪和着泥土，搞得脚下、梯子上到处都是。“这些天吃饭、睡觉，浑身上下一股牛屎味，就连打个屁都比以前臭。”

玩笑归玩笑，条件的艰苦、雨水的讨厌从不曾将他们行路的双脚锁住。对于事先排定的计划，他们总是不折不扣地执行，就算不吃饭、不休息，也要努力把它做好。最晚的一次，他们做到夜里 12 点多才结束。用他们自己的话说，虽然别人没有强制要求你怎么做，但是既然来了，既然做了，我们要对自己有要求，用尽全力把事情做到最好。

这世界，人心最坚硬也最柔软。说它坚硬，是因为它可以隔绝心外的一切，但当它柔软起来，它又能包容万物。值得一提的是，坚硬与柔软并不是一成不变的，借助某种介质，它们可以互相转化。而温暖的行动或者说落于人心头的感动就是介质之一。

当灯亮起的时候，一些老人将原先秘不示人的资料全部拿了出来，那些资料与钱、存折放在一起，用油纸里三层外三层地包着，用绳子一根一根地捆扎着。甚至有老人对志愿者说："你们就跟我的爸爸妈妈一样。"老人已经 70 多岁了，而志愿者年纪最大的也才 50 岁出头，如此说法显然是不太合适的，若说像儿子倒还差不多。谁知老人却说："爸爸妈妈对我也没你们对我这么好！"

被志愿者感动的不只有老人，还有小孩。11 月 26 日，志愿者在先锋村的扭色拉家里实施"千户万灯"改造时，老人年仅 8 岁的小孙女一开始满脸担忧，生怕他们技术不过关，把屋里唯一的一盏灯给弄灭了。待到见识过他们的本领之后，她主动给他们打起了手电筒，嘴里还不停地说着"谢谢叔叔"。得知志愿者还没有吃饭，她变魔法似的拿出几包零食，见他们不肯吃，又从鸡窝里掏出两枚鸡蛋塞到志愿者的衣兜里。送完后，当是有些心疼，她说，这鸡蛋平时自己都舍不得吃。说得志愿者都笑了。活干完后，他们把鸡蛋放回了小女孩手中。小女孩对着其中一个志愿者说，"你们这么好，给我们装灯，连鸡蛋都不吃，我把妈妈送给你吧"。童言无忌，却让志愿者哭笑不得。见志愿者不吱声，她又说，"我把姐姐也送给你"。站在一旁的老人不禁莞尔，让孙女不要胡闹，转头又对志愿者说，"那么晚了，你们就住下来吧"。

人世间最舒服的关系莫过于以真心换真心。对布拖县的生活困难残疾人家庭，志愿者付出了真心，同样，他们也得到了真心。

11 月 25 日，改完当天的最后一户已经是夜里 9 点多。山上风大，江建铭等人又冷又饿，但他们没有直接去吃饭，而是照例先到吉子友伍家里准备第二天要用的材料。

吉子友伍一家正围坐在火塘边聊天，见志愿者到来，忙给他们端了几条凳子，让他们一起烤烤火，吃点东西。吉子友伍的嫂子和侄女也在，看见志愿者，也热情地同他们打招呼。

吉子友伍的侄女人小鬼大，调皮地问志愿者讨没讨老婆。

志愿者同她开玩笑："我们都太穷了，讨不到老婆。"

他们一边说着，一边接过吉子友伍递来的凳子。忙了一天，也确实累了，一屁股坐下，坐姿雅不雅相也顾不得了。

忽听小女孩发出"呀"的惊叹，随后她跑到母亲身边一阵耳语。吉子友伍的嫂子旋即将目光扫向江建铭的脚踝，看到他没有穿袜子，关切地问他："天那么冷，你怎么不穿袜子啊？"

小女孩许是想到了什么，轻声地说道："妈妈，他一定是太穷了，所以连袜子都穿不上。"

穷到连袜子都穿不上，当然只是小女孩的臆想，事实上，为了避免被硬物刮伤、碰伤，被汗水蜇伤，志愿者出门干活时是一定会穿袜子的。只是他们干的都是体力活，每天要走很多的路，出很多的汗，袜子和衣服须得每日更换。可是酒店里没有专门晾晒衣物的地方，加上连日来雨雪不断，那天江建铭出门时已无袜子可穿。人在站立时，有裤腿挡着，穿没穿袜子不仔细看是看不出来的，可是落座之后，膝盖将裤腿往上一提，脚踝便露了出来。

吉子友伍的嫂子说，"我给你钱，你去买两双袜子吧"。说着，她从口袋里掏出一张面值 50 元的人民币，真诚地表示"请你不要嫌少"，可能是觉得不够多，她很快又换了张面值 100 元的。早在妈妈第一次掏钱的时候，小女孩已经将口袋里的 5 元钱放到了江建铭的手心，那是她身上仅有的 5 元钱，还是过彝族年时家里的长辈给的。

故事的最后，江建铭当然没有拿母女俩的钱，但她们待人的真诚却深深地印在了他的心里。每每想起，便有一股暖流涌遍全身。

这样的故事每一个在布拖实施"千户万灯"改造的志愿者都曾经历过，它们琐碎而温情，就像冬日的阳光散落满屋。连带着我这个听故事的人也感受到了那光的亮、灯的暖。于是，大家越聊越投机，越聊越兴奋，全然忘了时间的流逝。

不知何时，原本闹嚷嚷的走廊渐渐地没有了声音。在前一个故事讲完后一个故事还未开始的空当，我下意识地看了下手机，发现已是第二日的凌晨2点多。从私心来讲，如果可以，我愿意一直这样聊下去。就着抑扬的声调，顿挫的表达，把他们碰过的壁、感受过的温暖从记忆里全部翻找出来，但是想到再过几小时，他们又得开车上山，去拆线，去装灯，去用神奇的手在昏暗的屋子里变出光明，我犹豫了。随后，我站起身，生硬地终止了聊天。

想起进门时自己说的话，我瞬间有种被啪啪打脸的感觉。这倒正应了网上流行的一句话——如果不出意外的话，一定会发生意外。

看得出来，他们同我一样，聊得有点意犹未尽。退出房间前，我一一添加了他们的微信，并再三叮嘱，如果在“千户万灯”后续的改造中遇到了有趣的人、有趣的事一定记得告诉我。

从始至终我都相信，我们的聊天只是暂时告一段落，而不是彻底终结。即使工作上另有安排，马上我就要离开，可是来日方长，我们定然还会再见面的。

尾　声

离开那天，吉子友伍得到消息，走了2公里路，专程来送我们。而我竟然没有感到意外。虽然与他相识才短短几日，但彼此相处融洽，就好像已经认识了很久。一个认识了很久的朋友要走了，送一送也是情理之中的事情吧？

没有饯行酒，没有踏歌声，亦没有折柳相赠的仪式，大家说着别离的话，话里话外却已在盼着下一次的相聚。

等暑假到了，带着孩子一起到慈溪来，带你们看千年越窑，吃美味小海鲜。

一定一定。索玛花开的时候你们再来，那时的布拖风景要比现在更加美丽。

这样的对谈更像是自说自话。我们搜肠刮肚，互相向对方推荐自己的城市，仿佛只要说得足够吸引人，下一次见面的约期便算定下了。

这场景让我不由得想起了一件往事。多年前的一个正月，我打电话与一位远行的朋友道别，却听见电话那头她母亲在旁边不住地问着：“明年你什么时候回来？”声音很轻，但落在人心里沉甸甸的。明明人还没有离开，已先谋划起了下次聚会，与我们此时是何等相像？

如果意念有力量，那么重逢也应该是迟早的事吧。我相信，那必不会遥远。

当初我们在一个晴空万里的中午来到凉山州，很快，又在一个太阳高照的中午离开。

我们离开了，但负责布拖县生活困难残疾人家庭住房照明线路改造的志愿者还在，“千户万灯”照亮计划仍在继续进行中。

人的情感是很奇怪的。同一个地方，与之没有交集的时候，它于我们而言仅仅是地理学上的一个名词，哪怕历史再渊深、风景再漂亮，也有一层若有若无的疏离感，可一旦有了交集，关系忽然就变得亲密起来，你的心里会时时挂念着那里发生的一切。

布拖于我便是如此。回到慈溪以后，工作上的事情虽多，我仍一直留意着那里“千户万灯”改造的动态，时而在睡前，时而在午后，时而在黎明初醒时——仿佛去布拖时一不小心把心也留在了大凉山上。至于方式，不外乎通过吉子友伍和几个志愿者的朋友圈。

吉子友伍的朋友圈更新得不算勤快，却有好几条内容与志愿者有关，其中 12 月 8 日那条放了一张刘学和江建铭分别给他的女儿和侄女辅导功课的照片，配文是这样写的：“白天干活，晚上还到我家给孩子们补课，辛苦两位帅哥了。”文字后面附了三个比大拇指的表情。

其间，刘学也曾发过一个视频给我。视频里，一位名叫阿比日拉的阿普拉着江建铭的手，一定要请他吃坨坨肉，不吃便不肯放他走。那“僵持”的模样，任谁见了都不由得为之莞尔。

那些文字、照片和视频，像是此前采访的补充，又像是民族团结、共同富裕的注脚，让我真实地感受到志愿者与“千户万灯”项目在受益户心中的分量。

这种分量没有因为 2400 公里的遥隔而减轻一分一毫。

天气越来越冷了。时间像是长了翅膀的骏马，奔跑如飞，而志愿者则像是草原上套马的汉子，身手敏捷。他们争分夺秒、坚持不懈地努力着，忙到 12 月中旬，凉山州布拖县首批“千户万灯”照亮计划 112 户生活困难残疾人家庭的住房照明线路改造全部完成。

随后数日，志愿者又对已完成改造的人家进行了回访，看看是否有不尽完美的地方，同时也进行了用电安全的宣传。回访结束，已是 2021 年的年底，志愿者随即撤出了布拖县。

他们的人是撤出来了，与他们有关的故事却在阿都彝族人中越传越广。这场改造为当地许多生活困难的残疾人带来了看得见的光亮，也在吉子友伍心中注入了梦想的光亮。

吉子友伍暗下决心，等到来年乡村电工开班时，自己一定要报上名。回头把证书考出以后，除了用这一技之长改善家人的生活，他还想做一张名片，写上自己的名字和电话号码，再写上“专门为老人、残疾人服务”，放到快手上，帮助更多需要帮助的人。

怀着这个念头，志愿者离开了几个月，他便盼了几个月。

大凉山的气温较东南沿海地区要低上许多，正月里，地里的积雪还未散尽，又下了一场大雪。吉子友伍清晨起来，推开门，入眼而来的是满目的梨花白。他用卷尺量了量屋顶的雪，发现竟有 44 厘米厚，檐上的冰凌更是与女儿差不多高。

雪花飘飘洒洒，特别美。儿子和女儿尽情地笑着，跳着，释放着孩子的天性，吉子友伍却不由得皱了皱眉头：下了雪，西昌通往布拖的路就不太好走了，若似这般一场接一场没完没了地下，自己的梦何时能圆呢？

打从正月初七开始，吉子友伍每次路过村口，都会下意识地向着远方眺望，好似在等待什么人的出现，心里则默默地祈祷着：愿疫情早点散去，愿大雪快点融化。

此时，一团阳光好似感应到了吉子友伍内心的呼唤，撞破厚厚的云层，从大凉山深处奔跑而来，最终不偏不倚地跳落在吉子友伍家的屋顶上，继而又从屋顶延伸到地面。

阳光照射在雪地上时，明晃晃的，附着在人身上时，暖洋洋的。

这明媚的阳光，以及光影里暖暖的温度，不由得让吉子友伍联想到夜里亮起的灯光，而一想到灯光，他的脑海里便浮现出许多人的身影。钱海军，胡群丰，刘学，江建铭……随之而来的，便是这一个个的名字。

东风乍起，草木萌动，吉子友伍再也忍不住了，他给其中一名志愿者发信息：“你们什么时候回来？”

是的，他没有问“你们今年会不会来”，而是问“什么时候回来”，仿佛他的心中早已料定，他们一定还会再来。

央企楷模

筑梦天宫　逐梦太空

——“央企楷模”、中国工程院院士、航天科技集团五院空间站系统总设计师杨宏

◎文／庞　丹

他，是我国载人航天器系统设计与工程管理专家，全程参与了我国载人航天“三步走”任务，历任第一步任务载人飞船系统副总设计师、第二步任务空间实验室系统总设计师，现任第三步任务空间站系统总设计师。他，主持成功研制我国首个空间实验室“天宫一号”；主持我国空间站研制；坚持以信息技术提升载人航天器能力理念，主持研制了三代载人航天器逐级跨越的信息系统，为我国载人航天工程赶超世界先进水平做出了系统的创造性贡献。他就是“央企楷模”、中国工程院院士、航天科技集团五院空间站系统总设计师杨宏。

长白山脚下的“三好学生”

吉林省通化市，是位于东北长白山脉的一个山城。这里山清水秀、民风淳朴，著名抗日英雄杨靖宇的烈士陵园就坐落在这里。1963 年 11 月，随着

一阵“呱呱”啼哭声的响起，一名男婴在这个山城诞生了。这名男婴的父亲姓杨，是在北京工作的一名航天科技人员，男婴的母亲则是通化市一名中学语文教师。也许是出于让自己的孩子从小就能立下宏伟志向、长大后能成就一番宏伟事业的美好祝愿吧，父母给刚出生的男婴取名为“杨宏”。

出生于知识分子家庭的杨宏，作为中学教师的母亲对他的教育一直没有放松过。“做老实人，说老实话，办老实事”，这是母亲对其为人的要求；“要立志成为一名社会有用之才”，这是母亲对杨宏未来的期盼和希望。在母亲的严格要求和言传身教下，杨宏从小就对书本产生了浓厚的兴趣，并利用各种条件广泛涉猎自然科学和社会科学知识。

小学阶段的杨宏，语文和数学成绩都特别好。也许是受到当语文教师的母亲影响的缘故，杨宏的作文语言简练、逻辑清晰，校长评价“没有废话”，而且立意高远、寓意深刻，经常受到老师的表扬。杨宏至今还记得，有一次，他写的一篇题为《拣麦穗》的作文，竟被小学校长拿到全校大会上进行了宣读和讲评。上中学后，杨宏除了对数、理、化课程十分感兴趣外，还经常在课余参加一些航模、船模的制作和表演，这大大锻炼了他的动手能力和创新能力。从小学到中学，每次“三好学生”评选都少不了“杨宏”这个名字。老师们对杨宏的评价也众口一词：这孩子，学习勤奋踏实，动手能力特别强，将来肯定会有大出息。

1980 年 9 月，还不到 17 周岁的杨宏，以优异的成绩考入了位于陕西省西安市的西北电讯工程学院信息工程系。杨宏所学的专业为信息论，在 20 世纪 80 年代，这可以说是一门很前沿的专业，专业对数学基础要求非常高。当时他最感兴趣的就是计算机应用、军事通信等领域，而最喜欢上的课就是实验课，无论是电路设计、计算机软硬件设计还是通信系统设计与分析，杨宏的实验课成绩总是名列前茅。在实验课上，他的动手能力和逻辑分析能力得到进一步增长。当时的西北电讯工程学院是一所刚从军队转入地方管理的大学，实行的是半军事化管理，新生一入学就进行军训，每天上、下课都吹军号，学生每天都要出早操。这种半军事化管理大大培养并强化了杨宏严格的组织纪律性、良好的团队意识和严谨务实的工作作风，用杨宏的话讲，“母校为我打下专业基础，埋下献身国防红色基因的种子，锻造了过硬作风，四年的大学生活使我一生都受用不尽”。更为巧合的是，杨宏的毕业论文《保密通信设计》中的一些设计思想和成果，竟然在他后来从事“神舟”号飞船的方案设计时，都得到了借鉴和应用。

放弃优厚待遇投身航天怀抱

1984 年 7 月，杨宏大学毕业后，根据国家需要，分配到了铁道部下面一个待遇相当不错的研究所，专门从事铁路系统的计算机数据通信研究工作。在那里他工作了 4 年，分析问题、解决问题的能力得到不断加强和提高。

随着时间的推移，杨宏越来越感到，要想在高科技领域有所作为和长远发展，仅停留在大学本科所学的知识层面是远远不够的，必须给自己不断“充电”。经过深思熟虑，他决定放弃已有的优厚待遇，去攻读中国空间技术研究院总体部的研究生。因为研究院的特点是跟工程任务紧密结合，毕业以后直接就能对接型号任务，这样，一则满足了提高自己知识水平和能力的需求，二则将来也可在中国空间技术领域一展宏图，实现他大学时代就想当一名国防科技工作者的梦想。

1988 年，杨宏如愿以偿地考入中国空间技术研究院空间飞行器总体设计专业研究生，师从叶万庚研究员，主攻电子工程方向。用杨宏的话讲，3 年的研究生生活真是“如鱼得水，分外解渴”。尤其是导师的授课方式，使他受益匪浅。他的导师叶万庚先生对培养学生有一套独特的方法，这就是：将需要完成的课题给学生交代清楚，并明确努力的方向，其余的就全部由学生自己独立完成，直至学生遇到攻克不了的难题或研究方向出现偏差时，才会出来指点迷津和要略。在杨宏看来，导师这种带学生的方法，锻炼了学生独立自主解决问题的能力。1991 年，杨宏以优异的成绩完成了研究生学业，分配到了中国空间技术研究院总体部三室，从事新型返回式卫星首发星的综合测试工作。

其实，早在读研究生期间，杨宏就已开始介入一些空间飞行器型号的基础研究工作，因此，到三室后，他很快就适应了这里的工作方式和工作氛围。当时的卫星测试设备和条件还比较差，整个卫星的综合测试台就一个计算机显示屏，仅操作手能看到测试信息的显示情况，连电测指挥都看不到。于是，拥有丰富计算机知识的杨宏分到三室后，研究室领导自然就交给杨宏这样一项重要任务：想方设法解决“计算机监视终端的多屏显示”这个难题，以提高新型返回式卫星首发星的测试效率。

现在看来，“多窗口监视”根本就不算问题，但在当时，却难倒了许多人。杨宏接受任务后，花了一个月的时间，大胆地对原装机的显示卡进行了改造，使得一个计算机显示卡可以同时带三个显示屏，此举大大提高了卫星测试的监视效果。这次的成功，给杨宏以极大的鼓舞和激励。根据领导的要求，他又乘胜追击，成功地设计了新型返回式卫星测试系统与发射场系统通信软件。这个软件的成功开发和应用，首次实现了返回式卫星地面测试系统与发射场测发指挥系统的信息联网和交换，彻底改变了过去靠人工进行信息传送和交流的方式，大大提高了我国返回式卫星在发射场的测试效率。

1992 年 6 月，新型返回式卫星首发星试验队进驻酒泉卫星发射中心执行发射任务。期间，杨宏作为该星综合测试的操作一岗，得到了卫星总师、“两弹一星”功勋奖章获得者王希季院士的亲自督导。在杨宏的记忆中，当火工品测试的时候王希季院士就在他旁边，面对换挡时大电流的风险，王院士嘱咐说：“小杨啊，测试时要把万用表表笔拔下来再操作。”在王院士的言传身教下，杨宏学到了火工品的全套测试方法，并将其带到了载人飞船工作中，几十年安全沿用至今，操作完成了成千上万条卫星指令的发送工作，没有出现任何差错。1992 年 8 月，我国新型返回式卫星首发星在酒泉卫星发射中心发射成功，江泽民总书记亲自接见了参与卫星发射的全体试验队员。

能够从事新型返回式卫星首发星的综合测试工作，杨宏至今仍感到万分幸运。在他看来，这既可以使他对卫星的设计、生产、测试、试验乃至发射与返回全过程有一个概貌性的了解，又可以对我国空间飞行器等系统工程的管理知识有一个全面的掌握。卫星综合测试岗位的工作经历，为杨宏今后从事飞船总体技术协调和管理工作奠定了坚实的基础。

飞船队伍里“年轻的老舵手”

杨宏无疑是幸运的。就在他研究生毕业的第二年即1992年9月，党中央决定开始实施中国的载人航天工程，而飞船系统的研制任务历史性地落在了有着20多年卫星研制经验和基础的中国空间技术研究院身上。同年10月，中国空间技术研究院总体部成立了飞船总体室。根据任务需要，刚刚品尝到发射卫星成功之喜悦的杨宏，被抽调到飞船总体室工作。此后的10余年间，面对技术难度、系统复杂度和可靠性、安全性要求都比卫星高得多的飞船，在没有现成经验可借鉴、现成资料可查阅的情况下，杨宏和他周围的同事在老专家们的指导下，一起摸爬滚打、奋力攻关，将自己的全部智慧和汗水都投入“神舟”号系列飞船的研制和发射工作。

研制飞船，最难的地方就是方案设计。也就是说，在没有国外相关资料和现成飞船研制经验可借鉴的条件下，如何拿出一个既具有国际先进水平又有中国特色还符合国情的飞船方案，对研制飞船有着至关重要的作用。而只要能制定出一个科学合理的方案，飞船也就有了良好的开端。1993—1995年，作为飞船电总体设计人员的杨宏，需要完成的一个重要使命就是，拿出船载计算机系统的方案设计。面对这个开创性的工作，杨宏没有丝毫畏难情绪。为了确保设计出的方案可行，他对国内星载计算机的生产能力进行了广泛调研。为了对飞船13个分系统的工作原理、工作模式、计算机需求有一个清楚的掌握，他跑遍了所有分系统承制单位。为了获悉与飞船有接口关系的运载火箭系统和发射场系统对飞船的有关需求指标，他不辞辛苦地一趟又一趟地去这两个大系统进行技术咨询。

就这样，凭着参加返回式卫星工程的实践经验，结合飞船自身的需求和各分系统的实际，杨宏开始了船载计算机系统的总体方案设计工作。当时飞船各分系统需要上的计算机CPU加起来约120个，而且各家计算机选型、接口、标准五花八门，完全按分系统要求去做，整船的性能很难保证。针对飞船系统计算机数量多、分布广、技术复杂、功能分散等现状，杨宏提出了船载计算机分布式系统结构方案和构造飞船信息系统设计思想。他根据国内航天计算机工程实际情况，论证了船载计算机软硬件选型，规范了船载计算机型号、软件编程、开发和测试等工作，从而使飞船具有了系统优化的船载信息系统和信息高速公路。与国际上同类方案相比，杨宏设计的船载计算机系统方案具有明显的先进性。1999—2002 年，“神舟”号飞船四次大型飞行试验的成功，则是对杨宏所设计的船载计算机系统方案正确性和合理性的最好证明。

飞船与火箭间的电连接方式，直接影响着航天员能否在火箭万一发生故障时顺利逃生。根据任务要求，发射飞船的运载火箭一旦在发射段发生故障，飞船应与火箭协同完成航天员逃逸救生任务，这就需要船箭间指令和信号接口具有高可靠性，既不能产生误指令，又能在航天员需要逃逸时立即响应。在飞船方案设计阶段，杨宏经过认真论证，合理选取技术指标，提出了船箭间电气接口和信息交换方案，并采用电气隔离、多重冗余、多次判别等措施，实现了安全、可靠的设计目标，在国内航天领域首次实现船箭指令信息交换。1998 年金秋时节，飞船在酒泉卫星发射中心专门进行了零高度逃逸救生试验，此次试验获得了圆满成功。杨宏以总体技术负责人的身份参加了此次试验。看到自己设计的方案得到了验证，他的内心充满了喜悦和幸福。

1994 年，因在飞船方案设计工作中成绩突出，杨宏被任命为飞船总体室的副主任和飞船综合测试副主任设计师，同一年，又被破格评为高级工程师，1996 年转为总体副主任设计师。刚刚 30 出头，就肩挑重担，他成了飞船队伍里“年轻的老舵手”。

心与“神舟”一起飞

1996 年，飞船进入初样研制阶段。而作为总体技术负责人的杨宏，在此阶段接受的第一项重大任务就是组织全船电子设备的第一次联调——桌面联试。这是飞船电子设备首次连接成系统，面对 13 个分系统、400 余台电子设备、300 余条电缆、8 万余电连接接点组成的复杂系统，杨宏不畏艰难，带领总体有关同志精心组织、合理策划，主持编写了飞船系统第一份技术流程——桌面联试技术流程，从而确保了联试工作有序进行。由于这是飞船 13 个分系统电子设备的第一次连接，要打通所有接口，让飞船能够在地面模拟飞行起来，其间需要现场协调解决的问题不计其数。为使各分系统组成完整系统并能够协调运行，从 1996 年 8 月到 1997 年 5 月，在桌面联试期间，作为总体技术负责人的杨宏，主持解决了大量的接口匹配问题，并带领全体参试人员连续奋战了九个半月，最终实现了飞船全系统联通，通过了模飞测试。桌面联试的成功，不仅验证了飞船方案设计的正确性，也为飞船正样顺利研制工作铺平了道路。

刚刚结束了桌面联试，还没来得及喘一口气，杨宏就又开始投入初样电性船的研制工作。这是飞船队伍第一次将电子设备和结构、机构分系统组合为一个完整的飞船。从 1997 年下半年到 1998 年底，作为电性船总体技术负责人，杨宏协调、理顺了飞船总体电子设备和总装、结构间的关系，使得电性船成为首次实现电子设备与结构、机构相容的整体。1998 年 11 月，以电性船为载体，杨宏和同事们首次成功地进行了整船级的电磁兼容性（EMC）试验，检验了飞船自身以及飞船系统与运载、发射场等其他系统间的电磁兼容性。在这次试验中，飞船队伍第一次拿到了飞船的电磁兼容数据，为推动飞船正样研制工作打下了坚实的基础。

载人飞船是一个高智能化系统，其软件设计的可靠性直接影响飞船成败和航天员的安全。飞船研制初期，飞船各个分系统在软件设计方面普遍存在着“自编、自导、自演”现象，软件设计不透明，软件设计质量与可靠性无法保证。为确保飞船软件研制质量，在飞船进入初样研制阶段后，杨宏就深入研究了国际航天领域软件设计标准和经验，并结合我国航天软件研制现状和存在的问题，提出了向国际航天软件设计标准靠拢、采用国际通用的软件工程化设计思想。针对嵌入式计算机特点，他制定了软件工程化实施要求和实施细则，对飞船软件采取分级管理，要求所有软件设计规范化、透明化和结构化，对关键软件要求单元测试和第三方评测。在飞船软件工程化实施过程中，杨宏深入软件设计第一线调查研究，组织技术交流，不断发现和解决实施中的问题，针对个别软件测试覆盖率达不到指标要求的问题，杨宏跟同事们一起查找原因，认真分析软件功能、结构和测试方法，针对不同软件特点，采取调整软件结构、测试工具或采用其他测试方法解决。在他和全体同事的共同努力下，正样研制阶段的飞船软件研制水平和质量有了质的提升，单元测试覆盖率和功能覆盖率均做到了100%，并通过了权威部门的第三方评测。而今，飞船软件工程化技术管理经验，已成为卫星等航天器软件设计的典范。

作为“神舟”号系列飞船总体技术负责人的同时，杨宏还承担了供航天员训练用的飞船模拟器的设计工作。为保障航天员训练的充分性，需要在地面建立飞船模拟器，该模拟器要有真实座舱和人机界面，用数学仿真方法实时模拟飞船数据和指令响应，不仅能够模拟飞船正常工作模式，还可模拟故障及对策。如果按常规仿真手段研制，不仅需要建立大量复杂的数学模型，而且还不能解决实时动态耦合模型建模问题。作为航天员训练模拟器技术负责人，杨宏打破常规，自行设计了飞船仿真系统体系结构，他提出的设计创新点是采用数学模型建模和数据等效相结合的方式构建飞船仿真系统，从而一举攻克了复杂系统的动态仿真难点，成功实现了动态仿真。经专家评价和航天员训练验证，该模拟器同真实飞船人机界面和数据仿真完全一致。该成果已成功应用于我国航天员的训练。

杨宏是中国载人航天事业发展的见证人，飞船的历次飞行试验，都少不了他的身影，作为技术负责人，他常常一进驻发射场就是几个月，走的时候是盛夏，回来时已是寒冬，其间，他与团队一道为了试验任务全力拼搏。1998年8—10月，杨宏参加了载人航天工程的第一次大型飞行试验——零高度逃逸救生试验。1999—2002年，杨宏又相继负责并圆满完成了“神舟”一号、“神舟”三号两艘正样船的总体技术工作和“神舟”二号、“神舟”四号两艘正样船的飞控技术工作。在此过程中，他为飞船研制试验进行了大量开创性工作，解决了关键技术问题。毫不夸张地说，杨宏和他的同事们一起，为中华民族千年飞天梦想的实现做出了不可磨灭的贡献。

古人云：世上凡“古之立大事者，不惟有超世之才，亦必有坚忍不拔之志”。可以说，杨宏所取得的每一项成绩都来之不易，都是其心血、汗水和智慧的结晶。从1992年10月投身飞船研制队伍以来，杨宏几乎将他全部的时间和精力都毫不吝惜地奉献给了他挚爱的载人航天事业。1995年以来，他平均每天工作10小时以上。在1996年到1999年的3年里，他更是连星期天也很少休息。虽然他每天休息的时间非常之少，但杨宏却从没有抱怨过，相反，他经常挂在嘴边的一句话是：“凡是干飞船的人，没有不辛苦的。既然从事了这项伟大光荣而又艰巨的工程，那么，我们要干就竭尽所能将其干好，要干就全力以赴将其干成。”

对于杨宏来说，最难忘的可能就是执行“神舟”三号飞船发射任务那一段经历了。2001 年 10 月，“神舟”三号飞船在发射场测试中，出现了元器件批次性质量问题，需要全部更换。由于元器件安装位置分散、操作空间狭小、涉及船上设备多，此项工作极为困难和危险，实施不当，将会对飞船造成损坏，并严重影响整个载人航天工程的进展。此时，对于作为飞船系统副总师和试验队技术组组长的杨宏而言，其所承受的压力之大可想而知。但杨宏还是顶住了来自各方面的压力。他带领团队和质量、调度、总装人员密切配合，连续十几天加班加点制定了多套排故预案，并对每个方案、每一个细节均进行了认真研究分析和充分论证，从而给上级领导及时决策提供了所需信息。最终全力确保了“神舟”三号飞船在酒泉卫星发射中心成功发射。

2003 年 10 月 15 日，中国航天员杨利伟搭乘中国第一艘载人飞船“神舟”五号顺利升空，茫茫太空第一次有了中国人的身影。经过 21 小时 23 分钟，在轨运行 14 圈之后，10 月 16 日，飞船安全着陆，中国成为世界上第三个能独立将人类送上太空的国家。飞行成功以后，杨利伟跟杨宏说，他的这份自信来自两个方面：第一，来自他平时的训练，他相信自己能够从容地应对各种故障和各种险情；第二，他充分相信载人航天设计师，相信神舟飞船能够确保他的安全。杨利伟的话在杨宏的心灵上产生了震撼，因为航天员把生命安全都托付给了航天设计师，作为神舟飞船研制团队的一员，没有理由不做好自己的工作。杨宏始终记得神舟飞船的老总设计师戚发轫院士说过的一句话：“你们要把自己当作航天员，看你们敢不敢坐你们自己设计的飞船。”这就是航天人的工作。

回顾艰辛征程，杨宏自认为“不觉得苦，反倒觉得很幸运”。在他看来，能够为实现中华民族的千年飞天梦想尽一份力量，这样的机遇实在难得，可以说是“千载难逢”。这样的机遇让他赶上了，他没有理由不全力以赴。

只许成功不许失败

“神舟”五号载人飞船发射成功后，飞船系统的总指挥、总设计师都换成了年轻人，技术队伍也以年轻人为主。这虽然注入了新的活力，也增加了新的压力。面对这样一股新生的力量，要加倍付出心血。自从担任“神舟”六号主管副总师后，杨宏就暗自下了决心：“神舟”六号只许成功不许失败。他不仅是这样想的，更是这样做的。

杨宏担任“神舟”六号主管副总师时，摆在他面前的“神舟”六号情况是非常困难的：两人多天的飞行是最大的考验，需要解决航天员在轨飞行生存环境的所有技术难题；航天员配置物品的增加、飞行任务变化带来的资源矛盾需要解决；技术状态变化带来的设计更改；新增试验设备的技术攻关；队伍新老交替带来的经验不足；等等，都是亟须解决的难题。从不言败的杨宏在“神舟”六号面前一如既往地展示大将风范。他过五关斩六将，不断向“零故障、零缺陷、零疑点”迈进。

为了确保质量，在“两总”系统的支持下，他明确提出了质量工作重心前移的质量方针，并带领大家到全国各地的主要协作单位进行实地考察。到车间与技术人员面对面地交流、到档案室调阅相关资料，考核总体的技术要求是否落实到每个环节，检查关键单位的生产控制是否到位，并现场办公解决问题。他尽快掌握了第一手资料，对整体情况了如指掌。

“神舟”六号载人飞船与航天员相关的设备成倍增加、轨道舱科学试验设备的变化等，均对飞船提出了优化设计需求。为解决系统优化问题，杨宏坚持深入有效载荷的研制单位和航天员系统，组织方案修改，对每项技术指标、参数均进行详细的论证，终于解决了方案设计中的难题。新试验设备技术新、难度大，杨宏带领有关专家深入研制一线达数十次，经过艰苦奋战，终于攻克了方案设计、试验、元器件等难关。

无论在航天城、总装测试厂房内，还是在大型试验现场、专业实验室内，经常能看到杨宏勤奋的身影。在飞船发射场，杨宏身兼数职，不辞劳苦地主持发射场飞船系统技术工作。正是他这样务实、稳健、细致的工作作风，将“神舟”飞船技术工作安排得井井有条，13 个分系统、643 台设备、40

万条语句、82 个软件、10 万多只元器件无一差错。杨宏的真抓实干，也影响和带动了整个“神六”研制队伍，构建了“神舟”六号载人飞船成功的基础。他以自身的实际行动兑现着“用成功报效祖国，用卓越铸就辉煌”的承诺。

全力以赴只为浪漫“太空之吻”

天宫一号与“神舟”八号交会对接任务是杨宏从“神舟”飞船走向空间实验室系统的一个转折点。

2004 年 12 月，中央批准启动我国载人航天第二步任务，并明确第二步任务重点放在航天器交会对接和航天员空间活动等重大技术突破上。完整的载人交会对接技术包括交会、对接、组合体管理与控制等，以形成空间站建造和运营所需的能力。我国“两弹一星”功勋王希季院士将天宫空间实验室与载人飞船对接后形成组合体的复杂过程言简意赅地概括为“1+1=1”，并将其明确为突破、掌握载人航天器交会对接技术的标志之一，即不仅要突破两个航天器在轨交会对接技术，还要掌握组合体控制和管理技术，进而掌握空间站所需的组装建造技术。

对于“1+1=1”的设计思想，王希季院士是提出者，而杨宏则是优秀的实践者。他创建了强约束多目标系统设计方法，提出以天宫一号为主控核心，接纳“神舟”飞船等来访的航天器组合体设计方案，提出多学科融合设计方法，攻克大型整体壁板密封舱制造、可补加推进剂的金属模盒贮箱等空间站关键技术，实现一次任务完成多重目标；创建“风险事件识别，本质安全提升，在轨风险快速阻断，航天员应急撤离”“四位一体”的全过程、全系统、全要素、全寿命周期风险防控体制，确保了航天员安全；在发射重量远低于美苏空间实验室的苛刻约束条件下，天宫一号达到了与其相同的功能，接受了 3 艘飞船 2 个乘组 6 名航天员的访问，运行寿命超过指标 1 倍多；形成 158 份标准，成果直接应用于天舟系列货运飞船和空间站。

天宫一号目标飞行器作为我国自主研制的全新载人航天器，作为小型空间站的雏形，要实现长期在轨飞行，完成多次交会对接，这不仅是中国载人航天史上新的里程碑，更是我国建造由中国人自己照料的空间站的基础。面对一个从未探索过的领域，肩负竖立中国载人航天二期工程的使命，作为天宫一号总设计师的杨宏，身上的任务之艰巨、责任之重大可想而知。

没有成熟的经验可借鉴，没有充分的数据可参考，无法充分研制宇宙中的现实环境，要实现两年寿命、完成多次交会对接试验，其难度可想而知。从2011年往前倒推的5年时间里，杨宏带领研制人员从设计、研制到生产、试验；从出样测试到正样投产；从技术验证到出厂发射，用自己的双手，实践着天宫一号飞天的梦想。

走进天宫一号项目办的办公室，“重点、落实、敏感、沟通、推动”，醒目的标语挂在墙上，时刻提醒着研制队伍要充分认清风险，牢固树立“一切为载人，全力保成功”的观念，将“零故障、零缺陷、零疑点”的质量理念融入工作中，确保飞行任务的成功。在飞行器设计初期，在杨宏的带领下，研制人员以“神舟”飞船技术状态为基线，根据天宫一号任务的特点与要求，不断改进设计，关注细节，创新、优化、完善了系统功能，不断提高天宫一号的性能，以确保各项试验的完成。

科研的道路上没有一帆风顺，总是磕绊不断。尽管做足了故障预案，研制队伍还是遇到了“拦路虎”。在一次故障中，为了快速定位，准确找到问题，杨宏发扬总体无限责任精神，亲临试验现场，查生产、试验数据，查产品可靠性、覆盖性，最终顺藤摸瓜，定位真相，顺利排除了故障。杨宏这种对质量问题深挖一锹，“一竿子抓到底”的工作作风给人们留下了深刻的印象。

在初样阶段，天宫一号目标飞行器的前锥端设计采用了银灰色的热控包覆层，但研制人员在试验过程中很快发现银灰色的热控包覆层在暗室里试验，包括光感、匹配试验，这种颜色会对敏感器造成光干扰，而这种干扰是过去没有发生的，因为此前仅仅出现过电磁干扰。

如果背景光处理不好的话，会直接影响交会对接敏感器设备的测量精度，或者导致无法识别目标飞行器，这是非常重要的问题。

飞行器系统“两总”毅然做出决定，马上更改设计，开展匹配性试验验证。

一场攻坚战迅速打响，设计人员、生产厂家、测试人员……被火速召集起来，材料有问题？颜色有问题？测试有问题？……设计人员先后选取了不同的材料，不同的背景颜色，逐一进行试验验证。大家集思广益，认真比对，

共同排查问题。时间紧，迫在眉睫！任务重，责任如山！时间一天天过去、测试报告一天天变厚，问题也一天天明朗。不知熬过了多少个不眠之夜，也不知经过了多少次试验验证，最终经过大量的匹配试验，确定使用黑色热控包覆层为最优方案。

从方案论证到研发与技术攻关，从初样到正样，在杨宏总师等型号“两总”的带领下，研制人员正视问题，排除万难，集思广益，先后攻克了空空通信、高压供电、多回路通风换热等一系列技术难题，拿下了一大批具有自主知识产权的核心技术。

2011 年 9 月 29 日，随着酒泉卫星发射中心“点火”指令的发出，在一片烈焰的映照下，天宫一号飞奔寰宇。同年 11 月 3 日凌晨，天宫一号与“神舟”八号经历了捕获、缓冲、拉近、锁紧的全过程，成功实现了交会对接，太空之吻华丽上演。鲜花和掌声包围着杨宏，杨宏是幸运的，他以他的智慧、勤奋和付出赢得了诸多成功与荣誉。难得的是，他深知这一切都离不开他的团队，离不开载人航天精神。每当有人想采访他时，他总是躲到团队背后，不由自主地讲起团队。他说，这是一个系统工程，是集体劳动的成果，而他只是集体中的一员。他始终认为，航天任务的每次成功都是十分艰难的，航天工程的成功是集体智慧与汗水的结晶。自己无论作为型号主管设计师、主任设计师还是总师，岗位尽管关键、重要，但自己的个人贡献相对整个团队来说是微不足道的。他一再强调自己只是一名普通的设计师，每个型号成功的背后都有无数默默无闻的航天人在奉献，呼吁大家多关注航天发射幕后的无名英雄。

打造“有中国特色的现代化载人空间站”

天宫一号与“神舟”八号交会对接任务的成功带来的喜悦并没有让杨宏原地停留，他马不停蹄地奔向了下一站：中国空间站。

空间站建造是航天强国建设最重要的标志之一，建造空间站、建成国家太空实验室是实现我国载人航天工程“三步走”战略的重要目标，是建设科技强国、航天强国的重要引领性工程。作为国家航天事业的亲历者和建设者，杨宏和他的团队肩负着祖国的载人航天事业，在科技创新的沃土上，问鼎苍穹，不断刷新着进军太空的中国高度。

空间站工程是体现科技高水平自立自强、发挥新型举国体制优势协同攻关的典型领域，对此杨宏深有体会。中国航天被国外封锁了 60 多年，国际空间站更是将中国排除在外，中国人只有瞄准国际航天技术前沿，独立自主地打造世界先进水平空间站。为此，杨宏带领研制团队确立了“独立自主，创新引领，体系保障，规模适度，留有发展空间”的系统设计原则，树立大系统观，发挥体制优势，从系统顶层设计先行，整体设计分解，独立自主地一体化研制空间站组合体，通过组织架构和研制体系保障，规划了一套队伍统一研制空间站三舱的组织架构，实现产品通用化率达 80%，使多个舱段、多航天器系统整合重构，大幅提升了整体可靠性，形成了“自主交会对接 + 平面转位”的中国空间站组装建造方案，走出一条符合中国国情的、具有中国特色的发展路线。

与空间实验室系统（天宫一号）时期的研制经历相比，面对空间站这样的复杂大系统，身为空间站系统总设计师、核心舱责任总师的杨宏，身上的担子更重了。空间技术领域是高技术集中的领域，空间技术水平是一个国家科技实力的重要标志，也是一个国家经济实力、综合国力、国防实力的重要标志。“关键核心技术是‘要不来、买不来、讨不来’的，我们要建造空间站，引领科技强国、航天强国建设。”在杨宏眼中，每一次自主创新的突破都充满挑战。

如何把多个大型航天器在轨合理、高效地组装起来，解决“建造成”难题？如何实现低成本、高效益地长期稳定运行，解决“效益高”的难题？如何打破国外封锁，自主创新地突破关键技术，解决“能力强”的难题？对于航天人而言，破解一个个难题，不停地解决问题，才是他们的常态。杨宏和他带领的研制团队决心依靠自立自强打破封锁，靠中国人自己的力量建成空间站。为此，他需要考虑的问题更多了，需要处理的接口关系也更复杂了。机械臂、推进剂补加、柔性太阳翼、再生生保……这些关键技术只掌握在极少数国家手中，是全新挑战，而杨宏正在全新的领域里做探路者，他的理想就是“打造有中国特色的现代化载人空间站”。在杨宏眼里，作为总设计师，不仅要能带领大家冲锋陷阵，还要有战略思想。他始终对设计师团队强调“创新建站、科技建站”的思想，带领设计师们“树立创新理念，集合创新技术，应用创新方法，打造创新产品”。为了实现这一理想，他广泛涉猎各类科技期刊、参加学术交流，紧密跟踪国际前沿科学技术发展动向，关注国内外航空航天最新动态，从各类科技信息中获取系统设计优化的方案和思路，从各种飞行报道和故障事件中吸取教训和经验。最终，杨宏带领研制团队突破了大型柔性太阳翼、可爬行智能机械臂等关键技术，完成了空间站组装建造任务，开展大规模空间科学和技术试（实）验，建立了以空间站为“太空母港”的在轨服务新模式。创建了功能级系统重构模式，以网络技术实现跨航天器、跨舱段的能源、信息、控制、载人环境等多专业系统整合重构，大幅提升了我国空间站的系统健壮性。创立空间站“安全性、可靠性、维修性”融合设计体系，使系统裕度、功能冗余度与在轨维修资源统筹优化，单个航天器冗余设备总数减少 60%，系统裕度提升 70%，空间站整体性能大幅超越各航天器功能的简单集合，既保证长期可靠安全运行，又降低研制和运营成本，同时填补了我国航天器在轨维修技术空白。

当今是互联网技术、信息技术大爆炸的时代，随着中国航天由大变强、从“跟跑”到“领跑”趋势的到来，杨宏和他的团队面临着新时代提出的新要求。“空间站系统复杂度高，多学科深度耦合，技术跨度大，设计、制造、试验技术等极为复杂，传统研制与运营模式不能适应。”杨宏说。其实早在2011年，他就敏锐地观察到数字化、智能化先进制造的发展趋势，创新性地提出全面数字化研制是空间站高质量、高效率发展的必由之路，需要走以型号研制带动技术进步的路线。在中国空间站方案设计之初，他主张提出“依托新技术成果，助力新技术发展”的空间站设计理念，提出了全生命周期、全模型化、全要素基于数据同源的数字化研制路线，突破数字化先进制造、多学科仿真和数字孪生空间站技术，打通了研制过程全链条数字化流程，开辟了新型数字化研制模式，带领研制团队从布局、构型设计，结构设计到数控加工，三维管路加工、精测、安装，三维电缆布局等，均采用数据同源的全周期多学科模型的正向设计，实现了全生命周期无图纸，以仿真部分替代物理试验，做到“设计一次正确，集成制造一次成功”，大幅提升了研制效率和质量，实现了大型复杂航天器的数字化转型，构成了“天—地—数字”三站协同的新发展模式。他积极引入先进信息技术，坚持向民用技术学习，向“智能家电”学习，大胆应用“民用以太网”“无线 Wi-Fi”等新技术，使空间站天地一体化以太网系统、高速率天基中继通信系统、综合电子通用计算机等先进系统相继实现，大幅提升空间站智能化水平和平台综合性能。

面对理想，他同样清楚自己和团队存在的差距和不足。他说：“中国空间站研制是党和国家交予的一项历史使命，我们当前面临的最大矛盾是空间站任务的艰巨性、技术的跨越性、系统的复杂性与我们整个研制团队能力水平、技术储备不足之间的矛盾。”为了弥补不足，他始终教育团队成员“干一行、爱一行、钻一行”，确保成功、吃透技术、迎接挑战，这成为杨宏和他的团队共同坚持努力和奋斗的方向。

对于投身空间站任务研制 10 多年的杨宏及其团队成员而言，每每谈到中国空间站就会动情地说：“它之前陪伴我们度过了我们的青年时代，它之后可能还要贯穿我们一生的时间。”谈到空间站研制的故事，每一个具有代表性的系统设计杨宏都记忆犹新。

从空间站研制初期，杨宏就前瞻性地识别出制约中国空间站发展的关键战略问题，意识到元器件将会是制约空间站长期可持续发展的关键。他认为“好的总师要先人一步，提前考虑，提前布局，关键产品绝不能寄托在别人身上”。因此，他提前 10 年布局并提出元件器自主可控系统性保障方案，开展核心元器件国产化工作，亲自走访各大高校和元器件生产商，带领技术团队驻扎元器件攻关一线，开展了以 550 万门宇航级 FPGA 等为代表的九大类核心元器件的技术攻关，创建了芯片研发与工程应用验证并行迭代模式，实现了空间站核心元器件 100% 的自主可控，彻底解决了核心元器件“卡脖子”问题，拉动了国产芯片、软件、材料、制造等产业的创新能力提升，其中 DC/DC 型谱模块实现了国际领跑。

航天工程容不得花拳绣腿，只能靠实实在在地去付出、去解决问题。只有关注细节，把工作做实，才能打造金牌产品。重量控制是航天型号的一种常见“痛”，说大不大，说小又不小，细碎烦琐很难处置，空间站也是如此，其重量控制看似平常，实则问题复杂、难度大、影响大，为此，杨宏始终坚持亲自管这项工作。问他为什么，他说自己负有最大的责任，再烦琐也要解决。杨总亲自上阵，带领总体从多个角度系统分析问题，制定了系统任务规划、舱级结构重量控制、分系统重量控制、单机设备减重、电缆减重等综合优化和控制措施。逐个舱、逐台单机、逐个产品、逐台设备、逐根电缆地分析寻找减重办法，逐家单位地协调落实。某所承担了多个分系统共计百余台电子单机，每台设备从壳体壁厚、电装工艺、接插件数量到灌胶量都受到过堂审问的“优待”。一种系统电缆网三维协同设计方法在空间站得到提出和应用，可以在保证舱段功能的前提下实现设备布局和电缆走向、长度的综合优化设计，达到千余根电缆的最短、最轻化。在历尽艰难后，核心舱重量终于得到有效控制。

2021年4月29日中国空间站天和核心舱发射，空间站在轨组装建造正式拉开帷幕开始，历时近两年，杨宏带领空间站研制团队克服疫情等诸多困难，实现了四艘神舟载人飞船、四艘天舟货运飞船、两艘实验舱的接连发射成功，确保了发射试验任务和疫情防控工作“双胜利”。谈起这段激情燃烧的岁月，杨宏印象最深的是2022年11月22日深夜，为确保各项任务尤其是空间站飞控工作不受疫情影响，党组织一声令下，研制团队有“800勇士”在保证安全的前提下，手提行李箱、骑着自行车、卷着铺盖卷，告别家人，进驻到航天城和飞控现场。大家闻令而动，听令而行，抢着报名，争着做逆行勇者，那些身影特别令人难忘。正是这次逆行，保证了空间站组装建造任务的圆满完成。8天后，中国空间站首次形成了由6个航天器组成的“三舱三船”组合体，6名中国航天员首次实现“太空会师”的“全家福”永留史册。

习近平主席在2023年新年贺词中向世界庄严宣告“神舟十三号、十四号、十五号接力腾飞，中国空间站全面建成，我们的‘太空之家’遨游苍穹”。未来的十几年里，中国空间站将承担起作为载人航天器来往的太空母港、科学技术研究的太空基地、航天员工作生活的太空家园等多项任务职能，空间站工程也将由研制建造阶段逐步进入规模化应用的更高阶段。为了实现后续空间站在轨高质量、高效率、高效益运营，提升空间站的科学应用价值，更好推动国家科学技术进步，杨宏认为空间站系统有义务，也有责任发挥带头引领作用，开展未来空间站在轨运营管理方案论证工作。为此，在该任务仍未立项的情况下，杨宏一方面抓空间站系统研制，另一方面提前组织空间站在轨运营管理方案论证工作，谋划载人空间站长远发展。经过多轮的研究与讨论，在轨运营管理方案和在轨航天器运行支持中心方案都已初步制定完成，并以此为基础积极协助工程总体论证工程运营管理总方案。他始终秉持“提高效率、提升能力”的创新理念，率先提出数字空间站概念和基于模型的协同研制模式，得到航天科技集团五院的支持并顺利打造了五院宇航智造工程空间站示范项目，他率领团队在先进制造基础上叠加多学科模型，开展多学科仿真，解决验证难题；采用“数字孪生”技术创建数字空间站，并在地面建成与太空中的在轨空间站 1 ∶ 1 的实物模拟空间站，共同形成了“天—地—数字”三站协同的新型运行模式，为中国空间站在轨长期高质量、高效率、高效益运营打下了坚实基础。他心系中国空间站工程长远发展的崇高责任感和博大胸襟赢得了研制团队每一名设计师的由衷敬佩。

铁血硬汉亦有柔情

“特别能吃苦、特别能战斗、特别能攻关、特别能奉献”，四个特别的载人航天精神是载人航天队伍的真实写照，自载人航天事业起步，研制团队就始终保持着高昂的战斗力，有着“拼命三郎”的称号，杨宏亦是如此，但他从来不觉得苦，30余年来，他始终保持着投身航天事业的初心，始终保持着对事业的执着信念和倾心付出。

2007年，天宫一号研制期间，杨宏做了心脏搭桥手术。2014年6月，杨宏又做了胆囊摘除手术，时值空间站系统转入初样研制阶段的关键节点，为了型号工作的顺利开展，他在术后第二天就忍着病痛返回工作岗位，放弃节假日又连续工作了16天，对200余份转阶段备查文件和100余项转阶段待办事项闭环情况逐条把关，从而确保了型号按计划转入初样阶段。还有一次，杨宏上午在西安参加某研制单位归零评审，为一关键质量问题归零把关，下午赶到上海某专项试验现场，现场指导试验工作，试验后马不停蹄地赶回北京，还没来得及回家就又转乘火车赶赴天津，为第二天AIT现场首次综合测试加电工作做准备，一天之内，转战四地，三餐全部都在飞机或者车上，而且趁着坐车的工夫还一直在协调工作。杨宏每天的日程排得满满的，奔波忙碌不停，除处理问题之外，他这么拼命更是想把整个团队都带动起来，让全系统都运转起来，也让大家都更加坚强。“在一线基层工作最关键的是靠前和扎实”，杨宏在工作中始终以微笑待人，没有表现出丝毫倦怠，让人感受到他全身心置于事业当中，享受着尽心付出所带来的快乐。

熟悉杨宏的人都知道他非常低调，面对诸多荣誉和头顶上的光环，杨宏说：“我做好自己的本职工作就行了，我不是新闻人物，也不想成名，更不想当英雄。”在他眼里，每一次成功只是完成了一项任务。谈到成绩，他总是不由自主地首先讲到载人航天这个群体，总是说个人的一切成就都离不开载人航天这支优秀的队伍。“神舟”五号载人飞船发射成功后，杨宏参加了由中宣部等九个部委联合组织的载人航天先进事迹报告团。他随代表团到全国各地去宣传载人航天精神，宣传载人飞船队伍的先进事迹。面对镜头，他更多的是宣传集体和同事，很少提及自己。“我觉得无所谓”，荣誉面前的杨宏淡然地说，“我只是一名设计师，我就是要把幕后的本职工作做好”。杨宏想到的不是自己，而是怎样让飞船更可靠、更安全；做宣传时杨宏想到的也不是自己，而是载人飞船的研制队伍。“因为飞船是一个系统工程，是一个集体劳动的结晶，我只是集体中的一员。我有义务把这个群体向全国人民宣传。”

做好载人航天科普传播和团队宣传的同时，杨宏还非常重视对青年人才的培养，积极创造条件和机会助推年轻的设计师勇于创新突破。杨宏认为越来越年轻的同志加入航天事业，他们最大的特点就是对新技术的掌握能力非常强，学新东西也很快，点子多，方法多，思维活跃，这些都是非常可贵的。他常常对青年技术师说，要在重大工程任务的实践中努力锤炼，使自己具备四种品质，一是刻苦钻研，夯实基础，具备坚实的专业基础，为长久的技术攻关做好充分准备；二是学无止境，要保持学习的状态和开拓创新的精神，在技术攻关中始终走在前列；三是培养良好的思维方式，正确运用专业知识，在关键技术领域有所突破；四是树立积极向上的价值观，把个人理想信念与国家利益结合起来，这是实现个人价值的先决条件。他是这么说的，更是这么做的。在牵头组织开展数字化项目建设和应用工作期间，他积极引导年轻人密切跟踪最新技术发展，鼓励和帮助青年员工努力提升专业技术，尽可能地给年轻人压担子，让他们挑起大梁，助推青年人才成长。一方面鼓励大家扎实掌握本专业技术，跟踪最新技术发展；另一方面竭力推荐青年员工参加国内外学术交流会议，举荐青年专家加入专业学会，尽可能为青年人才专业发展创造有利条件。在他的精心培育和带领下，一大批“90后”的年轻设计师在型号任务中迅速成长。

空间站研制过程中有着许多“世界级”难题，但杨宏却从来不怕苦、不抱怨，只是默默工作，甚至很少对别人讲他遇到的难题。他深深记得我国“神舟”飞船首任总设计师、90岁高龄的戚发轫院士讲过的一段话。“很多年轻人问我，现在条件好了，我们还要吃苦吗？”戚老总用很有力量的声音对年轻人说：“我觉得，你们吃的苦，可能比我们要多得多。你们面临的挑战，都是干‘世界第一’的事，完全要靠自己，要把你们的智慧、时间、精力都投入任务上。所以，年轻人也要吃苦，要‘特别能吃苦、特别能战斗、特别能攻关、特别能奉献’，要做‘世界第一’的事还得有这种精神。”这段话让杨宏受到很大触动，躬耕空间站任务的10余年间，他始终勤勤恳恳工作在型号研制第一线，身先士卒为青年人做出表率，遇到困难时尽管内心思绪万千，杨宏却始终微笑面对，用自己的积极乐观包容大家、鼓舞大家，带领大家闯过一个又一个难关险滩。他常说："不着手解决，问题将始终摆在那里，而‘路虽远，行则必达；事虽难，做则必成’，踏踏实实地做好每一件事，努力把自己的青春和聪明才智用到国家载人航天事业当中，内心必然是充实的。”在杨宏的带领下，年轻的载人航天设计师团队脚踏实地，一步一个脚印，在逐梦太空的征途上发出青春的夺目光彩。

使命因艰巨而光荣，人生因奋斗而精彩。航天事业的蓬勃发展吸引了越来越多的关注目光，人们给予了航天人越来越多的赞许和荣耀。可是成功的光环背后，默默耕耘的航天英雄们的辛酸几人能知？工作繁忙使得为人子的杨宏不能膝前尽孝，在“神舟”三号飞船的排故工作中，他甚至没赶上见母亲最后一面。他只记得临去发射场时母亲的话："别想我的病，好好工作。”世上最爱杨宏的那个人去了，这成为他一生永远抹不去的痛。为人夫的杨宏，已经好多年没有休假。妻子有埋怨，可为了不影响他的工作仍在默默地帮助、支持他。妻子评价道："他是一个勤奋的人，一个认真的人，一个事业心特别强的人。”也许他们之间缺少浪漫的事，但世上最浪漫的莫过于彼此的理解与信任。杨宏要在生活上、工作上扮演诸多角色，不可能每样都很成功，就如领导在他母亲去世时对他的评价："自古忠孝不能两全，在一头是家庭一头是飞船的天平上，他把砝码加在后者盘中。”

“路漫漫其修远兮，吾将上下而求索。”目前，中国空间站作为“中国航天事业的重要里程碑”，已全面进入建造任务实施的决战决胜阶段。面向未来，载人登月等一系列重点领域的宏伟蓝图已经绘就。挑战前所未有，对于年近花甲之年的杨宏而言，太空征程才刚刚开始，前面的路还很长很长。我们衷心祝愿这位载人航天事业的开拓者，在今后的太空之旅中，会采撷到更多的鲜花和果实。我们也坚信：机遇，永远属于有准备的人；成功，始终只青睐那些辛勤的耕耘者。

鹤舞金沙写传奇

——记白鹤滩水电站建设者团队

◎文／孙　恺

引　子

“金沙水拍云崖暖，大渡桥横铁索寒”，1935 年 5 月，在毛泽东同志指挥下，长征途中的红军凭借着 6 条小船巧渡金沙江天险，不仅跳出了敌人数十万大军的围追堵截，奠定了长征胜利的基础，更是书写了世界战争史上的奇迹。

88 年后的 2023 年，也是一个 5 月，笔者沿着先辈的足迹来到金沙江畔，目之所及这里崇山依旧，但深峡如新，因为一座崭新的巍峨高坝已经横亘在金沙江之上，高峡出平湖，天堑变通途，万年不变的山谷，诞生了中国水电新的擎天巨柱——白鹤滩水电站。

金沙江就像一条纽带，不仅为国民经济发展传输着丰沛的绿色能源，也向白鹤滩水电站 2 万多名建设者传递着 88 年前红军面对中国革命低谷时的革命乐观主义精神与中国共产党人“为中国人民谋幸福，为中华民族谋复兴”的初心使命。

正是这份红色精神的传递，让 2 万多名白鹤滩建设者几十年如一日，心往一处想，劲往一处使，团结协作，攻坚克难，创造了一项又一项世界第一，在这片千年未曾大开发的处女地竖起了一座新时代的丰碑。

一、踏山问水

“金沙咆哮出渝州，翻卷腾越鬼神愁。白鹤冲天布祥瑞，银线穿云贯九州。青春热血应无悔，洒去而今化电流。鬼斧神工难其匹，堪笑愚公一老叟。”

2021 年全国两会期间，84 岁的蔡兴楷老人在报纸上看到白鹤滩水电站工程即将竣工的消息，心情澎湃，即兴写下了这首七言律诗。而他之所以如此激动，是因为早在 60 年前，他就与白鹤滩结缘。

“我是 1938 年出生，18 岁那年来到云南昆明水电设计院工作。1959 年 8 月，我与昆明院第五勘测队的几百名队员一起，进驻金沙江白鹤滩河谷地区开展地质勘探工作，为建设大坝做准备。”时任昆明水电设计院第五勘测队办公室主任的蔡兴楷回忆起自己与白鹤滩初次结缘的情形。

金沙江流域可以说是中国水电的诞生地，1912 年 5 月 28 日，位于金沙江支流螳螂川河道上的中国第一座水电站——昆明石龙坝水电站投产发电，这不仅是金沙江流域水能资源开发的起点，也是中国水电的原点。

作为大型基础设施的水电站，它的建设是国家实力的一种体现，石龙坝水电站也不例外，它缘起于中法不平等条约，建设依托德国水电技术，抗日战争期间又因日机轰炸多次受损。可以说，石龙坝水电站是近代中国积贫积弱的一个缩影。

1912 年，石龙坝水电站正式发电，电灯首次点亮了昆明的黑夜，也为中国水电人点亮了一条水电报国的道路，从那时起中国水电人就对国家、对民族有了一份攀登水电技术顶峰的使命担当，这份担当代代相传，最终让中国水电人在三峡工程建设时期迸发出“为我中华，志建三峡”的誓言。

“为我中华”，是每一代中国水电人的初心使命。也正因如此，在新中国刚刚成立，一穷二白、百废待兴的时候，大批年轻水电人放弃了城市生活，扎根到了彼时穷苦的金沙江畔。

在水电业内，一直有“中国水电在西南，西南水电在金沙”的说法。数据显示，我国 70% 以上的水能资源都集中在西南的云、贵、川、藏地区，而西南水能资源又高度集中于金沙江流域。金沙江干支流水能资源理论蕴藏量达到了惊人的 1.21 亿千瓦，占长江流域水能资源理论蕴藏量的 42.25%。

新中国成立初期，全国水电装机容量不过区区 36 万千瓦，所提供的电力根本无法满足国民经济恢复与发展的能源需求。如果说电是现代文明的基石，那么能不能掌握金沙江所蕴含的澎湃能量，也意味着现代中国能不能获得不竭的能源支撑。

因此，新中国成立后不久，就计划在金沙江干流上兴建大型水电设施。这是白鹤滩水电站最早的规划，也是白鹤滩水电站横跨一个甲子故事的起点。

1959 年，来自昆明勘测设计研究院（以下简称“昆明院”）的 300 多名勘测队员陆续从各地跋山涉水会聚白鹤滩。老队员们回忆说，白鹤滩就静静地躺在被崇山峻岭包围的金沙江畔，但交通异常不便，从昆明到白鹤滩不过 300 多公里路程，要汽车换骡马，骡马改步行，穿山越岭得花费 6 天时间才能到达，来一次仿佛是武陵人寻找桃花源，只不过白鹤滩更像是一个被文明遗忘的角落，全无桃花源的良田、美池、桑竹之属。

白鹤滩不仅对外交通不便，勘测区域的内部交通更是不便。蔡兴楷回忆说，由三滩进入白鹤滩峡谷约 5 公里那一段，在绝壁上只有人工开凿的一线栈道，宽不足 3 尺，刚能容一人单行，有的地方还必需躬腰低头以后旁人相助才能过去。

在如此艰苦的条件下，勘测队成功完成了大量地形测量、地址测绘、钻探、岩石实验等工作，并得出“在白鹤滩坝址修建 200 米高拱坝条件优越”的结论。但受制于国家经济实力与技术能力，白鹤滩水电站工程被迫“按下暂停键”。从 1961 年开始，300 多名勘测队员不得不陆续离开白鹤滩。

但白鹤滩始终是中国水电人心中的一个梦，此后几十年间无数的水电人或奔走呼吁，或潜心研究，无不在为白鹤滩水电站工程的重启做着准备。

功夫不负有心人，改革开放后，伴随国民经济快速发展，能源需求日益增大，白鹤滩水电站建设计划再度被提上议程。

1991 年，白鹤滩水电站正式进入前期规划阶段。当年年底，水利部组织对金沙江下游河段踏勘，并在昆明召开座谈会，会上明确由华东勘测设计院（以下简称“华东院”）负责白鹤滩勘测设计等后续工作。昆明院随后将全部前期勘测成果移交给了华东院，30 年间积累的资料装了好几卡车。

白鹤滩要建设的是水电站，但在白鹤滩地区水文气象记录却从来没有过，最近的水文气象监测站在四五十公里外的巧家县城，在气候多变的山区难以满足未来工程建设需求。因此，华东院自 1991 年开始，在白鹤滩坝址区建立了完整的水文监测档案，这些都为后续工程开展提供了重要的数据支撑。

最终华东院顺利完成了 64 公里的河段探查，对两岸山体结构、滑坡体分布及地震影响等影响水电站建设的重点因素有了初步了解，并选定了白鹤滩、羊厩两处工程地质条件相对较好的河段作为预选坝段——后来因羊厩河段深入溪洛渡库区，坝址最终落定白鹤滩区域。

2002 年，国家正式确定三峡集团为白鹤滩水电站业主单位。三峡集团成为业主单位后，对华东院前期勘测工作给予全力支持，勘测设计条件得到了极大的改善。

“我们没有把自己当成业主，大家都是白鹤滩水电站工程的建设者，有外国专家说我们中国人搞不定白鹤滩水电站，那我们就心往一处想，劲往一处使，团结协作，啃下这个硬骨头，为国家建好这一大国重器。”三峡集团白鹤滩工程建设部党委书记何炜说。

随后，华东院于2004年全面展开白鹤滩水电站可行性研究，白鹤滩水电站建设正式步入快车道。

“白鹤滩坝址确定后，在这段河道内，我们其实也预设了上、中、下三个坝线，并对它们分别进行设计研究。”现任华东院技术总监徐建荣说，水电站坝线不是简单地确定一个点位就可以的，必须根据不同的坝址不断地权衡对比，优中选优，确定最终位置。

当时确定的上、中、下三个坝线的具体位置，分别在今天的上游漂浮物拦污漂处、现在的大坝附近和下游泄洪洞出口处。其实细究起来，这三个坝址全部被放弃了，这到底是怎么回事呢？难道是前期工作做得不到位？

当然不是！相反，这恰恰是前期工作认真细致的体现。

徐建荣介绍，当时上坝线河谷较宽，修建混凝土重力坝成本较高，反而修建土石坝比较合适，但白鹤滩位于金沙江干流，万年一遇洪水入库流量可达46100立方米/秒，防洪压力极大，而土石坝在防洪能力上存在先天不足，加上白鹤滩地区地质复杂，地震、坝岸滑坡等灾害风险较大，一旦引发漫坝、溃坝，后果不堪设想。同时上坝线右岸山体以沙泥岩为主，在这里建设超大规模地下厂房，同样存在巨大风险。就这样，上坝线方案虽然在经济性上有很大优势，最终还是被放弃了。

下坝线的问题同样在于河谷较宽，修建混凝土重力坝成本较高，修建拱坝的话，又存在左岸坝基不稳定，无法分担坝体巨大的水推力，强行施工改造的话，技术风险、资金成本均较大，工期比中坝址方案至少延长一年。就这样，下坝线方案也被否定了。

最终经过反复论证研究，在中坝线修建双曲拱坝的方案获得通过。双曲拱坝，特别是超高双曲拱坝是很多水电人一生追求的梦想。

时任三峡集团白鹤滩工程建设部主任汪志林说，我们的拱坝是有曲线的，就像人健身一样，应该是最美的一个大坝了，科技含量也是最高的，它是经济又安全的绝佳坝型，是大坝里面的“皇冠”。

到了这个时候，坝线坝型的选定似乎已经尘埃落定。

但现实往往事与愿违，白鹤滩地区地质条件太复杂了，在厚厚的山体下面掩埋了太多的不确定。2007年初，新年刚过不久，一只巨大的“黑天鹅”就悄然在白鹤滩群山中探出了头。

“当时正在进行枢纽建筑物的勘测，在左岸山体打洞，50米一个洞，打了大量的勘探平洞，结果发现在水平方向109米深的山体中，有一条20厘米宽的裂缝。”回想起发现这条裂缝时的样子，徐建荣直言自己“当时已经傻眼了”。

一条20厘米宽的裂缝，就让一个技术总监傻了眼，很多人会觉得是不是有点夸张，白鹤滩水电站工程克服了那么多技术难题，这20厘米的裂缝就跨不过去吗?

前面说过，白鹤滩水电站是双曲拱坝，这种坝型可以借助拱的作用将高达1650万吨的巨大水推力，也就是相当于1.6万个“长征五号”火箭的推力，传递给两岸山体，两岸山体就像整个大坝的承重梁一样，要承受的压力之大，可想而知。

山体中出现裂缝，山体就注定无法承受如此巨大的水推力，并会在水推力的推动下使整个山体发生位移，特别是那“20厘米裂缝”都是由碎石填充，到时就会像润滑油一样加速山体位移。山体一旦发生位移，用徐建荣的话说，“山都给推走了，这大坝还能存在吗？”

刚发现裂缝时，大家还侥幸地想会不会只是很小的一点裂缝，可是随着探洞一个个打下去，最终发现这是一条从山顶延续到山底，总长超过300米的巨大裂缝。

“这时已经是2007年了，坝线都确定了，都在做地下厂房建筑物的勘测设计，结果发现这么条裂缝，那么这个地方肯定不行，修不了坝了。”徐建荣说，三峡集团听了华东院的汇报，马上就决定为了工程安全，必须废除原定中坝线方案，一切推倒重来。

现在到访白鹤滩水电站，C3交通洞外的观景平台是从下游观看大坝的最佳角度，但极少有参观者在和大坝合影留念时会注意到，他们与大坝之间那座被锚桩和水泥包裹得严严实实的山脊，就是曾经的中坝线。

两条坝线之间隔了200米。为了这200米，工程勘测人员又花了一年时间，把整座山里里外外探了一遍，虽然这条新坝线存在一些小问题，但对于整个工程安全大事来讲，都是可以克服的。此时，坝线选择工作才真正尘埃落定。

从1991年华东院进驻白鹤滩地区开始勘测，近20年间，一代水电勘测设计人，或从青年到中年，或从青丝到华发，他们在一望无尽的深山中、在绵延不绝的大江畔，日复一日、年复一年，踏山问水，辛勤奔波，累计打了5万余米探洞和20万米的钻孔，河床每25米就要打一个孔，地下勘探量甚至超过了三峡工程，雄居国内外水电工程地下勘探量第一位。

在全体建设人员的共同努力下，2010年10月，白鹤滩水电站前期工程正式破土动工。一个又一个的新难题，将不断出现在白鹤滩建设者面前。

二、精工智筑

白鹤滩水电站坝址位于四川省凉山州宁南县和云南昭通市巧家县境内的金沙江干流下游河段，是三峡集团开发建设的金沙江下游乌东德、白鹤滩、溪洛渡、向家坝4个水电梯级电站中的第二个梯级电站。

白鹤滩水电站是党的十八大以来开工建设、党的二十大以后全面建成的大型水电工程，是实施“西电东送”的国家重大工程，不仅工程规模巨大、投资巨大，而且技术要求高、地质条件复杂、施工难度大，其综合建设难度代表当今世界水电工程的最高技术水平。

直面挑战，从白鹤滩水电站工程开工建设那天起，三峡集团和全体参建单位就立志打造一座“精品大坝”，建成精品工程。面对复杂地质和气候条件下高坝筑坝、高边坡治理、高速水流等众多世界级挑战，3万多名建设者团结协作，群策群力，充分发挥劳动者智慧，让白鹤滩水电站这一国家重大工程成为创新策源地、科技实践场，催生出了超级水电技术，建成一座与时代同辉的大国重器。

1. 夯基筑梁

初到白鹤滩工地，笔者和大多数人一样，以为大坝是从下往上一点点修上来的，深入采访白鹤滩，才知道大坝是要先从两岸坝肩的山上一直挖下去的。

建成后的白鹤滩水电站大坝右岸边坡，是一座布满锚桩且被水泥完全包裹的悬崖峭壁，仿佛一个披着铠甲的古代将军，而这个“将军”是当年施工人员从600米高的悬崖一点点雕凿出来的。

“右岸边坡坡度达70度，几乎近似于垂直边坡，开挖的过程中，要求下挖的速度和支护的速度要相协调、相匹配，这样我们在往下挖的时候，上面的边坡才不会塌方。”三峡集团白鹤滩工程建设部副主任陈文夫说。

白鹤滩坝址地质构造类型以层间层内错动火成岩为主，工程地质性质很弱，极易风化和变形，特别是前期勘探过程中，发现了大量的柱状节理玄武岩。

玄武岩是由火山喷发出的岩浆冷却后凝固而成的，质地坚硬，具有良好的抗压抗折条件性能，表面看来对施工比较友好，但事实完全不是这么回事。

因为玄武岩在形成过程中极易形成六边形柱状结构，看上去就像一排排六面型的筷子挤在一起。“一根筷子易折，一把筷子难断”，柱状节理玄武岩也是如此，完整时像一把紧紧靠在一起的筷子，十分结实，一旦外力破坏了原有的受力结构，打破了玄武岩柱之间原本的团结，它们就会变为一根根松散易碎的石柱，因此这种岩石是所有水电建设的噩梦。

为了克服柱状节理玄武岩带来的工程难题，白鹤滩工程在全球水电工程界首次系统地研究这种特殊岩体。

“三峡集团最大的一个特点就是遇到这种重大课题，都是主动牵头研究。早在制定工程方案的时候，就组织科研和工程领域专家，提前对柱状节理玄武岩进行了很多讨论。”白鹤滩工程建设部大坝部副主任王克祥介绍道，当时三峡集团利用周边开挖的探洞，在里面做了大量关于柱状节理玄武岩的试验。

最终，通过精密勘探和试验，白鹤滩工程建设者们逐渐掌握了柱状节理玄武岩的力学特性和松弛演化规律，一个快速有效的边坡支护加固方案也被提了出来。

“我们把25.6万根加固锚杆打入陡峭岩壁山体内，通过这些锚杆用外部拉力将棱角分明的柱状节理玄武岩串联成一个整体，被锚固起来的松散岩层，经过高压注浆后，便形成了稳固的岩石带，满足了施工需求。”白鹤滩工程建设部工程师上官方作为加固处理的技术骨干，参与了边坡开挖过程。据他介绍，正是通过不断的技术创新，实现了右岸高陡边坡安全快速开挖，并创造了平均每月开挖高程下降 26.2 米、开挖量 68 万立方米的速度，创造了世界巨型水电站边坡开挖最快纪录。

正当悬崖上的建设者在与柱状节理玄武岩斗智斗勇的时候，坝基的建设者也正在想办法，如何在柱状节理玄武岩上进行施工。

前文说过，最后选定的坝线也有一些问题，坝基位置的柱状节理玄武岩就是其中之一。按照设计，未来要在这里建设一座 289 米高的双曲特高拱坝，其坝体底部要承担的重压达到了 2000 多万吨，也就是手掌大小的面积上，要承受 2 辆坦克的压力，而这些都要坝基的柱状节理玄武岩来承担。

对此，中国工程院院士、三峡集团原总工程师张超然说："白鹤滩工程首次将柱状节理玄武岩作为大坝坝基，这就需要解决坝基开挖后柱状节理玄武岩卸荷松弛问题，还得处理坝基边坡层间层内错动带变形和河床薄层角砾熔岩保护问题，由此带来的大坝基面开挖保护处理难度以及所面临的挑战，超出现有工程经验和规范要求，综合技术难度巨大，大坝结构复杂程度为世界拱坝之最。"

面对这一世界级难题，三峡集团同样在工程前期就联合相关科研机构和院士专家开展了大量研究，并在施工过程中，利用其余河段河床进行了大量试验。

"解决方案的根本还是灌浆。在柱状节理玄武岩松散之前，把水泥沿着缝隙打进去，起到一个黏合剂的作用，把它们粘在一起。"王克祥说，灌浆工程听上去很容易，但想灌好却不简单，为此他们选择条件最差的河床做实验，其中一个试验点 30 米深的灌浆孔，累计打了 3 万米。

试验中，所有建设者更是严格把控每一个细节。玄武岩缝隙有泥土，钻灌浆孔会产生岩粉，为保证水泥的黏合度，这些微小的"颗粒"都要考虑，如何对它们进行冲洗，也要进行反复测试，如果水压、流量和冲洗时间掌握不好，反而影响岩石的应力结构。还有，水泥灌浆压力不能太高，那就从正常 3 兆帕，逐渐试验到 2 兆帕，压力低了正常 5 米一个灌浆段灌不满，那就一点点调整到 3 米一段；有些地方没等灌浆就松弛了怎么办，那就试着提前打锚索固定……

就是通过这样反复试，反复验，建设者研发出了柱状节理玄武岩卸荷松弛变形技术，层内错动带卸荷回弹剪切变形控制技术等，并制定了成套建基面开挖保护处理工法。

“白鹤滩水电站工程就像一个导师，在建设过程中给我们提出了很多命题，这些是压力，但我觉得这是一个很好的状态，因为大坝是背负水压力的。我们也要背负压力，在背负压力的情况下，才能更好地建设精品大坝和精品工程。”征服柱状节理玄武岩后，上官方毫不掩饰自己的骄傲。

2. 坝工奇迹

夯好地基架好梁，大坝要从江中长。

2017 年 4 月 12 日，经过半个多世纪的等待，白鹤滩大坝终于开始浇灌。一个新的奇迹随之诞生。

“在水电行业，一直有个说法，也可以说是个魔咒，那就是‘无坝不裂’。我们要建设白鹤滩精品大坝和精品工程，绝不能接受任何一条裂缝的出现，就是要打破这个‘无坝不裂’的魔咒，建造一座无缝的精品大坝。”在汪志林眼里，裂缝永远是威胁大坝安全的主要因素之一，一旦出现裂缝，后期即使修补也会影响大坝使用寿命，这根本不符合精品工程的建设需求。

裂缝产生的原因有很多，首要的就是温度裂缝。温度裂缝产生的原理很简单，就是热胀冷缩。因为混凝土浇筑后会发生一系列的化学反应并释放巨大热量，这些热量积聚在混凝土内部，导致内部温度高于外部温度，这种温度差导致内外混凝土胀缩不均，进而产生裂缝。

白鹤滩水电站需要浇筑一座高 289 米、宽 709 米的混凝土大坝，混凝土总方量达 803 万立方米，相当于 3 座胡夫金字塔的体量。混凝土释放出如此巨大的热量，要是用来烤面包的话，可以每天烤 46 万个，并且可以连续不停地烤 4 年。

对此，汪志林坦言：“掌握温度裂缝产生原理很简单，但往往最简单的问题才是最难解决的。要攻克这个难题，必须进行温控理论、坝工设计、施工工艺、材料等领域的全面攻关。”

首要解决的就是材料，传统水泥发热高，那有没有发热低的水泥呢？

还真有！

早在 1936 年，美国修建胡佛大坝的时候，美国技术人员就使用了一种低发热水泥，降低了水泥化学反应产生的热量，在一定程度上减少了裂缝的产生。

“相比普通水泥，低热水泥有一个特点就是早期强度上不来，普通水泥浇筑可能一天就成型拆除模板了，但低热水泥就要三五天，这个时间差对工期的影响太大了。工期的延长就意味着成本的增加，甚至有一定的质量风险，所以低热水泥始终没有得到广泛应用。”三峡集团教授级高级工程师孙明伦是低热水泥研发带头人，他指出不论是低热水泥，还是中热水泥、普通水泥，本质上都是硅酸盐等几种物质配比合成的，因此没有不成功的低热水泥，只有不成功的配方。

为了找到正确的低热水泥配方，三峡集团早在20世纪90年代就联合多所科研院所、生产厂家进行科技攻关。

2003年，国产低热水泥率先在三峡工程非主体非挡水建筑物小规模试用，在开展现场监测试验，取得数据后，对施工性能影响、生产的稳定性、水化热控制等都提出了改进。

随后，在溪洛渡、向家坝等水电站泄洪设施上都采用了低热水泥，试用中与中热水泥混凝土相比取得了混凝土最高温度降低5.8 ~ 7.4摄氏度和混凝土裂缝减少69.1%的效果。

为了进一步取得在大坝上的使用数据，三峡集团毅然决定在溪洛渡大坝选取两个位于正常蓄水位600米以上的完整坝段，进行低热水泥混凝土浇筑试验。

“选择蓄水位上坝段是因为当时已经做了最坏打算，一旦低热水泥应用效果不好，就把两个坝段全部拆除重建。”孙明伦说当时真是有点破釜沉舟的意思，好在效果很好，根据科研阶段混凝土试验结果对坝体结构进行计算，使用传统的中热水泥，大坝混凝土的抗裂安全系数仅为1.8，而使用低热水泥，大坝混凝土的抗裂安全系数能达到2.0以上。

三峡集团先后在三峡工程及金沙江下游四个梯级电站进行低热水泥试验性应用，共使用低热水泥约70万吨，浇筑混凝土约273万立方米，成功掌握了具有完全自主知识产权的国产低热水泥技术。

“我们的低热水泥不仅克服了前期强度低的问题，还拥有超高的后期强度。根据 ISO 标准测试，国外的低热水泥 28 天强度在 22.5 兆帕，我们研制的水泥强度达到了 42.5 兆帕，几乎是国外的一倍，综合性能指标更是处于国际领先水平。”孙明伦肯定地说。

最终，国产低热水泥的优异性能，让三峡集团放心决定在乌东德、白鹤滩全坝采用低热水泥，并结合白鹤滩工程特点，进一步开展研制工作，从微观上对水泥的水化产物、机理、微观结构等演变做了更深入的研究，进一步调整出更适合白鹤滩大坝的低热水泥配方。

在业界有种说法，低热水泥是一种依托三峡、白鹤滩这种超级工程诞生的超级材料、超级技术，这里不仅是指实现了低热水泥配方的研究，还指实现了世界首次高性能低热水泥的工业化生产。

低热水泥应用普及的道路上有“一高一低”两只拦路虎，“高”指的是刚刚说过的高性能配方研发，“低”指的是低成本生产工艺攻关。

据了解，我国水泥生产量达到了每年 20 亿吨以上，但低热水泥产量在白鹤滩建设高峰期也不超过百万吨，如此悬殊的数字，代表着国内多数水泥生产企业，并没有生产低热水泥的能力。

“我们当时在水泥厂做技术服务，发现低热水泥一个是生产速度慢，一般要 12 小时左右，另一个是合格率低，只有 60% 左右。”孙明伦介绍低热水泥还有一个成本难点，就是中热水泥的不合格熟料可以回收生产普通水泥，但低热水泥不可以，这对于工业化生产来说无论在技术上还是成本上都是巨大的难题。

为了掌握低热水泥生产工艺，三峡集团技术人员深入生产一线，与厂家一起钻研水泥生产工艺。

水泥熟料烧成温度是多少？反复试。

水泥窑转速是多少？反复试。

水泥冷却温度是多少？反复试……

就这样，在反反复复的试验中，生产厂家逐渐掌握了低热水泥生产技术，合格熟料的生产时间从 12 小时压缩到了 4 小时，合格率从原来的 60% 提高到了 95% 以上，生产成本也大幅下降，为白鹤滩水电站全坝使用低热水泥奠定了基础，也为我国低热水泥的广泛应用开辟了道路。

为了更好地控制温度，白鹤滩水电站建造过程中还大量使用了智能建造技术。

三峡集团白鹤滩工程建设部副主任陈文夫表示，在工程建设过程中，三峡集团首次提出智能建造的理念，力图把人的智慧与先进的智能分析技术和控制技术集合起来，保证工程建设安全、优质和高效。

在白鹤滩施工人员的手机上，安装有一个名叫“白鹤滩智能通水 2.0 温控平台”的应用软件，就是这么一个小小的软件，不仅将整座大坝的全部温度控制参数实时收录其中，还可以通过冷却水管中的集成控制系统，实时控制冷却水的开关与流量。

“这是一套非常智能的系统，比之前传统的温控技术进步了太多。”中国电建水电四局白鹤滩施工局局长孙德斌介绍说，“大坝体内埋设了 300 万米的冷却水管，要按过去依靠人工观察温度与计算冷却水量，这个工作费时费力不说，效果还不好。”

依托埋布在大坝体内的 1 万多只传感器，与近 10 万米传感光纤，温度、施工进度、受力状态、周边环境变化等大坝的第一手信息，及时上传到智能通水系统中，并经过云端大数据和深度学习系统进行实时分析，不仅可以为每个坝段提供最优的温控策略，还可以预测混凝土温度变化和强度变化，实现温度调控与施工进度的全面配合。

“依靠这套智能通水系统，我们最高温度达标率达到 98.1%，降温速率达标率达到 98.8%，人工控温节水率超过 25%。”三峡集团白鹤滩工程建设部周孟夏博士认为，这套系统从根本上解决了 300 米级特高拱坝的温控核心问题。

白鹤滩水电站工程智能建造，不仅落实在 289 米高的大坝上，还联通了 2 万米高的北斗卫星。

大坝混凝土浇筑时，需要进行平仓振捣。以往人工作业容易产生漏振、过振、欠振的问题，而且无法监测，这就给裂缝提供了“生长空间”，所以要想实现“无缝大坝”目标，就要时刻掌握平仓机、振捣臂的轨迹与进度。智能建造系统的介入，实现了对混凝土的平仓振捣全过程进行高精度监控，特别是所有位置数据都与北斗系统相连，所有数据由卫星导航系统判断。就这样，白鹤滩水电站工程智能建造以肉眼难以匹敌的精度，保证了浇筑质量。

中国工程院院士钮新强评价白鹤滩工程时说：“水电智能建造技术在白鹤滩工程建设中应用范围最广、效果最好、研究最深，为未来水电工程和类似的大体积混凝土工程高质量建造提供了样板，推动我国水电智能建造技术上了一个台阶。”

从 2017 年 4 月 12 日到 2021 年 5 月 31 日，经过 1511 个日夜的奋战，白鹤滩大坝全线浇筑到顶，创造了年浇筑混凝土 270 万立方米、月浇筑 27.3 万立方米的混凝土拱坝浇筑世界纪录。

白鹤滩建设者不仅干得快，而且干得好。截至目前，白鹤滩大坝没有出现一条温度裂缝。2021 年从大坝取出 25.7 米长的混凝土芯样，2022 年从大坝取出 34.86 米长的混凝土芯样，2023 年又从大坝取出 36.74 米长的混凝土芯样，这些混凝土长芯全部“内实外光”，骨料分布均匀，层间结合良好，长度更是连续打破世界纪录。

如今，这些混凝土长芯如“定海神针”一般静静地竖立在大坝两岸，展示着白鹤滩工程高水平的施工质量，向世人彰显着中国水电人自力更生打破“无坝不裂”魔咒的功勋。

张超然院士更是自豪地称：“白鹤滩水电站工程智能建造的目标就是要建成无缝大坝和精品工程，现在这两个目标都完全实现了，创造了世界坝工史上的奇迹。”

3. 党建引领

“无缝大坝”和精品工程的取得，离不开先进材料的应用与先进施工技术的发挥，但白鹤滩建设者一丝不苟、精益求精的工作作风也发挥了巨大作用。

在大坝浇筑期间，三峡集团白鹤滩工程建设部大坝项目部全体工作人员每年 365 天坚持 24 小时轮班值守在大坝上，严把工程质量关。

“大坝浇筑的 1511 天，每天不论刮风下雨、烈日酷暑，三峡集团白鹤滩工程建设部的工程师都绝对是 24 小时盯在现场的。”一位施工单位的工作人员回忆说，建设部工程师不光是盯着现场施工，还督促现场施工人员严格执行工程标准，容不得一点差错。

有一次，在泄洪表孔门槽施工的时候，陈文夫副主任在现场检查观测数据时发现一个数据有偏差，立马就“疯了一样”找到监理工程师，质问他们是怎么把关的。

王克祥说：“陈主任态度很严厉。实话说，这个数据的偏差是在质量标准之内的，我就调侃说陈主任一定是个严格的‘处女座’。”对于他的调侃，陈文夫主任并没有生气，反而说这点偏差是没什么大问题，但这儿差一点，那儿差一点，慢慢的合格就变成了不合格。我们既然有能力、有技术，为什么不从一开始就把这些偏差都杜绝掉，认认真真建一个精品工程呢？

认认真真建一个精品工程，不仅是作为一名建设者对自己、对工程负责的表现，更是一名共产党员对党、对人民忠诚的彰显。

在白鹤滩工程施工高峰期，主要参建单位包括三峡集团、中国电建、中国能建等 30 多家，共约 3 万人的建设大军奋战于深山峡谷之中。俗话说，“人一过万，无边无沿”。几十家单位 3 万多建设大军，工装五颜六色，安全帽规格不一，施工部位有高有低，每天工地上热闹得就像《三国演义》中的十八路诸侯会战一般。

《三国演义》中的十八路诸侯因为各怀心思，最终分崩离析，而白鹤滩工程的精品目标是必须完成的，所以如何把所有人的思想都统一到建设“精品工程”上来，成为重中之重。

白鹤滩地区天气多变，一进入雨季，雨是说下就下。在大坝浇筑时，就怕浇到一半，雨突然下来了，影响施工进度不说，还会影响混凝土质量。

“浇筑的时候下雨，就必须给混凝土盖上防雨布，不然刚浇筑的混凝土就报废了，但是最早的时候，有些施工单位和工人才不管这些，直接就跑了，避雨去了。”上官方是“24 小时在工地值守”的三峡集团工程师之一，他讲述说，每当遇到这种情况，白鹤滩工程建设部的管理人员，特别是党员干部都会带头迎着雨去拉防雨布。一来二去，施工单位看业主都不躲雨去拉防雨布，他们也不跑去避雨了。后来，工地上就总结出一条经验：发现谁见雨就跑，谁肯定是新来的。

在急难险重任务面前，共产党员就应该冲锋在前，发挥模范带头作用。整个白鹤滩工程施工期间，参建单位基层党组织最多时有 50 多个，党员最

多时约 1400 名，约占当时建设者总人数的 7%。

这 1400 名党员蕴含着凝结人心、聚力打造精品工程的巨大能量，但分则各自为政，合则战无不胜，如何把所有力量聚成一把开山劈石的利斧呢？

三峡集团党组书记、董事长雷鸣山给出了答案：“我们以施工区大党建破题，推动党建责任制和生产经营责任制有效联动、深度融合，将红色基因转化为打造新时代大国重器的红色引擎，最终将党的政治优势转化为工程建设优势。”

开展施工区大党建过程中，白鹤滩工程建设部坚持“紧贴工程抓党建、抓好党建促工程”这一主线，把坚持党的领导、加强党的建设贯穿工程建设管理全过程和各个环节，完善党委、纪检、工会、共青团组织的职责使命。

白鹤滩工程建设部党群部副主任廖望阶介绍，白鹤滩施工区累计创建了近 400 个党员红旗岗、党员先锋号、党员攻关小组，把来自五湖四海有着不同企业文化、组织关系的施工单位凝聚在一起，同向发力，保障工程高效、高质推进。

白鹤滩水电站右岸地下厂房位于巨大的山体中，长438米、宽34米、高88.7米的厂房，足以装进一艘“辽宁号”航母。

与坝肩坝基一样，这里的山体也遍布柱状节理玄武岩，且错动带密布，加上厂房埋深大，地应力高，洞群效应明显，导致地下厂房围岩应力型破坏特征显著，围岩稳定问题突出。一句话，要想在巨大的山体里挖出一个能装下一艘航母的地下厂房，难度非常之大。

为了监控开挖期间地下厂房围岩的稳定安全状况，施工人员在开挖两岸山体前后，布置了近4000套监测仪器，岩体的任何细微位移或变化，都会被这些精密仪器捕捉到，及时发出预警。

“2017年12月28日，警报响了！显示右岸地下厂房小桩号洞段顶拱、下游拱脚及边墙围岩变形。”三峡集团白鹤滩工程建设部地下厂房项目部副主任段兴平，回想起5年前的那一声警报，仍然心有余悸。他说，从那一天开始到12月31日，这个部位日变形速率突然开始增大，超过了危险等级，相关部位浇筑的混凝土也出现了不同程度的开裂。

当时，小桩号洞段每日变形速率达到4.4毫米，超危险等级11倍，若不及时采取有力措施进行处置，随时会面临洞室顶拱坍塌的风险，后果不堪设想。

何炜全面参与了小桩号洞段围岩的技术处理。他说：“右岸小桩号大变形的表现之大，超出了我们原来的预想，甚至很多专家看过后表示已经超过了整个行业的认识。但如果放弃它，任由它失败下去，整个右岸地下电站就要推倒重来，一切都将前功尽弃。”

必须尽快采取应急手段，快速抑制变形继续发展，保证厂房小桩号围岩稳定，确保施工人员安全，为世界首批百万机组按期发电创造条件。2018年春节期间，“小桩号围岩变形”问题成为整个白鹤滩水电站工程面临的首要关键难题。

时间紧、任务重，为保证小桩号围岩应急加固尽快安全高效完工，大多数建设者主动放弃了春节假期。

“已经记不得是在工地上过的第几个春节了。”回忆当时，段兴平说，“这种情况即使让我回家，我心里肯定也不踏实。小桩号围岩变形这么大，现场随时可能有意外情况发生，我怎么放得下心。”

面对困难，面对危险，迎难而上，在工地过年，守住现场，与困难赛跑，成为现场全体党员的共识。

很快，三峡集团白鹤滩工程建设部联合设计、施工、监理等单位共同发力，发挥党员先锋模范作用，30余名党员骨干共同创立“右岸地厂围岩应急加固党员先锋号”，打通合同壁垒，凝聚各方力量，统筹各个专业，争取在最短时间内安全、高效地完成围岩应急加固项目。

中国能建葛洲坝三峡建设公司白鹤滩施工局技术带头人、共产党员李英说：“地下厂房的险情和难度是众所周知的，我们是共产党员，我们不上谁上。党组织把这个光荣的任务交给我们，是对我们的信任和鞭策，再险、再难、再苦，我们也要完成这项使命！”

党员技术骨干团队首先确定了围岩破坏机理，拿出了一套科学的支护方案。在应急加固施工过程中，“党员先锋号”成员坚持24小时在现场值班，坚持每天召开碰头会，对补强支护施工和监测数据分析等工作进行统筹安排。在随后的180天里，右岸地下厂房围岩应急加固“党员先锋号”形成现场备忘录125份，快速解决施工相关协调及决策共计820余条，在与时间的赛跑中跑出了精气神。

回忆起当时的场景，何炜书记说，在整个白鹤滩水电站工程施工期间，面对像右岸地下厂房围岩应急加固这样的，一系列世所罕见、史所罕见的世界级建设难题，通过创新开展白鹤滩施工区“大党建”工作，通过组织共建、资源共享、事务共商、活动共办、发展共赢的方式，把众多参建单位的力量凝聚起来，拧成一股绳，形成了攻坚克难的强大力量。

2018年7月5日，右岸地下厂房小桩号洞段应急加固项目施工全部完成。下游边墙和顶拱围岩变形已全部收敛，围岩基本稳定，“应急加固”这块硬骨头终于被白鹤滩工程建设者一点点啃了下来。紧随其后，总长217公里的世界最大地下洞室群顺利建成，白鹤滩水电站16台百万千瓦水轮发电机组有了安全稳定的家。

如何调动广大建设者的积极性和创造性，高标准、高质量、高水平建好白鹤滩水电站工程，也是白鹤滩大党建工作的重中之重。

为此，三峡集团与中国电建、中国能建等中央企业参建单位，共同成立了白鹤滩水电工程劳动竞赛委员会，在白鹤滩水电工程建设中开展劳动竞赛，评选施工区劳动竞赛先进单位、先进集体、先进班组、优秀建设者，推荐五一劳动奖章、劳模，创建“工人先锋号”，开展职业技能大赛，促进技术进步、提升职工素质，推动工程建设。

通过施工区大党建的开展，白鹤滩涌现出一大批先进典型，其中获得全国五一劳动奖状 2 个，全国工人先锋号 3 个，全国劳动模范 1 人，全国五一劳动奖章 2 人，获得省部级相关奖项超过 50 人。在中国共产党成立 100 周年之际，三峡集团白鹤滩工程建设部党委被授予全国先进基层党组织荣誉称号。

白鹤滩泄洪洞工程是世界上最大的无压泄洪洞，具有流量大、流速高的特点，3 条泄洪洞最大泄水量约 1.2 万立方米 / 秒，可以实现快速下泄洪水，最大流速达到 47 米 / 秒，相当于时速 170 公里飞驰的小轿车，而整个泄洪洞就相当于一条高速公路。

车辆正面碰撞试验的速度一般是 64 公里 / 小时，破坏力如此巨大，白鹤滩泄洪洞内时速 170 公里水流的破坏力就更加难以想象了，因此泄洪洞是公认的电站运行期间最易出现混凝土破坏的部位，这就要求泄洪洞混凝土浇筑时表面不能有任何缺陷，多年来行业内也一直在探索水工隧洞高质量混凝土衬砌的可能，为此一场劳动竞赛在泄洪洞项目上全面展开。

“通过劳动竞赛，施工技术有了极大的提升。工人中有一对夫妻，他们只需用手一摸，就知道这个混凝土抹平了没有。”泄洪洞项目部主任王孝海说，国家标准对泄洪洞混凝土平整度的要求是 4 毫米，在全体建设者的努力下，白鹤滩泄洪洞工程达到 2 毫米，提高了一倍。

在白鹤滩工地采访，人们口头传说着“两枚硬币”的故事。一个是后文将提到的为了验证百万机组运行稳定，将一枚硬币立在机组上站立不倒；另一个是泄洪洞混凝土光滑如镜，硬币立于上而身影如一。白鹤滩水电站泄洪洞施工积累的创新成果，对破解水工隧洞无缺陷混凝土衬砌这一行业难题具有十分重要的意义，再次为填补世界水电建设技术空白提供了中国智慧。“镜面混凝土”也从此成为白鹤滩精品工程的重要代表。

从千米高的边坡，到谷底深处的坝基；从遮天蔽日的高坝，到藏于深山的巨洞，白鹤滩建设者把精品工程的标准执行到了苛刻，把对劳动者智慧与人工智能技术的应用发挥到极致，建成了圆筒式尾水调压井规模世界第一、地下洞室群规模世界第一、300 米级高坝抗震参数世界第一、无压泄洪洞群规模世界第一的超级工程。

鹤舞金沙，大坝耸立。白鹤滩，这座超级大坝撑起强健伟岸的躯干，等待着它的超级“心脏”登场。

三、超级机组

在中国数字中，“100”有一层特殊的含义，代表着令人满意与优秀。

孩子考试考了 100 分，是一件值得全家高兴的大事。

“百分百的满意”，就代表着绝对满意。

而在白鹤滩工程中，也有一个关于“100”的故事。

“白鹤滩水电站单机容量首次达到了 100 万千瓦，是全球最大的水轮发电机组。”对于这项世界第一，汪志林这么评价：中国水电走到今天，可以说是“百年风雨，百万机组，百万出力”。这是一代代中国水电人为改变国家命运艰苦奋斗的结果，每一步都经历了太多艰辛。

100 多年前的石龙坝水电站，用的是德国制造的发电机组，装机容量只有 240 千瓦，建设时一度因德国工程师撤离而被迫停工。抗战时期，日本侵略者修造的丰满水电站，饱含着中国劳工的苦难，它的主发电机组也只有 7 万千瓦，还是采购美国、德国、日本制造的“万国牌”，因为战争也始终没有全部达产。

新中国成立后，开始大力发展中国自己的水电装备制造能力。1951 年，中国自主设计制造了第一台水轮发电机，单机容量 800 千瓦；1960 年，新中国第一座自主勘测、设计、施工和制造的大型水电站——新安江水电站投产发电，单机容量达到 9.5 万千瓦；1969 年，新中国第一座装机容量百万千瓦以上大型水电站——刘家峡水电站投产发电，最大单机容量达到 30 万千瓦。

从此，中国水电人开始在追求先进水电技术的道路上奋斗不止。

1980 年，改革开放的总设计师邓小平同志考察三峡，乘船到三峡坝址三斗坪，说到发电机组时，他提出能不能研发 100 万千瓦机组，加大水能利用率。从此，“百万机组”这颗种子埋在了中国水电人的心中，几代水电人开始为之努力拼搏。

只不过，对于当年中国水电事业的现实来说，百万机组还显得太过遥远。回忆中国水电机组从 30 万千瓦到 70 万千瓦，从 70 万千瓦到 85 万千瓦，再到 100 千瓦的奋进历程，三峡集团机电专业总工程师张成平满是感慨地说：“三峡工程建设之前，我们国家水电发电机组的设计制造水平就在 30 万千瓦，而且当初制造的 30 万千瓦机组，无论是品质还是质量，都存在很多问题。”

当时，世界上单机 70 万千瓦机组已经投入使用，并形成了比较成熟的技术体系，中国水电技术事实上已经落后。因此，为了保证三峡工程机组需要，国家决定采用国际招标从国外引进成熟的先进技术。

不过一个国家的现代化不可能用钱从国外买来，装备一个国家工业的重任只能落在本国的装备制造业上。

为此我国从国外进口先进的水轮发电机组设备时，坚决要求让我国的水轮发电机组装备企业参与其中，虚心学习、交流互鉴，最终形成符合中国实际、具有中国特点的先进水电技术。

“正是通过这样的做法，最终我国水电装备制造企业比较全面地掌握了 70 万水轮发电机组的研究、设计和制造能力。”张成平介绍，到三峡右岸以后，中国已经具备研发设计和制造 70 万千瓦水轮发电机组能力，而且水电机组的能量指标、稳定性指标等都达到国际先进水平，具备了跟国外企业同台竞技的水平。

通过三峡工程，中国水电装备制造实现了从“跟跑”到“并跑”的历史性跨越。

既然跟上了，那为什么不能超过去，成为“领头羊”呢？

超越！领跑！

这不是中国水电人得陇望蜀的骄傲自满，而是“为我中华”的使命与担当。

溪洛渡水电站，单机容量 77 万千瓦。

向家坝水电站，单机容量 80 万千瓦。

乌东德水电站，单机容量 85 万千瓦。

继三峡工程之后，溪洛渡、向家坝水电站的 26 台机组中，19 台由国内企业自主设计制造。其中，向家坝水电站采用的是世界上单机容量最大的 80 万千瓦水电机组，标志着我国拥有自主知识产权的大型水电机组设计制造能力已处于世界领先水平。

中国水电一步一个脚印向着 100 万迈进。

“从 70 万到 85 万，再到 100 万，数字上是一个挺简单的递进关系，但实际上非常艰难，毕竟百万千瓦机组，它的研发、制造及安装可以说前无古人，已经进入世界水电的‘无人区’，在设计阶段没有任何经验可以借鉴。所以说，它不是‘85+15=100’的简单加法，而是从 0 到 100 的全新突破。”三峡集团白鹤滩工程建设部电安装项目部副主任靳坤感慨道。

工程设计有一个不成文的传统，所有的工程项目必须以已经成功的、有经验的方案为蓝本进行设计，这样做出来的方案才能够顺理成章地通过审查，但是白鹤滩水电站百万机组突破了已有经验，是前无古人的，因此在前期立项的时候，产生了一段波折。

“在白鹤滩水电站进行可行性研究时，其他控制指标都定好了，唯独留了个装机容量的尾巴，是最后才定下来的。”中国电建华东院白鹤滩项目设计副总工程师李胜兵回忆了当时的情况。

当时，业内很多人对“百万机组”持怀疑态度，有人觉得机组制造技术还没有吃透，有人觉得配套技术还没有完全掌握，还有人觉得与百万机组规模相关的更大土建施工难度太大，总之就是觉得一步跨越到百万机组，步子迈得有些大了，“还是稳一点更好”。

那么在白鹤滩应用百万机组，是否可行呢?

其实，三峡集团早在三峡工程建设时就打算研发百万千瓦机组，并在 2006 年牵头组织相关设计单位与主机厂家，开展了百万千瓦水电机组工程总体技术研究工作，最终得出了“以现有水电机组研制经验为基础，综合考虑国内现有水电机组加工设备能力和关键材料性能水平，可以认为研制 100 ~ 300 米水头段百万千瓦机组在总体上是可行的，但有关键技术问题需要结合具体工程认真研究、切实解决”的结论。

与此同时，白鹤滩水电站也具有诸多先天优势保障百万千瓦机组落地。第一，白鹤滩具备布置大型地下厂房的条件，对外交通条件相对较好，具备百万千瓦机组的工程应用条件；第二，白鹤滩这样身处高山峡谷的引水式电站，增大单机容量可减少引水洞条数，有利于减少进水口建筑物和出水口建筑物的前沿宽度，降低施工风险；第三，白鹤滩正常蓄水位从预可研时的820米提升到825米，整个电站的发电能力、发电量都增加了，对机组容量需要也随之提升；第四，我国电力工业已经进入大电网、大机组、高电压、高信息化的发展时期，百万千瓦水电机组有利于增大电网的旋转惯性和等效惯性时间常数，提高电力系统的稳定性。

不仅如此，机组单机容量的增加，可有效减少机组台数和引、排水系统土建工程量，简化电站电气接线，对节省工程投资十分明显。根据白鹤滩机组容量研究成果，在选择1600万千瓦总装机容量情况下，按照2011年第二季度价格水平计算，选择百万千瓦机组方案，工程静态投资节省约13亿元，总投资节省约25亿元；1400万千瓦总装机容量情况下，按照2009年第四季度价格水平计算，选择百万千瓦机组方案，工程静态投资节省约7.4亿元，总投资节省约21亿元。同时，百万机组方案较少的机组台数更有利于施工组织，缩短工程总工期，有利于进一步降低投资，尽早发挥工程效益。

可以说，在三峡集团对白鹤滩水电站百万千瓦机组的应用志在必得。

但如此大的工程容不得一点差错，仍有部分专家担心直接进入百万时代风险太大，提出了一个折中的方案，主张留出2台机组做百万机组的技术试验，其余机组仍采用成熟的80万千瓦。

2011年4月，在一次重要研讨会上，时任三峡集团三峡机电工程技术有限公司党委副书记、总经理胡伟明在会上代表三峡集团坚定地表示，百万机组在科研上已经论证充分，技术上不存在大问题。最终，大部分与会专家基本同意全部采用100万千瓦。

2011年10月27日，白鹤滩单机容量审查会召开，这次会议持续了3天，专家们也就百万机组谈论了3天。

参会的水电水利规划设计总院副总工程师李修树评价道：“中国要建成

百万机组，就要加大投入去做研发，也就必须有一个带头人，三峡集团的特点就是勇攀高峰，无止境地追求世界一流，所以由三峡集团当这个带头人完成百万机组无疑是最合适的。”

最终，百万方案正式通过，与会专家一致认为 100 万千瓦有难度，有挑战，但是可以实现。

在此刻，以三峡集团为代表的中国水电人正式向百万千瓦水轮发电机组这一世界水电的“珠穆朗玛峰”发起了冲锋。

三峡建工集团机电技术中心副主任李海军回忆道：“百万机组确定后，我们瞄准百万机组的关键核心问题，尤其是‘卡脖子’问题进行科技攻关与研发。比如，针对水利设计和原材料问题，我们在前期的科研阶段都做了非常深入全面的研究。”

白鹤滩水电站工程“大管家”汪志林始终都忘不掉一件事。在三峡工程建设期间，发电机组所需的特种高强厚、薄钢板都要从国外进口，到了自主研发机组采购时，外国厂商不但不按期交货，甚至提出要将价格提高两倍。这种事情的发生，让中国水电人更加清楚地认识到重大装备国产化、核心技术自主化的重要性。

围绕特种钢材，三峡集团专门牵头宝武钢、鞍钢等钢材生产企业开展科研攻关，率先实现了 600 兆帕钢材的自主研发生产。

进入白鹤滩水电站百万千瓦机组设计阶段，众人发现，百万千瓦机组的水头更高、转速更快、外载荷更大，如果继续使用 600 兆帕钢板，为满足使用要求，钢板厚度就会超过 100 毫米，笨重不说，卷轧成蜗壳形状的难度也大幅提升。

特别是在焊接时，虽然 800 兆帕钢板技术要求更高，但是符合设计要求的 600 兆帕钢板更为笨重，不但运输难度大，更费焊材，随之也增加了工时。相对而言，800 兆帕不但节约了材料，工作量也只有 2/3。

是继续使用 600 兆帕钢板，还是创新突破到更高等级的 800 兆帕钢板，三峡集团果断选择了后者。

设计研发过程中，三峡集团充分发挥引领作用，坚持对设计环节进行全流程管理。李海军讲述，大家提出要应用创新的东西，我们就围绕它开展研究评审，安全可靠的才能应用。涉及的各种设计计算内容，都要经过检查和审查。最后还要进行设计复核，反复检查过程中有没有出现遗漏，把发现的问题全部规避掉。

最终，800兆帕高强钢板研发成功，这种优质钢材的问世，不仅质量达到了技术指标，还缩短了施工工期，节约了施工成本，从而使中国彻底摆脱了大型铸锻件、高强钢板、高性能硅钢片等重要原材料长期依赖进口的局面。

像800兆帕高强钢板的研发攻关一样，为保障白鹤滩水电站百万千瓦机组顺利投产，三峡集团与相关单位还联合研发了大量新技术、新工艺、新材料，机组水力设计、电磁设计、通风冷却等多项技术都达到世界领先水平。

2018年，白鹤滩水电站首台机组开始土建施工，而早在2017年，主机厂家已经开始生产相关部件。白鹤滩水电站工程的精品标准也开始向全行业赋能。

“我们的精品标准依据是什么？一是国标，二是依据三峡、向家坝、溪洛渡的成功经验。”白鹤滩工程建设部副主任康志林直言，最开始很多人对白鹤滩水电站精品标准有意见，担心达不到标准。对此，他直言：“如果只是为了完成任务，对付任务，那制造出来的设备就很难达到精品标准。但实现三峡标准的过程不是‘拔苗助长’的过程，只要制造厂家用心把每一步质量工艺都控制得非常精确，就一定能够达到精品标准。”

转轮是水轮发电机组的“心脏”，是决定机组稳定性和能量转化的关键部件。在转轮制造过程中，出现质量偏心是常有的现象，因此必须在后期安装过程中进行配重调整平衡，如果不加处理，则会导致机组在运行中产生附加离心力，这个离心力一旦过大，将导致转轮出现水力不平衡，影响机组安全稳定运行，而且这种不平衡是后期无法修复的。因此，巨型转轮“零配重”一直是中国水电人追求的目标。

“右岸机组转轮总重量达338吨，高度近4米，直径达8.8米，‘零配重’意味着我们用一根手指就能拨动这个338吨重的大家伙，这对制造加工的精度提出非常高的要求。”李海军讲述，白鹤滩水电站右岸机组转轮不仅重量大，零部件也非常多，制造过程中还要进行铲磨、焊接、机加工等多道工序，无论哪道工序出现纰漏，都会导致转轮质量不平衡。

“为了实现这个目标，我们组织专家对生产制造的检验标准全部进行细化和量化，制定了非常严格的管理制度，从每个重大零件，到一个个小螺栓，全部按白鹤滩精品标准进行量化质量控制。”靳坤讲述。

焊接直径 8.62 米、高 3.92 米、总重量 350 吨的转轮，光是消耗的焊丝就超过 11 吨。焊接好的每一条焊缝还必须通过建设部的三轮严格测试，这个测试标准要求焊接质量必须超过国家标准 10% 以上，动平衡小于每公斤 1.5 克，要知道一辆 2 吨重的小轿车一般认为动平衡不超过 10 克都是正常的，而转轮这个 350 吨重的大家伙要校准到动平衡小于每公斤 1.5 克，难度之大，可想而知。

“为了让转轮的性能更加可靠，在严格的精品标准面前，主要设备制造厂商做出了极大努力。为了把百万千瓦机组建造成精品，在这个问题上，各方的意见是高度统一的。”李海军表示，从技术人员到制造厂家的每一个工人，对白鹤滩水电站的精品工程概念都入脑入心，深有感触。

为了确保精品标准的落实，三峡集团还建立了驻厂监造和检测制度，派驻监造工程师到主机制造厂去做质量验收，确保每一个部件都做到质量可控、可追溯，绝不允许有质量疑点的产品出厂。

三峡集团制定的精品标准，不仅保障了产品质量的下限，还不断提升了产品质量的上限。最终，白鹤滩水电站 16 台机组转轮中有 4 台实现了“零配重”，其余转轮也全部达到了精品标准，发电效率高达 96.7%，达到国际领先水平。

百万机组重达数千吨，由几十万个零部件组装而成，因此不光要造得好，更要装得好、调得好。一旦出现问题，要想倒查是哪个环节出现问题，复盘的难度非常大，所以必须做好每一步。

在百万千瓦机组转子吊装环节，这个直径超过 16 米、重达 2000 多吨的大件组装完成后，圆柱度的精度达到了常人难以想象的程度。

建设三峡工程的时候，圆柱度精度指标超过 1 毫米，向家坝水电站标准是 0.9 毫米，现在白鹤滩水电站的精度标准是 0.7 毫米。对此，康志林反复强调，千万不要小看这个提高的 0.2 毫米“小标准”，对于百万千瓦机组转子这个 2000 吨的大家伙来说，如果多出 0.2 毫米偏差，对机组平稳运行和对零件磨损程度的影响就会被放大许多倍，影响日常生产和机组寿命不说，甚至会酿成更大的事故。

提高0.2毫米，对整个百万机组无疑是百利而无一害的，但对现场安装单位来说，要想实现它，却并非易事。

“我参与了这个标准的制定，当时参建各方反复讨论。一开始，我也怀疑这个标准是不是定得太高了。但是，我们在向家坝水电站不仅实现了0.9毫米，甚至达到了0.7毫米、0.6毫米的水平，这证明我们是有能力实现0.7毫米的。最终大家一致认为，把标准定在0.7毫米是可行的。”李海军说。

把标准定在不留余地的“0.7毫米”，看似没有退路，却有着背水一战的奇效。

“百万机组从设计、制造到安装调试都是全球首创，没有任何实践经验可供借鉴，堪称技术研究的‘无人区’。因此，从项目合同签订的那一天起，我们感到使命光荣，责任重大。大家都为能参与大国重器建设而感到骄傲和自豪。”葛洲坝机电公司白鹤滩项目部党支部书记、项目经理李志宏表示。

为此，葛洲坝机电公司，挑选精兵强将，快速组建安装团队，并在现场大量应用先进技术。

“我们将三维激光测绘技术广泛应用于机坑测定、定子装配、转子装配等工序，不仅将施工测量作业效率提高了50%，还极大地节约了人工成本。”李志宏自豪地说，转子安装完成后，圆柱度达到0.37毫米、垂直度0.29毫米，超过了国家标准和白鹤滩精品机组质量要求。

进入转子吊装环节，对精度要求同样非常高。

在白鹤滩施工区，来自中国能建的“大国工匠”、桥机班长梅琳吊装过三峡工程的1500吨发电机转子，也吊装过溪洛渡水电站1800吨发电机转子，是国内为数不多可以吊装巨型精密装置的起重机司机。

因此吊装白鹤滩水电站2300吨发电机转子，她是不二人选，但她却直言心里没有底，——这毕竟是世界最大的百万千瓦机组转子。

转子吊装那天，梅琳坐在10米多高的桥机操作室里，巨大的转子吊在下方，几乎遮挡了全部视线，根本看不到地面的具体情况。她只能根据经验，听从地面指挥，一点点通过操纵杆操控吊钩，将重达2300吨、直径16米的“庞然大物”缓慢移向发电机坑位。

巨大的转子落入机坑时，与定子之间的周间隙只有 42 毫米，吊装过程中，二者不能有丝毫的触碰，特别是转子上的销钉孔和定位销钉的间隙只有 1.5 毫米，更夸张的是 10 个销钉孔必须同时对接。要想做到这一点，就必须把摆动幅度控制在 1 毫米以内。稍有差池，整个机组可能就要回炉重建。

“只能凭借平时日夜苦练出来的手感与肌肉记忆，一点点操作。当厂房掌声响起的那一刻，我才发现，自己手心全是汗。”梅琳凭借 20 多年练就的稳如磐石、不差分毫的吊装本事，将转子稳定且精准地吊入发电机坑，创造了新的转子吊装世界纪录。

“在现场，大家通过对加工尺寸、现场装配等进行精细控制，实际上最后安装结果远小于 0.7 毫米，最好的控制标准达到了 0.3 毫米，基本控制在 0.4 毫米左右，这种细微数字上的进步恰恰具有重要意义。”李海军开心地说。

在一个个零点几毫米的标准的把控下，百万机组运行稳定。

在白鹤滩地下厂房参观时，站在机组前的笔者非但听不到水轮转动轰鸣的噪声，更感受不到扰人的震动，8000 吨的大家伙仿佛大家闺秀一般，稳稳地端坐地下，向各地源源不断地输送着绿色能源。

为严把精品质量关，在百万千瓦机组安装现场，三峡集团还打破了传统的质检手段，在施工单位班组质检、质检员质检、质量检查部质检的“三检制”基础上，增加了制造厂家技术服务人员检查和项目部、参建单位、运行单位检查。每一道安装工序，只有通过全部检查，才能进入下一个施工环节。

“我们自己去测这个数据到底好不好，不是说对参建方不信任，而是要通过大家一起努力，把质量管控得更精细一些。”据康志林讲述，在执行过程中，三峡集团与安装单位、主机制造厂商、设备厂家的现场施工人员和技术指导一起，反复沟通，达成一致，目的是共同把质量管好。

GIS 是气体绝缘开关设备，是重要的高压电气设备。白鹤滩水电站百万机组额定电压达到 24 千伏，为水电行业目前最高电压等级，配套的 GIS 电压也达到了 550 千伏。如此高电压，设备安装时容不得半点马虎，否则机组发电后，一旦发生意外，就是无可挽回的大事故。

有一次，三峡集团现场机电技术人员在巡检时发现母线导体内的镀银面有损伤，母线外面的喷漆因运输也掉了一大块。作为机组安装现场负责人，靳坤听到技术人员报告后，第一时间赶到现场，要求受损太深的母线必须返厂处理，能用的必须仔细清理。说完，他就拿起百洁布，给安装工人演示如何清理，反复讲述用无水酒精擦、用吸尘器吸两遍、吸嘴上的布要勤换等操作细节。

“返厂处理后，厂家对我说，干了这么多项目，没碰到过三峡这样的业主，眼里揉不得一粒沙子，任何细小的问题都不放过。”讲起质量故事，靳坤如数家珍。

最终，创下白鹤滩工程 GIS 均实现一次性通过电气高压试验、世界最大落差 GIL 管母等输配电设备安装调试多项新纪录。

“白鹤滩水电站百万千瓦机组的成功，不是哪一个环节的功劳。就像 4×100 米接力赛，设计、制造、安装、调试，大家都必须跑好自己这一棒，最后才能跑出整体好成绩。”李海军形象地说。

2021 年 6 月 28 日，白鹤滩水电站首批百万机组投产发电，习近平总书记发来贺电，指出白鹤滩水电站是实施“西电东送”的国家重大工程，是当今世界在建规模最大、技术难度最高的水电工程。全球单机容量最大功率百万千瓦水轮发电机组，实现了我国高端装备制造的重大突破。全体建设者和各方面发扬精益求精、勇攀高峰、无私奉献的精神，团结协作、攻坚克难，为国家重大工程建设做出了贡献。这充分说明，社会主义是干出来的，新时代是奋斗出来的。习近平总书记在贺电中还殷切嘱托全体建设者统筹推进白鹤滩水电站后续各项工作，为实现碳达峰、碳中和目标，促进经济社会发展全面绿色转型做出更大贡献。

牢记嘱托，再建新功。

在后续机组安装调试过程中，白鹤滩建设者们持续发扬精益求精、勇攀高峰、无私奉献的精神，团结协作、攻坚克难，坚持精品标准，实现了后续机组全部直接通过试运行，并创下“三天投产两台百万机组”的白鹤滩速度。

就在大家都为机组的优异表现倍感骄傲时，彼时刚刚担任三峡集团白鹤滩工程建设部副主任的康志林提出了一个让大家吃惊的建议。

“我认为在后续机组试运行的时候，应该做一个最大负荷试验。”康志林一句话，让大家愣住了。

最大载荷试验？不是百万机组吗？都已经按百万千瓦的标准投产了，还有什么最大负荷？

康志林介绍，机组设计都是有冗余的，现在新国标也要求为应对电网电压波动，机组负荷也需要跟着调整，而这个调整不可能只往低调不往高调，所以还是应该试一试机组的最大负荷。

百万机组已经是世界水电“无人区”，还要往上试，这里面的风险是不是太大了？过负荷试验中，发电机运行是否能保持稳定，震动、摆度变化大不大，发热升温能不能控制住，等等，都是未知的，而一旦出现问题，对整个工程造成的损失将是无法挽回的。

“其实这也不是什么冒失的想法，一个是国标有需要，再一个我们在三峡水电站、溪洛渡水电站也都做过这个试验，积累了一定的经验，最后我们零点几毫米、零点几毫米地把百万机组打造好，它就像我们的孩子似的，我们也想看看自己的孩子到底有多大的本事，看看中国水电到了什么样的高度，这可能也是我们这群白鹤滩机电人的一点‘私心’吧。”谈到想做最大负荷试验的目的，康志林坦诚相告。

当时，白鹤滩水电站11号、12号机组投产在即，经过研究讨论，三峡集团决定利用这两台机组试运行的机会，同步进行百万机组过负荷试验。

试验当天，从施工单位到主机制造厂，到运维电厂，在场的领导和技术人员都赶到现场，既是为了现场解决可能发生的情况，更是为了能亲眼见证这个中国水电的新纪录。

试验现场，康志林亲自指挥。

“百万机组做最大负荷试验，不仅仅是对最大负荷的追求，也是对我们整个机组一次全方位的检验，但这毕竟是世界首次，我没经历过，别人也没经历过，所以必须我自己来指挥，出现问题我来承担责任！”

试验过程中，康志林指挥机组负荷一点点上升，102万千瓦、104万千瓦、106万千瓦……

每上升一个数字，都要稳定三五分钟，检查机组运行状态是否正常，所有数据是否有突变。

“机组在过负荷试验中，肯定会给自身寻找一个新的平衡点，因此温度等数据会有变化，但只要不是突变，我认为就没问题，试验可以继续。”对自己的判断，康志林很自信。

107 万千瓦、108 万千瓦、109 万千瓦、110 万千瓦、111 万千瓦！

机组负荷达到 111 万千瓦。

1 分钟、2 分钟、3 分钟……10 分钟！

看着稳定过负荷运行 10 分钟，且未出现异常的机组，康志林满意地下指令：调低负荷。

试验取得圆满成功！ 111 万千瓦，世界水电新高峰诞生在白鹤滩建设者手中。

这是一群多么可爱的水电建设者，他们不忘为我中华、建设大国重器的初心使命，牢记习近平总书记“真正的大国重器，一定要掌握在自己手里。核心技术、关键技术，化缘是化不来的，要靠自己拼搏”的殷切嘱托，远离城市和家庭，数十年蛰伏于深山之中，默默奉献，以精品标准为尺，以科技创新为路，以世界第一为目标，高质量完成了世界首批 16 台百万千瓦水电机组的安装调试任务，成功登顶“世界水电珠峰”。

四、民生工程

驱车行驶在白鹤滩施工区，本地司机老杨始终操着一口连“川普”都算不上的四川话，为笔者介绍当地的风土人情。

老杨全名杨秀发，今年 46 岁，是土生土长的宁南县白鹤滩镇人。他说，二三百年前他的先祖从江西移民至此，他还回江西祭过祖。

按时间推算，杨秀发家的先祖大概是在明末躲避战乱逃到这个近乎与世隔绝的地方吧。他偶尔也会和人说起他小时候经历的苦日子，但他讲得更多的是这 10 来年白鹤滩库区发生的翻天覆地的变化。

白鹤滩水电站工程投资极大地拉动了当地经济社会发展，优化了当地的产业结构，增加了就业，改善了整个区域的交通、通信、教育、医疗等基础设施条件，特别是伴随移民工程开展，推进了当地的新型城镇化建设，提高了居民生活水平。

作为一名库区移民，杨秀发常说，这些实惠他是实打实的都得到了。

他掰着手指给笔者算了一笔账。第一，他现在在工地开车，有一份稳定的收入还有社保，还给自己买了辆喜欢的小轿车。第二，他用移民补偿款给儿子买了台挖掘机，现在儿子在周边承包工程，有了生计，去年娶了媳妇，今年生了闺女，算上老母亲，老杨家已是四世同堂。第三，女儿在县里的三峡白鹤滩中学念书，那可是宁南县城建得最好的中学。

杨秀发孙女满百天的时候，邀请笔者去他家做客。一栋四层的移民新居，背山望水，高峡平湖就在窗前，妥妥的“江景别墅”，实在令人羡慕。

当天，老杨在楼下支了两口大铁锅，宰了两只本地山羊，和亲朋好友、邻里乡亲共同分享自己当爷爷的喜悦。看着热热闹闹的宴席，笔者想，这就是属于普通人的幸福生活吧。

吃着老杨家独具风味的凉山羊肉，笔者突然想到，如果说白鹤滩施工区内 3 万名建设者是白鹤滩水电站这一超级电站的缔造者，那么老杨代表的移民和帮助他们移民安置的移民干部应该是建设超级电站的幕后功臣。

人们常说，“移民是天下第一难事”。在白鹤滩库区，像杨秀发这样的移民有 10 万人，要想让移民“搬得出、稳得住、逐步能致富”，其难度之大可想而知。

白鹤滩水电站移民工作历经 10 余年，三峡集团移民工作办公室党委书记刘祖雄全面主持和参与白鹤滩水电站移民工程。他深有感触地说：“就是把移民工作放在优先位置，确保移民群众的利益不受损害，真正把天下第一难事做成天下第一好事。”

2010 年 10 月，国家发展改革委批复同意开展白鹤滩水电站前期工作。2011 年 1 月 1 日川滇两省人民政府下达“封库令”，三峡集团会同库区地方政府、中电建华东院共同组成实物指标联合调查组，启动实物指标调查工作。

白鹤滩 10 万移民工作大幕拉开！

2000 多名移民工作者，以“服务大国重器，造福移民群众”为使命，分成上百个工作小组，像蒲公英的种子一样撒向整个库区。移民实物指标调查工作浩繁而艰巨，因为关乎每一个移民的切身利益，每家每户的人口、房屋、耕地、设施等信息都要客观细致地测量登记，一项都不能少，更不能错。

“白天紧跟联合调查工作组，顶着40多度的烈日高温，在金沙江两岸的深山峡谷、移民的房前屋后和田间地头，丈量房屋土地，清点零星树木。晚上住农户家打地铺，忍受蚊虫叮咬，熬夜学习移民政策规范，熟悉实物指标调查工作细则。”2011年7月，白鹤滩工程移民项目部副主任兰晓大学一毕业就参加了白鹤滩移民实物指标调查工作，那段时光令他永远难忘。

三峡集团移民干部和地方政府移民干部一道，把涉及四川、云南两省4个市（州）9个县（区），总面积234平方公里的移民影响区域，全面、翔实地调查了一遍。

山路越走越多，移民干部与移民群众越走越近，对移民群众渴望摆脱现状、追求对美好生活的期盼也就越发感同身受。他们认识到，大水电背后是大移民，大移民就是大民生、大扶贫，他们从事的工作是改变10万移民，乃至造福整个库区群众的伟大事业。

有了这样的认知，在接下来的移民安置规划报告编制工作阶段，参与各方一方面坚守原则，依法依规；另一方面又尽量给予优惠政策，将让利于移民做到了最大化。

杨秀发就是四川省宁南县白鹤滩镇最早签字搬迁的一批移民，他觉得政府给的条件很好，不能太贪心。但是要动员10万移民搬家，可不是一件简单的事情，否则移民工作也不会被称为“天下第一难事”。

随着工作推进，移民群众的众多诉求和多种多样的困难开始显现，有的对政策不理解，有的存在实际困难，有的身在外地不方便，移民干部将其形容为：难点多且广，时间短且急，任务紧且重。

面对移民工作的困难，如何破局，三峡集团总结出八个字：真情实感，真金白银。

“真情实感”，就是要让每个移民感受到移民工作者对他们的真感情，知道移民工作不仅仅是为了把他们搬走，而是要带着大家一起过上幸福日子。

有的移民在地里劳作，就在田地里帮忙干活，算好经济账，在田坎上签订了协议；有的移民家庭苦难，就能帮一点是一点。郭建忠是三峡集团白鹤滩工程移民项目部负责人之一，平时经常为经济问题与他人争得面红耳赤，原则问题更是分毫不让，但面对遭遇特殊困难的移民群众，他却是主动捐款的大方人。

全体移民干部用真情实感，想移民之所想，急移民之所急，用真心换真心，移民搬迁安置工作一路顺利推进。

2020年是移民安置房建设的关键时期，但受突发新冠疫情影响，建设进度严重受阻。10万移民能不能及时搬进安置，不仅关乎整个白鹤滩水电站工程进度，更是关乎移民群众能不能过上安稳日子的大事。

绝不能让疫情成为耽误移民工作的拦路虎！

危急时刻，三峡集团移民办虽然不是移民工程主责单位，但主动冲到了战“疫”保进度的工作一线。

在云南省巧家县，三峡集团移民办3名年轻员工常驻工地，紧盯着每栋移民安置楼房的施工进度，一层一层楼核实相关数据，用最“笨”的方法排出了最靠谱的房建进度计划，保证巧家县建房进度始终走在整个库区前列；在四川省会东县最大的安置点——大崇迁建集镇，三峡集团移民办2名青年员工住在镇上简陋的民居里，一天三餐无着落，每天蹲守在尘土飞扬的工地，紧盯工程进度，从没有向单位领导叫过一声苦、说过一句累。

在各方共同努力下，2020年8月，巧家县金塘集镇房建全面封顶，成为白鹤滩库区最先封顶的移民安置点。9月，库区最大的移民安置点——巧家县北门安置点房建全面封顶。2021年1—3月，在川滇库区地方政府有序组织下，移民陆续搬离库区。

“移民是一个复杂的过程，无论是移民搬迁过程，还是落地安置，都存在意外风险和不确定性，这是移民干部最不愿意看到的。”三峡集团移民办公室副主任刘灿说，为了让移民安稳搬出，他们提出了“零伤亡”的搬迁目标。

“零伤亡”，简简单单的三个字，却是所有移民干部自始至终的追求，这是对人民负责的态度，更是为人民服务的本职。

白鹤滩库区和移民安置区多处于干热河谷之中，地势险峻、植被稀疏，每逢雨季，地质灾害频发。

为了保障移民在搬迁安置过程中的生命财产安全，三峡移民办创新构建了一套“天—地—空”一体化监测预警“技防”体系，提升了重大水库地质灾害风险协同应对效率和能力，取得了良好效果。

但每到雨季汛期，当别人和着雨声风声入睡，三峡移民干部却彻夜难眠，因为一旦监测警报响起，他们必须闻令而动，第一时间赶赴现场，不管时间是几时几刻，不管路程多远多险，不管狂风骤雨，别人避之不及的危险，他们却必须冲到现场一探究竟。

在多起地灾险情处置中，三峡移民干部及时处理，取得了良好效果。截至目前，白鹤滩库区始终未发生蓄水引发地质灾害造成人员伤亡的安全责任事故，实现了“零伤亡”的预期目标。

“真金白银”，不是要大水漫灌，把钱一付了之，而是要真正做到水电发展为了人民，让所有人共享发展红利。为此，三峡集团做出承诺：小康路上不让一个移民掉队。

三峡集团投入专项资金，解决移民政策不能覆盖的实际问题，进一步完善库区基础设施及移民群众居住条件和生活环境。同时，采取一系列激励措施，充分调动移民群众的积极性，让移民得实惠。

“十三五”期间，三峡集团还发挥中央企业责任担当，助力四川凉山彝区和云南省怒族、普米族、景颇族三个人口较少民族聚居区，以及云南省昭通市等地区按期打赢脱贫攻坚战。

在四川省凉山州，2016—2020 年的 4 年间，三峡集团支援脱贫攻坚专项资金用于住房建设、产业发展、基础设施、公共服务配套设施等项目，覆盖凉山州 17 个县（市）超过 10 万贫困人口，并抽调 8 名扶贫挂职干部、1 名驻村干部组成凉山州帮扶工作组，为凉山州如期全面打赢脱贫攻坚战贡献了三峡力量。

回顾 10 余年的移民工作，一批三峡移民干部说，他们走过的最长的路，就是这些年在深山里走过的山路，那一步步的乡村山路，是他们最难以忘怀的人生之路，也是贫困户、贫困村脱贫摘帽、走出大山的致富之路，更是在建党百年的历史时刻和全国人民一同走过的全面小康之路。

2023 年，10 万移民已经搬进新家，开启了全新生活，移民工作开始向帮助库区移民就业增收、助力库区公共事业发展方向转变。

对于现在的生活，杨秀发总是笑呵呵地用四川话说：“巴适得很！”

如今白鹤滩水电站左岸是依山而建的白鹤滩新集镇，右岸是安居山顶的大寨镇移民安置点，它们与水电站相辅相成、相得益彰，共同绘就一幅大国重器与移民和美安居的美好画卷。

采访中，这幅美好画卷也给笔者上了生动的一课，让我真正理解了党的二十大报告指出的，“全面建设社会主义现代化国家，必须充分发挥亿万人民的创造伟力”的真正含义。

铸就白鹤滩大国重器，不仅有科技工作者的非凡脑力，有现场建设者的奋力拼搏，更有10万移民与移民工作者的艰辛与奉献。

五、后记

时间进入2023年夏季，由于来水偏枯，各地缺电严重，国家电网调度下令要求金沙江下游四座电站增加出力，为高温天气提供稳定电能。

7月10日，白鹤滩水电站16台机组全开，配合电网调峰次数达52次，执行开停机31台次，刷新白鹤滩水电站自投产发电以来单日最高开停机台次记录。白鹤滩水电站作为西电东送的骨干工程，入汛以来，密切配合电网开停机调峰，源源不断向外输送绿色能源，切实发挥了能源保供压舱石作用。

“社会主义是干出来的，新时代是奋斗出来的。”白鹤滩工程建设者始终牢记习近平总书记的殷殷嘱托，团结协作、攻坚克难，高质量完成了白鹤滩水电站各项工作，将白鹤滩水电站打造成单机容量100万千瓦世界第一、地下洞室群规模世界第一、无压泄洪洞群规模世界第一等六项世界第一，两项世界第二和两项世界第三，是当之无愧的具有超级大坝、超级泄洪洞、超级地下洞室群、超级机组的超级工程。

2022年12月20日，白鹤滩水电站工程全面投产发电。

习近平总书记在2023年新年贺词中专门点赞道：“第三艘航母‘福建号’下水，首架C919大飞机正式交付，白鹤滩水电站全面投产……这一切，凝结着无数人的辛勤付出和汗水。点点星火，汇聚成炬，这就是中国力量！”

全面投产的白鹤滩水电站多年平均发电量将达到624亿千瓦·时，足够

6500万人一年的生活用电需求。源源不断的清洁电能通过位于白鹤滩90公里外的布拖800千伏特高压换流站，以百分之一秒的速度闪送至2000多公里外的长三角地区。

这些看上去不可思议的数字，彰显了中国水电在世界上的引领地位，更为我国社会经济发展提供了源源不断的绿色清洁能源，为实现碳达峰、碳中和目标，促进经济社会发展全面绿色转型做出了巨大贡献。

如今，白鹤滩工程已经进入尾工，白鹤滩工程建设者也已经陆续开始收拾行囊，奔赴新的水电“战场”，但他们带走的不仅是辉煌与荣耀，还有精确到0.1毫米的精品意识，还有“无缝大坝”的先进工艺，还有百万机组等世界一流水电科技……

敬礼水电人！敬礼中国水电！

未来的他们，必将为中国水电带来新的更大辉煌！

平凡岗位上，他是真英雄！

——记国家能源集团大渡河大岗山公司徐博海

◎文 / 国能大渡河大岗山发电有限公司

编者按

英雄，总会给我们带来无穷的力量。

2022 年，一段短视频引燃网络，全社会纷纷转发和关注，让无数人肃然起敬、感动泪目。

视频中，一位水电值班人员摇晃着冲到应急指挥室，拿起电话。“我是大岗山徐博海，这里发生了地震，刚刚电站重合闸正常启动，目前设备正常运行。”2022 年 9 月 5 日，四川省泸定县发生 6.8 级地震，距离震中仅 21 公里的国家能源集团大渡河公司大岗山水电站震感强烈。危急关头，当班值长徐博海没有退缩，选择坚守。

世界上没有从天而降的英雄，只有挺身而出的凡人。生死抉择的瞬间，徐博海没有撤离，“只要我还在，就一定能接起电话，如果后续电话无人接听，那么应急指挥中心和我都不在了。”人在，岗位就在！平实的话语背后，是一名共产党员和国企职工的岗位担当。据不完全统计，仅抖音、快手平台点赞量就超过 225 万次、播放量超 8600 万次，“国企担当”“平凡英雄”“守土有责”等词汇出现在网友留言里，温暖着人们心里最柔软的地方。

2023 年 2 月 16 日，国务院国资委党委隆重发布 2022 年度“央企楷模”，徐博海同志获得“央企楷模”荣誉称号。

现场的颁奖词是这样的：地震面前，他冒险逆行奔赴；生死之间，他守岗尽责。他说不是不害怕，是不能够撤离，他说人在阵地在，唯使命在肩。江水滔滔，铭记大渡河精神，地动山摇，犹如大岗山巍峨。平凡岗位上，他是真英雄！

平凡岗位中蕴藏着非凡。和平年代，无数的平凡英雄在平凡的岗位上默默坚守、艰苦付出，脚踏实地把每件平凡事做好，在点滴工作上体现责任和担当，构成了新时代的英雄群像。这些平凡英雄拥有的执着和永不放弃的精神，是我们砥砺前行的精神力量，是国家走向繁荣昌盛的强大动力。

第一卷　水电缘

第一章　耳濡目染的英雄气

1984 年 11 月，徐博海出生于河北唐山一个农村家庭。

用徐博海的话来说，有的时候回想起来，来到大渡河，想在大渡河边工作，也许就是无数的“耳濡目染”带来的缘分，这个缘分的起因便是他的家庭。

徐博海的爷爷和叔叔都是共产党员，家庭的爱国主义教育和红色文化熏陶深深地烙印在徐博海的儿时记忆里。对于他来说，耳濡目染的都是革命英雄的故事。

“娃啊，我给你讲个长征的故事。”

“跟着我唱，红星闪闪放光彩，红星灿灿暖胸怀……”

“红军不怕远征难，万水千山只等闲！”

幼年的徐博海时常听长辈们谈起，当年中国共产党带领工农红军，为了民族独立和人民自由幸福，抛头颅、洒热血。他们凭借坚定的信仰和顽强的意志，爬雪山、过草地，在一次次绝境重生中，创造出了二万五千里长征的传奇事迹。

那些光荣与伟大，在徐博海幼小的心灵中种下一颗红色的种子。

平凡岗位上的英雄气度，从这里，开始萌芽。

到上小学的年纪，徐博海走进课堂，开始跟随老师学文习字。慢慢地，徐博海开始领悟文字的魅力，从一篇篇课文中感受到文字背后的真实情绪。

阳光穿过窗台，照进教室。

老师用粉笔在黑板上工工整整地写下“七律·长征——毛泽东”一排大字。

老师捧起书本，“同学们，跟着我一起念。”

“红军不怕远征难，万水千山只等闲。

五岭逶迤腾细浪，乌蒙磅礴走泥丸。

金沙水拍云崖暖，大渡桥横铁索寒。

更喜岷山千里雪，三军过后尽开颜。”

在一片读书声中，徐博海被“金沙水拍云崖暖，大渡桥横铁索寒”的革命诗句所震撼。横江飞渡，那会是怎样的豪情勇气。

诗歌方歇，老师又讲起红军强渡大渡河、飞夺泸定桥等英雄事迹。

徐博海心绪翻飞，仿佛回到了那个战火不断的年代，亲眼看到前赴后继的英雄先烈。

他走进故事里，感悟历史的全貌。正是红军那不怕万难，为解放全民族一往无前的英雄气势，才在无限困苦中成就了如此多的不可能，铸就出如此多的惊世传奇。

也正是革命先辈一次次突破极限的创举、一次次技高一筹的谋略，才将损失降到了最小，为后面抗日乃至解放全民族留下有生力量。

长征精神，作为把全国人民、把中华民族根本利益摆在首位的革命精神，赋予了世世代代中华儿女力量。

或许那时候，英雄的大渡河，开始成为少年徐博海的向往。

年少的徐博海捧着课本，一边读书，一边想象“金沙水拍云崖暖，大渡桥横铁索寒”的豪迈和雄壮。

心迈山河，神驰想象，徐博海仿佛已经置身于烟波浩渺的大渡河畔。

“将来长大，我一定要去大渡河看看！”

总有一天，他要去亲身感受浪涛中悠久灿烂的历史，河岸边万里长征的红色基因！

梦想的种子一旦种下，前行的脚步就不会停止。

蝉鸣不息，盛夏将至。向西而行，寻梦之旅。2004 年 9 月，徐博海来到位于成都的西华大学，开启了逐梦的大学生涯。

四年求学，孜孜不倦。

徐博海的本科专业为电气工程及其自动化，对于专业学习，他认为，清洁可再生能源发展是大势所趋，水电等绿色电力发展将会迎来重要发展机遇，大有可为。

多年以后，回忆在西华大学的本科学习生涯，徐博海也十分怀念："四年的西华时光，不仅教会了我专业知识，更让我学会了珍惜与感恩。西华大学不仅有一个美好的校园环境，更有着浓厚的学习氛围，老师认真负责，同学之间互相关心帮助，这段时光提升了我的学习能力，培养了我良好的学习习惯，为将来步入社会打下了良好的基础。"

大学时代，徐博海作为优秀学生党员，组织党员同学在石棉县安顺场开展了"追忆红色基因，传承革命精神"主题党日活动。

这是徐博海迄今最难忘的经历。徐博海终于踏足大渡河畔，参观了心心念念的红军强渡大渡河旧址。

"听党指挥、勇往直前、敢打必胜、顾全大局。"

滚滚波涛水，不泯英雄气。看着眼前红军先烈用鲜血和生命铸成的丰碑，徐博海情难自抑，忍不住开口问道："你们知道什么是真正的大渡河精神吗？"

同学们一脸纳闷："你刚才不是念出来了吗？听党指挥、勇往直前、敢打必胜、顾全大局。"

他心里明白，真正的大渡河精神，远远不止这十六个字。

大渡河精神是进取、是创造！是在敌人插翅难飞的天险防线上打开一个缺口的开天辟地！是在茫茫无序的黑暗中寻找到蓬勃生机的果敢无畏！

革命战争的艰苦卓绝和革命胜利的来之不易，让徐博海更加了解大渡河的人文历史和红色底蕴，更加坚定自己加入大渡河、建设大渡河的决心和勇气。

2008 年，汶川大地震。地动山摇的巨大灾害，吓走了许多原本想留在四川安家置业的同学。从小生活在唐山的徐博海反而没有一丝胆怯，内心无比坚定。

就在当年毕业的徐博海，面对上海、秦皇岛、唐山等多地择业选择，没有丝毫犹豫，坚定选择四川，投入西部大开发的伟大战略中，成为一名光荣的大渡河水电人。

他曾说：“如果大家都害怕地震，那谁去建设西部。”

再次向西，筑梦成真。

梦想，终于照进现实。

毕业后，在本科学习期间的辅导员刘秀丽，多次在不同场合讲起徐博海：“博海是我的第一届学生，在校期间任电气（1）班班长。他思想积极进取，学习刻苦努力，工作踏实肯干、乐于助人，班委工作得到老师和同学的认可。毕业后积极响应国家号召，到祖国最需要的地方去，在大渡河公司基层岗位上守岗尽责，充分发挥‘知难而进、自强不息’的西华精神。值得一提的是，在他们工作后的第二年及之后的每一年，国家能源集团都率先来到西华选拔和招聘优秀毕业生，这充分说明他们的表现得到了认可，我们学校培养的毕业生是‘下得去、留得住、干得好’又‘上得来、撑得起、能出彩’的高素质人才。”

毕业不等于徐博海与学校的关系结束，工作多年以后，他依旧在鼓励学弟学妹。

徐博海给本专业的学弟学妹留言，希望他们树立职业人的理念和终身学习的心态，积极探索科技创新和智慧化、数字化的领域。通过多读书，具备一定的写作能力，培养自己某一方面的爱好并使之变为特长。

信笺上写满徐博海的寄语，“希望学弟学妹们珍惜时间，努力学习知识，学会学习的方法，以更加积极进取的心态面对大学的学习生活，为将来打下良好基础。也希望大家做事认真执着，永远尊重知识，祝福大家有一个美好的大学时光和精彩的未来人生”。

第二章　书生意气，山水相迎

时值 7 月，暑气未消。大渡河岸青山隐隐，苍翠扑帘。徐博海送别同学、挚友后，背起行囊，带着拳拳赤子之心踏上了自己的逐梦之旅。

结束新人培训，徐博海正式入职瀑布沟水电站。

徐博海坐上大巴，穿过蜿蜒曲折的山路，抵达瀑布沟水电站。

刚一下车，阵阵清风携着凉爽清新便扑面而来。徐博海深吸一口气，感觉清凉直抵心底，沁人心脾。抬眼望去，山色朗润，林岫浩然，炊烟袅袅尽是烟火人家。

四下山野漫漫，花草树木婀娜多姿，美不胜收。徐博海心情大好，跟着新人队伍，走进厂区。

瀑布沟四面环山，高大巍峨，云横雾绕。天地间仿佛被蒙上一层淡淡的烟纱，神秘而悠远。

在群山之间，徐博海再次看到向往已久的大渡河。大河从天地尽头奔涌而至，碧波澄澈，粼粼如镜，演绎着从古至今的壮观水文。

“从今天起，我就是一名大渡河水电人了。”夙愿得偿，徐博海开心不已。

蓝天白云下，青山绿水掩映的大渡河让徐博海有些迷醉。而瀑布沟同事的热情更是几乎让徐博海忘却旅途的劳顿和一路奋斗的艰辛。

带着对大渡河的虔诚和敬仰，刚抵达瀑布沟水电站现场的徐博海，就深深感受了大渡河文化的冲击力。刚进厂区，人力资源部的几名同事热情地迎上来，帮着搬行李，安排食宿。

“怎么样，一路上辛苦了吧？”

“来来，我帮你拿。”

“从这边走是食堂，运动区、休息区往这边。”

迎接的同事耐心周到，一直忙到深夜，让徐博海有种回到家中的错觉。

第二天，公司为徐博海等新职工举行了隆重的欢迎仪式。领导致欢迎词：“热烈欢迎新同事加入我们瀑布沟水电站！”

掌声雷动，呼声如海。

欢迎仪式精彩而隆重，伴着嘹亮的音乐，徐博海在人潮之中内心激动澎湃。

在一片欢腾中，徐博海和公司职工的手握在了一起，心也连在了一起。

"大江奔腾向海，总会遇到逆流，但任何逆流都阻挡不了大江东去。动力助其前行，阻力促其强大！"

领导慷慨激昂的讲话，更是坚定了徐博海等新人克服困难、适应新环境、胜任新岗位的信念和决心。

"没有那么多天赋异禀，优秀的人总是努力翻山越岭。可要相信，所有的不美好都是为了迎接美好，但所有的困难都会为努力让道！"

新职工代表发言，掷地有声地描绘出所有新人共同的心声，努力学习，勤奋工作，在新的岗位上做出新成绩。

到了饭点，来到食堂吃饭。

徐博海本来还担心能不能吃得惯当地的那些食物，不料却发现公司食堂也进行了人性化的管理。食堂考虑到川菜与北方菜的口味差别，特意创新，将南北风味融合在一起。

"师傅，这个回锅肉辣不辣啊？"

"放心，小伙子，今天回锅肉是按北方口味炒的，你尝哈嘛！"

徐博海等北方人吃到可口饭菜的同时，也逐渐适应了川菜味道。

夜里，徐博海回到新宿舍，给父母打电话报平安。

徐博海一边讲电话，一边收拾东西。

"爸，你就别担心了。公司对新职工的关注，可以说是无微不至。"

"寝室特别干净，崭新的被褥，每个房间都配有饮水机、电视机、空调啥的，要什么有什么，生活用品一应俱全。"

"爸，我跟你说。公司这边一人一个宿舍，哈哈，将来娶媳妇，也不用担心了。所以说，大渡河公司的人性化管理是真不错。真希望我弟也能努力考进来。"

为了让新人尽快融入新团队，适应新工作，公司专门办了培训班，使徐博海等新人了解了公司的发展、基本概况和制度，以及与生产相关的安全知识。

公司组织徐博海等新人陆续前往流域，参观了大渡河上最早建设的龚嘴和铜街子两座电站。巍峨的大坝，气势雄伟，各种自动化设备及"无人值班、少人值守、运维合一"的远方调度技术，充分展现了现代化的高科技魅力。

电站的高度自动化彰显着科技进步，监控系统能多方位全过程对电站实施监控，使违规、隐患无处遁形。更令徐博海佩服的是，电站洁净如新，厂区平整干净。

徐博海与同事跟在队伍后面，悄悄说话。

徐博海：“这地面也太干净了！”

同事：“我刚刚用纸巾擦了下头盔，可找了一圈都没看见垃圾桶。”

徐博海：“哈哈，你还把纸巾捏手里啊。”

同事：“那你说扔哪儿啊。我就纳闷，检修时产生的垃圾都到哪儿去了？难不成，他们把所有垃圾都揣进兜里，带出现场了？”

徐博海：“有可能，所以现场才这么干净，哈哈……”

两人面面相觑，随即相视一笑。

现场工作人员为徐博海等人介绍了龚嘴水电站在20世纪60年代的建设发展历程及最初创业的艰辛。

“饮水思源，不忘初心，咱们不应该忘记艰苦奋斗的老一辈龚电人，他们是开拓者，他们是深山里最可爱的光明使者。”

徐博海心潮涌动，决心沿着老一辈水电人走过的路继续前进，不断创新，吹响开发大渡河的号角，描绘大渡河更为壮美的蓝图。

在接下来不到一周的时间里，公司丰富的培训计划驱使徐博海快速融入与提升。徐博海对企业管理文化、制度建设、专业知识等方面都有涉猎和了解。

公司领导亲自挂帅站在讲台上为新职工宣讲，足见公司对人文的重视及对新职工的期盼。先进管理手段“点检系统”，深深触动了徐博海的神经，徐博海顿时明白工作时不得有丝毫懈怠与隐瞒。

每一份课件，每一次讲解，徐博海都清晰地感受到传承创新在大渡河最具价值，一系列专业知识也源源不断地传输到他的脑海和心田。

企业的薪酬体系更是量身定做，“岗位凭能力和条件竞争，收入凭业绩和贡献获取”，这一制度使徐博海等一众新人动力满满，对未来充满希望。

公司的机制充满竞争。新职工年轻朝气，这给年龄偏大的老职工带来了相当大的压力。老职工带着“最后一搏”的心理，更加珍视自己的岗位，他们全心全意地投入，一如既往地鏖战，持续不断地自我鞭策，直至处理好工作中的任何一个细节，这也给新职工树立了学习的榜样和追赶的目标。届时，新职工奋力嘶鸣和跃马狂奔的冲击波会让大渡河更加欢腾。

峰峦窈窕，山雾江云，碧水青山尽显天府风光。

徐博海内心戚戚，身处大山虽可见钟灵毓秀、地灵山明，但最美的却不是俊秀风光，而是勤勤恳恳的水电人。

实干、担当、创新、争先，大渡河水电人敢于碰硬、勇于争先、善于创新、乐于奉献的创业精神，必将谱出一曲雄壮的大渡河之歌。

作为一名大渡河水电新职工，徐博海感到由衷自豪。

第三章　筑梦、坚持、成长

度过短暂轻松的新人期后，徐博海开启了他如同“噩梦”般的学习实践期。

起步即加速，开局即冲刺。

正式入职全集团最大的瀑布沟水电站后，徐博海更加直观地感受到担当能源基石的重要意义和大渡河人“敢于碰硬、善于创新、勇于争先、乐于奉献”的优良传统。

对于初入职场的徐博海而言，刚刚大学毕业基本上就是一个技术“小白”，却要参与集团装机最大的瀑布沟水电站的生产筹备。

午休时，徐博海与同事聊天。

同事：“现在这简直是地狱方式的培训呀。每周一次周总结考试，每个月一次月考。要是连续三次考试排在最后三名，就必须回去检查。我真不知道撑不撑得下去。”

徐博海：“我也头大，不知道该怎么搞。”

同事：“你怎么了？”

徐博海：“时间紧任务重，我还没来得及转换‘角色’，就要上场当‘主角’了。万一出错，那该怎么办？”

同事："我真没想到水电站的安全生产压力会这么大。"

徐博海："我自认在学校的功底还算扎实，前几次进现场，才发觉书本知识和实际内容差别太大了。水轮机特性曲线、调速器工作机理、励磁系统可控硅原理等等，这些现场知识大大超出了大学的学习内容。太'超纲'了！"

同事："是啊，书本上的微机保护、角形接线等知识都只是只言片语，如今都要在水电站现场实践检验地发挥作用。这不是难为人嘛，唉……"

徐博海拍了拍同事的肩："别叹气，只要坚持住，相信我们一定能跟得上。"

徐博海口中安慰别人，自己心里却有些担忧，越来越感觉到掌握的实操技能太少了，身边的每一个同事都在忙碌、都在进取、都在冲锋。徐博海在倍感压力和挑战的同时，更多的是内心的沉静和积淀，期待凤凰涅槃。

接下来的学习培训，徐博海加倍刻苦。每天除了吃饭、睡觉，就是看书、学习，模拟实操、练习。

好在 3 个月封闭学习培训结束，徐博海已经逐渐适应了这种高强度的学习氛围。

此后，为了快速掌握现场继电保护、监控、励磁、调速各大系统，白天，徐博海就"泡"在现场仔细核对系统设备，请求安装师傅在旁边指导，虚心求教，把学习要点记在笔记本上。

"赵师傅，您看我这样做对不对？"

"行啊，博海，才几天时间就这么熟练了。"

一顶安全帽、一个笔记本、一个手电筒，成了徐博海的随身"三宝"。他心里虽然着急，但还是脚踏实地，一点一滴地熟悉各大运行系统的工作原理。

晚上回到寝室，反复熟记系统图、运行规程、电气操作票成了徐博海入梦的陪伴。

常常是太阳未出人已出、太阳已落人未归。他已经记不得有多少次是踩着月光回的宿舍了。

接机发电前的那些年，徐博海和同事们长期驻守现场，忙碌而充实。在这种“爱厂如家、把设备当亲人”的氛围熏陶下，徐博海悄然完成了从莘莘学子到水电职业人的角色转变。

在瀑电总厂这片热土上，徐博海坚信“工作中要攻坚克难，不断突破技术瓶颈、提升自身能力素质，不断创造价值，这才是水电人的毕生追求。”

瀑电总厂的磨砺，成为徐博海日后受益无穷的宝藏。

“扎根大渡河，我成长为一名生产技术骨干，成长的大渡河助我成才。”

2009 年 12 月，瀑布沟水电站正式投产。

按照大渡河公司对新投产电力生产单位的统一部署，徐博海和同事们从一开始就接受“无人值班、少人值守、运维合一”大倒班的生产管理模式。

那个时候，瀑电总厂把整个电厂设备划分成 13 个专业，要求每位职工至少“精二会三”（精通两门专业、应会三门专业）。这对于初入职场的新职工来说，一度迷茫、一度不解、一度彷徨，一种无形的压力笼罩在每个人心头。

专业技术过硬是最基本的要求，心理素质过硬才是最硬核的考验，最初的职业技能培训是艰苦的、乏味的，数之不尽需要掌握的知识点，令人感到恐惧的各专业的频繁考试，甚至一度怀疑自己还是一名鏖战高考的在校生，正为自己能否算是一个合格的水电“职场人”而拼搏、冲刺。

初闻不知曲中意，再闻已是曲中人。

就是这样一段充实而又忙碌、难忘而又痛苦的培训经历，在不知不觉间磨炼了徐博海的坚强意志，提升了徐博海的职业素养，为以后能够胜任本职工作打下了坚实的基础。

徐博海和很多人说过，在瀑电总厂工作过的人回想起那段时光，可能会觉得辛苦，一旦走出瀑电，踏上新的工作岗位，大家都会发自内心地感谢这个地方、这段经历，瀑电总厂给予徐博海他们的不只是立足行业的职业技能，更是大渡河水电人对职业精神、担当精神、奉献精神的一种传承和诠释。

在瀑电总厂，徐博海先后在运维四值、运维五值、运维六值轮岗锻炼。

到现在，徐博海都记得每一次维护工作、每一次消缺时的场景。

那个时候，值班负责人总是习惯一脸严肃地跟徐博海说："现在有 2 个缺陷，咱们 4 个人分成 2 组，缺陷你选，人你选，我就只强调一句，安全地消除设备缺陷，保障设备稳定运行。"

在运维五值工作时，值长也不止一次在班组说过："什么时候缺陷消完了，什么时候才吃饭休息！"

徐博海还曾经和当时的值长李光华同志一起戴着防毒面罩跳入化粪池处理排污泵，共同经历瀑布沟水电站因为 AGC 程序厂家设计问题甩负荷的应急处置。

当时，徐博海心里真的有一束光，有一种信念，无论发生什么，都一定要保障设备的安全稳定！

就这样一步一步地锻炼，培养了徐博海遇到设备问题能够沉着、冷静处理的心态与信心。

2012 年和 2013 年，徐博海连续两年的个人工作量标准化处理都是瀑电总厂第一名，完成了他个人职业素养的塑造，实现从量到质的蜕变。

多年后的今天，徐博海面对镜头时，还在感谢那一段刻骨铭心的经历："我们经历那个过程是痛苦的，现在再去回想那段日子，充满了感激与感恩，因为它教会了我们，作为一个职业人该有的职业理念。"

有时候，难得放闲，徐博海也会望着大河发呆。他发现，自己现在就好像小时候听到的革命英雄一样，默默地做着"保护大家"的工作。

第二卷　时间河

第一章　时不语，答万物

时间就像一条长河，载着所有现实和理想顺流而下。你可以有无数次机会挑战未来，但却没有一次机会后悔重来。

2014 年，对于徐博海来说是一个难忘的时刻，也是他人生中的一个重要转折点。

徐博海从集团公司装机最大的瀑布沟水电站转战集团公司单机容量最大

的大岗山水电站，作为首批进驻大岗山的电力生产人员，从一开始，他就肩负起生产准备和接机发电重任。

从集团公司装机最大的瀑布沟水电站转岗到集团公司单机容量最大的大岗山水电站，这“两个最”让徐博海心里充满忐忑，他知道：这次转战，不单单是换一个工作场地那么简单，而是要去面对全新的管理模式、全新的技术难题。

从大学开始，徐博海就喜欢跑步，如果有时间，他每天都会坚持跑上几公里。刚来到大岗山，徐博海总习惯在跑步时思考问题。在不停向前的脚步中，思索工作、生活、技术创新上的难题。

可后来，徐博海慢慢就很少跑步了。同事们问他，为什么不跑了。他总是笑笑，回应说自己太懒了，不想跑。但大家心里都明白，在大岗山水电站金结安装、机组测试、接机发电的重要阶段，徐博海根本就没时间跑步，他要面对的工作太多太多。

“千钧重担人人挑，人人身上有指标。我们要发扬抓铁有痕、踏石留印的作风，实现高标准接机目标，为企业发展做出贡献，为职工创造幸福生活。”这一段掷地有声的话语，来自当时大岗山电厂党总支书记任开福在接机发电前夕动员会上的讲话。

虽然当时徐博海刚加入大岗山水电站不久，但他也把这段话当作自己的工作信条。大岗山从生产筹备到投产发电，他是见证者，也是实践者。

徐博海已不是那个初出茅庐的学生，几年的水电生涯造就了他严谨沉稳、勇于探索的性格，也养成了他脚踏实地、精益求精的工作作风。面对错综复杂的装机问题，徐博海没有一丝动摇懈怠，总是全力以赴，在艰辛苦难中追求更进一步的可能。

时光不语，而答万物。岁月无声，方见人心。

从瀑布沟到大岗山，“两个最”的实践磨炼，两种模式的管理碰撞，促使徐博海不断学习进步。日积月累的技术沉淀，让他在大渡河这方精神沃土落地生根、开花结果。经过时间的锤炼，徐博海成长为一名“讲政治、懂技术、精业务、会管理”的生产管理型人才，并走上大岗山水电站运维三值的值长岗位。

干一行，日复一日，是在平凡岗位上的坚守；

爱一行，年复一年，是实干精神的真实写照；

钻一行，深耕不辍，是水电精神的无限传承。

无论是日常坚守，还是关键时刻的担当，徐博海都以实实在在的行动，书写着他的“水电人生”。

成为值长后，徐博海更加明确自己肩上的责任。他带领运维三值的同事一起学理论、钻业务、练本领，成功完成大岗山水电站机组及两回送出线路首次全停倒闸操作等重大任务，实现了线路成功改接，破解送出受限“瓶颈”。

2016 年 3 月，避免了大岗山水电站 4 号机组定子线棒烧损；

2019 年 9 月，成功应对并避免了大岗山水电站机组大轴补气漏水损坏设备；

2021 年 5 月，成功处理了大岗山水电站 3 号机组调速器失控溜负荷事故等停机设备事故；

2022 年 2 月，成功处理了大岗山水电站 4 号机组高厂变接地故障；

2022 年 3 月，成功处理了 2 号机组压力钢管法兰大量喷水导致水淹厂房等重大风险，保证了机组安全稳定运行；

2022 年 5 月，成功避免大岗山水电站 3 号机组水导外循环泵故障导致事故停机；

…………

在徐博海的带领下，运维三值年均执行操作票 46000 余项、办理工作票超过 1000 份，两票合格率均为 100%。

每一个故障成功处置的背后，都是一段加班加点、攻坚克难的感人故事；

每一段感人故事的背后，都是一曲风雨无阻、坚守奉献的人生赞歌。

工作之余，徐博海经常听到运维三值的同事开玩笑般抱怨："海哥，要我说，咱们三值就是运气太差。你看，每逢机组有大的故障处置，都让我们遇上了，想逃都逃不掉。"

徐博海总是笑着安慰他们："事非经过不知难，成如容易却艰辛。你们别光盯着表面的困难，多想想每件工作背后的意义。咱们三值在工作实战中检验了知识、提升了能力、增强了本领，虽然工作辛苦了一点，但却收获满满。这该叫运气好，以后的故障应急处理就会更加得心应手、更加从容淡定，技术上自然更加自信笃定。"

在无数个晚上，徐博海与运维三值的小伙伴们一起说说笑笑走在下班的路上，月光拉长他们的身影，像一个个顶天立地的巨人，撑在大岗山的时间河上。

他们无数次挑战未来，却没有一次为奋斗后悔。

第二章　静水志深流

1935 年，红军强渡大渡河，让这条河流在历史的卷轴上留下浓墨重彩的一笔，当地人称其为"英雄的河"。

80 年后，诞生在新中国怀抱的大岗山水电站，历经一代又一代大渡河水电人勠力同心、接续奋斗，迎来了正式投产发电的时刻。

徐博海所在的运维三值，平均年龄不到 27 岁，是一个非常年轻的团队。

年轻人朝气蓬勃、思维活跃、学习力强，同时，也面临着工作经验欠缺、不够沉稳、缺乏耐心等不足。

徐博海始终保持着高度的责任感、使命感，结合团队实际，时时刻刻都在思考提升自己和班组的业务技能。徐博海总是教育班组成员 ：“做我们这行，面临的突发情况很多，我们必须掌握过硬技术才能正确应对，没有金刚钻揽不了瓷器活。”

夜深人静之时，徐博海也会暗自担忧。

如何把这个年轻队伍带好？如何才能充分发挥队伍的优势？如何才能把安全生产工作做好？这一系列问题，成了徐博海关心的头等大事。

工作多年的职业习惯，使徐博海养成了细心负责的工作态度。他没有自怨自艾、抱怨团队的不成熟，而是竭尽全力地促使团队成长。哪里有问题，就从哪里解决。技术难关是这样，团队问题也是这样。

徐博海用心摸索，多次向以前的老值长、老班长请教，时刻观察本值同事的性格特点。因材施教，因人制宜，为团队成员量身定制学习方案，真正拿运维三值的后辈当家人来看。

徐博海积极开展班组管理创新，通过“师带徒”“一帮一”等活动，付出更多的工余时间和精力，尽心帮助每一个后辈。在他眼里，这些年轻的、充满热情的三值伙伴，就如同自己的弟弟妹妹。哪怕再辛苦，他也想看到他们成长成才，独当一面。

思维在不断碰撞中发散。徐博海充分发挥 3D 仿真培训平台和青年创新工作室的作用，建立了线上“云课堂”和线下“大讲堂”，采用“实操 + 理论”相结合的方式，持续提升三值伙伴们的业务技能水平。在带领大家成长的同时，徐博海也在不断学习提升。

技术每一天都在革新，对于水电人而言，水电生涯，就等同于学习生涯。

徐博海对班组成员要求严格。在三值的小伙伴眼里，徐博海就是一个镇定、执着的人。只要他认定了的事，别人很难改变。

费洋 ：“工作中非常严谨，做事也很细致，对我们要求也很严格。”

别雪薇 ：“海哥给我的感觉，就是特别沉着冷静。”

当然，徐博海也有温柔的一面。

大岗山项目部地处偏僻，厂房所在地离石棉县城几十公里，职工上班时间长，放假时间短，中控室和休息区在同一区域，工作、生活都是团队一起度过，工余生活相对单调。

徐博海总是号召大家一起活动，用好多功能活动室，丰富班组集会、书香悦读、职工交流等活动，还不定期举办踏青、投篮比赛、趣味运动会、棋牌比赛等，保持活跃的团队氛围。

享受休闲之后，不忘精进专业。徐博海定期组织班组运行专业技能考试、安全技能比武，开展“人人上讲台”活动，大力培育三值青年职工的技术业务能力。

徐博海将沿袭下来的“老带新”做法，变成了对新入职职工关心帮助的优良传统，以身作则、言传身教，将多年积累的知识倾囊相授，引导“徒弟们”弘扬大渡河人“敢担当、讲奉献”的优秀品格，发扬“甘当人梯、乐于铺路”的奉献精神，主动接过电力生产“接力棒”，把“严、精、细、准”的工作作风代代传承，为大岗山水电站培育更多的技术骨干人才。

从新人到值长，从学徒到师傅，徐博海一步步往前走，感受着水电人的血脉相承，如同曲折盘旋的长河，带着一切向美好的未来推进。

静水深流，壮志凌云。

大渡河流域分布着大大小小二十几座水电站，这里重山叠影、远离闹市。在这些人烟稀少的深山里，徐博海和他的三值团队数十年如一日，用高度的责任感和使命感托举着每一个夏有凉风的平凡日子。

想要跟上时代的脚步，光靠内驱成长不行，还得不断向外拓展。

在徐博海的印象里，他每次走进大渡河公司青年创新工作站，总能看到几个年轻人围坐在一起热烈讨论技术，洒满阳光的桌面上铺展着写满各种技术参数的文件。

徐博海想把这种氛围带回运维三值，他心里清楚，企业创新发展需要技术支撑，但更关键的是人。

公司探索形成的创新文化内核，需要为每位职工都植入治企理念、重塑行为观念、贯穿制度建设，通过创新技术的引入推动企业管理的变革，利用企业管理变革激发职工创新的内生动能，形成人才成长与企业发展的双向促进、良性循环。

青年创新工作站就是大渡河公司构建创新生态体系的重要一环。徐博海深入践行创新驱动发展战略，依托大岗山青年创新工作室的牵引作用，积极为青年职工搭建成长平台。

在干中学、从学中干，是运维三值班组全体人员遵循的工作理念。徐博海在这个过程中锻炼并培育出一大批综合性电力人才，不断为大渡河公司激活新鲜的血脉力量。每每想到这里，徐博海比自己升职成长还要高兴。

对徐博海而言，仅仅自己一个人前行还远远不够。只有大家一起肩并肩，共同超越、不断进步，才能走向未来。

时间的河流，从来不只有表面的平静，水面下也曾暗潮汹涌。上一秒还风平浪静，下一秒已是山呼海啸。各式各样的突发应急状况，也许会在你最意想不到的时刻，突袭而来！

有一次，徐博海在大岗山水电站夜班值守时，凌晨 5 点多，3 号机组两台水导外循环泵异常，导致水导轴瓦温度突然升高，几乎一瞬间，3 号机组负荷就高达 46 万！如果发生事故导致停机，会对整个四川电网形成剧烈冲击！

徐博海强压下心中惊骇，汗水在额头直冒，他先是安抚了班组人员情绪，然后带领组员紧急处理。长期高强度学习和训练塑造出的危机处置应急能力，终于在关键时刻显现出威力。经过数小时专注奋战，徐博海带领班组成员排除了意想不到的重重困难，消除了缺陷，赶在事故停机前 12 秒处置完毕。

事后，班组成员问徐博海："海哥，你为什么能那么镇定？我们都急疯了，你还能淡定地喝水，安排工作。"

徐博海苦笑："哪里是淡定呀，那是我在掩饰心里的害怕。我很清楚，如果我都慌了，那场面不全乱了。所以，我必须让你们觉得我能撑起来，我们能解决！"

有策略，有方法，有经验，有能力，有决心！这些难能可贵的品质组合在一起，淬炼出徐博海带领的运维三值团队特质。也正是因为有这样的信念抱负，才让他们在后来的日子里发光、发热，成为英雄的班组。

静水深流，众志成城。

后续几年，徐博海坚持在班组内设立创新小组，鼓励班组青年技术骨干参与智慧化建设创新实践，带领班组成员先后完成了“基于状态和性能的辅助设备故障自动报警与预警模型”“基于 Bolotin 弧形闸门设备状态诊断评价模型”等 8 个创新课题的研究，累计完成论文 20 余篇，一种用于局部放电检测的小型化 LC 滤波器、一种用于电缆局放带电检测的智能传感器、一种继电保护压板远程投退装置 3 项发明被授予国家专利。

“抓创新就是抓发展，谋创新就是谋未来。”徐博海不止一次告诉年轻的同事，电力行业过去那种拼资源、比规模的时代已经结束，作为新时代的水电人，要主动拥抱新技术，具备智能应对风险和持续优化管控的能力，才能在职业生涯中走得更稳、更远。

徐博海进一步启发年轻同事：“不止我们要突破自我，追求创新，公司也将在以创新发展引领传统电力能源企业变革的道路上探索不止。”

“以前我们的团队是生产型，以后我们所有人要逐步向创新型转变。”徐博海坚信这一点。

准确识变、科学应变、主动求变，在徐博海的认知里，水电工作不需要因循守旧，而是要大胆创新求变。在这件事上，他一马当先，带头贯彻落实国家创新驱动发展战略，带头投身智慧化建设浪潮，为大岗山公司推进“创世界一流、建智慧电厂”目标落实落地夯实了思想根基。

作为一名党员，徐博海始终牢记全心全意为人民服务的宗旨意识。自己的第一身份是共产党员、第一职责是为党工作！心怀“国之大者”，忠实履职尽责，勇于担当作为！这些不仅是写在纸上的报告，也是记在他心中的信仰。

回顾漫漫数年，徐博海先后参与瀑布沟、深溪沟、大岗山等大渡河流域大型水电站的生产筹备与接机发电工作，深度参与了瀑布沟尼日河闸守电气设备改造、深溪沟泄洪闸应急系统改造、深溪沟顶盖排水控制系统改造等多个大型电气技改项目……工作中的一幕幕串联成一部真挚热烈的电影，在徐博海的脑海中不断回放。

在这漫长的时光里，徐博海始终保持着高度的责任感和使命感，坚持把“强思想、钻技能、带队伍、抓作风”作为班组建设的有力抓手，不断提升班组成员理论武装和业务技能技术。

在徐博海任职期间，班组 2 名骨干荣获大渡河公司发电集控值班员技能竞赛一等奖，先后累计向外输送技术人才 14 名，助力大岗山公司提质增效，人均每年创造价值突破 1400 万元。

静水深流，矢志不渝。

对于水电人而言，真正的奉献，就是在重复的岁月里，对得起每一寸光阴。

第三章　实干、奉献、创新、争先

“社会主义是干出来的！”

2016 年 7 月，习近平总书记在宁东能源基地视察时，提出这一伟大号召。

这一号召，揭示了中国共产党铸就历史辉煌的制胜法宝，也昭示了中国共产党崇尚实干精神的政治品格。

社会主义是干出来的！这一重要论断一经发出，立即成为激励广大党员干部朝着实现中华民族伟大复兴中国梦奋勇前进的动员令。

时任大岗山运维三值值长的徐博海也深受鼓舞。实干、奉献、创新、争先，从2016年到2022年，7年时间，徐博海用自己的每一分每一秒，诠释着一名国家能源人的企业精神。

实干。

在和平年代，所谓的英雄，其实也就是一个个不起眼的普通人。就像徐博海这样，在平凡的岗位上默默坚守的水电人。他们艰苦付出、不求回报，脚踏实地把每件平凡事做好，在点滴工作中体现责任和担当。这就是新时代的水电英雄。

在徐博海看来，“社会主义是干出来的”与党的二十大报告中“新时代的伟大成就是党和人民一道拼出来、干出来、奋斗出来的”精神内涵一脉相承。21世纪的奔腾进取，源自一个个脚踏实地平凡奋斗，徐博海将这份信仰贯穿到工作和生活中。那些奋斗在前线、一代代坚守岗位、改变中国的平凡英雄，他们拥有难能可贵的执着和自律。这份拼搏精神，最终成为水电人砥砺前行的精神力量，也是国家走向繁荣昌盛的强大动力。

党的二十大开辟了新时代的伟大征程。徐博海也为自己找到了新的起点，作为国家能源集团的“十大杰出青年”之一，也要实干担当，踔厉奋发，在青春赛道上跑出更好的成绩，为智慧水电建设贡献更大的力量。

那段时间，徐博海总是在班会上引用习近平总书记教导青年的话来激励大家：“青年要怀抱梦想又脚踏实地，敢想敢为又善做善成，这就需要我们青年努力奋斗，在实干中不断锤炼过硬本领。”

在他看来，作为新时代青年，必须在工作中不断增强钻劲、闯劲、韧劲，在实践中学本领，在实干中创思路，努力做到又博又专、愈博愈专。

铁打的营盘流水的兵，徐博海的组员换了一茬又一茬，但对于每一位加入团队的新人，徐博海都强调“练在平时，胜在战时”的重要性。正是他的严格要求和培养，在地动山摇的千钧一发之际，那几位“90后”新人才能沉着冷静、独当一面。

奉献。

大岗山水电站离城区有40多公里，山路不便，徐博海和组员都很少去城区。扎根山区10多年，他早已习惯了这里的生活。

坚守大山的背后，是每一位共产党人和国企职工的默默坚守。

无论是徐博海和他的组员，还是大渡河公司的干部职工，长年累月的扎根，他们的心早已和这片热土、这里的群众连成了一体。

以“大渡河小水滴”志愿服务行动为例，多年来，徐博海所在的大渡河公司，累计开展帮扶项目231个，共计组织帮扶了大渡河流域阿坝、甘孜、凉山、雅安、乐山“三州两市”地区2080余名优秀贫困学生，捐助了26所希望学校、22所爱心医院，大渡河爱心帮扶基金会向以大渡河流域为主的四川区域累计捐赠金额超过1.8亿元，帮扶活动被四川省委、省政府评价为四川省历史上规模最大、持续时间最长的专项帮扶活动。

“我们翻山越岭去帮助大山里的孩子，听支教老师讲他和孩子们的故事，很感人。”徐博海曾参与大渡河志愿服务队，开展甘洛县“悬崖上的天梯小学”送温暖活动，给孩子们送去日用品和文具，与“感动中国”的李桂林、陆建芬老师座谈交流，充分感受到了作为央企职工肩上沉甸甸的社会责任。大渡河志愿服务队还被评为2021年全国学雷锋志愿服务“四个100”先进典型。

地方群众的安危早已成为国家能源人镌刻在心底的执念。

“爸爸答应你，下次一定陪你去。”

“你要好好听爷爷奶奶的话。”

“这个月还是没办法休息，孩子还得麻烦你们。”

这是徐博海跟家人打电话，说得最多的几句话。

多年来，徐博海把自己的大部分精力、时间都奉献给了大岗山。如果说有什么亏欠和遗憾，那就是对自己的家人。

徐博海除了理论钻研和实践锻炼，在繁忙的工作学习之余，他也很珍惜陪伴家人的时光。虽然不能24小时陪在孩子身边，但一有时间，他就会跟家人、孩子视频聊天，了解孩子的心理情况，和孩子一起分析学习、交友的困惑。难得一次回家，即便身体有着很强的疲惫感，他也会尽力陪孩子踢球、跑步，帮助孩子强健体魄。

坚守在大岗山，是水电人的奉献。长情的陪伴，是对人生的奉献。

创新。

大岗山水电站位于大渡河中游雅安石棉境内，上承泸定桥，下连安顺场，是国家“十一五”重点建设工程和西部大开发重点工程。2016年，徐博海见证了单机容量65万千瓦、总装机容量260万千瓦的大岗山水电站全面实现投产。

电站两岸山势陡峻，地质条件复杂，具有世界最高抗震设计指标、210米高拱坝、600米高边坡开挖和地下大洞室群施工的“三高一大”等难点，工程建设期间受到国内外各方关注。但徐博海明白，这一切的地质特征，都是制约大岗山水电站工程建设领域的世界性难题。

和徐博海一样，陪伴大岗山水电站一起成长的水电建设者们，从电站建设伊始，就锁定了“建精品工程、树行业典范”的奋斗目标，在工程建设团队日复一日、宵衣旰食的共同努力下，探索应用抗震综合加固等系列国际领先的关键技术，陆续攻克了高拱坝抗震安全评价、坝基腐蚀性承压热水、卸荷裂隙边坡加固处理等技术难题。

这是大山下的奇迹，也是凝聚红色信仰的团队胜利。这些举措开创了在近地震断裂带建设高坝大型水电站的世界先河，填补了高地震烈度建设水电站大坝的国内空白，成功破解了该工程领域的世界性难题，也在水电建设历史上留下浓墨重彩的一笔。

令徐博海自豪的是，大岗山工程的成功建设，表明我国已完全具备在近地震断裂带建设高坝大型水电站的能力，筑坝水平走在世界前列。

数千个日日夜夜的前赴后继，一个个无名英雄扎根于大岗山，用开拓创新精神构建了这座震撼世界的水电站。这份成功对推动国家水电产业升级贡献巨大，其突出的建设价值、科技价值受到国家高度肯定。国家水电“十三五”规划明确提出“总结大岗山电站建设经验”，成为大岗山工程建设的最好注解。

争先。

滔滔大渡河，巍巍大岗山。

88年前，中国工农红军在这里留下了强渡大渡河、飞夺泸定桥的伟大壮举。

18 年前，大渡河人在当年红军胜利渡河的地方开岩凿壁、拦水筑坝，扛起“水能兴邦、电力报国”的历史重任。

8 年前，大岗山水电站顺利投产发电，完成了“中游击沫水、高峡出平湖”的世纪夙愿。

高坝巍然，熠熠生辉。大岗山水电站沿袭红色的工农文化，一直拥有奋进“争先”的拼搏精神。延承风骨，再续传奇，现如今，每一个大渡河水电人身上仍然保留着“争先”的思想烙印。

作为大岗山水电站的一分子，徐博海亲眼见证了电站以“建设高水平、发展高质量、运行高质量、经营高效益”的“四高”品质，赢得了精品工程口碑。

大岗山工程先后荣获国家优质工程金奖、国家科技进步二等奖，收揽第十七届中国土木工程詹天佑奖，成为国家能源集团乃至四川省内首个夺得“双桂冠”的水电项目！徐博海深刻体会到主人翁意识所带来的自豪感。

百年大计，质量第一。

徐博海欢呼、欣慰之余，不禁回想起建设期间的一幕幕画面。同事们披星戴月、事事争先，将“以口碑立身、以质量立本”的建设理念时刻铭记在心，把“建精品工程、创世界一流”作为追求水电梦想、践行初心使命的生动实践！

我们做到了！大力弘扬工匠精神，精雕细琢、精益求精！在精益管理、工艺优化、精细施工上下足“硬功夫”！

我们做到了！在建设质量过程控制环节，积极建立“流程规范化、数据标准化、工艺程序化”质量管控体系，创新开展“一炮一评价、一仓一总结”“工艺标准化”和“机电安装精细化”等精细化质量管理活动！

我们做到了！在 38 个月内完成了 322 万立方米的大坝混凝土浇筑，实现了高质量、高效率、高标准施工，呈现出大坝运行性态优良、高陡边坡安全稳定、机组安装质量精湛、厂房洞挖变形同期最小等多个质量亮点！多项主要技术经济指标达到国内同期、同类工程领先水平。

我们做到了！时间是检验工程质量的“试金石”。大岗山人十年磨一剑，追求卓越，铸就传世经典。

“执着坚持，干一行爱一行。”谈及坚守大山十余年的原因，徐博海说出了简单的十个字。

《士兵突击》里有一句话说得好：“光荣在于平淡，艰巨在于漫长。”作为一名有着16年党龄的老党员，徐博海在平淡的日子里，持续学习成长，时刻保持强烈的党性意识和先锋模范意识，在日常工作和生活中践行共产党人的初心和使命。

因为谁也不知道，艰巨的任务什么时候会到来，当它真正来临时，你又能否豁得出、顶得上、扛得住？

时间长河是检验一名共产党员先进性的重要利器，徐博海同志交出了一份满意的答卷。

第三卷　平凡英雄

第一章　如果生命只剩一秒

如果生命只剩一秒，你会选择做什么？

2022年，一段视频突然刷爆网络。视频主人公的名字，在半个月左右的时间里，累计搜索量达到2884万次，关注度超过8亿次。

伴随着这个视频，“国企担当”“平凡英雄”“守土有责”等词汇频繁出现在网友留言里，温暖着大家心里最柔软的地方。

视频的主人公，就是在大渡河畔坚守了15年的徐博海。

2022年9月5日12时52分，四川省泸定县发生6.8级地震，山河摇动，落石滚滚。距离震中仅21公里的国家能源集团大渡河大岗山水电站震感强烈。

危急关头，时任大渡河大岗山公司运维三值值长徐博海没有退缩，用生命承诺履行了自己的岗位职责。

地震发生时，徐博海刚吃完午饭，正在地面厂房学习室梳理本轮班重点工作。突如其来的地震，让徐博海坐立不稳，被震波狠狠地抛到了墙上。

伴随着剧烈的摇晃和线路重合闸动作的阵阵语音报警声，徐博海本能反应是立即进入应急值守室检查全站设备运行状态，及时确认大坝安全情况。

可当时，看到应急值守室承重梁剧烈摇晃，徐博海内心快速闪现了一丝的害怕后，他毅然下定决心——进入应急值守室站好“最后一班岗”。

徐博海知道，自己是班组的老大哥，更是班组唯一的党员。稳定身形后，徐博海断然舍弃下楼逃生的选择，趔趄着转身跑向了应急值守室。

大岗山水电站采用远程监控，“无人值班、少人值守、运维合一”模式运行，徐博海是现场唯一值守人员。他三步并作两步，大步迈进了应急值守室，通过上位机巡屏检查全站设备运行状况，并第一时间与大渡河生产指挥中心取得联系。

“我是大岗山徐博海，这里发生了地震，刚刚电站重合闸正常启动，目前设备正常运行。”

指挥中心迅速做出回应：“后面可能还有余震，请问你那边需要先撤离吗？”

“不需要！只要我还在，就一定能接起电话。如果后续电话无人接听，那么应急指挥中心和我都不在了。”

不需要。只要我还在，就一定能接起电话。

如果后续电话无人接听，那么应急指挥中心和我都不在了！

简简单单两句话，是徐博海对生命的思虑。如果只剩最后一秒，他也会坚守在自己的岗位。

“面对地动山摇，没有人不害怕，但我们撤了，一旦电站出现问题，身后的数十万群众怎么办？”

大岗山水电站总装机容量260万千瓦，是四川省主力电源点，电站的安危事关电网安全、下游多个城镇安全，全力保障大岗山水电站安全意味着什么，徐博海心里无比清楚，也无比坚定。

面对来自远方值守调度关心的询问，徐博海没有丝毫犹豫。在考验人性的选择题上，他选择了用生命坚守，逆行坐镇应急值守室，誓与岗位同呼吸共命运，全力保障安全发供电，全力确保电站与设备安全。

来到应急值守室，徐博海立即通过上位机检查设备运行状态，汇报相关情况后，有序开展震后处置工作。

当时跟徐博海一起上班的另外 4 位年轻同事也是好样的，他们都在第一时间跑到各自岗位，等待徐博海下达指令。

徐博海潜意识里重复最多的，就是“我绝不能乱，关键时刻要带好头！”

徐博海调整了心态，厘清思路后，立即安排费洋检查 GIS 室设备，打印保护动作报告和故障录波波形，安排别雪薇原地机动应急处置。

12 时 52 分，震后第一时间，徐博海抵达中控室，与远在成都的国家能源集团大渡河生产指挥中心取得联系，随即，他率领当班值守人员开展了紧张的震后应急处置。

随后，通知地下厂房蒋青松、余晓炜检查机组设备，确认站内设备无异常。在他们开展设备检查的空当，徐博海陆续拨打营地十几个不同的座机，但均无法接通。

12 时 54 分，短短两分钟内，值班员余晓炜、蒋青松进入了地下厂房检查，排查 10 千伏电源系统报警故障，与徐博海配合切断故障电源，及时开启备用机组，保障对外稳定供电。

数次拨打电话，都无法与营地取得联系，怎么办？徐博海决定安排余晓炜在保障自身安全的前提下，尽快赶回营地送信，并向领导报告生产现场情况。

12 时 55 分，值班员费洋以百米冲刺的速度，仅用 3 分钟，就从厂房奔跑到 GIS 楼，排查输电线路重合闸动作情况，检查设备健康运行状况，保障 500 千伏设备安全稳定运行，确保电站对外供电安全。

当时，除调度专线通信外，所有外部通信中断，进出道路全部中断，外界情况无法获取，值守在现场的这几人已然陷入了孤岛，大家惊魂未定，在不确定救援何时到达的情况下，身为值长的徐博海告诉大家：“现在情况很危险，你们尽快撤离，我留下监测设备运行状态，协助大渡河应急指挥中心处理后续问题。”

在生死抉择的危急关头，面对徐博海善意的劝离，这群并肩作战的同志们没有一个人后退，全部参与到了电站重点设备检查之中。此刻，必须坚守，才能确保电网安全稳定。

13 时 45 分，余晓炜按照徐博海的安排，冒着余震不断、滚石砸落的风险，徒步穿越地震损毁道路，第一时间将消息带回了营地，与后方技术团队取得联系，为后续的应急抢险指挥提供了有力支撑。

现场值守人员在徐博海的指挥下，全身心投入突击抢险工作，高效完成 GIS 室、10 千伏线路、技术供水等设备治理，消除故障隐患，使大岗山水电站在震后维持安全稳定运行。

地震过后，大岗山公司进厂公路段出现了不同程度的垮塌、滑坡；现场通信中断导致值班人员无法通过工业电视检查，第一时间掌握现场情况。

“大家戴上安全帽，检查地下厂房的从电缆坪洞走下去，检查坝区的注意边坡的落石，一定要保证自身安全！”

现场值班职工在徐博海的组织下，分头检查坝区及厂房情况。他们冒着落石风险，从垮塌山体的山脚下闯出了一条路。

28612。

这是地震当天，徐博海的微信运动步数。

17 公里的路程步数，是徐博海团队冒着生命危险，一步一步丈量出的大岗山水电站的安全距离！

震后很长一段时间，徐博海都能清晰地回忆起当时的场景：“作为当班值长，我不能慌乱，只能把精力聚焦到现场设备不能出问题、大坝库区不能出问题、下游电站和百姓不能受影响上，全力保障四川电网稳定运行。”

事后面对采访，徐博海也不止一次提到：“地震来临的那一刻，恐惧都是有的。但我们深知大岗山水电站作为省网骨干电源点的重要性，情况危急，如果处置不当，后果不堪设想。所以，当时能做的，只能是从慌乱中迅速冷静下来，调整好状态，投入故障排查处理中，全力以赴确保电站正常运行。”

“我从入职起就在水电站生产一线工作，我相信我们中央企业的工程建设质量，也坚信我们平时积累的应急处置能力能够应对关键时刻的考验。事后我也常常问自己，是什么让我们在那一刻选择坚守，我想，是肩上的使命职责，也是团队的拼搏担当，让我们的内心更有底气。”

灾情过后，大岗山公司营地水、电、通信全部中断。徐博海一遍又一遍地拨打营地卫星电话，卫星通信恢复后，第一时间与营地应急指挥办公室取得联系，并与支援人员共同商定营地从水厂 400 伏配电房取电的供电措施，在确认方案可以施行后，协同营地工作人员进行了电缆铺设，并于地震当天恢复了营地部分办公用电。

为尽快解决生产用水和营地供水的紧要问题，徐博海与综合维护值值长梁伟共同商议、积极建言，参与用水恢复方案制定，并连续作战，不眠不休地开展抢修工作，直到地面厂房与营地的生活用水得以恢复。

整整两天时间，徐博海几乎没有合过眼，他和班组其他同事一起，冲在一线，顶在前面，保障了大岗山水电站现场生产和震后恢复，用行动诠释了责任担当。

震后的大岗山水电站保持平稳运行态势，依然担负着四川省电网主力电源任务，月累计发电量约 6.75 亿千瓦·时，为震后重建提供了稳定的电力保障。

走进大渡河，扎根大渡河，建设大渡河。

在大渡河“寻梦、追梦、筑梦”的 15 个年头，徐博海坚定了“不忘初心、牢记使命”的理想信念，锤炼了“不畏艰险、勇于担当”的精神品格，养成了“科学作为、忠诚奉献”的优良作风。这一切的积累锤炼，也为徐博海“9·5”地震来袭临危不乱、处变不惊打下了坚实基础。

在瀑布沟，在大岗山，在这条英雄的大渡河上，伴随着 15 年的红色洗礼，15 年的党性锤炼，15 年的文化熏陶，大渡河人“敢担当、讲奉献”的优秀品格早已深深地刻进骨子里、融入血液中、落在行动上，像成百上千的大渡河人一样养成了关键时刻站出来、危急时刻豁出去的政治品格。

地震后，各类媒体宣传了徐博海和大岗山水电站运维三值团队在地震中坚守岗位、应急救援的事迹，徐博海也先后被授予全国五一劳动奖章、央企楷模、四川省最美应急管理者以及国家能源集团优秀共产党员、劳动模范等荣誉称号。

但徐博海深知，这不仅仅是他个人的荣誉，而是每一位国家能源人共同的荣誉，所有在能源保供的危难时刻坚守岗位的人都是英雄，所有艰苦奋斗、不畏艰险的国家能源人都是英雄，徐博海只是英雄的国家能源人里的一个缩影而已。

徐博海和运维三值团队，代表着一群又一群像他们一样投身国家能源建设事业的人们。他们扎根矿井、深山、戈壁、荒漠、铁路、大海，兢兢业业、尽职履责、甘于奉献，这是使命，更是责任。

面对铺天盖地的褒奖，徐博海没有半分自得，“我只是大岗山一名普普通通的水电人，面对危险和考验，我和我的伙伴们没有任何畏惧和退缩，我们只是做了我们应该做的事，我相信每一个大渡河人在这个危难时刻，都会做出跟我一样的选择！我为我们是大渡河水电人而感到骄傲，更为我们是国家能源人而感到自豪”。

“这些年，我只是做了一名水电人该做的事，组织上却给了我很多荣誉。我深知，改革发展正在路上，担当奉献彰显忠诚，一流的企业要有一流的职工。下一步，我将加倍努力，和同事们一道，深入践行‘社会主义是干出来的’伟大号召，坚定理想信念，立足岗位建功，勇于担当作为，誓做忠诚于党、忠于企业的水电先锋，誓做不负时代、不辱使命的水电尖兵，让党旗在电力生产一线高高飘扬，让大渡河这块红色土壤培养孕育更多时代楷模、先进典范。”

“假如今天发生地震，只要我们还在，我们都是那逆行的水电卫士，人在阵地就在。我相信，大渡河会有无数个‘徐博海’涌现出来，继续发扬‘9·5’泸定地震中凝结的‘不畏艰险、勇于担当、科学作为、忠诚奉献’的大渡河抗震救灾精神，以初心使命诠释忠诚担当，以担当奉献谱写大渡河精神新篇章，为建设具有全球竞争力的世界一流能源集团做出新的更大贡献。”

如果生命只剩最后一秒，那我应该在最需要我的地方！

第二章　我在，我们都在

“我是余晓炜，我在！”

“我是蒋青松，我在！”

“我是费洋，我在！”

…………

在那场惊天动地的灾难中，坚守在大山现场的，不止有徐博海，还有一直驻扎在大岗山的英雄三值。

地震后，电站陷入孤岛，徐博海通过专线通信呼叫班组值守人员，那头传来的一声声“我在”让他倍感温暖。

徐博海知道，声音背后是他最信任的运维三值团队。

他们是一个政治过硬、冲锋在抗震救灾一线的攻坚班组，也是一个技术过硬、有力保障着电站安全生产的创新班组，更是一个团结友爱、同事间互学互促的和谐班组。

国能大渡河大岗山公司运行维护处运维三值，是一支由 12 名在岗职工组成的青年团队。这个动力团队的“车头”是在“9・5”泸定地震中坚守在抗震救灾一线的值长徐博海，他将这支平均年龄 27 岁的班组，打造为既具有过硬技术又充满青春朝气的精锐之师，它只是大渡河流域水电站 92 个基层班组中平凡的一个电力生产运维班组。这些扎根在电力生产一线的青年职工团队，承载着年青一代电力人的责任与梦想。

在值长徐博海的带领下，运维三值坚持以“创建金牌班组、争做示范标杆”为目标，紧紧围绕“安全生产、精益运维”工作主线，强化思想认识，提高政治站位，加强业务培训，提升技能水平，在安全生产、能源保供等领域立足岗位争先锋，特别是在抗震抢险中的勇挑重担、攻坚克难的精神，充分发扬了大渡河人“敢担当、讲奉献”的优秀品格，让国家能源集团“实干、奉献、创新、争先”的企业精神在地震中的大岗山水电站得到了生动体现。

责任，源自忠诚的担当。

突如其来的大地震，让大岗山所在的雅安石棉等地遭到了严重损毁，周边多座电站跳闸断电，给电网安全稳定运行带来了严峻考验。

距离震中仅 21 公里的大岗山水电站，不但成功经受住地震考验，而且在第一时间恢复安全运行之后，及时投运备用机组，保障了电网安全稳定运行，从地震灾区源源不断地向外输送绿色清洁电力能源。

他们被称为地震中的“最美逆行者”，地震发生时地动山摇、落石滚滚，大岗山电站应急值守室剧烈摇晃，危急关头，徐博海与运维三值现场值守人员毫不犹豫，选择坚守岗位，保障电站安全稳定运行。徐博海第一时间冲进应急值守室，立即通过上位机检查设备运行状态，沉着冷静地安排当班值守人员立即巡检设备工况。

“你不撤，我也不撤！”

“地震发生时，我脑子里闪过一个念头，有可能活不了，看不到自己的孩子了。”但徐博海没有时间多想，此时地面厂房应急值守室承重柱已呈“S”形扭曲。15 年的职业训练使他高度警觉，只要设备的报警声响起，去消除缺陷，就是他下意识的反应。

与生产指挥中心通完电话，徐博海回头一看，运维三值值班员费洋向他跑来，大口大口喘着粗气问道：“海哥，我们撤吗？”

在大岗山水电站的值长队伍中，徐博海年龄最长、经验最丰富。与他搭班的都是年轻人，有的刚刚大学毕业，有的初为人父人母。他们信任他，称他为“海哥”。在运维三值，他是唯一的党员，也是年轻人心目中的“定海神针”。

“你撤吧，我不能撤。”

“海哥，你不撤，我也不撤！要死一起死！”

在面对地震生死抉择的瞬间，运维三值全员选择留下。

会怕吗？谁会不怕呢？！但有“海哥”在，就有了“主心骨”；有全员在，就有了“千钧力”。——这些年，在徐博海的带领下，运维三值交出了一份“硬气”的成绩单，也给予了他们应对危急情况的底气和信心。

世上没有从天而降的英雄，只有挺身而出的凡人。

面对交通和通信中断、余震不断滚石砸落、值守现场一度成为“孤岛”等危险，运维三值全体值守人员选择了用生命坚守、以使命逆行，危急时刻临危不乱，高效组织完成送出线路、机组设备、供水系统等故障排查。他们在短时间内科学、有序、准确地完成一系列专业化操作，确保了设备安全稳定运行。正是他们的坚守和奉献，让平凡的岗位、一线的工作，有了非凡的价值和重要的意义，充分展示了大渡河基层一线班组的精湛业务能力和良好职业素养，大力弘扬了新时代劳模精神、劳动精神和工匠精神。

徐博海和运维三值现场值守人员在生与死的考验面前所展现出的忠诚担当，在危急关头展现出来的胸怀大局、团结协作、攻坚克难、敢打胜仗的优良作风，书写了新时代共产党人的初心使命，生动诠释了国家能源集团“实干、奉献、创新、争先”的企业精神。

安全，源自平凡的坚守。

源源不断地来自地震灾区的绿色电能，在强震考验中检验了大岗山水电站机组设备的安全可靠性。这份安全，正是来自以徐博海和运维三值团队为代表的大岗山公司4个运维值、1个综合值、1个坝工班的基层一线职工在无数个平凡日夜中的坚守。守护设备的安全健康，运维三值是他们中的典型代表，在值长徐博海的带领下，运维三值严格遵守各项安全生产法律法规、规章制度、操作规程和作业标准，坚持每年签订安全目标责任书，作业前严格执行职工人身安全风险分析，落实风险分析预控防范措施。全员保安全是运维三值全体职工始终放在第一位的头等大事，运维三值明确班组岗位职责分工，健全完善班组绩效分配制度，多措并举调动全员保安全的积极性和创造性，不但保障了全年安全生产无事故，也在地震到来的危急关头经受住了大自然的考验，交上了完美的答卷。

能够在大灾大难面前经受住考验，这份担当，不只是危难中的闪现，更是日常扎实工作的积累。他们经常性地开展设备分析，及时发现并处理现场设备缺陷，在实践中提高现场应急处置能力，保障设备安全稳定运行。密切关注流域水情、雨情，做好上游来水分析，优化经济运行方式，缩短机组旋转备用和空载运行时间，使电站耗水率保持在较低水平，机组旋备时间大幅缩短，保障电站经济效益最大化。

强化经常性安全培训教育，定期开展安全活动，学习事故快报和安全简报，吸取电力系统中发生的事故的教训。定期开展事故预想和预案演练，根据班组个人岗位职责优化应急分工，为有效处理各类应急事故提供了有力保障。

近年来，运维三值事故处理正确率达100%，先后组织完成了大岗山水电站机组及两回送出线路首次全停道闸操作等重大任务，处理了2号机组技术供水进水总管漏水等重大缺陷，保持了安全生产稳定，为大岗山公司连续安全生产超2570天做出了积极贡献。

创新，源自不懈的探索。

地震发生后，运维人员能够及时发现故障隐患，精准开展应急处理，这份底气主要来自国家能源集团智慧化建设，来自现场智能化监控系统和设备的可靠运行。大岗山运维团队，多次优化完善电站运行规程以及油水气线路图，及早发现并正确处置生产现场缺陷问题超千余个，有力保障了设备安全稳定运行。

百舸争流千帆竞，乘风破浪正远航。

大岗山公司全体职工认真践行“社会主义是干出来的”伟大号召，大力发扬大渡河人“敢担当、讲奉献”的优秀品格，坚持扎根山区、创新实干，确保大岗山水电站安全稳定运行，用心守护万家灯火，为国家能源事业发展做出新的更大贡献。

我在，我们都在，我们会一直在。

第三章　山河不泯英雄气

“生于平凡，铸就伟大”是中华儿女的写照，也是大渡河人继承的红色信仰。激荡岁月，豪气当扬。每逢危急时刻，总有无数平凡人无惧风浪、逆流而上。

“9·5”泸定地震，让人们看到了面对生死一线沉着冷静的徐博海，他和英雄三值用视死如归的大无畏精神，守护了大坝和电站的安全，但在聚光灯外，还有更多没有被看到的来自大渡河畔的无名英雄。

“吹响震后反攻号角，带队冲锋”的大岗山公司运行维护处主任、党支部副书记赵小明，震后第一时间，组织营地值班人员带队冲向厂房。“没有路，就踏出一条路！”面对无数的滚石落木，赵小明冲锋在前的身影，给所有支援人员注入了一剂强心针。

“肩负探测重任，无惧飞行”的孤勇飞手大岗山公司综合管理处专责曹阳，震时驾驶飞行 45 次，勘测约 200 公里，补给充电、爬山涉水、侦查飞行，为震后抢险救援带回了第一手可靠且可贵的震时情报。

“扛起通信恢复线，负重逆行”的战地尖兵大岗山公司生产技术处专责周洪宇，铺设电缆约 2400 米，恢复营地照明电，抢通片区移动网，在滑坡体上挖通道、查线路、修电源，11 小时抢通重要电源、24 小时抢通移动网络、40 小时抢通全部生活用电，给受灾严重的大岗山带来光明与希望。

“供水就是生命”的大岗山公司综合维护值值长梁伟，牢记共产党员的职责使命，主动扛起恢复供水的重任，带领一支队伍冲在前、干在先，不畏艰险、挺身而出。带领团队争分夺秒抢修水管，9 小时保障了机组供水、29 小时恢复了地面厂房和营地的正常生活用水。

“如果一个人的命可以换几百人的命，我必须去做！”面对突如其来的地震，湾东水电站的水工罗永没有选择第一时间逃生，而是和他的同事甘宇一起冲上大坝坝肩，拉闸泄洪，避免了河水漫过大坝冲毁下游村庄。

由磨西镇通往海螺沟景区的道路被山体滑坡阻断，在距离下方河谷 50 米垂直高度的悬崖绝壁上，蜀道集团四川路桥挖掘机手王令和装载机手唐鑫凭借高超技艺，打通了一条“生命通道”。

…………

一次次舍生忘死、冲锋在前，他们在生死关头生动地诠释了什么是恪尽职守，展示出天灾面前闪耀着的人性光辉。

致敬平凡英雄，发扬英雄精神，是他们把一份份感动变成一个个行动，激励更多的人勇往直前、不断前行。

灾情就是命令，抢险就是责任。

震后第一时间，大岗山公司成立了 9 个专业小组，对厂区、营区进行灾情摸排，强化水工建筑物及库岸边坡安全监测，组织检查、核实地震对各发电设备、水工建筑物、库岸边坡等的影响，快速锁定存在的安全隐患。

在大坝巡查现场，会同成勘院专家一道查看大坝和厂区建筑物，并通过库坝中心的大坝变形监测数据进行分析，准确为震后的大坝“把脉问诊”，为坝区、厂区建筑物震后评估提供依据。

在电力生产现场，运维人员“两班倒”24 小时对照监控系统画面、曲线进行分析，通过数据查询分析和现场视频照片比对，迅速排查发现 2 号机组圆筒阀管路渗油、水垫塘集水井漏水加剧、电抗器 C 相油位低、电抗器支柱绝缘子断裂、中区水池供水中断等设备隐患，并及时组织人员进行抢修。

在库周边坡现场，通过无人机巡查方式，对库周边坡垮塌、滑坡情况进行实时画面分析，第一时间评估大岗山水电站库区受损情况。

“大坝变形范围正常”“库周边坡基本可控”“设备无颠覆性缺陷”“电力生产保持正常”……各个小组先后传来分析评估报告，大岗山大坝、厂区建筑物和电力生产设备经受住了地震考验，大岗山人经受住了地震考验。

一方有难，八方支援。险情发生后，大渡河公司也第一时间组织开展应急抢险。

地震之后，距离震中21公里的大岗山营地交通、通信、生活供电供水中断，一度陷入孤岛。

大渡河公司广大党员干部职工第一时间打响抗震救灾攻坚战，全流域兄弟单位迅速组织生活物资、施工器械支援，组织抢通厂内交通要道，积极参与抢险救援，全力保障电力能源安全稳定供应。

成立应急抢险领导小组与专项工作组，坚持干部带头、党员在前，按照地方抗震救灾指挥部要求，争分夺秒抓好安全生产、库区监测、物资保障、地方群众转移等工作。

组织调配设备资源，打通了电站生活营地至地下厂房、营地至开关站及上坝交通道路，顺利实现单车通行，保障了电站安全生产的交通要求。在现场通信及外部移动网络中断的情况下，采用卫星电话及电力专网通信手段，保障安全生产现场的移动通信。

大渡河生产指挥中心严格按照四川省调度指令，联合调度猴子岩、大岗山、瀑布沟、深溪沟及枕头坝水电站机组，降低大岗山水库水位，保障四川省电网安全稳定运行。

加密水工建筑物及库岸边坡安全监测，组织厂房设备安全巡回排查，检查、核实地震对各电站发电设备、水工建筑物、库区边坡等的影响，及时排除地震带来的安全隐患。采用无人机和自动监测系统密切监测大坝坝体及左右岸边坡等位置震后稳定情况。

综合保障组发动党员，冒着余震，搬桌椅、搭帐篷、架电线，从办公楼、库房、接待中心各区域抢出还能使用的设备物资，第一时间在接待中心外搭设起抗震救灾临时指挥部。坚持精细管理，将片区各单位物资集中统一调配，分级分类储存，合理安排使用，并规范应急救援及食堂物资出入库记录，全力保障物资供应。

妥善安置受灾群众，积极调配资源，做好生产人员和受灾群众的生活保障。全面清查大岗山水电站所在区域各类人员，全部转移至营地应急避难场所。

利用生活营地广场安置王岗坪乡小学因道路受阻无法转移的师生 180 余人，职工们将宿舍的床单被褥抢出 140 余套支援师生。克服物资紧张困难，先期抢出两口大锅，保障 500 余人在灾后吃上了健康的餐食。

地震过后第 5 天，大岗山水电站现场设备工况越发清晰明了。

为了保证电力生产万无一失，避免安全生产“一失万物”，大岗山公司安排专人完善运行分析报告，进一步通过对比分析，掌握设备运行趋势，查找设备潜在隐患。

震后大坝及边坡存在较多不稳定情况，运行水位要进行严格控制；要绝对保障泄洪设施运行可靠性，具备过流条件；优化厂用电运行方式，确保厂用电可靠；加强各运行设备模拟量趋势监视分析，掌握设备健康水平，一项项条理清晰的震后运行方案，在群策群力下被一项项提出，通过两个昼夜加班加点，提交了一份成熟的保障方案。

现场值班人员每天都会开展头脑风暴，根据生产中发现的问题进行分析……

尾水洞上方仍有山体滑坡风险，如果发生垮塌，堵住尾水出口，如何解决？

应急预案是否提前做好？研究能否通过水位监测实现报警？

一个接一个的问题激起了大家的思想火花，大家共同想办法、出主意，随后应急预案、水位监测传感器、挡水坎等一系列措施应声落地，在生产现场全面实施，有力保障了震后电力安全生产。

地震灾后一周内，大岗山水电站全面恢复正常生产、生活秩序，累计安全稳定发电 3.2 亿千瓦·时，震时稳定发电保电网稳定，震后及时消缺维护设备安全，为这次突如其来的地震交上了一份圆满的答卷。

大岗山公司全体干部职工坚持人民至上、生命至上，坚守阵地、履职尽责，担当有为，争分夺秒、全力以赴组织应急救援，用爱心守护信心，用使命呵护生命，彰显企业责任担当。

这是属于大岗山团队的胜利，更是属于每一个抗震救灾、坚守一线大渡河人的胜利，在消缺保电的艰险道路上，无数先锋“不怕死，勇逆行”，展现出大渡河人应有的担当，成为传扬在时间里的无名英雄。

1935 年，英勇无畏的红军战士，在大渡河畔谱写了一曲英雄壮歌。“为有牺牲多壮志，敢教日月换新天”，当年红军战士奋斗、牺牲，为的是我们民族的解放和人民的幸福。

80 多年过去了，大渡河水依然翻着浪花、湍流奔涌，但它已经变成了一条金河银河，变成了中国工业化、现代化的动力之源。

如今，大渡河上成长起了新一代的英雄。面对天崩地裂，巨石惊涛，依旧保持本色。大渡河谷山高、谷深、水急，没有改变他们分毫。

岁月难更本色，山河不泯英雄！

人生很长，未来会有千百万种姿态。

每当站在大渡河畔，凝望江水东流，徐博海都能感受到生命的脉搏。如同万古波涛，以不竭之势，一遍一遍地冲击内心。奔涌不已，生命不息。

在这条大河边的每一天、每一年，在这里发生的每一件事、遇到的每一个人，都深深印刻在徐博海的记忆里。他不知道，时间会给他什么答案。但他确信——平凡岗位上，也能是真英雄！

重要通信保障的红色铁军

——记中国联通北京市分公司重要通信保障团队

◎文 / 中国联合网络通信有限公司北京市分公司

引子　在路上

“我在海陀拼过命。”祁嘉楠望向银装素裹的小海坨山。

“我们连续奋战了 6 年，克服了许多困难，把小海坨山从一座无人荒山变成了一座 5G 信号全覆盖的智慧之山。6 年里，团队每个人都付出了很多。”祁嘉楠回忆过往。

“最开始建通信基站时，施工条件特别艰苦，所有设备基本上都靠人肩扛，靠牲口驮。当时的温度零下二三十摄氏度，还刮着七八级的大风。电缆接续需要手指特别灵活，所有人都不能戴手套，施工结束之后，30 多个师傅的手指全部都冻伤了。”他说。

“北京冬奥会的成功举办，让每个人都觉得我们的付出是值得的。”

祁嘉楠是中国联通北京市分公司重要通信保障团队的一员。

他所在的这支被称为通信保障铁军的团队，在全球瞩目的 2022 年北京冬奥会和冬残奥会期间，保障冬奥专线、媒体及 5G 通信服务近 54000 项。15 个冬奥专业标准、35 个冬奥场馆部署方案、50 个通信运行保障方案等 123 本方案的编制、迭代更新和落地执行，20 项冬奥通信史上第一次突破，5G+8K、5G 切片、IPv6+、全光组网等 10 项全球领先的科技手段应用……完美兑现“智慧冬奥”承诺，得到国际奥委会、北京冬奥组委的盛赞，相关通信标准成为国际奥委会通用标准。

“早起发现下雪了，我们在雪中开始了工作……”在海拔 5200 米的珠峰大本营，吴时东写下日记。

从 2008 年 4 月 24 日起，吴时东和团队伙伴宋杰在青藏高原开展北京奥运火炬传递新闻报道的通信保障工作。他在日记中记录下高寒、缺氧、狂风、大雪，记录下头痛、失眠、食欲缺乏，更记录下高质量地向北京回传了大量新闻节目，优质传输 2160 分钟，实现中国通信业海拔最高的电视传输。

5 月 12 日，拉萨机场，圆满完成任务准备返程的吴时东、宋杰得到消息：汶川发生大地震！很快，他们接到了新的任务：即刻前往灾区。

卸掉连续 19 天高原作业的疲惫，他们同北京电视台的记者火速深入北川、安县、江油等重灾区，完成抗震救灾新闻报道的通信传输保障工作。

“传输一直进行到晚上 12 点。回到房间已经是第二天凌晨 1 点多了，突然感到房子很明显地左右晃动，停顿了几秒，又晃起来。我和宋杰都愣在那里，这是来四川后我们感觉最强烈的余震。听见外面有尖叫声，已经有人跑了出去。我们住在八楼，下去是来不及了，我都做好了钻桌子的准备……”吴时东记录下在灾区的工作场景。

“做好通信传输服务，应该是我力所能及对灾区最大的帮助。”他写下这样的话。

刚刚从灾区归来，吴时东随即又和伙伴们在两个多月的时间里先后完成奥运火炬传递国内 13 站的新闻传送和直播。

从神秘的世外桃源香格里拉到青藏铁路的起点格尔木，从戈壁中的东风航天城到万里长城的起点嘉峪关，从“鹤乡”齐齐哈尔到滨海之城大连、天津……追随奥运圣火，肩扛通信人的使命，吴时东成了“飞”人。

像吴时东一样，中国联通北京市分公司重要通信保障团队的成员们永远在无惧风雨的路上，永远在追梦不息的路上。

“重要时刻，从不缺席”是这个团队的庄严承诺。

“重要保障，万无一失”是这个团队的闪亮品牌。

这个团队传承红色通信精神，在中国联通集团党组、北京联通党委的领导下，圆满完成了党的二十大、全国两会、北京冬奥会与冬残奥会、中华人民共和国成立 70 周年及中国共产党成立 100 周年庆祝活动、党和国家领导人“云外交”等重要通信保障任务。

这个团队，年均通信保障任务 700 余场，实现了网络保障零失误、信息安全零事故、重要客户零投诉。

2023 年 2 月 16 日，国务院国资委党委发布 2022 年度“央企楷模”，中国联通北京市分公司重要通信保障团队榜上有名。

颁奖词中这样写道：

通信重保　奋战不停　一场硬仗接着一场硬仗

网络强国　奋斗不止　一项突破接着一项突破

冬奥赴约　科技奇迹　跨越征程　创新闯关

重要时刻从不缺席　是你给出的庄严承诺

国家利益高于一切　是你赓续的红色传承

你传递中国事　联通中国梦　你是最美的一抹中国红

他们的名字

“每逢天安门举行重要政治活动和庆典，我和同事们都在观礼台后面进行通信保障工作。从内心来讲，我们也希望看到那宏大而辉煌的时刻，但因职责所在，我们每次都看不到，只能用耳朵去听。”郑磊说。

“说到遗憾，其实没有，因为能够在这些重要时刻保驾护航，本就是一种光荣、一种无憾！”供职于中国联通北京市分公司重要通信局的郑磊，参加重要通信保障工作已经有 35 个年头了。

“久经考验”“绝对忠诚”是同事们对郑磊的评价。

高淼清晰地记得2008年北京奥运会期间和同学去鸟巢观看比赛的情形。16 岁的他当时不会想到，自己工作后能够成为中国联通北京市分公司重要通信保障团队的一员，并参与 2022 年北京冬奥会通信保障工作，他负责的通信保障区域刚好就是鸟巢。

“从学生成为联通人，从观赛人成为通信保障人，我感到非常自豪！”高淼说。

你可能从来没有关注过他们的身影，但他们无时无刻不在第一线。他们在一个个举世瞩目历史瞬间的第一线，在一次次大事要事的第一线。

“国家利益高于一切,重保责任重于泰山。”这句话,深埋在他们的血液中。

责任在肩，使命担当。重大通信保障从不缺席!

他们组建全球化保障体系，建立全流程指挥协调机制，年均重保专线近万条，年均重保累计时长千万余小时。

在举国欢庆时分，北京联通重保人从来都是甘作“幕后英雄”；在华夏危难时刻，北京联通重保人从未说一个“不”字。

在党和国家需要的时候，北京联通重保人向来都是挺身而出；在人民需要的时候，北京联通重保人向来都是尽锐出征。

所谓匠人，用心以极

身着橘色重保服的团队成员们亮相人民大会堂。重保服上的“匠心”标识以及“联通重保,匠心品质”八个大字格外引人注目。

“我们历经近半年的精心部署和周密筹备，共投入保障人员近 3000 人，保障车辆 200 余辆，为大会总务组、新闻组、政府机构和新闻媒体等单位安装部署语音业务 740 个，各类专线 122 条，裸光纤 308 芯，视频通路 154 路，为各媒体传送视频时长超过 10 万分钟，全程实现视频零卡顿，网络整体运行平稳，自有业务平台与重点保障用户系统均运行正常。”中国联通北京市分公司网络部张琳说。

作为一支久经考验的通信保障铁军，他们圆满完成了党的二十大通信保障任务。

这个团队以中国联通北京市分公司网络部、云网建设中心、云网运营交付中心、网络优化中心、网络设备维护中心、管线运营中心、机动通信局、重要通信局、各区分公司为主体构成。

党的二十大、北京冬奥会与冬残奥会期间，中国联通北京市分公司分别有约 3000 人参与重保工作。2023 年 7 月 29 日至 8 月 2 日，北京市遭遇特大暴雨，中国联通北京市分公司最高峰时出动 4000 人参与重保。

“可以说，每个北京联通人都是重要通信保障团队的一员。”张琳说。

多年重保工作的磨炼，打磨出北京联通重要通信保障团队独特的重保品牌：细心（Careful）、专注（Attention）、信赖（Reliable）、卓越（Excellence），智慧（Smart），组合成“CARES”。

对待网络建设与维护需用细节成就完美，追求极致、一丝不苟是工匠的基本要求，这是北京联通重保人的细心（Careful）；

对待自己的专业要有专注精神，要有精益求精淬心性，这是北京联通重保人的专注（Attention）；

铸造可信赖的网络需要可靠稳定的质量认证，也需要精良技术、快速响应、优质服务，这是北京联通重保人给予客户的信赖（Reliable）；

卓越品质，这不仅是工匠的追求，也是客户的体验，这是北京联通重保人努力的目标（Excellence）。

联通 $5G^n$ 赋能各行各业，构筑智慧未来；是丰富的智慧终端，助力智慧生活，这是北京联通重保人的智慧（Smart）。

“CARES”既意味着关心关爱，表明北京联通重保人把用户放在心上，全心全意为客户服务的决心、信心和爱心，也意味着匠心，表明北京联通重保人始终秉承匠心服务客户。

网络安全保障到每一条纤芯，硬件设备明确到每一个端口，后台数据精确到每一个数字，创新服务体现在每一个细节。

这就是“细心、专注、信赖、卓越、智慧”匠心网络、智慧重保。

赫赫战功的背后，镌刻着这个铁军团队的坚守与忠诚。

漫漫征程之中，这个铁军团队但行前路，只问初心，无问西东。

一次又一次的纪录刷新，一个又一个的创新突破，一项又一项里程碑式的实战实绩，是实力的彰显，更是责任和使命的担当。

细数每一次的精彩绽放，无不是他们以汗水浇灌希望，以奋斗砥砺前行，才创造出了一个又一个令人刮目相看的通信奇迹。

我和我的父辈

“央企楷模”的荣誉称号，凝聚着几代北京联通重保人的接续奋斗。

“此时此刻，我脑海里想到了许多我们的前辈，许许多多的重保前辈将他们毕生精力投入重保事业当中，荣誉时刻我们不能忘记他们。我们要接好他们的接力棒，传承他们的接力棒，把我们的重保工作持续做好做下去。”中国联通北京市分公司网络部副总经理赵海超向前辈付出的努力表达出深深敬意。

庆祝中国共产党成立100周年大会是党和国家政治生活中的大事，通信保障规模大、任务艰巨。在这一极其重大的保障任务中，有这样一对父子的身影。

穆长江，在中国联通北京市分公司机动通信局工作快30个年头了，参与各类重保任务数百次，如全国两会、2008年汶川地震抢险应急通信保障等，创造并保持机动通信局安全行车无事故的纪录。

穆博文，穆长江之子，参加工作刚满4年。别看他年纪轻，却已经在北京联通重要通信保障团队参与了大大小小十余次重保。

在单位，大家都亲切地称呼他们父子俩“老穆”“小穆”。

为了能够参与建党百年通信保障工作，老穆、小穆在2021年初北京刚发布新冠感染疫苗接种的消息时，就赶去接种，是机动通信局最早一批接种的人，成了防疫战线上的急先锋；在上报的建党百年通信保障人员名单中，他们均承担了重要保障任务。这对父子以实际行动，展现了应急通信人的传承与忠诚。

保障准备工作漫长而复杂。老穆嘱咐小穆要把东西准备全、设备测试好、技术磨炼精，小穆关心老穆要劳逸结合、注意休息。

进入6月，各项保障任务紧锣密鼓地开展起来，老穆的身体却出现了状况，不得不暂停参与保障工作。治疗期间，他仍不断叮嘱儿子“要细致、要沉着”。

小穆是鸟巢区域应急通信保障的接口人，负责现场三个点位应急车的定点协调、场地踏勘、光电路由等，同时还要在自己值守的点位上自主开通应急基站。

小穆所在的保障区域十分开阔，各个保障点距离非常远。在前期勘察过程中，他作为唯一制证人员，要冒着烈日奔波于各个保障点，仔细检查停放位置、核对资源数据。

在保证各项问题得以解决后，他还要去医院照顾父亲。父子聊天时，为了遵守保密要求，只是谈谈家长里短的轻松话题。

无论是工作上还是生活上，小穆始终传续着他父亲身上的那份从容与认真，“做就要做好”。

历经反复的保障演练，当鸟巢夜空中燃起璀璨的烟火，当天安门广场数万人高喊“中国共产党万岁”时，父子俩的本次重保任务也画上了圆满的句号。

小穆说：“这是党的百年生日，能够参与其中是我的荣幸，也是我父亲的心愿。虽然他正在接受治疗，后期不能参与现场保障任务，但是我全程参与了，也算是满足了他的心愿。”

赓续传承，初心如磐

通信情传几代人，坚守使命不放松！

北京联通重保人一代代传承下去的不仅仅是父带子、师带徒的工作技能，更是忠诚勇敢、不怕牺牲、吃苦耐劳、甘于奉献的精神和品质。

1959 年 10 月 1 日，在天安门广场参加国庆 10 周年庆典群众会演的马文桥激动万分。当时年仅 11 岁的他怎么也没想到，长大后的工作竟然和天安门结下了不解之缘。

马文桥所在单位是中国联通北京市分公司重要通信保障局天安门局。该局是中国联通专门对接负责天安门地区通信保障工作的部门。

1999 年 10 月 1 日，51 岁的马文桥担任国庆 50 周年庆典天安门地区通信现场执行总指挥，对包括天安门城楼在内的天安门地区重新铺设光缆，通信基础设施焕然一新。

“我爱天安门，能在天安门地区做服务保障工作是一种荣耀，也是一种责任。我有幸在工作中见证了新中国成立以来的各项重大活动！”马文桥说。

马文桥只是天安门地区通信保障团队中的一员，他背后有一支能打硬仗的队伍。

走进中国联通北京市分公司重要通信保障局天安门局，人们都会为琳琅满目、熠熠生辉的荣誉奖杯所震撼，这些奖杯见证了他们在历次国庆阅兵活动以及天安门广场重大活动通信保障中的奉献。人们更会为他们师徒技艺传承以及背后浓浓的政治责任所感动。

“铁肩担道义，责任重如山”十个字刻在天安门城墙上最耀眼的地方，也刻在每一个人的心里。

两次“合练”、一次正式保障，合计 150 多个小时不分昼夜鏖战在 44 万平方米的范围内，两次在暴雨中度过……这支队伍圆满完成庆祝建党 100 周年大会重要通信保障任务。

200 余家国内外媒体在天安门广场全程转播报道本次庆祝大会。媒体区占地面积 850 平方米，由 66 块阶梯式平台拼接成一个高 1.5 米、分为 10 层的临时观礼台。每层 15 厘米的高度，重保人员根本无法进入作业，只能跟随临时观礼台搭建工作同步进行综合布线施工，而整个搭建时间仅有短短的一天。他们争分夺秒，连续 24 小时不间断作业，按照时限要求高质量完成 500 多个宽带网络信息点位布放任务。

他们负责保障的 10 多个区域上百个点位、上千条业务无一故障。他们中有人做完癌症手术仅半年，有人已经安装四个心脏支架，有人孩子还未满月……

激情“双奥人”，尽锐再出征！

2017 年 12 月 26 日，中国联通正式成为 2022 年北京冬奥会和冬残奥会唯一官方通信服务合作伙伴。服务冬奥会，是一种使命，更是一份传承。冬奥会通信保障团队当中有 30% 的成员都曾服务过 2008 年北京奥运会，无论是资历还是能力，他们都当仁不让！

曾经参与 2008 年北京奥运会通信保障的时昭再出发，此番担当起更大重任，负责冬奥会开闭幕式焰火燃放通信保障工作。

同样参与过 2008 年北京奥运会通信保障的夫妻组合李霄和杜岩，也亮相冬奥会通信保障现场。他们表示，虽然两人要兼顾老人和孩子，但是再累也要把活儿给干漂亮了。

而在冬奥会通信保障团队中还有着这样一个温暖的故事——“不一样”的接娃。

大家可能熟悉的是妈妈接娃，爸爸接娃，奶奶接娃，夫妻轮流接娃，但大家见过一大群人争先恐后接一个娃吗？

故事发生在中国联通北京市分公司四区分公司的一个微信群里。冬奥村场馆副经理张洋和爱人同时参加了冬奥保障工作，上小学的孩子无人接送。望京党支部得知他的困难后，就在支部群里发起了“接娃接龙”，群里的成员都特别积极，“我报名”“算我一个”的留言此起彼伏，很快“接娃排班表”就满员了。大家轮流接送孩子放学，解决了张洋的后顾之忧。

这样一个内外同心协力、互助友爱、主动担当的团队，也是温暖而纯粹的北京联通重保团队的一个缩影。

疾风知劲草，匠心著真章！他们以“功成不必在我，功成必定有我”的境界，“我的岗位无差错，我的工作请放心”的担当，“聚是一团火，散是满天星”的精神，把人生的价值落实到岗位工作中。

请记住他们的名字——北京联通重保人！

那一抹深沉的底色

红色基因流淌在这个团队的血脉之中。

1949 年 10 月 1 日，开国大典。

毛泽东主席在天安门城楼宣读《中华人民共和国中央人民政府公告》：“中华人民共和国中央人民政府已于本日成立了。”

这一庄严宣告,迅即通过有线和无线电波立即传送到大江南北和全世界。

在中央军委三局的领导下，北京电信局（中国联通北京市分公司前身）承担了开国大典的通信服务任务。

短短 20 多天的时间，这个通信团队的员工不分昼夜奋战在红墙下。

为保证开国大典现场广播，他们为大会指挥部在天安门地区安装了 200 多部电话机，架设了四五十公里被覆线和数百公里的广播遥控线，并安装了一批无线发信机。

从那时起，党和国家在北京举行的历次重大会议、重要活动均由这个团队承担通信保障任务。他们为党和国家做出了重要贡献，积累了丰富的重要通信保障经验。

“当好革命事业的‘鲁班石’”

红色，始终是这个团队最深沉的底色。

展陈面积 3300 平方米的北京通信电信博物馆，坐落于中国联通北京市分公司总部大楼。2021 年 7 月，在庆祝中国共产党成立 100 周年之际，国资委命名首批 100 个中央企业爱国主义教育基地，北京通信电信博物馆榜上有名。

这家博物馆馆藏的为中南海服务过的电话机等珍贵的红色通信文物，默默讲述着红色通信的厚重历史……

在烽火连天的革命战争年代，从井冈山到瑞金、从遵义到延安、从西柏坡到北京，红色通信战士全程追随和参与，一直都是党中央亲自指挥的一股强有力的力量。

1927年的八七会议上，毛泽东在石破天惊地提出了“枪杆子里面出政权”著名论断的同时，还提出了建立全国的党内交通通信网的建议，这一星星之火点燃了红色通信的开端。

早在南昌起义时，我军就拥有了有线电通信、运动通信和简易信号通信分队。不过，我军真正意义上的通信部队是从“半部电台”起家的。

中国人民革命军事博物馆收藏着这件见证了红色通信的发展历程的珍贵文物——“半部电台”。

1930年12月底，中国工农红军第一方面军在中央苏区第一次反“围剿”的龙冈战斗中，全歼国民党第18师师部和2个旅近1万人，活捉敌前敌总指挥张辉瓒，缴获各种武器9000余件，子弹100多万发，电台1部。

这部电台只有15瓦的功率，缴获的时候被红军战士误砸，导致不能发报，只能接收，相当于半部电台。这件被毛主席称为“克敌制胜的大法宝”的“半部电台”，宣告我党的通信事业的正式开辟，并在此后的战斗中“屡建奇功”。

在龙冈战斗中，红军俘虏了10多名国民党军的无线电通信技术人员，其中包括后来被毛泽东称为“红军无线电鼻祖”、新中国首任通信部部长王诤。被俘4天后，王诤等人主动要求加入红军，得到了毛泽东和朱德的接见。毛泽东勉励他们，今后要用无线电技术，为工农大众服务。

随后，红军在作战中击败了谭道源部，再度缴获一部电台，终于有了完整电台。

第一次反“围剿”胜利后，红军决定组建无线电队，任命王诤为队长。

1931年1月28日，为了培训更多人员充实无线电通信队伍，朱德、毛泽东联名签发了“调学生学习无线电的命令”。

1931年2月，江西宁都县小布镇赤坎村的一座土楼里，依靠着“一部半”电台，拥有12名学员的红军第一期无线电训练班开班。毛主席自荐担任训练班负责政治课的“一号”教员。

“小鬼，学无线电困难吗？”毛主席向一群十几岁的“小鬼”学员们提问。

他又问：“大家愿不愿意做通信工作？”“懂不懂得通信工作的重要性？”

听完“小鬼”们七嘴八舌的回答，毛主席说：“朱总司令对我讲，无线电台是他指挥作战的心肝宝贝！我说这个无线电台简直是千里眼、顺风耳！我们在井冈山和赣南闽西打了许多仗，深感红军通信联络太原始了。由于没有无线电台，就像造桥缺少‘鲁班石’一样，你们要做‘革命的鲁班石’。”

接着，毛主席讲起了“鲁班石”的故事。

很久以前，有条河上在修一座石拱桥，工匠们辛辛苦苦干了很多天，桥身修好了，拱形桥洞也砌得差不多了，只是桥洞的脊梁处缺少一块能够连接并撑住两侧桥体的石头。于是，工匠们四处寻找，爬了很多山，走了很多路，终于在一位打草鞋的老公公家里发现了一块石头，搬去一试，不大不小正合适。原来，这是鲁班从修桥工地路过时，悄悄按尺码量身预制的。后来人们将这块石头称为“鲁班石”。

毛主席说：“红军今后要大发展，一块一块被分割的革命根据地要靠一座座桥连接起来，通信就是这座桥的‘鲁班石’。”

这一关于“鲁班石”的比喻，深刻地揭示了先进通信网络和技术与革命大业的关系，极大地激发了训练班老师和学员学习钻研无线电通信技术和业务的热情。

“当好革命事业的‘鲁班石’”，自此成为红色通信人的座右铭。

永不消逝的红色电波

1931 年 4 月，国民党反动派向中央苏区发动了第二次“围剿”。王诤日夜监听，截获王金钰致“剿总”何应钦的重要情报，帮助毛泽东和朱德早早掌握了敌人的行军动向，巧妙策划，最终粉碎了敌人的第二次“围剿”。

在苏区军民欢庆胜利的大会上，毛泽东把年轻的王诤请上主席台，高兴地说：“我们工农红军也有了千里眼、顺风耳，这是克敌制胜的一大法宝！”

1934 年 1 月，中革军委成立通信联络局，按序列称三局，王诤任局长。红军无线电训练班则几经调整，在长征开始前成为通信教导大队，并以“红星第三大队”为代号，坚持办学。

长征期间，红军无线通信初具规模：报务、机务人员达 200 余人，拥有 17 个无线电分队和 17 部电台，初步形成三大主力红军部队相互联通、重点方向可以保障的基本态势，为胜利会师做出突出贡献。

为保证党中央和中央军委的战略指挥，1937 年 7 月，军委三局进驻延安东关，下设通信联络、技术材料、行政管理3个科，直属单位编有通信学校、电话队和 5 个无线电分队。

军委三局随后在西安、南京、太原、武汉等 20 多个城市设立了八路军办事处（联络处），建立了延安同八路军驻各地办事处的无线电通信联络。

1938 年 8 月，军委三局建立了通信器材厂，基本解决了通信器材不足的问题。

到 1940 年，华北各战区已有电台 160 余部，初步建成以延安为中心，沟通党政军，辐射全国各部队、各根据地、游击区的无线电通信网络，完成了军委战略指挥通信体系的建立。

1941 年 10 月，军委三局主办的《通信战士》杂志创刊一周年，毛泽东为全军通信兵题词："你们是科学的千里眼、顺风耳。"

解放战争时期，号称 800 万的国民党军队为何被 100 多万人的解放军打得溃不成军？这不得不提无线电报立下的大功。

党中央、毛主席在小山村西柏坡通过用一封封电报统筹指挥交错推进的辽沈、淮海和平津三大战役，创造了 142 天歼敌 154 万人的奇迹。还有一个重要的秘诀就是信息与民心的结合：解放区分田分地到农家的信息，通过畅通的红色通信及时送进前方战壕，变成了实实在在的战斗力。畅达的红色通信将民心汇成了势不可当的滚滚车轮！

在西柏坡纪念馆，有个长达 56 米的"电报"廊，两侧的大理石上雕刻了 37 份毛泽东和军委发的电报手迹，仅辽沈、淮海和平津三大战役，军委总台平均每月的收发报量就达 140 多万字，送毛泽东亲自看过的各野战军电报就达 1000 余份。

据统计，毛泽东亲笔起草的作战电报达 408 份，其中辽沈战役期间就有 77 封电报，而指挥锦州之战的电报更是多达 50 余份。

周恩来曾经感慨："在西柏坡，我们不发枪，不发粮，不发人，只是天天发电报！"

正是通过无线电通信，毛泽东等党中央领导人可以洞察全局，运筹帷幄，决胜千里。红色通信已经成为党中央、毛泽东领导全国军民夺取胜利的一把利剑。

1948 年 12 月，毛主席为筹建中的《人民邮电》题写报头，为新中国通信事业确立了发展宗旨，指明了前进方向。

1949 年 3 月初，中共中央准备将中央机关从西柏坡迁往北京香山。出于保证中央通信的需要，时任北平军管会物资接管委员会电信接管部部长王诤指示，务必在 3 月 23 日前建立通信专用局。

于是，刚刚由军队通信和地方通信组合起来的新一代通信人，不畏艰辛、顽强奋战，仅用 13 天时间就如期圆满完成了任务。具有独特红色历史的、中国革命胜利后直接为党中央通信服务的第一个电话局——香山电话专用局正式投入运行。

史料中记载了这样一个细节：为了提高应急能力，锻炼在异常情况下保证中央通信的本领，专用局组织了多次防空演习，模拟在空袭情况下架设总机、抢修电话线路。演习中做过以人体代替导线的试验，磁石电话机摇把一摇能发送出几十伏交流电，参加演习的人硬是用手接通电话。他们说，作为一名通信战士，还有什么比保证党中央通信更重要的呢！

红色通信事业从无到有、从弱到强，红色通信人用生命捍卫红色电波、保障革命胜利、服务保障党的事业发展。不怕牺牲、不辱使命、前赴后继成为红色通信人的代名词。

从“半部电台”的艰苦奋斗到“鲁班石”的使命担当，从“人民邮电为人民”的宗旨初心到以数字化、网络化、智能化助力中国式现代化，一代代红色通信人忠诚担当、初心为民、艰苦奋斗、勇担使命、改革创新。

中国联通北京市分公司重要通信保障团队传承红色基因，赓续红色血脉，在新使命的召唤下再创新辉煌，书写新奇迹。

邂逅最美中国红

采访这个团队的成员其实有点吃力，因为无论问起什么事，他们总是轻描淡写几句带过。了解他们的人解释说，一是这群“工匠”们大多讷于言，二是他们真心觉得习以为常、没啥好说的。

确实，在首都，就是这样，重要通信保障是一种常态。

所以，他们习惯保持一颗平常心，认真完成每一项任务；没有引人注目的光鲜展示，只有日复一日默默无闻的守护。

“无论经历了多少次重保任务的洗礼，我们都要把每次重要通信保障任务当作第一次，永远从零开始！党和国家赋予的重任必须确保万无一失。”这是在每次重要通信保障工作伊始，所有参与重保工作的人员心中的坚定信念。

在诸多荣誉与成绩面前，北京联通重保人并未懈怠、自满，始终如一地信守“永远从零开始”的誓言。

他们有着“谓我不愧君，青鸟明丹心”的赤诚，有着“千磨万击还坚劲，任尔东西南北风”的决心，有着“衣沾不足惜，但使愿无违”的执着，有着“封侯非我意，但愿海波平”的纯粹，有着“驰驱一世豪杰，相与济时艰”的担当……

“中国红”+“中国结”的设计，构成中国联通的标识。标识中的“中国结”，体现信息传递、互相依存、永无止境等意义，恰与中国联通的“联通互达”相契合。而标识中的“中国红”，寓意吉祥、正气、热情、奔放，体现中国联通在通信领域持续保持强大的活力和激情。

中国联通北京市分公司重要通信保障团队被誉为“最美的一抹中国红”，传递中国事，联通中国梦……

冬奥背后的“全能选手”

“比赛结束了吗？”

“张经理，结束了，一切顺利！”

“好，下一项什么赛事？”

2022 年冬奥会期间，每一场精彩绝伦的比赛之间都串联着张永辉与同事这样的对话，言语背后是冬奥网络建设与保障工作的千头万绪、千丝万缕。

张永辉是中国联通北京市分公司延庆区分公司网络部党支部书记、网络部经理，延庆冬奥项目团队负责人、建设经理、流动支撑团队副经理。保障冬奥的 1000 多个日夜中，他始终保持着 7×24 小时的工作状态，被同事们称为“冬奥背后的‘全能选手’”。

“在我参加工作的12年中，‘冬奥’无疑是使命光荣的一段经历。”张永辉说。

担任冬奥项目团队建设经理后，张永辉的每一天都是工作日。

白天，他一边调度管控，一边协调解决；深夜，他与团队编制网络部署计划，拟定保障方案，先后组织完成了70个集团冬奥项目，制定了延庆赛区双路由、高山滑雪摄影点位建设、各场馆设备双上联保护等多项方案。

无论是“雪游龙”还是“雪飞燕”，小海坨山区域的网络建设难度都要远高于其他场馆。自2020年9月北京冬奥通信网络建设工作全面启动后，翻山越岭就成为张永辉和同事们工作的一部分。

天还没亮就进山，手里拎着水和干粮，一干就是一整天，下山时已是深夜。山风冻雨，雪道难行，冻伤的手指、摔过的跟头、打滑的车轱辘……

寒来暑往，风雨兼程，张永辉用脚步丈量了海坨山的每一寸土地。

作为项目团队的负责人，张永辉24小时待命，无论是紧急任务还是应急抢险，他总是第一时间赶赴现场。

雨季的小海坨山风去昏天黑地、雨来寸步难行，泥石流时有发生，道路被冲断也是常事。2020年6月19日，延庆赛区遭遇泥石流灾害，张永辉紧急协调公司网络部和机动局，组织人员完成延庆赛区泥石流灾害抢险工作，在延庆赛区内紧急开通卫星应急通信车，抢险至次日凌晨。

为响应冬奥组委节俭办奥的工作理念，车橇测试赛前，张永辉带领冬奥项目团队开始了割接业主Wi-Fi设备至联通冬奥数据专网的工作。光路搭接测试、数据备份、核心设备数据配置、接入交换机数据配置、连接Wi-Fi信号、获取IP地址……

直至次日5点，终于完成了最后一台交换机故障处理，实现了全部区域网络测试正常，彰显了危急任务前北京联通重保人的团结与高效、实力与担当。

疫情防控期间，各种需求随政策不断变化，张永辉每天要接打上百个电话，然而再忙再累，他都坚持问题不过夜，事事往前赶。

作为团队负责人，不仅要做好上传下达的各项工作，还要统筹协调冬奥项目团队所有成员的办公、住宿、餐饮、交通、服装、防疫物资、生活物品等一应事宜。

“相约北京”测试赛期间，张永辉每天驱车上百公里，连续十余天为高山滑雪和雪车雪橇场馆团队的一线员工送去温热的餐食。

各场馆进入闭环管理后，张永辉一人支撑起6个场馆团队的业务交付、故障处理、资源录入、后勤保障等工作，每天都保持战时状态，只有当日所有比赛和颁奖活动结束后，才能稍松口气。

服务冬奥期间，张永辉负责牵头制定各种工作方案、制度、流程，组织各种培训、演练、测试活动不计其数。他和他的团队以五年磨一剑的决心，克服极寒天气和疫情等不利影响，全力以赴、精益求精，圆满完成冬奥会和冬残奥会通信服务保障任务。

北京2022年冬奥会和冬残奥会的成功举办，背后是无数北京联通重保人的共同付出，他们以平凡致不凡，以隽永致辉煌，为成功举办举世瞩目的冬奥盛会贡献了智慧和力量。

“在我这里只有一种‘模式’”

端庄秀气的贾金，是中国联通北京市分公司2022年冬奥会运维保障团队的党员、技术骨干。

在庆祝中国共产党成立100周年系列活动中，她带领团队连续奋战11天，自主实施交付了活动的安保验证网络。

2021年7月1日，建党百年重保工作刚结束，近36小时未合眼的她立即投身张家口冬奥通信保障中。

从冬奥重保模式转战建党百年重保模式，再从建党百年重保模式转战冬奥重保模式，她是如何做到的？

安保验证网络是历次重大活动的重要组成部分。庆祝中国共产党成立100周年活动的安检验证网络，是由中国联通北京市分公司7个二级部门组成的虚拟交付重保团队独自承担的。这也是中国联通首次进行的国家级任务“端到端”业务自主交付，网络方案设计、网络设备提供、验证机和摄像头与交换机间网线的制作架设，都由虚拟交付团队自主实施完成。

2021年5月28日，中国联通北京市分公司接到了指挥部建设验证大棚的任务：14天内完成44个点位的实施交付。

这个近乎不可能完成的任务落到贾金肩上。她和团队毫不犹豫地承接重任，一周内完成点位确认、网络方案确认、核心点搭建、各种设备准备、接入光缆建设和专线业务开通等一系列步骤。

她带领团队没日没夜奋战一线11天，首次在国家级重要通信保障中实现自主交付，6月7日顺利通过业务测试，比原定时间提前3天。

指挥部对这样的速度和效果也赞不绝口："北京联通的验证团队太棒了，让我们感受到了国家队的实力，人员专业！方案专业！组织专业！技术专业！保障专业！期待与联通在冬奥赛场上的继续合作。"

《伟大征程》文艺演出的第二次演练和建党百年庆祝大会的正式活动前夜，北京都出现了暴雨冰雹的天气，贾金作为项目经理和保障团队伙伴们一起栉风沐雨，完成大棚搭建并顺利完成了设备（加电、线路）开通等工作。

验证大棚团队共计完成天安门地区、鸟巢和集结酒店等66个点位的建设和保障任务，铺设各种类型临时光缆40余公里（演练期间，反复拆装），架设接入交换机90余台，现场铺设马道2000余米，制作网线600余条。

圆满完成建党百年庆祝大会的通信保障之后，贾金"无缝衔接"地投身冬奥重保。

同样，刚刚结束建党百年庆祝大会重保工作的TTOC通信经理刘申申、即将参与东京奥运会的OBS项目负责人赵春燕，也都马不停蹄地第一时间奔赴张家口冬奥赛区，对云顶滑雪公园、国家越野滑雪中心、国家跳台滑雪中心、国家冬季两项中心、张家口颁奖广场的OBS关键业务主备路由建设进行场勘。下午返京，他们根据场勘信息，趁热打铁进行方案修改。

辛劳的奔波，让2021年初还在领取L码重保服的贾金，如今已经可以穿下M码的重保服。同事和她开玩笑："想瘦身，干重保。冬奥干完了，就可以穿S码了。"

换装的背后，记录了她"模式"转变的历程。

同事问她："建党百年重保模式和冬奥重保模式，你是怎么转换的？"

“在我这里啊，只有一种‘模式’，那就是中国共产党党员！”贾金这样回答。

7 月 1 日中午，中国联通北京市分公司冬奥建设团队进驻数字北京大厦，在机房内搭接跳纤、调试设备、开通业务。

在这支冬奥通信建设队伍中，既有参加过 2008 年奥运会的老党员赵杰，也有朝气蓬勃、敢打硬仗的新一代联通人周玥，更有扎根一线、靠前指挥的党员领导干部章亦民。在冬奥建设经理宋扬的带领下，由唐君、李欣、赵奕、王佳颖等多名党员骨干成员组成的冬奥建设保障团队，连续奋战、不辱使命。

7 月 2 日，随着通信测试工作的全面完成，北京 2022 年冬奥会主媒体中心通信网络能力部署完毕，具备了全专业网络通信能力。这一天距离主体建筑完工仅 3 天，距离临时电力工程正式送电也仅仅 13 天。

方寸大小　自有天地

“活动那天，我的心都提到嗓子眼了。”郝海波说。

2021 年 7 月 1 日凌晨 3 时 30 分，庆祝中国共产党成立 100 周年大会还有不到 5 小时就要正式开始了。作为天安门城楼上的通信保障人员，为确保 50 项通信业务万无一失，郝海波身背 20 多千克的重保设备早早来到了保障点位。

时间一分一秒地过去，郝海波没有一丝困意。因为他要保障的联通磁石电话被称为本次庆祝大会的“传令兵”，是确保现场礼炮精确整齐鸣放的主要通信设备。他清晰地感受到了肩头巨大的压力。此前，他已经圆满完成了两次演练，所有的通信网络都已经正常运行。

我国目前已经进入 5G 时代，如今人们只能在电信博物馆或者黑白老电影中看到古老的磁石电话。磁石电话因其诸多特殊性，例如不需要外接电源，不联网也不会受到软件或其他程序控制，还可以确保精准的点对点通话，保密性极高，最终成为重要活动中“传令兵”的首选。

“我的手心里全是汗，眼睛紧盯着旗杆基座上的磁石电话机……”郝海波回忆着当时的情形。

随着一声清脆的声音腾空发出，他和现场的同志紧紧地拥抱在一起。

郝海波是中国联通北京市分公司重要通信局天安门局党支部书记。大家评价他“有着坚定的政治信念，为人谦和、干事沉稳、兢兢业业、勇于创新”。

他和团队伙伴们在44万平方米的天安门广场上圆满完成一个又一个重要通信保障任务，实现一项又一项创新业务的突破。

天安门城楼上的右侧旗杆下，是郝海波的阵地，方寸大小自有天地。

有人羡慕他可以在城楼上近距离看到大会的盛况，却不知他在城楼上完全不能露头，只能用耳朵去听、用心去感受现场盛况。

他准确无误地完成了2015年纪念中国人民抗日战争暨世界反法西斯战争胜利70周年阅兵式、2019年的庆祝中华人民共和国成立70周年大会、2021年的庆祝中国共产党成立100周年大会的保障任务。

“听到礼炮响起，听到现场人群的欢呼声时，所有的疲惫都忘了，心中的自豪感油然而生。通信保障，肩负的是使命，收获的是荣光。”郝海波说。

2020年受新冠疫情影响，全国两会等重大会议都采用现场+远程视频会议的形式召开。从为用户出具方案、价格洽谈到安装调测、现场保障，郝海波带领团队凭借周密的技术方案、精心的预先准备、过硬的保障能力，专心致志、精益求精、万无一失地完成了重保任务，线上重保工作得到北京市委领导的高度认可。市委领导称赞联通保障队伍政治素质过硬、措施有力、保障到位，关键时刻彰显了央企的担当。

2020年初新冠疫情暴发期间，郝海波带头参加全国两会通信重保工作，连续封闭值守15天。工作结束后，他才匆匆赶赴医院照顾因生病做手术的父亲。

至臻如一　“零”的圆满

曲晓松突然接到一个电话。当时的他并没有意识到，这个来电将自己与共和国超级工程的命运紧紧联系在了一起。

2016年9月的一天，中国联通陕西省分公司打来求助电话，事关天宫二号火箭发射。当时，西安卫星测控中心某通信专线突然出现故障，相关部门想尽办法仍未能定位故障点。

此刻，离火箭正常发射只有不到 100 小时，接到电话的曲晓松意识到任务的紧迫性。而要找到问题所在，需要在庞杂的数据中精心梳理。

关键时刻，他虽然不在现场，但凭借精湛的技术，在 8 小时内一步一步抽丝剥茧，清晰地判断出故障点，最终在火箭发射前排除故障。

疑难故障的处理是曲晓松的拿手绝活。每到通信保障的关键时刻，单位的领导总会说："让曲晓松顶上去。"

在中国联通北京市分公司，曲晓松是大家公认的作风严谨、精益求精、敬业守信、推陈出新的技术"领头羊"。

他求知若渴，坚持十年自学成才；他精于实战，在全国技能大赛中崭露头角金牌挂身；他精益求精，成为把脉通信 IP 技术疑难问题的专家；他矢志为国，十余年间 30 多次为重大通信保障勤勉服务，在平凡的岗位上做出了不平凡的业绩。

每天和技术打交道，专注于把重要通信保障工作做到极致，追求纯粹和顶尖，这是扎根在通信技术领域的曲晓松最难能可贵之处。

2017 年 5 月 14 日，第一届"一带一路"国际合作高峰论坛在北京举行。中国联通北京市分公司提供了 3.4 Tbps 带宽和峰会专用保障平台。

曲晓松夙兴夜寐，针对每一条链路、每一台设备，连续 30 小时测试了几十项指标，在最短时间内完成技术支持、验收测试。

"若有丝毫疏忽，3.4 Tbps 带宽的网络将随时面临瘫痪风险，不仅影响信息传输，政治影响更是无可挽回。"曲晓松说。

早在 2008 年北京奥运会的通信保障中，曲晓松这种精益求精的工匠精神就已经给众人留下深刻印象。

作为中国联通北京市分公司 IP 技术精英和奥运专家团队成员，他精研 IP 技术，为北京奥运会 31 个比赛场馆一举攻克了电源、散热、数据流量、核心节点配置等多项技术难题。

奥运媒体 VLAN 业务是奥运史上首次推出的宽带数据传送业务，旨在为各国通讯社随时传递赛场图片提供服务。曲晓松同时承担了 VLAN 专网和非注册媒体中心的网络建设、服务保障两项工作。

那段时间，他每天头顶烈日奔波于各个场馆，制定方案、编制手册、解决多项数据通信的疑难问题，提高了赛时保障效率。他主动留意各国记者在上网时的使用习惯差异，经过严格测试，编制出 IP 服务技术手册，指导联通技术保障人员迅速满足媒体需求。

从参与党的十七大重要通信保障开始，他十余年间参与重保 30 多次。除了每年必保的全国两会以外，他还经历了汶川抗震救灾、国庆 60 周年、亚欧论坛、中非论坛、APEC 峰会、“9 · 3”阅兵、建党百年等重大事件及重要活动的通信保障工作。

在每分每秒都高度紧张的重保工作中，曲晓松始终保持着“零故障”。

党的十九大的召开吸引了全世界的目光。曲晓松忙碌的身影出现在梅地亚新闻中心。

新闻中心的保障极为复杂，曲晓松在国庆假期就进驻现场，精心开展组网建设，快速开展支撑保障。保障期间，曲晓松发挥 IP 专家特长，为新闻中心网络提升防护能力，为 218 个记者座席建立互联网安全屏障，为境内外 3000 多位记者参加新闻发布会和网络访谈提供了稳定、高速的互联网宽带服务，为新闻中心绿色、健康、有序的 IP 城域网环境提供了坚实保障。

在 2022 年北京冬奥会通信保障中，曲晓松负责首钢冬奥园区网络设计、优化及现场通信保障工作。该项目在 2022 年北京冬奥会运营，打造了基于 5G 的新型智慧园区交通出行商用示范，探索面向未来智慧交通、智慧城市管理的新模式。

关键时刻冲得上、顶得住、拿得下，这就是曲晓松，一位通信重保技术骨干的真实写照。

了解曲晓松的人都能真切地感受到他身上那种永不言弃的使命精神，那是“舍我其谁”的担当，是“精品服务”的礼赞，是“以客户为中心”的诚挚，更是“而今迈步从头越”的昂扬斗志。

正是因为涌现出一批像曲晓松这样可敬、可学的先进人物，中国通信事业才能不断快速发展，昂首阔步迈入新时代。毫不夸张地说，他们是当代中国通信人的脊梁。

“逆行”的身影从不缺席

“再坚持一下，那么多人还在等着报平安。”

“闺女，咱们要回北京了。”闫新辉不敢看女儿的眼睛。

这趟暑期武汉旅游，他给女儿许愿已久。

2023 年 7 月 28 日晚，刚刚抵达武汉的他，手机中便不断接到通信中断告警的短信。

第二天，当告警短信由几条变成几十条时，融入骨血的责任心令这位通信老兵高度重视起来。

才抵达武汉短短一天半的他，就买好了回京的火车票。

7 月 31 日，闫新辉回到中国联通北京市门头沟分公司的工作岗位上。

“杜苏芮”这个听上去温柔似水的名字，成为 2023 年登陆我国的最强台风。自 7 月 29 日起，北京遭遇 140 年来最大降雨，地质灾害监测数据记录到了更高极值。暴雨中，多个地区的道路损毁、桥梁坍塌、停水停电、通信阻断……

几乎刚挂断一通告警电话就会接起另一通，闫新辉一天就接打了上百通电话。他一边了解障碍详细信息，一边和同事们紧张研讨应急措施，并向指挥部及时汇报情况。他一直忙到深夜，累得不行，就趴在办公桌上小憩一会儿。

8 月 1 日，门头沟山区绝大多数乡镇通信都已中断。为了打通救灾通信核心节点，确保汛情信息的传达，推进抢险救灾的进度，抢险指挥部决定派出一组志愿队伍进山探查情况。

“我是党员，我先上！”闫新辉毫不犹豫地站起身。

一路上，满目是被淹被毁的山村房屋，是泥泞难行又布满折断树木枝条的路面，最糟糕的是原有沿河架设的大量通信杆路全部被冲毁……一幅幅前所未见的景象令他大吃一惊。

恢复通信该从何下手？闫新辉冷静思考，决定一切以“能通”为首要原则，首先寻找和创造可能布放光缆的条件。

他带领管线抢险队伍开始勘察路由，几个人冒着雨深一脚浅一脚地踏着泥泞四处查看，没走多远双腿就被泥浆糊满了。几小时的冒雨勘察和测试后，应急调通的方案逐渐明朗。回到驻点后，他马上汇报，积极商讨。在多方支持下，线路抢修工作紧锣密鼓地有序开展。

忙碌了一整晚，8 月 2 日凌晨 1 时许，终于抢通了这条“生命线”，中国联通也成为这一区域首家恢复通信的运营商。

这，仅仅是一个开始，更多的任务在等待着闫新辉和他的伙伴们……

危难时刻，逆行而上。在百年一遇的洪灾面前，无畏的中国联通北京市分公司重要通信保障团队有命必达，用实际行动践行“国家首席、政府首选、人民首信”的承诺，用钢铁意志履行职责使命。

他们与地图为伴，深山中最耀眼的就是黄皮卡，沟壑下最闪亮的就是联通蓝，深夜里最温暖的就是联通光……在国家和人民最需要的时刻挺身而出，每一个灾区人民拨出的平安电话，每一个“通信已抢通”的背后都是一个个感人至深的平凡人物和故事，也是这个团队对社会责任的坚守。

“这几天有点忙，回复不及时请见谅！”8 月 2 日夜，年过半百的老杨在朋友圈发出这样一句话，配发的照片是他参与防汛抢险的场景。

安装了两个心脏支架的“老杨”名叫杨立群，是中国联通北京市昌平分公司的老党员、业务骨干。

从 7 月 31 日到 8 月 3 日整个降雨周期内，他不是在沙河、小汤山处理杆路抢修，就是在赶往北七家、十三陵抢险现场的路上，电话里一会儿调度更换井盖、一会儿调度排涝抽水……

几天下来，他冒着雨，蹚着水，跨过乱石，踩着泥浆，把 37 处抢修、22 处排涝抽水、25 处更换井盖安排得妥妥当当。

一场暴雨，见证了这名老党员闻汛而动、忠诚担当；一场暴雨，浇不息他的爱岗敬业，坚守初心。

“榜样如光！老杨，知道你很忙，联系不上已原谅……”有人在朋友圈这样留言。

“再坚持一下，那么多人还在等着报平安。”这成了中国联通北京市房山分公司隗萌的口头禅。

这一坚持，就是 11 天。

从 7 月 29 日 18 时起，房山地区暴雨、洪水、山体滑坡等接踵而至，一条条通信中断的告警，一个个村庄的失联。

这名36岁的女共产党员冒雨逆行，迅速开展抢修工作。她深知，身为联通人，保证通信畅通是职责，更是使命；身为党员干部，为抗洪救灾贡献力量是责任，更是担当。

截至7月31日16时，两个局所传输环路先恢复，恢复断站590余个。

随后，她严格落实上级单位的工作指示，认真梳理灾害情况，因地制宜地采用抢通光缆、抢修基站、部署应急车等多种方式，多路并进抢通通信。

11天里，她和她的团队最长连续工作50多个小时，恢复了20多个重点地区的通信，解决了几百条预警，完成多次紧急任务。

雨水打湿了她的制服和鞋子、膏药贴满她的双手……

隗萌说，她最感动的是看到了联通人团结协作、不畏艰险、勇于担当的精神，“我只是做了我应该做的事情，我觉得每一个在一线奋战的同事都很了不起，他们都是我的榜样。”

参加过汶川地震、雅安地震、河南“7·20”暴雨等重大灾害通信抢险的周杰，就是这样的榜样。他连续十余天与同事们转战在应急抢险救援的战场上。

“有信号、有电了，终于可以和外面的家人取得联系报个平安了！”中国联通北京市分公司应急通信车停在门头沟区妙峰山下的一个操场救助点内。醒目的中国联通“中国结”标志，似黑夜中的一盏明灯，吸引周边群众不断向应急车涌来。

汛情就是号角。周杰和团队成员冒暴雨、涉深水、过低桥，驾驶着K14卫星基站车、油机车快速到达救灾地点，一夜未眠。8月1日14时，打通了妙峰山陇驾庄村村民与外界的紧急通信联络，同时为受困两天左右的受灾群众提供手机充电服务。

北京丰台至沙城铁路（丰沙线）遭遇严重水害，多趟列车受阻，现场通信中断，门头沟区斜河涧火车站告急。8月2日中午，周杰和他的团队在斜河涧火车站周边利用“卫星+基站”方式打通站区周边联通手机信号覆盖，极大地缓解了通信信号拥塞的状况，并为灾区旅客的安全撤离提供了现场通信保障。

8 月 3 日，抢通延庆受灾地区；

8 月 4 日，抢通门头沟深山之中的大台街道；

8 月 5 日，驱车 233 公里绕道河北进入门头沟斋堂抢通通信。

“我们早到一分钟，那里的村民就能早点和外界的亲人联系上。”周杰心中只有一个念头。

刚刚完成门头沟的抢险任务，这支抢险小分队携带卫星便携站驰援黑龙江，前往牡丹江地区开通应急卫星电路，恢复当地基站通信。

“有网了！联通有网了！ 8 月 8 日 14 时许，牡丹江灾区民众传出欢呼。

“听到大家手机传出‘叮咚’的声音，信息来了，能打电话了，感觉真是无比欣慰，无比满足。”周杰说。

“逆行者”的精神一代代传承。

时光倒回到 1976 年 7 月 28 日 3 时 42 分 53.8 秒。

23 秒的剧烈震动，一场里氏 7.8 级的大地震，几乎将拥有百万人口的工业城市唐山夷为平地。

被视为“20 世纪全球十大灾难之一”的唐山大地震，造成 24.2 万余人死亡，16.4 万多人重伤，交通、供水、供电、通信全部中断。

刚刚投产的唐山大楼以及长途通信楼、市话通信楼轰然倒塌，成为一片废墟。唐山长途线路全部中断。电报、电话全部无法受理！

中国联通北京市分公司退休老员工们回忆起当年的场景时说，北京当时震感强烈，许多同志立即赶到北京电报大楼应急值守。

邮电部火速组织 17 个省（区、市）的 1700 多名邮电职工，昼夜兼程赶赴唐山，进行通信抢修。

100 余名报务员、机务员组成的抗震救灾通信抢修队，驾驶 13 辆通信工程车从北京紧急出发。

当年带队的余道富说：“出发时间是 7 月 28 日 18 时整。我们一路上克服了路面断裂、车辆拥堵等困难，29 日早 7 时赶到唐山市内河北省抗震救灾指挥部报到。大家利用通信车上的设备和唐山郊外机务站的电缆，立即建立了临时报话通信站。”

“刚到灾区时，没水、没电、闷热、臭味、蚊虫叮咬、余震不断，报务员、话务员坐在温度高达 40 摄氏度的密闭应急通信车里，连续三四天几乎没有水喝，却出色完成了超负荷的工作。”余道富说。

在余道富看来，整整一个月的唐山抗震救灾保通信的日子是整个职业生涯中记忆最深刻、考验最严峻、共产党员先进性发挥最突出的一次终生难忘的任务。

他们冒着生命危险，与兄弟单位携手，震后第二天即开通了唐山地区各县至中央领导机关的专线电话，第三天又开通了唐山至北京、石家庄的电传打字电报电路，同时用应急通信车开通了与北京定时会晤的短波无线电通信报话电路。

到 7 月 31 日，唐山地区被震坏的 400 多条由县到乡的线路已基本恢复通话。无线通信车在唐山机场为地震局开设地情网，为监视震情提供了有利条件。

通信联络的恢复，既保证了党中央、国务院对整个抗震工作的指挥，又保证了中央赴唐山慰问团专线通信及河北省委、唐山市委对抗震救灾工作的指挥。

“最美的逆行”彰显最美的精神，而这种最美的精神一直在中国联通北京市分公司传承着。

“唐山大地震那年，我出生了。从记事起父亲经常和我讲起唐山大地震通信救援的故事。他当年虽然没去现场,却参与了后勤保障工作。”李兴强说。

1996 年，李兴强的父亲退休，李兴强也实现了儿时的梦想，成为中国联通北京市分公司重要通信保障团队的成员。父亲对他说：“踏踏实实工作就行，我们做你的后盾，你要把应急通信的事业延续下去，把艰苦奋斗的传统传承下去。”

被誉为“最美通信人”的郭立兴，也是这种最美精神的传承者。

2008 年 5 月 12 日 14 时 28 分 4 秒，震级为 8.0 级的汶川大地震爆发。地震波环绕地球 6 圈，波及大半个中国以及亚洲多个国家和地区，是中华人民共和国成立以来破坏性最强、波及范围最广、灾害损失最重、救灾难度最大的一次地震。

大地震发生的第二天，作为中国联通北京市分公司应急通信抗震救灾通信保障小分队的一员，29 岁的郭立兴连简单的随身物品都没有带，便和队友们长途奔袭进入灾区。

尽管做好了足够的心理准备，他还是被眼前的惨烈场景惊呆了。他克制巨大的悲痛和内心的恐惧，忘记了日夜兼程的疲惫，涉险深入北川、安县、江油等重灾区，并在伤员集中的绵阳中心医院、灾民集中的九州体育馆等地架设设备，开通通信传输。

郭立兴和 40 名同伴互相鼓励、互相支撑，通力配合，以最快速度开通了灾区到北京的应急通信专用线，第一时间把党中央的关怀送到灾区，把灾区的信息传回首都，这条专线被灾区人民誉为“生命线、亲情线”。

一个月的时间，余震不断，伴随泥石流和落石塌方，郭立兴与队友们舍生忘死，24 小时连续传输电路，冒雨宿帐篷、冷水就干粮。

“为了寻求最优质的传输信号，应急车就停在坝上，脚下就是湍急的江水，一不小心就有滑下去的危险。”郭立兴回忆说。

依靠平时的勤学苦练以及过硬的技术本领，他们在绵阳、都江堰、成都等地迅速、准确、有序、安全地组织技术方案的实施，迅速搭建起了灾区与外界的通信联系，先后开通了海事卫星、VSAT 卫星小站、大灵通基站、电源发电等设备，为灾区指挥部、抢险部队、医疗机构、志愿者以及灾民提供语音通信服务，同时为中央电视台、北京电视台、日本 NHK 电视台等国内外新闻媒体传输了大量众志成城、抗震救灾的新闻报道。

4 年后，郭立兴的身影又出现在“7・21”北京特大暴雨应急通信抢险救灾保障中。他按照抢险救灾预案要求，迅速组织队员出动移动基站车赶赴房山泥石流灾区，同时指挥卫星通信车局部实施卫星中继传输，顺利开通 2G 卫星接入电路，第一时间恢复了 12 个乡中断的通信。

“有水、有电、有信号”成为暴雨中很多人的期盼。当今时代，通信畅通已经和水电一样重要。肩负央企神圣职责的联通人，深知责任重大。风雨中，他们同时间、生命赛跑，用移动通信网络架设起“生命线”。

“相当于 150 个西湖的水在短短一个小时倾泻了下来。”2021 年 7 月 20 日，郑州遭受特大暴雨灾害。

中国联通北京市分公司迅速响应、快速部署，在下达任务不到 1 小时的时间里，高效调配了设备、车辆和物资，快速集结了一支 20 人应急保障队伍，携带着 10 部海事卫星电话和执行任务的 4 台基站车，1 台 800 千瓦电源车，3 台随行工程车，10 小时安全到达郑州指定地点集结。

他们赶往一个个通信盲区，一辆辆 3G、4G 卫星基站车在灾区避难点、火车站、医院等重要场所成功开通信号。

伴随着一次次网络的恢复，队员们每一次都能看到附近的人们聚集到应急通信车前，有人掏出手机和家人朋友联系，也有人给队员们拍照点赞。

他们饿了就蹲在通信车旁吃桶泡面，有时只能匆忙嚼几口面包，又马不停蹄地奔赴下一个任务点。连续几天高强度工作，加上天气炎热，饮食不规律，很多队员都出现了腹泻、中暑的症状，但他们依旧坚守在抗洪前线，忘我地匹配数据、调试设备。

与时间赛跑的人。

攻坚克难，铸就劳模典范；革故鼎新，求索创新星瀚。

“就是想成为中国最好的通信团队。”中国联通北京市分公司机动通信局王晓辉眼神坚定地说。

这个团队是一支英雄之师，24 小时枕戈待旦，始终奔赴抢险救灾第一线，与时间和生命赛跑，抢通应急通信网络。

这个团队是工业和信息化部直属的一类应急保障队伍，常年担负首都地区应急通信保障任务，为党政军首脑机关提供可靠保障。

这个团队是技术最先进的队伍，创新应急通信理念，研发高低轨卫星融合通信、无人机平台光通信、边缘云应急通信保障等新型技术，提升应急通信效能，保障国家安全稳定。

这个团队还是组织最健全的队伍，建立科学管理体制，完善人才队伍结构，不断吸收年轻人投身应急事业，培养专业精湛的应急通信人才，打造应急通信精英团队。

这个团队更是装备规模最大的队伍，拥有业界先进的应急通信装备，实现应急通信全覆盖。从大型综合指挥车、5G 基站车、卫星车、综合保障车，到无人机、便携站，不断充实装备规模，展现应急通信强大实力，赢得社会广泛赞誉。

召之即来，来之能战，战之必胜！

这个团队就是北京联通应急通信保障团队。

“在河南洪水暴发时，之所以能有战时应战勇气和战之能胜的底气，是因为我们几十年如一日地去锻炼内功，提升人员和装备的能力。”团队成员何蕊说，团队制定了不同场景的应急预案共 11 项。每年都会严格按照实战要求开展防汛、抗寒、重保等应急演练。

随着技术的升级，应急设备也在更新换代。通信车的能力从通话到 3G、4G 再到 5G，应急设备从卫星基站车到能在行进过程中开通 5G 的行进式基站车，传输视频从标清到高清再到现如今的 4K 和 8K。

除了地上跑的，团队还增加了天上飞的视频和基站无人机，打造了“空—天—地”一体化的应急通信保障体系，真正做到“战时应战、急时应急、平时备战”。

正因如此，在 2023 年北京“杜苏芮”防台抗汛中，团队成员凭借先进的设备和技术，抢通了 41 个通信点位，累计出动了 237 台（套）次防汛设备，422 人次防汛保障人员，在救灾前线上每日 24 小时值守。

他们深入受灾现场，坚守了四天三夜，夜晚就在行军床上以天为被，三个人，两辆车，保证了全村人的通信畅通。

他们不管是在暴雨中，还是 46 摄氏度的高温下，都永不退缩，在油机的轰鸣声中调试设备，雨水和汗水浸透了他们的衣服，直到基站成功开通。

当道路摧毁，车辆无法前行进山时，他们肩扛手提便携设备，徒步前往任务点，率先以高通量卫星——中星 26 号恢复当地宏站的通信能力。

北京联通应急通信保障一直在路上，带着想成为中国最好通信团队的信念，全力以赴去守护这片生我们养我们的土地！

当国家和人民需要的时候，永远有这支通信行业“特种兵”冲锋在前的担当；在应战疫情、山火、山洪、泥石流、台风、汛情、地震的最前沿，永远有他们“最美逆行”的背影。

1998 年夏季，我国南方发生严重洪涝灾害，北京机动通信局远赴湖北，承担长江抗洪的应急通信任务。

“国家利益高于一切”成为他们融入血脉的信念，他们用勇毅果敢捍卫通信人的使命和尊严，用钢铁般的意志践行职责使命。

这是什么魔法?

点亮 5G“黑科技”的“魔法师”。

2022 年 1 月 6 日，随着轰隆的汽笛声，搭载 5G 超高清移动演播室的 G8801 次京张高铁冬奥列车从清河站极速驶出。仅用 55 分钟，一站直达终点站太子城。

在飞驰的 7 号车厢，中国联通北京市分公司网络优化中心曾伟正在一次次往返测试中进行数据的积累与分析。快速变化的电子屏幕上，仪表的指针在零与峰值间不断徘徊，沿线覆盖、信号质量、时延抖动等一系列指标清晰可见。

这是首次将“高铁、5G、超高清视频直播技术”三大中国名片合而为一，一举成为全球首创。

“团队的工作成果能在冬奥赛事中得到应用，成为全球首创，再多的辛苦和劳累都是值得的。”回首这段艰辛的历程，曾伟十分感慨。

这是一次前所未有的挑战，是一次同时间的赛跑，是在密集城市、平原城乡、跨水桥梁、高山以及隧道等复杂场景中的攻坚克难，也是敢于迈入创新技术无人区的勇气与顽强毅力。

2021 年 7 月 5 日，“ 冬奥高铁 5G 超高清移动演播室”项目召开了首次会议，铁路、媒体以及中国联通北京市分公司的数十位专家齐聚一堂，共同讨论一个话题：如何在高铁上建造一个 5G+4K 直播的演播室?

可能有人会说：建就完了呗！但是哪儿那么容易？在高铁上建 5G 超高清演播室，这样的需求可以说是前无古人。

这意味着需要在高达 350 公里 / 小时的惊人速度下，让 5G 信号追上高铁；面对裹着新型合金材料的巨厚车厢，让信号能穿透；从山川到河流，从桥梁到隧道异常复杂的场景中，5G 都要乖乖地为高铁服务；而这一切要在仅有的 6 个月巨紧的工期内全部完成……以往的网络优化经验被全部推翻，现有的保障手段需要从零研发。

“当时我们所有基站都是按照往年常规的方式进行部署的，再用部署好的基站去贴合直播需求，答案是显而易见的：无法满足。”重保团队就不信这个邪！一头扎在动车所，一待就是一个月，从零开始研讨，一步步制定出解决方案。

7月，北京的气温超过了35摄氏度，顶着炎炎夏日，重保团队开展静态测试，一边测试，一边联调5G。仅用一周的时间，就圆满完成第一阶段任务。这，就是中国速度！

8月，项目进入动态测试阶段，高铁要起跑了。由于当时严格的车辆管理规定和疫情防控要求，列车只能在深夜往返北京到张家口。这期间，重保团队的测试人员不仅白天要忍受酷暑进行优化，深夜还要忍受困意和疲惫在车上往返测试分析。提神的咖啡和茶早就没了功效。

任务最紧迫的时候，两天时间要往返10趟拉网测试，凌晨5点登车，深夜11点下车，连续18小时的工作时长早已成为家常便饭。

“测试结束后，所有人都脱了一层皮。”队员们的话丝毫不夸张。

就是这样艰苦的条件，重保团队咬紧牙关从酷热难耐的夏季，干到干燥凉爽的秋季，再到寒风微拂的初冬，5个月的时间里提交了20多份测试周报、30多份方案演进文档，创新推出“分布式大规模天线技术”“空频多维5G能力融合”“载波聚合”“全面的SA网络”“5G切片”“小区合并”“智能动态波束”“大上行”“联通八大黑科技”。

人的正常反应速度是200 ~ 400毫秒，而用了“黑科技”的5G可以做到20毫秒以内，相当于在高铁上5G信号和一根针同时作用于人体，人是先感受到5G，再感觉到疼。这，就是中国5G技术！

12月，重保团队进入最后的冲刺阶段。团队在积累了大量的数据和方案后，从“建、维、优”三个方向出发，再凭借八大“黑科技”，圆满解决了京张高铁所面临的“车速快、车体厚、场景杂、时间紧”的四大挑战。

180天里，从零开始，建设356个5G室外宏基站，采用最新型的3.5G大功率设备，全球首次使用了高频漏缆，四种方式进行安全维护，创新推出八大“黑科技”突破“瓶颈”，设计出前所未有的方案……

这，是中国速度；这，是中国5G技术！

2022 年 1 月 6 日，5G 超高清移动直播演播室在清河站正式上线。北京冬奥会开幕式当天，通过央视新闻、央视国际等多个频道播出的直播节目，传输稳定、清晰流畅，为全球的记者、运动员和观众提供最优质的通信服务。

重保团队用 5G 点燃世人的观赛激情，传播冬奥会盛况，让中国速度再度驰骋全球舞台。

这群守在冬奥会保障一线的重保先锋们，犹如魔法师一般，将 5G 视作魔法杖，即使遇到再难应对的场景，只要施以不同的“咒语”，便可成功突破。

满满的智慧科技，奇妙的 5G 魔法，让北京冬奥会在全世界人民的眼中璀璨夺目。

勇立科技创新潮头的数字工匠。

在北京冬奥会大放异彩的“5G 切片”技术背后，是“中央企业技术能手”李纪华和他的团队十余年扎根移动通信生产一线，坚持创新不断突破的匠心耕耘。

每天早早到岗，是中国联通北京市分公司网络优化中心大数据 AI 创新单元负责人李纪华从工作伊始就养成的习惯。

深入分析网络运行指标，习惯累积出敏锐的直觉和厚重的经验。从小程序到大系统，从新员工到老专家，李纪华快速成长为网优中坚。

机遇只待有心人。随着当年 3G 大干快上遗留的隐患逐渐显现，李纪华深感“亡羊补牢虽不晚，何不防患于未然”。凭借扎实的基本功，他提出精细分工、以网元场景为对象、以监控策略为引擎的质量监控思想，创新设计了一整套工单自动流转程序，原因精准定位、问题各个击破，北京 3G 业务感知迅速从相对落后到全国领先，为市场大发展奠定了优质的网络基础。

质量监控体系被联通集团纳入全国持续性优化工作规范，直到今天仍在一线生产中发挥重要作用。据此申请的专利也成为网优中心第一篇授权发明专利成果。

经过不断历练，李纪华看到了未来的一片蓝海，更加明确了奋斗的初心：打造全国领先的网优支撑系统和大数据分析平台，实现网络智能分析决策和精准服务市场支撑，以匠心网络为广大用户业务感知保驾护航。

随着 5G 的全面商用，传统网络运营模式面临巨大挑战。李纪华迎难而上，打破部门壁垒、建立数据仓库，组织设计开发了 ICT 融合、ABC 驱动的 5G 智能运营平台，持续打造极致网络和业务体验，使北京率先成为 200 兆超大带宽城市。

技术创新助力北京联通荣获 GSMAGLOMO“5G 产业合作伙伴奖”，设计研发的 NSMF 切片运营平台，赋能千行百业数字化转型升级。

申请发明专利 13 项授权 9 项，软件著作权 2 项，创新成果获省部级及以上荣誉 30 余项，技术攻关成果近百项……这些创新成果的落地应用带动实现了网络优化工作从人力优化向自动优化、智能优化转型，助力中国联通北京市分公司移动网络全面数字化转型和智慧化运营。

作为 5G 新时代的科创工作者，李纪华将带领团队，执着专注、精益求精、一丝不苟、追求卓越，为满足人民日益增长的美好生活需要贡献智慧和力量，以实际行动，诠释一名科技工作者的初心与匠心！

声影里高光时刻的亲历者。

“在庆祝中华人民共和国成立 70 周年大会视频中，很多天安门城楼的镜头来自国家博物馆的顶楼。2019 年 9 月的彩排阶段，我就在这里工作。”中国联通北京市分公司网络设备维护中心图像 BU 单元的许婧对那段重保经历记忆犹新。

“每次熬过黑夜，看着金色的晨光洒满天安门城楼，我都会沉浸在那神圣而宁和的景色中。一千个人眼中就有一千个哈姆雷特，那么要多少图像人，多少次重保，才能拼出这张天安门的照片呢？”她说。

许婧所在的图像团队是中国联通独有的专业视频传送保障团队，从 20 世纪 70 年代起，图像团队就一直专注于视频转播和电视会议保障。从标清到高清再到超高清，一路走来，图像团队建立起专属广播级视频传送的特有团队及硬件设备。

他们鲜为人知，却亲历了国家大大小小重要活动的高光时刻；他们将图像信号传遍全国各地，让每个人都能通过电视、网络甚至手机共享现场盛况。

这是一个古老而又年轻的团队。说它古老，是因为它是从 40 多年前大山深处的微波站走来的，见证并传承了中国图像通信的发展；说它年轻，则是因为它紧跟技术发展，不断创新开拓业务模式，始终如一地肩负着国家重

大通信的保障任务。

守护微波：数十载大山里的接力棒。

无线局微波局成立于20世纪70年代，通过微波中继进行模拟视频及话音的远距离传输，主要涉及京汉广和京沈哈两个方向的微波干线。该局2005年更名为“中国联通北京市分公司网络设备维护中心图像中心”。

早在20世纪70年代，电视作为“新媒体”，开始走入寻常百姓家。“新媒体”的信号需要通过微波骨干网络进行传播，当时的无线局微波局就承担了早期中央电视台的视频及语音的信号传输工作，将中央电视台的节目内容及时传播到祖国的大江南北。

20世纪50年代末，微波站在北京的房山、平谷等郊区相继建立起来，刘树声、杜宝良、吴金锥等都是最先参与微波站建立的人，也是我国第一批“微波人”。他们通过微波接力的方式将电报、电话以及后来的电视画面传输到全国的各个省会城市。

杨子雷、潘庆国等是第二批“微波人”。20世纪80年代，他们从老一辈“微波人”手中接过接力棒，继续完成电视信号的传输工作。

“当时的微波站建立在海拔2000多米的荒山野岭，周围没有人烟，最多的是狐狸、野猪、蛇蝎等野生动物，别人都叫我们‘山大王’‘野战军’。”杨子雷如此回忆当时的场景。

房山 202 微波站，这个代码让他永生难忘。

1984 年，20 岁的杨子雷从电信学校毕业分配到这里。日复一日，年复一年，他在山上一待就是 16 年。

“到微波站没有路，运送物资需要靠毛驴驮运，毛驴车碾压过的路后来便成了路，再后来就通了吉普车。”据杨子雷回忆，当时微波站里一头毛驴和两条看院子的狗都是有户口的。

1991 年 7 月的一个夜晚，北京市房山地区突降特大暴雨，刹那间雷声滚滚。一声巨响，震耳欲聋，正在值班的杨子雷和其他三名同事连忙跑到窗边向外张望，发现一个巨大的火球满院乱滚（后来他们才知道这是非常危险的“地滚雷”），微波站因停电陷入一片漆黑。被吓得毛骨悚然的四个人却第一时间拿着手电筒跑到机房，查看电源系统和信号系统是否发生故障。而当时现场唯一的一部电话因遭到雷击，使得他们与外界失去了联系。

潘庆国是一位“老微波”，也是一名老党员。他 1986 年 8 月上的山，2005 年底微波退网时下山，在平谷 208 微波站坚守了 19 年。

潘庆国印象最深的就是当时微波站里的蓄水池：“那会儿微波站同事要靠天吃水，蓄水池就是积攒的雨水。到了夏天，蛇蝎、老鼠经常掉进蓄水池里；到了冬天，大雪封山，物资无法供应，储藏的土豆、白菜和大萝卜便派上了用场，大家一吃就是一个冬天。”

微波退网后，杨子雷、潘庆国告别了微波站，来到图像中心工作，成为技术骨干。他们觉得，我国从模拟时代向数字时代的通信变革，是一场技术革命。新兴技术手段不仅让他们脱离了条件艰苦的微波站，更让他们在新的岗位上继续追赶技术变革的脚步。

奔向高清：从北京奥运会开始。

有一件事情让杨子雷特别自豪，那就是他在微波站里参与了 1984 年洛杉矶奥运会的信号转播工作。

杨子雷说：“中国女排夺冠的那一刻，我很幸运地参与了信号转播工作。更幸运的是，我参与了 2008 年北京奥运会的信号转播工作。两次奥运会让我感觉最大的不同，就是我们告别了微波传输，应用先进的光缆技术传输，这是质的飞跃。”

图像中心经理郭华说："我们不仅完成了从微波到光缆的革命性变化，北京奥运会的信号传输也标志着我国的图像信号传输，在真正意义上完成了从数字标清时代向高清数字时代的跨越，奥运会后，高清视频开始在我国迅速普及。"

2008年北京奥运会是我国第一次成功举办的夏季奥运会，对于每个国人而言都倍感自豪。2001年7月，当听到萨马兰奇宣布"北京"两个字时，坐在电视机前的郭华热泪盈眶。

当时的郭华年仅22岁，还没有参加工作。他怎么也没有想到6年后，自己竟然能够成为北京奥运会的保障者和服务者。

2007年，原本计划在年底结婚的郭华推迟了婚期，转战IBC机房，负责奥运场馆所有信号的汇聚与分发工作。

与以往图像信号保障工作不同，这次的图像信号传输工作需要满足不同层次的需求，图像中心员工打算从标清到高清来一次彻头彻尾的更新迭代，他们从国外引进了高清视频传输设备和高清视频压缩编码设备。

"60多页的全英文说明书，可能让同事无法在短时间内消化。"郭华就根据以往经验开启翻译工作，在连续数日的昼夜奋战下，他编写了一本通俗易懂、图文并茂的"郭氏说明书"。

当时，图像中心还要为信号传输到全球提供服务与支持。欧洲广播联盟（EBU）是奥运会持权转播商，郭华负责为他们提供信号传输的支撑保障。EBU技术总监Patrick刚到中国，就对全新的设备及机房产生了浓厚兴趣。郭华负责EBU的前期设备安装和测试工作，他和同事仅用了半天时间就将设备送到了EBU机房并安装完毕。在场的Patrick等外国友人不禁对郭华团队周全的准备、高效率的工作竖起了大拇指。

北京奥运会期间，无论何时，只要EBU有问题，一个电话，技术人员绝对以最快速度赶到现场，并积极查障排障。不管多么复杂棘手的问题，他们都会在最短的时间内快速处理，并向用户做出最合理的解释。Patrick则一次次为郭华团队的服务质量和技术水平所折服。

发扬党员的模范带头作用，不仅体现在过硬的技术上，也体现在岗位中的坚韧与不屈上。"9·3"阅兵期间，郭华负责管理图像中心重保工作中的核心系统。此时，他的左脚跟腱却意外受伤了。由于管制的原因，没有人能够顶替他的位置。于是，他每次都要拄着双拐走半小时的路，到达天安门金水桥的转播地点。从保障前期应急演练到保障工作结束，郭华每次在转播地点一待就是 12 小时以上。

下班时的郭华，脚已经肿得根本无法动弹，衣服也不知被汗水打湿了多少次。他强忍疼痛与疲惫拨通妻子的电话，妻子告诉他，3 岁的儿子正将手中的装甲车、坦克等玩具摆成一排，模仿他工作时看到阅兵仪仗队的模样。这一刻，他再也控制不住自己的泪水。

迈进 4K：未来图像的引路者。

随着自身业务发展以及市场需求的增长，图像中心不断创新业务手段，呈现未来图像信号传输引路者的雏形。

2018 年 3 月 9 日，中国联通推出了视频智能精品网，图像中心再次担起创新重任。要构建成具有大带宽、常连通、零误码、低时延的高清视频智能传送平台，其中不乏对 4K、8K 等新技术手段的准备。

2018 年 9 月，中非合作论坛北京峰会期间，图像中心在视频智能精品网的模式下，共开通 44 条全高清视频传送通路，4 天内零失误保障了视频直播传送 98 节共计 13845 分钟，相当于传送 120 分钟时长的高清影片 115 部。

在这次通信保障任务中，团队成员董海涛的肺气肿发作了，但是他依然坚持每天爬到国家博物馆楼顶。虽然每次都是上气不接下气，呼吸十分困难，但他始终恪尽职守，保障一线。

与此同时，王建军和郝亚利两名年龄均为 56 岁的老员工，坚守在天安门广场，白天强忍烈日暴晒，晚上陪伴京城秋夜的寒凉。

他们在重要时刻展现出坚强与隐忍。他们深知，这既是政治任务，更是身为通信人的职责所在。

2018 年 6 月，上海合作组织青岛峰会召开。中央电视台的视频传播地点分别设在场馆的角落里、高楼的平台上。在一次次频繁的演练中，重保团队成员们都是一早到岗，有时候连早饭都来不及吃。

北京市劳动模范朱卫民是其中的参与者。他清晨和大家一道扛起设备就匆忙出发，一直坚守到后半夜，海边的大雾打湿了这位 50 多岁劳模的灰白头发和衣服。

“大家的忙碌持续了一个多月。那些在高点位工作的同事们，昼夜进行测试。岛上的同事们，个个一边忍受着蚊虫叮咬，一边紧盯电路状态，确保视频传送通道的正常。”朱卫民介绍当时的场景。

朱卫民参加的重保工作难以计数，他最在意的不是过程，而是用户感知的结果。“我最开心的时刻就是听到用户对我们的认可。有用户不满意的地方，我会马上记录下来，在下一次保障工作时进行调整，让信号更完美。”他说。

张涛是朱卫民的徒弟之一，他这样评价师父：“他是我们年轻人的‘领头羊’，不仅时刻紧跟技术发展的最前沿，而且在业务模式上做出了很多创新。他不服老，活到老学到老，不断随着信息通信的变革而学习，继续进步。”

在朱卫民的带领下，公司成立了以他名字命名的创新工作室。在工作室的墙上张贴着他未来3年的工作目标，其中一条就是：“借助4K高清电视技术、JPEG2000技术、统一通信技术等的发展和应用，促使视频业务向着4K高清化、宽带化、系统化、多样化的方向发展。”

张涛说：“我们的工作对于用户来讲，感知是100%的，倘若出现一个节点的失误，用户就会立马出现反馈。未来，我们在5G、4K的新技术手段下，要继续学习最新的传输模式，打造匠心网络。”

随着技术的不断更新迭代，图像中心也不断创新，紧跟技术发展。经中国联通总部授权，图像中心目前承担着“全国宝视通支撑中心”和“视频智能精品网网络运营服务中心”双重全国网管、技术支撑等职能，通过自主QC、管理创新等成果，他们在网络优化、新技术拓展方面不断融合，始终保持团队活力。

在2019年央视春晚上，图像中心将“5G+4K”的转播方式应用到春晚分会场的转播中。

在2019年全国两会上，5G演示及应用成为最大的亮点，图像中心进行了大量的“5G+高清”“5G+VR”的测试工作。

“风雨多经志弥坚，关山初度路犹长。”在新时代，我们对图像中心又有了新的定义。说它古老，是因为它在半个世纪的摸爬滚打中，不但积累了经验，而且培养了自身过硬的本领；说它年轻，是因为它始终与我国的图像事业发展同行，从模拟、标清、高清到 4K 视频信号，一次次更新着最新的传输技术手段，在平凡的岗位上创造出了不平凡的经历。

“不可能完成的任务”是怎样完成的？

“2019 年刚好是 5G 正式商用之年。在新中国成立 70 周年庆祝活动保障中，我们有一项特别使命，就是要在天安门城楼下面的主题表演区建设 3290 块光影屏幕所使用的互联网，确保海量数据的下载。”胡洋回忆说。

“当时我们接到这个任务的时候都觉得有点不可思议。”这位中国联通北京市分公司网优中心重要客户支撑中心的员工犯了难，“因为不光是光影屏幕的互联网应用，还有很多联欢群众都会在庆祝活动中使用网络，我们的网络会承受非常大的压力。”

3290 块大屏幕，用在表演现场配合整个现场作展示。这个过程实际上是由一个高性能计算机进行模拟之后，再分解投射到 3290 块屏幕中去，因此每一块屏幕中的数据都是不一样的，要展现的内容也不一样，每一部分的数据量都很大。

在相当于 1 个足球场大小的范围内，让 3290 块屏幕通过 4G 网络在 30 分钟内完成海量数据更新，该项技术保障尚属世界首次！

接到任务后，重保团队及时对接庆祝活动指挥部，了解相关业务需求，最终决定在演练场地一共布放 26 个小基站，加上两辆应急通信车，可谓在最小的面积上布放最大网络容量。

经过 4 个月的持续磨合，重保团队的上百名技术专家连续作战、攻坚克难，不断配合相关业务演练需求，最终实测在 15 分钟以内，整体物联网数据的下载速率可以达到 400Mbps 以上。

主题表演现场，当“祖国万岁”四个大字赫然闪耀在眼前，万众欢呼的背后是重保团队开拓创新的支撑。

“我们做到了！”团队成员们激动呐喊。

他们圆满完成了“不可能完成的任务”：最多 3800 多个终端在仅三分之二的点位下就实现了 45 分钟内完成 427G 的数据并发下载，这是在单位面积内并发数据下载量的世界首例。这是重保团队创造的奇迹！

奇迹的背后是科技创新的力量。

中国联通正致力于从传统运营商向科技创新型企业转型，主动服务国家战略和经济社会发展需要，努力实现数字技术高水平自立自强，以“联接为根、算力为核、数据为先、应用为要、安全为盾”，打造网络强国、数字中国、智慧社会的融合底座和赋能引擎，推动数字技术与经济社会全面融合，全方面赋能数字文明构建。

科技创新，满足了人们对美好生活的向往与追求。这个重保团队也因科技创新变得更加“智慧”，如虎添翼。

尾声　再出发

一言一行播春望，
十全十美送夏凉。
百折千磨挂秋果，
万中无失融冬霜。

北京联通重保人常说：“我们何其有幸，能见证一个个重要的历史时刻。参与国家重大事件、危急时刻的通信保障，这不仅是我们的荣誉，也是沉甸甸的责任。”

他们与历史同向、与祖国同行、与人民同在。

历次国家重大政治活动、重要会议通信保障的圆满完成，背后都有他们保驾护航的忙碌身影。每一次保障都反映出通信技术的重要变革，也充分显示了他们一流的业务水平和技术能力，更体现了他们万无一失、忠诚担当的崇高使命与责任。

在各种突发灾难与危机面前，他们总是能在国家和人民最需要的时刻挺身而出，动员一切力量第一时间恢复通信网络，留下来的是“最美逆行”身影。

他们定下“12345”工作目标，即围绕一个中心，坚持两个并重，拓展三项能力，关注四大重点，实现五个确保；

他们严格遵循“人地物事”四条工作线，以“事”为最终落脚点，做到“定任务、厘清单、落责任、讲配合、压落实”；

他们实现“强短板、锻长板、补弱项、固优势、讲实效”的工作效果；

他们落实“一本台账对任务、一份清单对责任、一张图表管流程、一个机制抓协同、一套指令做指挥”的重保“五个一”；

他们不断总结，迭代升级形成北京联通重保管理办法3.0，并以此“方法论”，“行之有效、行之有方、行之有力、行之有戒”地执行各项重保工作；

他们追求“最高标准、最严组织、最实措施、最优服务、最好效果、最具安全”。

时代是出卷人，他们是答卷人。一路走来，以精益求精的精神做好每一次重要通信保障，北京联通重保团队向祖国、向全社会交出了一份份满意的答卷！

“每一次重保任务都是第一次。”这个一往无前、永远在路上的团队，不断地挺膺担当再出发。

进入2023年，他们继续着“每一次”和“第一次”：全国两会、2023中关村论坛、2023年中国服务贸易交易会、第十一届归侨侨眷代表大会、国家司法考试、首届全球可持续交通高峰论坛、第三届“一带一路”国际合作高峰论坛、中国妇女第十三次全国代表大会、2023—2024赛季CBA联赛、神舟十七号载人飞船发射、2023北京马拉松赛暨全国马拉松锦标赛（北京站）……

保持热爱，创享荣光。

跨过千重山，为初心尽所能！

越过万重浪，担使命立潮头！

踏上数字经济新征程，北京联通重保团队的匠心精神将代代相传。

他们坚韧笃定，面向未来。越大的挑战，越彰显了他们的矢志不渝。

他们不负激情与热爱，在逐梦之旅中全力以赴，珍惜荣誉，再立新功，为中国式现代化贡献联通力量。

北京联通重保团队将始终牢记国之大者，坚守“人民邮电为人民”的如磐初心，在以数字化、网络化、智能化助力中国式现代化的新征程上，矢志不渝通信报国，不负党和人民、不负伟大时代！

刀锋舞者

——杨永修

◎文 / 中国第一汽车集团有限公司研发总院

杨永修，攻克 130 多项技术难题，节创价值 1200 多万元，获得国家专利 18 项，7 项创新成果在国家发明展中获得 1 金 4 银 2 铜，是中国一汽首个“央企楷模”，2021 年获全国五一劳动奖章。

在刀具高速旋转切削下，金属碎屑如同卷起的刨花，灰扑扑的金属坯块，很快就蜕变成了精密锃亮的发动机壳体。

整个过程像变魔术一般行云流水。当这颗汽车“心脏”如同艺术品一般展现在眼前，金属光芒和完美精度彰显着工业之美，映照着杨永修兴奋的面庞。

在旁人眼中枯燥乏味的金属零部件切削加工，年仅36岁的杨永修却痴迷其中。他长着一张娃娃脸，参加工作刚满13年，但千万别小看他——在中国一汽这个大舞台上，他已成长为最年轻的“大国工匠”，作为数控铣床操作专家，专业技能极为优异，被评为“一汽首席技能大师”。

中国一汽高度重视青年技能人才培养，全面贯彻新时代人才工作新理念、新战略、新举措，坚持党对人才工作的全面领导，全方位支持人才、帮助人才，千方百计造就人才、成就人才，为人才心无旁骛钻研业务创造良好条件。近年来，杨永修陆续将中国青年五四奖章、全国技术能手、全国行业工匠、全国青年岗位能手等60多项荣誉揽入囊中，享受国务院政府特殊津贴。2021年，他被中华全国总工会授予全国五一劳动奖章。

2023年2月16日，杨永修被国资委评为2023年度“央企楷模”。跟杨永修一同登上领奖台的，还有中国空间站系统总设计师——航天科技杨宏，以及中国商飞C919大型客机控制律团队、航空工业集团歼20飞机攻关团队、白鹤滩水电站建设者团队等国之重器担纲者。

2023年度“央企楷模”仅有10个名额，包括6个个人奖、4个集体奖，代表着国资央企奋楫笃行的磅礴力量。在合影中，杨永修是其中最为年轻的面孔。作为一汽历史上首个“央企楷模”获得者，他也打破全国汽车产业在此奖项上零的纪录。这不只是杨永修个人的荣誉，也是对全体一汽红旗研发人胸怀祖国、服务人民、勇攀高峰、敢为人先精神的最大肯定与褒奖。

目前，杨永修已熟练掌握刀具、核心部件编程等汽车零部件核心参数，实现了相关技术自主自立自强，他先后完成技术资料总结23篇，累计获得国家专利近40项，已经成长为民族汽车品牌跃迁发展的“护旗手”。

从一名普通铣工逐步成长为获奖无数的劳模，杨永修付出了异于常人的努力，同时也离不开一汽提供的尊重劳动、尊重知识、尊重人才、尊重创造的平台。与汽车行业大潮共舞，杨永修将自己的职业生涯新目标紧密锚定一汽新能源战略。在他心里，面对世界汽车产业发展的新趋势，虽然不可避免会遇到难点痛点、技术攻关，但只有主动跳出舒适圈，扩大知识技能储备，才能在民族汽车品牌的发展进程中实现自我价值，真正实现勇立潮头、永争第一。

笨鸟先飞，八年磨一剑

杨永修出生在一个平凡的家庭。他来自河南省商丘市夏邑县，父母是几乎不识字的农民，家庭困难，哥哥姐姐初中就已辍学。全家5口人，收入仅靠种植7亩多地的小麦与玉米。为改善家庭经济条件，更好地供他读书，他的父母前去郑州打工，母亲当了居民小区的守门人，父亲则骑着三轮车天天清理垃圾。

杨永修从小受到父母的影响，养成吃苦耐劳、勤奋朴实的优秀品格。初中学校离家8公里，每周骑自行车驮着粮食上学，学校生活异常艰苦，两个人挤在一张床上睡觉，没有食堂、没有餐桌，更别说暖气、热水了。就在这样的条件下，杨永修坚持努力学习，成为全家人改变命运的希望。然而命运总是喜欢捉弄人，2006年他首次参加高考发挥失常，成绩仅过专科线。复读一年后，仍未得偿所愿，与梦想的医学本科失之交臂。此时，他面临着艰难抉择：虽然成绩高出三本线100多分，但选择就读三本，家庭难以承担高昂的学费。思来想去，杨永修最终选择了报读专科。

彼时，中国汽车行业已进入高速发展的黄金时代，汽车工业成为杨永修的职业目标。翻阅着招生手册，他发现长春汽车工业高等专科学校（以下简称“长汽高专”）往年录取分数较高，出于对一汽红旗检阅车的强烈印象和爱国热情，他毫不犹豫填报该校。而在选专业时，拥有一技之长是杨永修最朴素的考量，于是技术含量较高的数控专业成了他的最终选择。

2007年8月，连续坐了20多个小时的绿皮火车，杨永修来到离家1500公里的长汽高专所在地长春，这个即将改变他命运的城市。初来乍到，这里的一切都让他感到无比新奇，甚至连暖气片都是第一次见到。作为著名的汽车城，长春汽车文化浓郁，新中国汽车工业的无数个第一在这里诞生，被誉为新中国汽车工业的摇篮。对以汽车制造研发为志向的杨永修来说，这里的学习条件和成长环境得天独厚。

数控专业的核心课程之一是数控铣床操作。学校的实习操作机床在另外一个校区，与住宿楼相隔2公里。在校三年，杨永修坚持每天去实验室练习，雷打不动、从不间断，即使是在东北零下30摄氏度、大雪纷飞的冬季也不例外。

为增加练习时间，熟练掌握这门技术，杨永修每次练习都是第一个到，最后一个走。老师下班离开之前会把钥匙给他，交代他记得锁门断电。毕业前夕，老师拍着他的肩："你小子行啊，这几年的学费交得值，练习的成本绝对比学费贵。"杨永修却嘿嘿一笑。一台数控铣床，只要一动刀子就花钱，刀具磨损、电费都是其次，最贵的是金属材料。杨永修抓紧一切时间，日复一日坚持学习、操作，"金属毛坯堆到墙角一大堆"，换来的是一个个银光闪闪的零部件成品和他日益熟练的技术。

来自穷苦人家的杨永修深深知道学习才是他改变命运的唯一途径。在校三年，杨永修坚持勤工俭学，兼职家教、送外卖、打零工……减轻家里的负担，同时拼了命地学知识、练技能，从来都不敢有丝毫懈怠，老师们都说很少见到这么求知若渴、拼劲十足的学生。他坚持勤学苦练，穿梭于实验室、图书馆，凡是能增长本领的地方都留下了他孜孜不倦的身影。他的学业始终保持在班级第一，毕业时有很多选择，一汽－大众、原一汽技术中心、大连变速箱厂、一汽大连发动机厂等多个热门单位都把他视为"香饽饽"。面对选择的困惑和未来的不确定性，辅导老师的一席话让杨永修茅塞顿开："你在学校学习的技能比较扎实，你如果到一汽技术中心去，那里的前沿技术比较多，高端技术人才比较多，对你的长远发展更有好处。最重要的是，从长远看，在那里可以快速增长技术本领，将来你会有更大更宽广的舞台。"

老师的话触动了杨永修的内心，他暗暗下定决心，学技术！2010年7月，他入职原一汽技术中心试制部。刚刚进入职场的杨永修，怀着无比兴奋的心情，踏入了新单位的大门，他和其他一同入职的同事一样，有说有笑，领餐卡、办入住、见师傅……但他不知道，前面等着他的，是与这个年轻人预期相差较大的工作环境，以及那一座座需要付出常人难以想象的努力才能翻越的技术大山。

上班第一天，杨永修就傻眼了，"单位的主体建筑竟然是20世纪六七十年代的老房子，跟心目中的现代化厂房差了十万八千里”。他被分到普通机床班组，而不是与专业对口的数控班组。车间的老式机床，比 1987 年出生的杨永修年龄都大。带他的是一个两个月之后就要光荣退休的老师傅。杨永修有些沮丧，强烈的失落感涌向心头。但他冷静下来深入思考：自己到底要什么？这些和学技术有多大关系？是金子总会发光的，只要能学知识、长本领就行。

杨永修回忆，这段经历成了他最宝贵的财富。就像武侠小说中讲的要想有最上乘的武功，必须有深厚的内功一样，老式机床的手工操作让杨永修练就了一身扎实、浑厚的“内功”，在他的身体中留下了深刻的肌肉记忆，也为他后期成为数控技术专家打下了坚实的基础。在机床操作上，左右手虽然是操作直线运动，但长期的操作实践练就了他双手同时运动起来可以让机床走圆形轨迹，也就是机械加工界中所说的“擀圆”。

在普铣工作期间，由于设备结构的原因，工作时因为机床高速旋转不能戴手套，加上操作不熟练，杨永修在加工一些钢件时，双手经常会被切割下来的红彤彤的铁屑烫伤，就像东北的烧烤一样，能闻到烤肉的味道。

在加工铸铁工件时，切割下来的碎屑比较多，虽然当时的工装是灰色的，但遮盖不住每天身上落满的灰尘。每周他在宿舍都要用肥皂反复搓洗衣服，由于经常搓洗，衣服上的标识都被洗掉了，袖口也被洗烂了。

在普通机床班组的日子，杨永修一边磨炼自己的技术，一边寻找机会进入技术更先进、挑战难度更大的数控班组。2010 年，得益于中国一汽的师徒传承传统，他终于如愿以偿，先后成为经验丰富的技能工人霍崇宇和国家级技能大师王智的徒弟。

成长的道路绝不会一帆风顺，更大的挑战来了。在数控班组，工作中实际使用的海德汉系统语言跟杨永修在学校学的编程语言完全不一样。“师父的编程代码像天书一样，根本看不懂。”杨永修只能用最笨的办法学习，“师父上传完编程代码，等机床开始运转后，我就拿个小板凳趴在机床控制操作面板上，开始抄写代码，后面标注汉语对应指令、注意事项，不懂的地方再去问师父、去图书馆查资料，一点一点积累。”

杨永修疯狂学习，短短一年多，积累了厚厚一摞笔记本，每一页都密密麻麻，记满各种英文代码符号、标注文字、图形图标、刀具参数等。梅花香自苦寒来，度过这个痛苦的磨炼阶段，他终于对代码烂熟于心，扫除了技术上的“拦路虎”，开始尝试自己编程，调试加工零部件。

“我刚进到数控班组的时候，对架子上摆放的各种各样的刀具比较好奇，很多都不知道是干啥用的。有一次看到一个两刃的铣刀，在铣刀的排屑槽里有灰尘，看到后拿起来用手清理下，结果大拇指就顺着刀刃进去了，伤口非常深，当时出了好多血，后来大概一个多月才好。”杨永修谈到对刀具的认识和学习过程，其实就是感受“伤痛”和熟练掌握的过程。

杨永修为了熟练掌握多种机床的操作，为了提升输入代码的速度和精准度，他经常把图纸用磁铁吸在机床侧围上，眼睛看着图纸，双手敲着机床面板上密密麻麻的键盘，将数控代码输入机床里，日积月累，面板上的代码标识都被磨掉了。“由于干得多了，后来当拿到一张新图纸之后，编程的思路很快就有了，也比较清晰，编程输入代码的时候，有时机床面板的显示速度都跟不上操作的速度。”杨永修谈到当时练习由生疏到熟练的过程非常兴奋。

“那时候，除了练习编程的速度和精准度之外，我还在机床上一边加工零件，一边尝试着使用其他方法干，看看新的方法会有哪些更好的效果。我们这个专业，在干活的时候头脑必须清醒，保持高度专注，否则非常容易出现事故，所以经常练着练着就到半夜了，有时干累了，就直接用两个凳子拼起来在车间睡了。”

杨永修清晰地记得，他独立完成的第一个复杂加工件是 V501 减速器壳体。“500 ~ 600 毫米大小，需要倒镗，里面大外面小，需要计算好镗刀进入小孔前偏离中心的角度，然后回到中心进行加工，很考验技巧。我必须通过代码来调整角度，腔内加工看不见，只能凭听觉判断是否有问题，暂停之后确认没有问题，再启动，继续加工。”

“师父当时出国，我用半个月独立完成这个加工任务。感受到每天的进步，心里特别兴奋，攻克难关的那种成就感对我意义非凡。”杨永修回忆起这些往事时，眼里一直闪烁着兴奋的光芒。

随着技术越来越熟练，杨永修对数控加工的认识也不断深入。与传统铣工的普通加工不一样，高级数控铣工必须掌握 CAD/CAM 编程，成为“全能型选手”。能够自如编程的前提，是精通机械制图、机械加工工艺、机床操作、刀具选择、夹具设计和制作等基本功，并对加工异常情况（如零件回弹、变形等）做到游刃有余的处理。

以编程这项核心技能为例，又分手动和自动编程两种。手动编程需要在机床面板逐字敲代码，一旦输入错误就有可能酿成重大事故，因此需要反复检查。而自动编程需要熟悉多个不同厂家的编程软件，掌握并熟练应用多达上百个设置参数。

在杨永修的车间，可以看到有上百种铣刀，长、短、粗、细不均，还有螺旋的、多刃的、带钻头的，每个刀具的特性、转速、功能都不一样，需要根据不同任务适配工装夹具、确定切削参数、编写加工程序、设置刀具路径。为驯服这“十八般兵器”，杨永修没少下苦功，同时也经历了不少惊险时刻。

他和霍崇宇师傅在一次工作中，“当时我俩要使用一把枪钻加工发动机的缸体，从这个刀具的名字上就能看出，这个刀具像长枪一样，前面是一个合金头，后面是一根空心铝管。由于当时对这个进口刀具的使用还不熟练，我俩在编程调试的时候，把程序的顺序弄错了，这个枪钻在高速旋转的时候，从根部就直接断裂了，前面那个合金头就直奔我俩来了，当时下意识地抬起了手臂去遮挡，好在数控设备有防护玻璃，直接就把刀头挡了下来，否则当时就出大事故了”。杨永修回忆起这些特殊刀具时候，表情仍然十分严肃且紧张。为了防止类似事情再次发生，他在数控设备上编辑了一个固定的程序，形成了一个标准式的模板，其他人使用的时候，只需要输入几个数字就可以，不会出现程序逻辑上的问题，杜绝了类似事故再次发生。

仅仅两年的时间，杨永修就脱颖而出，从当初的技术学习者晋级为“中国一汽技术能手”。但他并不满足于此，在学校、企业的成长经历让他深知学习的重要性。面对中国一汽倡导员工做“创新型、复合型、应用型人才”的倡议，杨永修利用业余时间攻读了长春工业大学本科学业。因为他心中还有一个更远大的志向——向“全国技术能手”发起冲击！这是全国数控铣工的最高段位，他的师父王智就曾获得“全国技术能手”荣誉，这是他最直接的榜样。

2015 年 10 月，杨永修代表吉林省参加全国总工会、科技部等联合主办的第五届全国职工职业技能大赛。但在这次比武中，他输得很惨。回头来看，他感触颇深，“这是一个重要转折点，让我对技术有了崭新的认识”。比赛前一个月，杨永修才第一次接触自动编程，从妻子的亲戚家借了一台笔记本电脑，安装软件，利用工作间隙和下班时间开始拼命学习。虽然是临时抱佛脚，他也拼尽了全力，但到了比赛前一天，他对软件仍不够熟悉，无法在规定的 6 小时内完成任务。

考试当天，他硬着头皮上场。下午 3 点比赛开始，晚上 9 点裁判宣布比赛结束，杨永修的参赛作品没完成，都是毛刺毛边，手上割得到处都是血口子。比赛时不允许戴手套，主轴转动时一旦手套缠进去会造成严重的安全事故，主轴不转的时候，心急火燎的杨永修也顾不上戴手套。裁判关切地说：“小伙子，你赶紧把手上的血止一止。”杨永修说，“不用不用，没事。”火速处理干净就把作品上交。

成绩一出，全国八十多人参赛，杨永修排名三十多位，名落孙山。杨永修失眠了一整晚。“虽然付出很多，但是没有方向、抓不住重点，编程特别慢，而高手们三下五除二就能现场解决问题。”

杨永修意识到，“未来还靠手动编程肯定不行，再不向数字编程转型就要被淘汰，必须得学习先进技术。”他痛下决心，回到长春就花费 3500 元“巨资”购买电脑。没有学习教材，就从网上打印了 1000 多张 PDF 资料，开始写写画画，照着操作试验，一步步试错。

当时，他的孩子刚 1 岁需要照顾，但无论在单位还是在家，杨永修只要有时间就心无旁骛地学习，即使是在等待数控铣床执行任务的半小时空当，他都要立马投入一旁电脑屏幕中继续学习。晚上回到家里，等家人休息了，他就开始布置他的“战场”，把电脑放在餐桌上，在油烟机上挂一个手绘的操作面板，接下来就开始模拟比赛现场，一会儿在电脑上画画图、编编程，一会儿站起来快速走到油烟机旁动动面板，练习每一个细节上的衔接动作，确保每一个动作都准确高效。

2016 年，杨永修代表吉林省参加第七届全国数控技能大赛，他选择了难度最高的五轴铣床，一举夺得吉林省第一名、全国第三名。吉林省的整体排名一下从全国二十多名上升到了第九名。但“全国技术能手”奖章只颁发给前两名，第三名的他错失这块奖牌，杨永修心中仍有遗憾。

他边工作边坚持学习，这一坚持又是700多个日夜，天天满脑子都是图纸、程序、工具……在2018年吉林省选拔赛中，他以遥遥领先的优势夺得吉林省竞赛的第一名。之后入围2018年9月的第六届全国职工职业技能大赛决赛。备赛时，从工具的准备到熟练使用、从画图到程序的编辑、从平和的心态到熟练操作，他做好了所有准备，在赛前自我测试中，杨永修只需要5小时就能完成考试任务。即使如此，他仍然不敢有丝毫懈怠。在将近一个月的备赛时间里，他在郊区找到了一个旧厂房，白天上班研讨工艺，深夜反复练习，伴随着他的是一盏昏暗的小灯和疯狂“围攻”的蚊子，但他专注于编程，丝毫不敢分心。“深夜练习的时候，自己一个人在那个场景还是比较恐怖的，好在训练的时候精神比较集中。我在凌晨练习之后，开着车往家走的时候，看到过很多次升起的太阳。”杨永修对当时的坚持感慨道。功夫不负有心人，他终于拿到了全国职工职业技能大赛一等奖，捧回“全国技术能手”奖章。

算起来，为逐梦“全国技术能手”，从2010年毕业前夕代表学校冲击学生组国家竞赛算起，杨永修付出整整8年，终于在31岁圆梦。这一刻辉煌无比，但其中的辛酸曲折也只有他自己知道。比赛结束后，在宝鸡回长春的飞机上，他回忆着这8年的过往和对技术的坚持追逐，坐在窗边泪如雨下，这其中有一朝梦圆的释然，更多的是对家人的愧疚和歉意。

勇闯技术难关

杨永修在中国一汽承担的重磅任务之一，是V12发动机试制。V12发动机是所有发动机中的顶配，拥有12个汽缸。早在2008年，杨永修的师父王智便成功完成V12发动机的试制加工任务，其后杨永修接过接力棒，不断迭代升级。

加工V12发动机缸体，需要用到100多种刀具。“缸体上有100多个孔，结构复杂，有数不清的斜面，为保证缸体和缸盖严丝合缝，要求合格误差范围在0~0.02毫米，但我和团队要求必须低于0.015毫米，大约是一根发丝直径的 1/5。”杨永修深知，精密程度直接决定着这颗“心脏”能否健康跳动。

在缸体精加工中，杨永修多次对程序进行优化，反复校正程序，解决了发动机缸体主轴承孔同轴度误差的加工难题，保证同轴度在 0.025 毫米以内，并确保缸孔与主轴承孔的垂直度要求。

此外，V12 发动机缸体还面临着超细长斜传感器孔加工等大大小小的棘手难题。杨永修和团队每天要做几十次试验，耗时半年多，终于成功完成任务，让这颗澎湃的“心脏”搭载在了国庆阅兵的红旗车上。

2018 年 1 月 8 日，新红旗品牌战略发布，杨永修及团队也加入这场光荣的战斗中。与此同时，中国一汽立足新发展阶段、贯彻新发展理念，深化人才发展体制机制改革，启动“四能”改革，大胆使用青年人才，激发创新活力，彻底激发了组织活力与员工斗志。

新冠疫情期间红旗不负众望，取得亮眼业绩。红旗成功的背后，凝聚了全体一汽人的心血，包括杨永修在内的中国一汽研发总院承担了攻坚重任，成为红旗品牌的坚实技术后盾。

中国一汽研发总院有设计、试制、试验三大技术体系，分工协作，杨永修所在的试制部是其中承上启下的核心关节，红旗等自主品牌的最新车型的核心零部件雏形便诞生于此。

杨永修主要承担红旗自主研发的发动机、变速箱及底盘等核心精密零部件的数控加工工作，他和他的团队先后完成了红旗 V8、V6、4GB、4GC 发动机，6MT、DCT350 变速箱等 30 余项国家级、集团级重点项目的试制任务，累计攻克 130 多项技术难题，节创价值 1200 多万元。

在红旗 HS5 车型的量产过程中，杨永修多次解决量产技术“瓶颈”。2019 年 3 月底，杨永修曾“空降”武汉，前去解决红旗 HS5 副车架生产精度超差的技术难题，通过 11 天连轴转，采取改制刀具等措施，生产效率提升 16% 以上，技术援助效果立竿见影。杨永修经过排查发现，问题出在副车架四角的耳片太薄，加工中无法固定，刀具来回操作都无法精准受力，导致上部粗厚、下部细窄。“关键是要通过编程等方法解决耳片的垂直度，我把刀具改造为上大下小，避免耳片受力不均的状况。这家工厂使用的机床，刀具只有上下方向，无法拐弯，于是我又加装固定刀具的一个装置，实现了侧铣头精准定位的功能。”反复摸索调试之后，杨永修成功化解了这次“危机”。疫情最严重的时候，红旗产品量产频频遭遇断供窘境。杨永修因此先后 4 次出差，成功完成复产技术辅导，解决 30 多项技术难题，在原效率基础之上提升 20% 以上，助力红旗实现 2020 年度年产 20 万辆的目标。

在中国一汽上下全力努力下，红旗创造了生产和销量奇迹。2020 年、2021 年相继冲破 20 万辆、30 万辆大关，2022 年继续增长至 31 万辆，每年销量都在刷新纪录。

为满足跃迁式增长的需要，杨永修作为后端铣工，不断推动三轴设备改造升级，让复杂立体多角度一体化加工的难题迎刃而解，提高了加工效率和产品质量。

就在 2020 年，杨永修又被“请”回了普通铣工班组，作为技术带头人，他兢兢业业肩负起了打造“一流科技领军人才和创新团队”的使命，带着十几名“90 后”新员工跑步前进，仅用 3 年时间彻底完成了数控加工转型。在此期间，他大幅提高了 V12 发动机缸盖的加工效率。发动机缸盖承载着巨大的机械压力和热负荷，是汽车最复杂的零部件之一，集成数百个面和孔。该部件原本在价值 800 万元的德国进口四轴数控设备上加工，而普通班组只有几台不到 90 万元的小型三轴设备，根本无法承担复杂的立体加工任务。

杨永修解释道，“相比三轴加工机床的三维直线轴，在四轴加工中心增加了一个旋转轴，能实现更为复杂的加工。三轴机床的铣刀不能拐弯，零件侧面部位的加工得拆卸翻转重新定位，费时费力，而且会产生较大误差”。为此，改造三轴设备，使之能够通过一次装卡完成多道工序，成为杨永修面临的重要任务。单是与找正定位相关的发明，杨永修就贡献了四五项。其中一项发明是校正装置，由设计制造的底座和转台组合而成。“把缸盖放在装置上，就可以 360 度旋转，无须反复组装。而进口设备都无法达到 360 度旋转，最大旋转只有正负 120 度。”此项创新成果获中国一汽科技创新一等奖。目前已经有 4 台设备经过改造升级，同时配套发明改进近 20 种工装夹具，生产几十套 V12 缸盖，精度和效率大幅提高。

在杨永修团队发明的另一种找正装置上，磁性底座通过连接杆连接激光仪固定篮。进行工件校正时，发射出激光束呈水平竖直十字相交，可快速通过激光与零件的加工线重合程度来调节工件，极大地提高了工作效率。

为让发明成果迅速被大家共享，杨永修还总结出易学好记的“转台搭建八步骤”“三步操作找止法”等方法口诀，几步就能精准操作到位。“通过校验棒来辅助验证，在这个圆形棒上方和侧方压上千分表，来回移动测试，精度误差以及是否垂直就一目了然。”

在车间，效率就是生命。杨永修一有时间就琢磨如何提高生产效率，消除冗余程序，他开发编制了多种宏程序指令，将烦琐的编程指令集成化、模块化，应用于深孔钻、倒镗循环、枪钻循环等复杂加工环节，在类似的零件加工场景中可以通用，省时省力。

如今，V12发动机缸盖已经开始小批量生产。此外，中国一汽正在突破发动机45%热效率的极限，杨永修也承担着研发试制任务。低油耗、高动力是发动机两大性能指标，也是竞争力的重要维度。

2021年，中国一汽首台42%热效率发动机下线，为进军45%的“行业无人区”打下了坚实基础。45%，这个简单的数字意味着结构上的巨大变化，以及克服加工难度、精度、整体设计、后期系统控制等多方面挑战。经过艰辛的研发与试制，中国一汽的45%热效率单缸机已进入台架验证阶段，量产逐渐显露曙光。

随着汽车行业进入百年未有之大变局，新能源汽车战场竞争愈演愈烈。2023年，红旗锚定2026年新能源汽车销量超过50万辆的新目标，全力投入新能源赛道。

新能源汽车的轻量化、集成化趋势，对数控铣床操作后端加工冲击很大，提出了更高的要求，也是摆在杨永修面前新的“硬骨头”。例如，新能源汽车零部件材料将传统钢材替换为铝合金、镁合金等，更为轻薄坚硬，随之带来结构上的巨大变化，角度、支撑设计趋于复杂。一体化压铸加工容错率更低，需要更高的精度，相比零部件分开加工组装，挑战成倍放大。此外，新能源汽车的激烈竞争带来更高的生产效率，对自动化程度需求也大大提高。面对挑战，杨永修信心满满：“对于企业来说，不断地解决问题、战胜挑战，是我们这项工作的本质要求；对于我个人来说，这也是我实现自身价值的又一个新的机会与平台。”

做民族汽车品牌向上的护旗手

2020 年 7 月 23 日，习近平总书记视察中国一汽，嘱托大家“把关键核心技术掌握在自己手里”，当时就在现场的杨永修将这句话刻在了心里，也在日后的工作中交出漂亮的答卷。

实现技术突破，往往需要几代人的奋斗。在中国一汽，师徒传承制度历史悠久。正是师徒一代代研究积累，才不断突破被国外封锁的技术。如今，身为大国工匠、“央企楷模”，杨永修对自己提出更高要求，“以前只需一个人默默耕耘、恪尽职守，现在则需要更多爱国情怀，顾全大局、传承技术，带好一支能打硬仗的青年军”。

团队，成为杨永修的工作重心。事实上，团队和榜样的力量，是杨永修自我超越路上强大的外部助力。他最早进入一汽的初心很简单，“有一份稳定的工作，能够养家糊口，减轻父母的负担，能够进一汽、学技术、干红旗”。在中国一汽工匠氛围、团队创新源头活水的浸润下，他一步一个脚印地与这个行业一起成长，伸手摘星。

在中国一汽，杨永修有两位终生难忘的精神楷模：李凯军和王智。杨永修刚进入长汽高专时，就在一场全国劳模李凯军的讲座中大受震撼。“他是技校生出身，居然能达到大国工匠的高度！”此后，校友王智也来讲座，时任中国一汽研发总院试制所数控班班长、中国一汽工人高级专家、国家级技能大师工作室领衔人的王智，仅比杨永修大 10 岁。这些一流工匠有血有肉的经历、坚韧不拔的精神成为杨永修心目中的灯塔，“他们能成功，我也可以尝试”。

杨永修进入一汽后，拜王智为师，朝夕相处中，师父的提携帮助令他终生难忘。刚入职时，王智声名显赫却不善言谈，杨永修心中忐忑。“没想到师父对我特别好，向我倾囊传授毕生绝技。2018 年我参加全国技能大赛，他陪着我集训了 1 个月，每天 16 小时的高强度，手把手带着我一步步前进，我能拿到‘全国技术能手’，功劳也有他一份。”

中国一汽坚持文化传承、技艺传承，通过代代传承，夯实创新发展人才基础。经过多年磨炼，杨永修的角色也从“徒弟”升级到“师父”。2019

年，杨永修师徒工作间成立，旨在传绝技、带高徒。一枝独秀不是春，百花齐放春满园，杨永修崇尚一技之长，也让徒弟们立志成为能工巧匠。工作中他经常会和徒弟们强调扎实的基本功对技能提升的重要性。在杨永修的带领下，徒弟们见贤思齐，飞速成长。2019 年以来，该工作室共培养出近 20 名徒弟和培训 1200 多名学员，自主解决技术难点 60 多项。获得集团级以上荣誉 110 多项，国家级荣誉 23 项，为吉林省和集团公司培养、储备一大批技术过硬的高技能人才。为帮徒弟们快速成长，杨永修有个六字经，即“一对多、多对一”。

在车间，经常可以看到杨永修一对多的“现场教学”。一旦他发现生产中的问题有很好的解决方法，就召集大家停下来，通过问题启发徒弟们，一起成长，这就是杨永修行之有效的“一点课”策略。如今，这个“90 后”为主的团队形成了创新的浓厚氛围，多人成长为省、市技术能手。仅在 3 年之内，徒弟张兴野参与发明达 24 项，李继东也有 18 项之多。

其中一项有趣的小发明是一个“碎屑清理装置”。机床加工中，金属碎屑清理是不可缺少的流程，但人工操作过程中容易受伤、效率低、存在安全隐患。为此，杨永修和徒弟们成立党员立项攻关组，以杨永修为代表的党员身先士卒，集思广益，联合发明一种数控机床专用铁屑收集装置，解决了这个问题，并且能够进行分类收集。就是这样，每每遇到技术难题，杨永修和团队的党员都会冲锋在一线，带领其他技术工人揪问题原因、想破解方法，直到最终攻克。“出现技术难题，咱们党员不上，谁上？党员就是要在关键时刻挺起来！”杨永修朴实的话语中有自豪，更有责任与担当，这是一汽的文化传承。

杨永修的徒弟们不但在技术创新方面取得了多项成果，而且在竞赛方面同样荣获了多项不俗的成绩。2019 年他的徒弟张兴野和丁园报名参加了长春市职工职业技能竞赛，这也是他们第一次走出去参加市级比赛，还有来自解放公司、一汽－大众等 8 名选手代表集团公司参加比赛。当时中国一汽安排杨永修作为指导教师对参赛选手进行赛前集训。他的徒弟回忆时说道：“师父每天陪我们练到晚上九十点钟，把自己多年积累的大赛经验分享给我们，讲解赛题加工技巧和注意事项，解决训练过程中遇到的技术难题。在技能提

升的同时，还对我们进行心理辅导，担心我们有畏惧心理，担心拿不到好名次给公司丢人。师父也知道我们的顾虑，经常对我们说：‘没事啊！万事都有第一次，你们只管好好练习技术，能取得成绩最好，即便拿不到成绩也是积累经验了，出去参加比赛也创造了向别人学习的机会，不要给自己太大的压力，接下来的时间我陪你们练。’”经过近半个月的高强度训练，最终不负众望，杨永修的两位徒弟分别取得了第一名和第二名的好成绩。

杨永修带领徒弟们在做好本职工作的同时，不断开启竞赛征程。在工作中不断创新、磨炼技能，在竞赛中汲取经验、总结不足，真正做到了以赛促学和以赛促产相结合。随着团队大赛经验的不断丰富，技能水平的不断提升，杨永修构建起了一支梯队模式的技能人才队伍，2020 年徒弟丁园荣获全国行业职业技能竞赛多工序赛项二等奖，2021 年他带领的团队荣获了全国行业技能竞赛团体优秀奖。2022 年有 6 人次取得市级竞赛前三名，4 人次取得省级竞赛前三名。

杨永修带领的团队不但技能高超，而且是一个富有青春活力的团队，2023 年有两位最年轻的徒弟参加了第十七届“振兴杯”全国青年职业技能竞赛，这也是代表着青年最高技能水平的“比武场”。陈维通是杨永修最年轻的徒弟之一，他回忆道："记得在赛前练习时有一处梯形槽配合成了一个瓶颈，我自己始终突破不了，同事们都过来给我'出谋划策'，试了好几种加工方案，可最后梯形槽处配合间隙还是不理想。于是我赶紧找到师父说明了情况，师父来到现场后认真观察我加工的零件，问了我切削参数，然后说：'我做一遍，过程中和你讲解每个位置切削时的注意事项和切削参数，你可以拿出手机录像，免得太久之后忘记其中的细节。'因为这是一个梯形配合结构，需要保证凹槽和凸台尺寸精度、形位精度和表面质量才能做好这部分配合结构，其中切削参数和余量补偿是关键。最终在师父的指点下，加工出来的梯形槽配合效果堪称完美。"有了师父的教导、爱护和鼓励，陈维通继续刻苦练习，加工技术也越来越好，最终在竞赛中取得个人优胜奖的好成绩。

说起杨永修众多徒弟取得的成绩，最"抢眼"的还属他的一位女徒弟——刘新月。这位女徒弟的专业本是物流工，由于工作组织变动，杨永修发现了她的学习能力和动手操作能力，于是把她带到了铣工班组。刘新月回忆道："由于我的专业不对口，铣削专业的基础知识很薄弱，师父根据我的情况为我'量身定制'了一份培养计划。师父每天都会和我讲述理论知识，然后让我把书面形式的知识点转变成 PPT 课件，在制作过程中再一次加深了我对知识点的印象。之后师父让我把前阶段制作的课件再讲述给师兄们听，他们会提出问题，然后我进行解答，师父最后对我的解答做出点评。这样一来，我对同一个知识点进行了多轮次的学习，记忆也会更加深刻。学习理论知识的同时，还会结合实际操作来提升我的技能，数控铣床操作面板上的键盘每天会按上几百遍，同样一个典型特征的零件也会加工几十遍，直到我彻底领悟其中的含义。"功夫不负有心人，经过杨永修"量身定制"的培养，仅仅用了两个月的时间，刘新月就从外行到入行，最后熟练操作多台数控设备，在 2023 年长春市数控铣竞赛中，和师兄们一起训练，熬到深夜，没有一刻感觉到苦、累，最终取得了第三名的优异成绩。

杨永修还教导徒弟们，从各种不同"师父"身上取长补短、广泛求教、开阔思路，即"多对一"。中国一汽高度重视职业教育，鼓励员工终身学习，大力推进产教融合，健全德技并修、工学结合的育人机制。在企业的大力支持下，杨永修积极推广"校企双导师"制度，通过企业和职业院校的联合培养，让企业、学校、教师、学生共同发展、共享成果。在这种理念的指导下，杨永修与长春汽车工业高等专科学校合作，针对技术难题进行联合攻关。

目前，杨永修已进入国家裁判资源库，并多次在国家技能大赛中担任裁判员和技术指导。2023 年，杨永修还有了一个崭新的身份，首次当选为全国人大代表，肩上的责任和使命也更加沉甸甸。

全国两会期间，作为吉林省唯一来自中国一汽的代表，他带来 4 份议案，涉及新能源汽车技能人才培养、加快职业本科建设等。基于产业观察和对长汽高专的实地调研，他提出“加快新能源汽车技能人才培养”这条较为成熟的建议。

同时，他还发现，出于对职业专科的学历偏见，导致学生和家长只注重本科学历，这将造成未来产业工人队伍规模和能力的下降。冰冻三尺非一日之寒，“如果持续下去，三五年之后，产业技能型人才的空缺日益放大，将会给产业发展带来困难”。因此，他也在议案中大力呼吁，“加快职业本科建设，助力区域支柱产业发展”。

此外，他还站在产业一线，为国家高端数控设备的腾飞建言。机床是工业母机，高端数控机床设备的技术水平更是衡量一个国家核心制造能力的标准之一，国内数控机床设备和关键核心技术研究还很薄弱，中低端竞争激烈，高端数控机床设备严重依赖进口，“卡脖子”难题尚未彻底解决，建议国家加快高端数控设备的研发，加强顶层设计，开展系统规划。这些议案得到广泛报道，激发了社会层面深层次的思考，也引起决策层的关注。

春风得意马蹄疾。回到工作岗位中，杨永修仍坚守在数控铣床旁，他说：“聚焦技术难点，将工匠精神镌刻到每一个零部件中，以勇担汽车产业排头兵的决心，与更多的高技能人才一起为中国一汽的转型发展做出更多贡献是我的责任和使命。”创新永远在路上，杨永修和他的团队正在实现技术自立自强的路上奋楫争先、砥砺前行，为做好民族汽车品牌的“护旗手”，助力把中国一汽建设成为世界一流的移动出行科技公司，加快建设汽车强国奋勇向前、勇当先锋！

重地功臣

——记中国一重集团有限公司刘伯鸣

◎文 / 马晨光　张红光

2018 年 9 月 26 日，中国工业重镇富拉尔基已进入仲秋时节。这一天，秋阳高照、碧空如洗，中共中央总书记、国家主席、中央军委主席习近平来到中国一重。嫩水欢腾、中国一重沸腾，这片诞生诸多共和国首台首套重大装备的沃土生机盎然。

在中国一重厂区，习近平总书记看到这个"共和国长子"生产出的一件件国之重器非常高兴地说："一重在共和国历史上是立过功的，一重是中国制造业的第一重地。"习近平总书记朴实、暖心的话语道出了国家领袖对国

之瑰宝的关爱与深情。

“总书记您好，我就是您刚刚看到的这台 15000 吨自由锻造水压机的操作者刘伯鸣，我在这里工作了 28 年。”在水压机锻造厂，习近平总书记紧紧握住刘伯鸣的手。刘伯鸣激动地向总书记汇报说：“您身后的这些核电产品都是我和我们操作团队锻造出来的，有多项产品打破了国外垄断，赢得了国际话语权。”总书记欣慰地看着刘伯鸣说：“你们是有功之臣啊。”

这个功臣不简单！刘伯鸣这位我国第一台万吨水压机和世界最先进的 15000 吨自由锻造水压机操作者，在 30 多年的职业生涯中，独创 40 余种锻造方法，开发 31 项锻造技术，先后攻克核电、石化等产品锻造工艺难关 90 余项，填补行业空白 40 多项，出色地完成三代核电锥形筒体、水室封头、主管道、世界最大 715 吨核电常规岛转子等超大、超难核电锻件和超大筒体的锻造任务多项，为促进重大产品进口替代，实现国产化、自主化、产业化、绿色化制造，提升我国超大型锻件极端制造整体技术水平和国际竞争力做出了突出贡献。近年来，刘伯鸣先后荣膺全国劳动模范、央企楷模等荣誉称号，并光荣当选党的二十大代表、省工会副主席（兼职）。

萌动：育一颗成事的种子

很多年以后，刘伯鸣依然清晰地记得他上小学时亲身经历的那场射击比武。

“2 号位，刘景敏就位！”洪亮威严的号令回荡在空旷的射击场。

“呀，轮到爸爸上场了！”小伯鸣从旁观的人群中挤出半个身子，朝射击位张望，既兴奋又紧张，不觉睁大了眼睛。

只见一位神色沉静的中年汉子伫立如松，沉稳有力地举起半自动步枪，屏息静气，专注锐利的目光透过准星射向百步开外的靶心。

“发射！”

还没等大家反应过来，伴着清脆的枪声，10 发子弹转眼间全部射向靶身！

“天哪！98 环！”报靶员惊讶得声音都变调了。

一阵由衷的喝彩伴着热烈的掌声从旁观人群中爆发。

比赛结果很快出来了：刘景敏遥遥领先！第二名的成绩连 90 环都不到！

“这成绩，别说全市难得，就是全省都难遇对手！”内行的中国一重武装部领导一脸感慨。

什么叫“百步穿杨”？这个小伯鸣只在课本上见到的词汇今天却相当生动地展示在他面前！

“怪不得爸爸的抽屉里有那么多荣誉证书和奖章！”从此，小伯鸣对父亲更是崇拜得五体投地：这位 20 世纪 60 年代全军大比武原沈阳军区名列前茅的武状元，真的是名不虚传啊！

“爸，您这么准的枪法是怎么练的啊？”小伯鸣仰起头，一脸崇敬地问。

这位转业军人，曾在原沈阳军区军营中摸爬滚打了十多年的硬汉子，此时蹲下身来，扶住儿子的肩头，盯着小伯鸣的眼睛，一字一句地说道：“你记住，不论做什么，只要肯下功夫肯钻研，付出比别人更多的努力和汗水，就没有做不成的事！”父亲那灼亮坚毅的目光伴着他凝重有力的话语，从此沉淀在刘伯鸣的内心深处。

从那以后，做完功课的小伯鸣经常出现在武装部的射击训练场上，观看父亲如何调教民兵射击。

“要想练成射击这门真本事就得下一番硬功夫！持枪的稳定性、姿势动作的一致性、持久性以及手臂力量、腿部力量、心肺功能等，都要经过严格系统的训练。”

父亲扬起手中的半自动步枪，加重了语气：“可别小看空枪射击预习，它可是实弹训练的根基，举枪姿势、瞄准景况、呼吸调整、扳机控制，这 4 项射击基本动作的综合练习足以提高和保持你的射击水平。”

小伯鸣听得津津有味。他以前可没想到，看起来简单的打枪竟然有这么多学问！此时，他才隐隐约约地感觉到父亲那出类拔萃的射击技艺背后隐含了多少艰辛和付出。

成长：筑一方匠人的根基

生活，记忆深刻的就是困境时的一次次闯关、一次次爬坡。年少时的刘伯鸣家境并不好，父亲每月工资仅 36 元，母亲每月还不到 20 元，这点微薄收入要撑起一个五口之家，的确有点困难。

刘景敏这位秉性刚强而又心灵手巧的硬汉，迫于生活压力学会了木匠手艺，业余时间打点家具补贴生活，让刘家这条小船在一片片翻卷的刨花中破浪前行。

“伯鸣，把那把尺子递给我！”

“伯鸣，来帮我扶一下板子！”

忙不过来时，父亲常常叫伯鸣帮点儿小忙。

说来也怪，以往因为淘气没少挨父母骂的小伯鸣，对木匠手艺倒是有种天然的兴趣和悟性。一来二去，不仅熟悉了刨子、凿子、墨斗，还对铆、榫、对角线等一些木匠专业术语心领神会，渐渐地，刨木方、削回角，有模有样，乐此不疲，一颗躁动难安的顽童心从此被锯末的木香熏染得快乐而安宁。

见他颇好此道，父亲也常常点拨他一些木匠操作技巧：

“提锯时要轻，可以稍微抬高锯手；送锯时要重，手腕、肘肩和身腰要同时用力，有节奏地锯，这样锯条才能沿着锯割线前进。”

“起始和终端，刨子都要端平，不能仰头或低头。刨身方向要和木料轴线一致。”

“旧木料上有钉子长了锈，不容易拔，怎么办？先用榔头轻轻敲击钉子帽，让钉子松动，然后淋些水，再起钉子就省力了。”

木工操作对手眼的协调能力要求极高，不但要看得准，下手的分寸也要恰到好处。起初，小伯鸣时常吃不准，手上难免小伤不断。可是父亲那语重心长的教诲开始在他心里生根发芽，骨子里的不服输加上一股子钻劲儿，让他包好伤痕，咬紧牙关，反复揣摩操练。渐渐地，木料刨得光滑平整，榫眼打得方正垂直，板料锯得平直精准，父亲对他这个得力的小助手频频点头。

选什么质地的木料合适？要用哪些工具？先后的步骤顺序又怎样？一步走错就会步步受阻，影响整体效果。极为严谨的系统思维、工程思维和统筹计算能力就在深思熟虑和反复实践中打磨成形。

为什么要用这种锯而不用那种锯？为什么非要这么凿而不那么凿？为什么要这么打磨这么处理？大量的实践问题无时无刻不在考验着分析力、操作力和心手合一。最重要的是专注，这正是工匠精神的灵魂所在，它就像一道高能量的激光，足以融化前进道路上的重重阻碍，在山重水复中迎来柳暗花明。

言传身教中，木工的匠心匠艺如点滴雨露，滋润着小伯鸣渴望成长的心田。舒展大方的衣柜做工精致、光可鉴人，玲珑小巧的凳子坚固美观、惹人喜爱，朴实无华的沙发框架尺寸精准、结构精巧……

面对配合父亲精心打造的一件件木制作品，刘伯鸣收获的不只是洋溢在脸上的微笑和心底的自豪，更有从容自若、笑迎未来的深厚底气。

入行：行一次无悔的抉择

成长的岁月有实实在在的收获，也有些许的怅惘和失落。或许沉浸在木香和刨花中太久了，或许天性中的贪玩好奇还没有完全收敛，刘伯鸣的学习成绩并无突出表现，他的天赋似乎更倾向于具体的操作技能。于是，在人生发展的十字路口，初中毕业的刘伯鸣考入了中国一重技工学校。

他何尝不想在木工专业深造啊，可当时的技校偏偏没有这个选项。那咱就当个铁匠吧！这也是凭力气、靠本事吃饭的行当。

怀揣着锻工专业的录取通知书，刘伯鸣和一群血气方刚的同学说说笑笑地跨进了中国一重技校的大门。

“你们锻工专业啊，那就是个和尚班！”与其他专业的同学一言不合、斗嘴掐架时，刘伯鸣的锻工班常常被人这样取笑。

也难怪，魁伟的身躯，彪悍的胸肌，叮叮作响的铁锤，挥汗如雨的炉前作业……铁匠的世界从来都是男人的天下。所以，清一色的40个男同学也颇以自己的男人本色为荣，离家住校，又相对自由，索性大口喝酒、大块吃肉，和梁山好汉的作派倒有几分神似。

凝望着眼前缭绕的香烟雾气，正值青春年少，多少有些懵懂混沌的刘伯鸣沉思着自己的未来。

“我是谁？我能做什么？除了像老工人那样在工厂打一辈子铁，还会有别的选择吗？”回想起喜爱读书、手不释卷的母亲眼里的殷切，刘伯鸣常常陷入纠结和彷徨。

照亮前程的那一束星光来自一堂貌似平常的工艺课。

“大家都是锻工，也就是老百姓说的铁匠，可你们了解自己今后要用的铁锤吗？”老师的问题让大家面面相觑，铁锤？铁锤还能有什么花样？

“严格来讲，你们今后要打的不是铁，而是钢，千锤百炼的钢。你们用的‘铁锤’也非同凡响，它的大名叫万吨水压机！”

幻灯投影屏上，一座三梁四柱、小铁塔似的钢铁机器巍然屹立，硕大通红的钢锭在它的“咀嚼”下正缓缓变形。

“未来你们要操纵的就是这种以高压水为工作介质的机器，它根据液体静压传动原理传递能量，来实现各种成形工艺。有人会讲，这不就是大号的铁锤吗？其实，相比铁锤，水压机从工作原理到实际成效都有质的飞跃，它变形量更大、振动更小、噪声更低，在19世纪中期的欧洲一经问世，就凭借众多优势迅速推广应用。”

随着幻灯图片的不断更换，老师的语速渐快，音调也不觉多了几分亢奋。

“但凡大型机械设备和重要装备，比如轧制、石油、化工、造船、航空航天、重型武器，还有电力，包括水电、火电、核电等，都要采用大型自由锻件和大型模锻件，这些大锻件都是需要用大型自由锻造液压机和大型模锻液压机来锻造的。衡量一个国家的工业化水平和国防实力，看什么？角度或许有多种，但其中一个非常重要的方面，就是看它所拥有的大型自由锻造水压机和大型模锻液压机的品种、数量和等级。毫不夸张地说，此类设备已广泛融入、全面撑起现代工业文明的核心结构，成为国民经济重大基础性、战略性装备。”

“值得自豪的是，早在20世纪60年代，我们中国一重就秉承发展壮大民族装备工业的国家使命，冲破重重技术封锁，独立设计制造出我国第一台12500吨自由锻造水压机。作为共和国装备制造业的长子，中国一重自1960年竣工投产以来，为国家提供重大技术装备和机械产品数百万吨，填补多项国内工业产品技术空白，有力地支持了国家冶金、电力、石化、矿山、汽车、造船等行业以及国防事业的发展，以中流砥柱的力量，支撑起装备中国的钢铁脊梁！”

“原来，自己将要操控的水压机竟是振兴国民经济基础产业、支柱产业强有力的引擎！”振奋之余，刘伯鸣第一次感到自己看似平凡普通的锻工岗位竟然与国家的前途、民族的命运有着这么广泛深沉的内在关联，这种关联是那么实实在在，又那么不同凡响，自己的面前好像突然打开了一道光芒四射的大门，里边的风景雄浑壮美、深广无边。他情不自禁地被锻造行业难以限量的发展前景和中国一重无可替代的作用深深吸引。

“一定要学好本领，做一名出色的工匠，干出点名堂来，对得起父母的养育教诲，对得起学校的苦心培养，对得起中国一重这样的国家脊梁！”一股愿乘长风破万里浪的豪情在刘伯鸣的心中油然而生，他兴奋地感到自己生命的全部能量、以往所有的历练与积累找到了一个充满光明和希望的突破口，如马思边草、雕盼青云，又似江入大荒、百川归海，一条通向磅礴与浩瀚、力量与伟大的路，一条值得他为之奋斗终生的宏伟事业之路正从他脚下向一片光明的未来伸展！

追寻着装备强国宏伟使命的召唤和它大美无比的灵光，刘伯鸣如一株稚嫩的树苗，开始如饥似渴地吸吮和昼夜不舍地成长。书店、图书馆、课堂，是他吸吮专业知识的场所；勤学、好问、慎思，赋予他晖光日新的力量。

锲而不舍，日积月累。机械制图和锻造工艺学，两门主课，刘伯鸣成绩名列前茅。

站在远航的起点，意气风发的刘伯鸣遥望着远方云浪间雄鹰翱翔的翅膀，那里，萦系着他蔚蓝色的向往……

锤炼：锻一双腾飞的翅膀

在中国一重 12500 吨水压机铿锵有力的锤音中，1990 年 8 月，刘伯鸣开启了锻工生涯的圆梦之旅。

这就是那台全国驰名的万吨水压机吗？好一个巍然矗立的钢铁巨人！20 多米高的伟岸身躯蕴藏着无尽的磅礴力量，此刻正凝心聚力，通过锻锤稳稳施压。数百吨的通红钢锭在它的大锤下柔若无骨，面团一般乖顺变形，那一刻，刘伯鸣心潮起伏、思绪万千。

我们的前辈当年在新中国成立初期，一切都是白手起家、从头做起，究竟克服了怎样的艰难险阻打造出这样的国之重器啊！第一代一重人自力更生、发愤图强的精彩事迹刘伯鸣聆听了不止一遍，但每一次都让刘伯鸣肃然起敬、热血沸腾。原来，一个民族的真正脊梁，不只是钢铁机器，还有奋进的灵魂和不屈的意志；一个人的真正支柱，不只是知识技能，还有不畏艰辛的品格和自强不息的精神。这哪里只是一尊钢铁之躯啊，这分明就是中国一重前辈们的铮铮铁骨！它是那样地沉雄刚健、昂扬不屈，无时无刻不散发着奋发向上的强大气场。

刘伯鸣的师父范友国是位奇人，这个身高只有一米六几的精壮汉子，刚的柔的都有两把刷子。论心灵手巧，人家业余爱好是用竹料扎鸟笼子，好家伙，扎好的笼子比鸟市卖的都精致，工友们服气！论“武把式”，制造厂内外凡是叫得上号的大力士过来掰腕子，只需“1、2、3”，没有不被“放倒”的，工友们服气！论“吃饭的买卖”，这位业内公认的技能高手是中华技能大奖得主，工友们更是服气！可以说，不是谁都有机会给范师傅当徒弟的。

拜师伊始，范友国最先教给刘伯鸣的不是具体技能，而是对刘伯鸣成长至关重要的两段话。

第一段话是：“伯鸣啊，咱们干的产品，都是重大装备上的核心部件，干好干不好，影响非常大，出了问题，经济账、政治账、信誉账，哪方面都不是个人担得起的！你拿什么开玩笑，都不能拿工作开玩笑。只有从内心深处喜欢上它，爱上它，才能干好，干到极致。”师父虽然没读过大书，但他的话却与乔布斯的“从事一份伟大工作的唯一方法，就是去热爱这份工作”不谋而合。

第二段话是："不要照搬原样跟我干活儿，方法技能要悟透、有创新，才算真正变成自己的东西。博采众长，举一反三，路，才能越走越宽。"这份见识和胸襟在"凭手艺吃饭"的"匠人世界"尤其难能可贵。

热爱如一道和煦的春光，温暖中自带勃勃生机和充沛能量。好奇心、探索欲、专注力、成就感，多种正向心理能量都会在热爱的统率下化作照亮人生的阳光。"向中国一重优秀前辈看齐，挺起脊梁做最优秀的锻工，把工作做到极致！"刘伯鸣默默立下自己的奋斗誓言。

吃苦，是锻工生涯的必修课。流汗，是铁匠人生的基本功。在动辄几百上千摄氏度高温的大锻件旁边挥汗如雨地仔细观察、测量、劳作，是刘伯鸣锻工生涯的常态。木匠功底扎实的刘伯鸣表现出非同一般的匠人素质：心手合一，手脑协调，落锤快、稳、准，效率极高，很快在实习生中脱颖而出，成为师傅倾心栽培的优秀门徒。

追求极致，意味着专注持久的努力，意味着要耐得住寂寞，稳得住心神，在一琢一磨中锤炼意志、培养耐心、积累经验、提高能力。这绝非朝夕之功，也并非轻而易举。因为现实的纷扰，众多的诱惑，常常让人淡忘了本来的追求。不想在随波逐流中迷失自己的方法和道理并不深奥，那就是守住初心、保持定力和静气。

"成就优等锻件的第一个基础条件是什么？就是材质纯净、纯净、再纯净！"锻件质量分析会上，刘伯鸣不止一次听技术专家强调钢锭品质的极端重要性，"钢锭杂质超标，那是锻造工序的死敌！有害元素含量超标、夹杂偏析失控都会导致钢锭塑性下降，锻造时会集中爆发整体或局部开裂，严重的甚至导致锻件报废！"

"材质纯净才能成就大器，心无旁骛才能把事做好。"原来成器与做事的底层规律都是相通的！把能量收束到成长的轨道，专心致志才能成就一流匠心。内悟于心，外化于行，不要小看每天的学思践悟，这可是潜心研修、提升心性、修炼人格的磨刀石。

求真学问、练真本领，刘伯鸣有一套自己的方法：操作前，先让自己彻底安静下来，在头脑中反复模拟操作步骤，遇到这种问题如何处理，出现那

样意外又怎么应对，都要考虑清楚。操作中精细观察，勤测勤量。成品后认真复盘，总结得失。刘伯鸣有一个小本子，是他的修炼秘籍。每天收工后他都要把干过的活儿在脑子里过一遍：今天操作有什么收获？锻造比合理吗？余量够用吗？折叠、裂纹避免了吗？急难险的技术难题，师父和技术人员是如何解决的？这些都一一记录在册。几年下来就攒了厚厚的四五本，大小问题几百项。用心也好，苦心也罢，反正这本子里融进了刘伯鸣的一片心血和不懈追求！日复一日地精进淬炼中，刘伯鸣像一株茁壮成长的禾苗，沉静中孕育着勃勃生机，尽情吸吮着阳光雨露，很快进入“拔节孕穗期”。

从毛坯到成品，锻件往往需要经过若干个火次，类似于机械加工的工序，各火次的锻造误差控制相当重要，直接决定最终成败。前辈的教诲加上自己的实践，刘伯鸣逐渐形成一套精品观：每一火次的锻件质量都应该也必须是 100% 合格。如果每序质量都有偏差，叠加到最终成品必败无疑，51 次的 99% 就是 59.89%！所以，明白追求各序细节完美的价值才能出精品、造重器！这在核电产品水室封头翻边工序中体现得尤为典型。

一口巨大的圆锅，锅底下方向外斜向凸出两个短短的一体化圆形管孔。“这水室封头岂止是形状复杂怪异，火次多、性能要求高、附具准备烦琐，各方面要求都逼近大型锻件制造的难度极限，绝对是个超级挑战！”第一次接手水室封头锻造，刘伯鸣反复研究揣摩手中的锻件工艺图，不禁暗吃一惊，这个集锻造难度之大成的极品锻件同样需要锻工付出极致的努力才能完成！采用一体化成形方案直接翻出接管孔，这是核电安全性的必然要求。不仅外形要精准到位，内在品质更为严格，金属纤维流线连续、变形均匀、均质性好，保证如此高的性能，谈何容易？可生产到了锻造这一环节，前面已投入大量制造成本，大家殚精竭虑的心血之作交到自己手中，无论如何都容不得半点闪失！

封头板锻造、冲型，冲型后封头两次管嘴翻边……刘伯鸣翻阅着手中的一大堆模具、辅具图，在心里反复梳理水室封头这 4 次最为关键的变形过程。他很清楚，这种高精度锻造环环相扣，每火次的结果都直接影响下一火次的成形效果，必须尽最大努力保证各序精度，这是成败的关键！

火红的坯料如一块圆形的大饼，由天车吊在托盘中径直向万吨水压机奔去。

一股热浪扑面而来，刘伯鸣下意识地后退了一步，随即又快步跟了过去。

来不及拭去额头的汗珠，刘伯鸣抵近通红的坯料反复测量、计算板坯的厚度和直径，盘算着如何合理分配锻件余量。

板坯的冲型工序要求冲头和下模要 100% 对中。顶着灼人的热浪，刘伯鸣仔细、多点测量冲头和下模的间隙。“必须保证完美成型，绝不能出半点瑕疵，绝不能把麻烦留给下序加工！”

以水压机立柱为基准，刘伯鸣巧妙高效地完成间隙测量，确保了冲型质量。

“注意控制变形温度，把握好锤头压下速度，要稳住！”

闯过冲型关，刘伯鸣依然神色凝重：最难的一关还在后面，粗加工后，封头接管孔翻边才是真正的考验！连老师傅都说，在中国一重干这么多年锻造，也算见多识广了，可要论附具使用数量多、频率高，水室封头的接管孔翻边可拿冠军！过程相当烦琐复杂。最难的是附具对中、调角度，为什么？设备和附具、模具的相对位置精度不许有丝毫偏差！

最后一个管嘴翻边在即。正式操作前，附具和封头的相对位置以及封头的倾斜角度成为刘伯鸣高度关注的焦点。汗流浃背的他眯起眼睛，一次次测量，精心调整封头与附具间的角度。细节，必须严控！精度，严苛到毫米级！真可谓精细入微，精准到位，下足绣花功夫。

水室封头斜卧在定位架上，随着移动工作台缓缓向水压机上砧座靠拢。

刘伯鸣的鬓角渗出汗水，指挥操作的手也因疲惫而略有些发抖。七八火锻造下来，他一直慎之又慎，我们准备得够细够久了！

牵动着众人的视线，水室封头在一寸寸地挪动、一寸寸地贴近标识。

刘伯鸣全神贯注地观察封头的位置，指挥操作。

凝聚着千钧之力，翻边冲头缓慢而坚定地下压……

成功了！水室封头翻边成型成功！刘伯鸣和工友们精益求精，精诚所至，最终拿下了这个极具挑战性的大型核电锻件！

考验：蓄一身前行的力量

成长的考验又何止在操作技术？现实的诱惑、挫折的筛选、追求的烦恼……种种挑战面前，还能坚守本心，实属不易。

20 世纪 90 年代中期，随着宏观经济环境的变化和产业结构调整，中国一重发展步入低谷期，生产经营陷入困境，员工每月只能拿到 200 元生活费，周边群众戏称中国一重为“二百公司”。

继续干下去还有没有前途？一时间，人心浮动。有些人才开始另谋出路。

这种时候，每个人都面临选择，而每次选择，都是在检验人的眼界、能力、志向和定力。

其实，刘伯鸣的内心也很矛盾。论资格能力，刘伯鸣有，大厂主力锻工，工作经历丰富，干过的重大产品不少，凡是有锻造工序的厂子都愿意高薪聘请他。论人脉关系，刘伯鸣也有，一些亲戚、朋友、同学在外事业小有成就，能够给予他相应的承诺和保证。同时，刘伯鸣的家庭条件算不上富裕，如果有机会也不想主动跟钱过不去。怎么办？是去还是留？

面对刘伯鸣的困惑，父母的态度是：“家里困不困难不用你管，要想做好事首先要做好人。我们从军也好，务工也罢，都是立志报国，这是我们打小经受的教育。中国一重是毛主席提议建设的，被周恩来总理誉为‘国宝’，这样的企业不是谁想进来就进来的，岂能因贪图眼前一点个人小利、不顾企业暂时困难就忘记初衷？孩子，挣钱并不是人生的全部意义，别到有一天回首人生路的时候为一次冲动的选择后悔。”

刘伯鸣师父的态度是："选择离开，这是每个人的权利，不算过分。但是你得明白，外面的世界并不是咱们想象的那么美好。你肚里的二两墨水是打哪儿来的？当然是中国一重给你的。你离开了，你那二两墨水能支撑你多久？用没了怎么办？中国一重，为啥能叫中国一重？就因为它是一个足以支撑你大展身手的舞台呀。想想，没有舞台的演员，会是什么感觉？”

还有，故土难离啊！毕竟，这是生他养他的故乡，这是培育他成长成才的工厂，有德技并重、乐于助人的良师益友，有并肩奋斗、情同手足的同事伙伴，有单位组织上的真诚关心和培养爱护。几十年风雨形成的家乡情结、工厂情结已深植内心，那种深沉凝重的归属感已融入血肉，实难割舍。

压塌刘伯鸣内心浮躁的最后一根稻草是妻子的一席话："家里的老人、孩子都在富拉尔基，你的朋友、同学都在身边，到了新的地方，只手打天下，身边连个说话的人都没有，有什么事情都没个人商量。再打一个不恰当的比喻，假如现在我得了病，这时有一个有钱的女子对你伸出了橄榄枝，你说你会不会不顾多年的情谊和一切弃我弃家而去？”

树高千尺，根深在沃土。刘伯鸣深深懂得，自己的成长和发展离不开中国一重这片热土。不管他多么优秀，为企业发展做出多少贡献，如果没有中国一重这个锻造人生、锤炼意志的大舞台，他的一切都可能归零。

无论客观环境如何不利，中国一重作为民族装备制造业骨干力量的不朽贡献与突出实力是不容置疑的，无论是奔小康还是民族复兴，都离不开装备制造业，离不开装备制造业所支撑的基础产业，更离不开中国一重这个重型装备制造业的领军企业，刘伯鸣对此坚信不疑。只有把个人的成长奋斗融入国家的发展需要和企业的使命担当，才能实现个人的最大价值。毕竟，能亲身参与众多国家级重大技术装备的制造并奉献一己之力，那份荣誉与自豪是多少钱也买不到的！忠诚、担当、坚守，不正是一个工匠应有的品格吗？

思定而后志笃。从此，刘伯鸣经受住了诱惑与考验，更坚定了扎根中国一重、立足本岗干一番事业的信心和决心。

从历经风浪洗礼的刘伯鸣身上，工友们看到了更多的成熟与稳重。

闯关：显一路勇者的坚强

一片深沉的静谧中，只能听到电脑主机排风扇微弱均匀的呼吸声。显示屏上，电子表格组成的数字矩阵如精致曲折的迷宫。

锥形筒体整体扩孔成形操作方案虽已拟出，但关键控制点还要进一步细化。这可是头一次用近净成形先进技术制造的第三代核电锻件，现场具体操作必须做实做细，客不得半点含糊。凝视着手中一个“米斗”形状的橡皮泥模型，不时扫一眼数字矩阵，刘伯鸣陷入沉思。

曾几何时，核电锻件一度成为制约中国核电高速发展的“瓶颈”。其貌不扬的核电锻件在国际市场上身价百倍，奇货可居、炙手可热。新一代核岛关键锻件的核心制造技术一直被国外掌握者视为利器、秘不示人。要走过国产化、自主化制造之路就必须坚持科技自立自强。此时，中国一重核电装备制造团队的开拓者们正把奋进的钩索套住绿色制造这一世界级高端制造标的。对于超大型核电锻件来讲，绿色制造主要体现为锻件的胎模锻造、仿形锻造及近净成形锻造，这类精准、优质、高效、轻量化、低成本的成形技术，是适应能源装备“清洁、绿色、高效”发展趋势的必由之路。

“禁运吧、封锁吧，离开这些所谓发达国家的恩惠施舍，我们也必定能掌握自己国家核电发展的命运！”刘伯鸣嘴角掠过一丝坚定的笑意。

锥形筒体这个第三代核电蒸发器关键部件，刘伯鸣也是头一次锻造。紧张、兴奋，还有些许如烟似雾的困惑交织缠绕……刘伯鸣至今仍清楚地记得自己接手任务时的复杂心情。

这 2 米多高、4 米多宽的锥形身段像个“米斗”。外形古怪先不说，这技术指标也太严苛了吧？锥度、厚度和两端椭圆度必须同时满足，这还不算，还要保证筒体大小圆的同心度，锻造难度堪称筒类锻件生产之最！更棘手的是，国内外没有任何制造先例可供借鉴。换句话讲，我们正走在超大型核电锻件绿色制造的“无人区”，成功了，必定世界一流！

锻件壁厚和大小两端变形不均匀怎么解决？攻关那段时间，这些锻造难点始终萦绕在刘伯鸣的脑海，无论走到哪儿，锥形筒体扩孔成形的变形过程都在脑中如影随形，挥之不去……

橡皮泥筒体模型他翻来覆去不知揉捏了多少回，技术人员也不知被他拉住讨论了多少次。为保证两端变形均匀，防止大小端产生圆心偏移，工艺提出装卸垫片来调整活动马杠高度，控制大小两端外圆变形速率，但具体操作时如何精准掌控垫片装卸的精确高度和时机呢？解决不好，会直接影响锻造精度和锻造效率啊！

刘伯鸣的犟劲儿上来了。困了，拉起大衣往办公桌上一躺；醒了，就接着思考细化操作工艺……在单位吃住、攻关，成了那段时间刘伯鸣的生活常态。一次，灵感的闪电突然在深夜两点钟光临，刘伯鸣一跃而起，迫不及待地给技术人员打电话，研讨模拟结果……

一勤天下无难事。经过反复交流、认真总结、透彻分析以及大量扎实细致的准备，刘伯鸣终于找到锥形筒体专用芯棒拔长、专用马杠扩孔叠片增减时机等锻造过程的关键控制点，并提出更具针对性的筒体拔长优化方案，既满足工艺精度要求，还能节省一个锻造火次。

一番苦心准备，凝聚着刘伯鸣和同事们全部心血智慧的锻造工艺方案最终确定！

最关键的整体同步扩孔成形开始了。灼热的锥形坯料被架在专用锤头与马杠之间，灼亮料面上的每一丝细微变化都牵动着刘伯鸣全神贯注的眼神。他不时变换指挥手势，牢牢掌控着质量控制要点：轴向窜动，必须严格控制、及时调节，锻件相对位置才能保持不变。翻钢机旋转角度和压下量，更需勤调慎施，筒体壁厚才能确保均匀。

开弓没有回头箭，锥形筒体一旦上了水压机锻造，就停不下来了。很小的一个环节出问题，都可能导致整个产品功败垂成、前功尽弃。为力保两个关键火次万无一失，他两天三夜没回家，每火锻造都亲自操作，每个环节都逐项检查。

一天晚上，检查辅具时，心思缜密的刘伯鸣突然发现调整尺寸的部位出了问题，如不及时修复，锥形筒体的锻造尺寸精度必受影响！他当即叫来几个工友投入抢修。看似简单的一个小环节，调整起来咋这么烦琐啊？曙光微露之际，辅具终于调整好了！匆匆吃罢简单的早饭，刘伯鸣立即投入下个火次锻造。

势大力沉的锤头带着研发制造团队的集体意志稳稳施压，精确控制着锥形筒体的每一丝形变……

终于，国内最大的首件 CAP1400 锥形筒体一次锻造成功！

乘势而上，一鼓作气，中国一重承制的 16 件锥形筒体锻后交检全部合格，不仅填补了国内锻造技术的空白，也彻底打破了第三代核电关键锻件依赖进口的被动局面！第三代自主核电锻件产业化全面推进、势不可当！闪耀着自主智慧之光的第三代核电锻件标志着中国一重在全面实现超大型核电锻件国产化的基础上，开发并掌握了拥有完全自主知识产权的绿色制造技术，成果已批量应用到具有完全自主知识产权的华龙一号及 CAP1400 核电装备制造，为我国核电装备"走出去"挺起了最硬的脊梁！

凝聚着刘伯鸣心血与智慧结晶的"超大型带直段锥筒锻件及其成形方法"获得国家发明专利。它巧妙地运用一体化成形方式将锥形筒体的锥筒段及两端直段同时锻出，并最大限度保留金属纤维流线，在提高材料利用率的同时，可保证锻件力学性能及疲劳性能，提高锻件的服役稳定性。同时，此发明通过专用附具控制大小两端外圆变形速率和变形量，进一步精确锻造工艺，可提高锻造超大型带直段锥筒锻件的成品率。

"正入万山圈子里，一山放出一山拦。"刚刚攻克锥形筒体锻造难关的刘伯鸣，又面对百万千瓦级核电常规岛整锻汽轮机低压转子锻件难关。这种实心锻件太关键了，集诸多"之最"于一身：目前世界上所需钢锭最大、锻件毛坯重量最大、截面尺寸最大、技术要求最高，代表着世界热加工最高综合技术水平！发展三代核电之初，制造商只有某国一家公司。严格封锁的制造技术像一条钢索，牢牢捆缚着我国进口大型转子的采购价格和周期。真是奇货可居啊，进口价格竟高达 8000 万元 / 支！

以打破国外技术垄断、实现自主制造为令，中国一重人在国家"核电关键设备超大型锻件研制"攻关课题的号角声中，依托研发哈汽 AP1000 核电常规岛整锻低压转子锻件发起新的攻坚！爱国情、强国志最终化作务实的报国行，不负重托，再传捷报：相继破解超大钢锭中心压实、超大锻件截面晶粒细化、机械性能均匀性等诸多国产化技术“瓶颈”，攻克超大转子锻件纯净性、均匀性、致密性制造和超大直径转子锻件整体性分析评价难题，开发出多项创新技术。

715吨！当这个采用钢锭之大、之重，创世界之最的超大转子毛坯浇铸成功后，首先就把一道超级吊运难题摆在刘伯鸣和同事们面前。以当时生产能力，钢锭、套筒、翻钢机三者吨位之和已超出天车额定载荷10%以上。常规方法？这会给操作人员和设备带来安全隐患，此路不通！怎么办？与技术人员反复交流商讨，刘伯鸣科学合理安排设备使用顺序，在满足工艺要求的前提下改进锻造工艺，巧妙地为锻件减重，缓解了设备压力。

如何控制拔长工序的锻件长度？这是锻造的另一难点：过长会导致锻件超高，无法进入水压机镦粗；长度不够，则意味着锻造比不足，会严重影响锻件质量。真是大有大的难处！尺寸超大的715吨钢锭，挤占了水压机横梁间的大部分空间，操作可控性很低，周围温度又极高，热态尺寸测量无法进行。控制锻件长度，真不容易啊！那段时间，他无时无刻不在思考工艺参数、琢磨锻件成形过程，近乎“着魔”状态。一天下班回家，看见妈妈正在揉面，就赶紧接过来，边陪妈妈说话边干活儿，不知不觉竟然把面团揉成中间粗、两端细的低压转子形状。妈妈惊讶地看着他手里的“面团”说道：“孩子，你是不是‘魔怔’了？”

非常之事，必有非常之举。最后攻关的日子里，刘伯鸣吃住在单位，一个多星期没回家。附具，附具尺寸是个突破口！一番苦思，刘伯鸣终于找到解决办法：详细记录每次锻造的附具尺寸，最后的成品序，以附具为参照物，刘伯鸣和工友们凭借对附具尺寸参数的精准把握，与锻件比对，以此控制锻件尺寸。经最终冷态校检，百万千瓦级核电常规岛整锻低压转子锻造大功告成。

实力是最硬的话语。超大锻件闪耀着自主知识产权的光环，代表着国际先进水平，参与产品鉴定的专家无不予以高度评价。国外垄断由此终结，核电常规岛整锻低压转子锻件价格从8000万元/支降至2000万元/支！我国同类产品从此异军突起，昂首步入国际市场。

创新：开一片广阔的天地

“大家想想看，咱们到底能为公司降本增效做些什么实实在在的贡献？”刚刚从水压机锻造厂降本增效专项会议上归来，刘伯鸣面色有些沉峻，立即组织召开创新工作室骨干成员会议，研讨落实方案。

“当前乃至今后相当长时期内，公司尤其是我们所在的铸锻钢事业部成本压力非常大，全力降本势在必行！咱们干铁匠的，在主要产品减少锻件余量、提高钢锭利用率上能不能想想办法？”刘伯鸣用沉稳而探询的眼神扫视了一遍这些以他名字命名的创新工作室的骨干成员。

“减少锻件余量虽然不是什么新话题，可我觉得仍然有潜力可挖，优化锻造工艺、精选钢锭类型、固化操作参数等方面都还有改善的空间。不过，这需要掌握大量一手的生产数据。”一位公司劳模率先发言。

“不错，系统梳理影响锻造余量的相关因素，全面细致测量、积累相关生产数据应该是咱们下一步的重点工作之一。”刘伯鸣赞许地点评，随后补充：“加氢反应器筒体锻件是咱们的主要产品之一，每年在产值中都占很大比例，去年和今年的筒体量都过百件，要是在减少筒体锻件加工余量上动动脑筋，既能缩短产品交货期，又能为公司节约一笔可观的生产成本。哪怕钢锭利用率只提升一个百分点，那都是相当可观的经济效益啊！”

“锻件余量的影响因素比较复杂，锻件的大小、形状、材质类型、锻造设备、操作方式、技术水平，以及工艺人员的能力经验等，都有关系。”又一位老师傅冷静而清晰地分析道：“所以，我们要分门别类地细化各种影响因素，再收集以往产品的相关信息，找出各影响因素的比例区间，这样才能有针对性地、尽最大可能压缩余量。”

“思路很好！”刘伯鸣对老师傅微笑着点点头，继续说：“我想，咱们就把‘加氢筒体减余量’立为今年创新攻关的重点课题吧。压缩余量、提升钢锭利用率要有一个通盘全面的筹划。首先，咱们要反复梳理加氢反应器筒体锻造的全部流程，结合具体数据分析，看看有没有精减镦拔火次的空间。这里，大家也可以拓展一下思路，把筒体锻件的锻造图、粗加工图、精加工图都拿来反复对比、梳理、研究，绝不放过一丝压缩余量的可能。当然，先进的制造理念也要系统掌握。我打算联系公司热加工技术部门，找机会给大家培训一下'近净成形'锻造技术，理解这种从根本上降低生产成本的绿色制造技术，对指导咱们今后的工作非常重要。另外，公司新上的技改项目'大锻件尺寸激光测量'也投入使用了，大家可以结合掌握这项技能，尝试探索利用精准测量，精控锻件尺寸、减少加工余量的可能性。总之，就是深入分析筒体生产流程中"人、机、料、法、环"各类影响因素，以保证质量、坚决杜绝返修品和废品为前提，抓好过程控制，提出改善方案。见到成效后，再把方案制度化，优化操作要领，把提高钢锭利用率的成果固化下来。咱们可都是单位的骨干，降本增效一定要打个漂亮仗！"

刘伯鸣的一番话启动了减余量的引擎：思维的火花相互碰撞、灵感的闪光彼此映射，周密细致的攻关计划拟出了。课题组多次深入生产现场调查，102 项问题点记录在册。余量要减，可前提不能动摇：减余量锻造后各项指标必须合格。怎么办？课题组分析对比筒体热处理后的 100 多组数据，确定筒体在不同温度下的热态收缩量，确保产品质量有了可靠的技术数据支撑。

凝聚着集体智慧和汗水，加氢筒体锻件减余量工艺终于出台了！以翔实可靠的数据分析为依托，工艺参数进一步优化，在筒体直径方向和长度方向都大幅压减余量，力求达到最高材料利用率。

年底召开的基层创新成果表彰会上，课题成果那一连串亮眼数据让刘伯鸣创新团队挺直了腰杆，也让其他同事称羡不已：加氢筒体长度余量较以前减少约 21.5%、内径余量减少 28.2%、外径余量减少约 36.8%，当年共 79 个筒体采用减余量锻造方案，共节约钢水量 2700 吨，累计降低成本 2457 万元。

课题组大量深入细致的基础工作引发一系列"成果冲击波"：课题实施过程中小组成员完成改善提案 45 件，其中优秀改善提案 8 件，完成标准型作业指导书 5 项，附具点检制度 1 项，对整个加氢筒体生产流程的提质增效产生了非常好的综合改善效应，生产效率、产品质量步入稳健提升的轨道。

刘伯鸣创新团队乘胜前进，多点开花，在其他产品的类似攻关课题中继续扩大战果，先后完成"提高加氢封头板坯钢锭利用率""提高支承辊钢锭利用率""提高长筒类锻件表面质量"等多项课题。其中，"提高加氢封头板坯钢锭利用率”课题成果应用在锦西项目20件、盘锦10件封头板的生产，板坯高度余量平均减少40毫米，直径余量平均减少30毫米，接近加工尺寸，每个封头板钢锭利用率提升5%，每件封头板节省钢水成本6万余元。另两项成果也佳音频传，“提高支承辊钢锭利用率”课题通过改进工艺、合理使用工附具、细化操作，支承辊锻造余量按工艺规范减小10毫米，节约钢水1028吨。

一体化制造能减少环焊缝，提高锻件的安全性和整体性能，是大型压力容器锻件发展的大势所趋。过渡段形状特殊、扩孔前两段壁厚不均、扩孔时走料不同步，压下量不好控制，变形不同步，难点一大堆。回顾创新历程，刘伯鸣如数家珍：“我们推行开放式创新，创新工作室和技术部门结成联盟，细化责任，分解难点，搞联合攻关。那真是一场高技术攻坚战，前期方案设计，计算机仿真模拟发挥重要作用，从材料热力学应力应变的角度在理论上论证一体锻造的可行性，坚定了必胜的信心。群策群力是我们取得突破的一大法宝！比如原来的平整火次后有一道收口套拔长工序，但这一火次控制长度及壁厚都有一定难度，我们就与工艺人员探讨，决定平整后直接收口套扩孔出成品，扩孔时控制好压下量，很好地改进了锻件的形状精度。要说创新点、优化点，这里比比皆是，无论是附具设计、装配，还是成形工艺乃至生产操作，称得上全流程多点开花。比如，预扩孔后在收口端用气割倒角处理，根据过渡段尺寸特制出筒体收口专用锤头，配合回转台反复旋转锻造收口等，都是大家根据创新目标，深入研讨实际问题后提出的有效解决方案。”

刘伯鸣创新团队以一体化课题为依托，加强研产合作，开发出加氢反应器上、下过渡段合锻近净成形技术，真正实现了自由锻锻件全纤维净近成形，提高材料利用率5%，节约加工费40%，提高生产效率40%，增加利润18%，现已成功推广运用于近百套加氢反应器制造项目，累计为公司节约成本1亿多元，有力地促进了中国一重石化压力容器制造的核心竞争力再上台阶。中国特种设备检测研究院、中国压力容器协会等有关专业鉴定专家对此高度评价：过渡段与筒体一体化锻造技术属于世界首创，具有显著的经济效益和社会效益。“加氢过渡段自由锻造近净成形技术产业化研究”课题成果摘取2019年度中国机械工业科学技术二等奖和全省职工优秀创新项目一等奖！

随着市场竞争加剧，产品制造周期不断压缩，生产提速势在必行，刘伯鸣创新团队把提升效率作为创新攻关的一个重要发力点。针对镇海、舟山等筒体批量大的项目设立了“缩短制造流程 加快筒体产出”课题。经过反复梳理、讨论原有工艺和生产制造流程并深入现场调研后，决定取消筒体平整之前的预扩，芯棒拔长后直接平整，将原来的7道生产工序缩短为6道。充分分析论证后，用5支筒体试验，效果非常理想，筒体尺寸和表面质量都一次合格。后续35件筒体全部采用改进工艺，有效缓解了万吨水压机生产压力，每个筒体可为15000吨水压机节约120分钟生产时间，加热时间至少缩短9小时，节约煤气成本7290元。该成果现已固化为标准工艺，提速增效的综合效益相当可观。

辉煌由创造来书写，人生因奋斗而精彩。近年来，刘伯鸣带领创新团队先后完成“华龙一号”福清5号核反应堆压力容器、世界最大3025吨超级浆态床锻焊加氢反应器、超大直径8.6米EO管板等一批“超级装备”，贡献突出，成绩优异，刘伯鸣创新工作室荣膺中华人民共和国人力资源和社会保障部授予的“刘伯鸣技能大师工作室”，被授予“黑龙江省劳模和工匠人才创新工作室”。

广阔天地，无限风光。自由锻造一体化、近净成形、空心锻造、水压机体外锻造……回望近年来参与核电、石化锻件重大技术领域创新突破的一座座里程碑，佳绩不断的刘伯鸣无暇顾盼自炫，带领基层创新团队，协同研发部门，又锁定新的生产“瓶颈”，信心十足、马不停蹄地奋进在创新攻坚新征程……

传承：燃一簇不息的薪火

刘伯鸣在中国一重，甚至是本地区乃至行业内无疑是“名人”，是中国一重出镜率最高的“明星”。齐齐哈尔市话剧团与中国一重联合编排的工业题材话剧《国之重器》就是以刘伯鸣为原型，公映后反响热烈。用工友们的话来说，就是“该干的事情他都干了，该得的荣誉他也都得了”。有媒体记者采访前好跟刘伯鸣开玩笑："最近档期紧不紧啊？去你那里采访有没有时间？"

刘伯鸣作为一个"名人"自然会引起各方的关注，人们在关注刘伯鸣主责主业的同时，更关注他这一身本事可别断了传承。

刘伯鸣重传承，他本身就是在父辈和师父们的传承下成长起来的。他不认为自己就是巅峰，更希望通过他的努力，一代更比一代强。那怎么传承才能效果最好？刘伯鸣有他自己的排序：精神、理念、德行、技艺。

传承什么精神？自然是党的二十大精神、习近平总书记视察中国一重时的勉励要求，以及劳模精神、劳动精神和工匠精神。

作为党的二十大代表、全国劳动模范、中国一重首席技能大师，刘伯鸣每年都坚持下车间、到基层、入社区、进校园，尤其是重点"照顾"他自己带的兵，开展案例式、情景式、互动式、访谈式等形式丰富的党课宣讲。习近平总书记对中国一重有哪些勉励要求？中国一重如何发展而来？劳动模范是怎样奋斗的？"打铁人"的使命担当是什么？生动感人的事例、切身实在的体会、语重心长的勉励，经他声情并茂、娓娓道来，格外引人入胜、励志铸魂。这些充满正能量的宣讲如春风化雨，滋润着受众的心田。"耳听、眼观、身教、体验、互动"，如此鲜活生动、别开生面的现场宣讲方式让人耳目一新！由他担任主讲人的《弘扬工匠精神　锻造"大国重器"》微视频以强烈的视觉冲击力和情绪感染力征服无数观众，备受好评，作为中央企业3部优秀理论宣讲微视频之一，荣获中宣部表彰。刘伯鸣用自己的真实经历生动诠释了"爱岗敬业、争创一流、勇于创新、淡泊名利、甘于奉献"的劳模精神，"崇尚劳动、热爱劳动、辛勤劳动、诚实劳动"的劳动精神和"敬业、精益、专注、创新"的工匠精神，这对于广大受众的感染无疑是巨大的。特别是他的"弟子"们，全方位领略了刘伯鸣"大匠之路"的精神支撑，为他们成长成才奠定了坚实的思想基础。

传承什么理念？那就是守正创新、责任担当、团队意识以及精益求精。

对于"铁匠"来说，守正创新就是在继承和发展传统锻造技术的基础上，敢于打破常规"变不可能为可能、变可能为现实"。同时，团队意识对集体作业的热加工来说绝非空话，众人划桨开大船，攻坚克难离不开全体同事的密切合作。在刘伯鸣看来，职业生涯之所以能取得成功，在于他不是孤独前行，而是有相互扶持的团队支撑。特别是刘伯鸣从一线班长升任水压机锻造厂副厂长后，就更有责任带好队伍，把“锻造世界精品、锤炼一流团队”的水压机锻造精神发扬光大。前不久，直径长达 8.7 米的盛虹石化 EO 超大型管板锻造任务摆在刘伯鸣面前，这是个大难题啊！ 15000 吨水压机立柱间工作间距为 7 米，放不进去，怎么锻？“小锅”能烙出大饼吗？刘伯鸣和团队成员既有沉重的压力又有浓浓的兴奋，他们没有退缩，直面这个大难题，彰显了中国一重人的责任担当。他们全身心投入技术攻关，反复确定工艺参数、琢磨锻件变形过程，最后决定改造辅具，实行“体外锻造”。体外锻造，就是借助辅具，让回转台均匀旋转，水压机在外侧碾压，像擀饺子皮一样让锻件加工达到工艺尺寸。超大型管板的这种锻造方式属国内首创，没有任何技术资料可借鉴，能否达到预期效果？在理论过关的基础上只能在实践中检验。在“擀压”过程中，刘伯鸣和团队成员细心观察坯料的变化，反复测量确认，把精益求精做到了极致，最终擀成了这张巨大的“饺子皮”，把中国一重体外锻造技术再次推到行业最前列！这一产品的锻造成功，不仅解决了超大件的锻造难题，也使得中国一重锻造队伍对刘伯鸣一直强调的“守正创新、责任担当、团队意识以及精益求精”的工作理念有了更加直观和深刻的体悟。

传承什么德行？那就是国之大者、忠诚企业、吃苦耐劳和尊师重道。

说起来刘伯鸣的传统观念还是很重的，对“做事先做人”的道理非常认同。实际上，做人“不咋地”的人，终会归结到世界观、人生观、价值观“三观”存在问题，也确实难当大任。对于央企人来说，第一大德行就是明晰国之大者。国之大者就是影响国家的大事要事。试想，中央企业特别是肩负国之重器制造任务的中国一重，许多产品都关系到国家国防安全、科技安全、能源安全、产业安全和经济安全，心中没有国之大者的人，很难干成干好国之重器。只有把自己的命运同国家和企业的命运紧紧连在一起，自觉站在国家和企业全局的立场想问题、干工作，才会焕发出履职尽责的巨大精神力量。刘伯鸣常对工友们说：“这些高端锻件为什么被称作国之重器啊？因为它们不仅蕴含着巨大的经济价值，更承载着国家重点工程项目建设的政治意义。咱们只有倾力干好的责任，没有丝毫失职的理由，必须细心加专心、实干加巧干，全力干好！”

刘伯鸣传承给后来者的第二大德行是忠诚企业。中国一重地处北国边陲，从第一代中国一重人战天斗地、大业开基到新时代中国一重人继往开来、涅槃奋起，可以说是几代中国一重人成就了中国一重今天的地位，反过来说就是中国一重养育和造就了几代中国一重人。刘伯鸣常常对后来者动情地说：“感恩中国一重，没有中国一重就没有今天的刘伯鸣，跟我学锻造，基本要求就是忠诚企业、报效祖国。”

刘伯鸣要求“弟子”们最基本的德行是吃苦耐劳。锻工苦啊！锻件通常要加热到1100摄氏度左右才能锻制，高温灼烤的工作环境，要穿厚厚的工作服，夏日里不干活都是一身汗，何况还要到通红的锻件前量尺。有时遇上迸溅的氧化铁皮，还有烫伤的风险。冬天更是难受，虽然现在的厂房保温水平都上来了，但在高大空旷的锻造车间，还是会让人清晰地体验什么叫“火烤胸前暖、风吹背后寒”。同时，锻工责任大啊！15000吨自由锻造水压机的锻件都是大锻件，多为超宽、超高、超重的“国之重器”，如果不练出一身过硬的本领，把件给锻废了，不仅是几百、几千万元经济损失的事儿，还要算耽误国家重点工程项目建设的政治账、用户质疑的信誉账。因此，刘伯鸣总是把丑话说在前面：“怕苦怕累别入行，入行以后别叫娘！”

刘伯鸣身体力行最直观的德行是尊师重道。不管是对自己“亲师父”还是单位的各位老师傅，他都敬重、礼让在先。因此他才能够得到大家的善意和指点，有机会博采众长。刘伯鸣成为“名人”之后，面对各级主流媒体采访，他常常把已经退休几年的师父范友国推在前面，这让本不好名利的范师父也是感动异常，因为这无疑是他的好弟子人品和德行的一种自然体现。忙里偷闲，有机会和师父、工友们喝上一顿小酒时，刘伯鸣总是把“亲师父”和老师傅们推到上座，执弟子礼敬酒在先，每当这时师傅们难掩心中的喜悦，体会到什么是“让我醉的不是酒，而是你的小酒窝”。

传承什么技艺？那就是锻工“吃饭”的本事、成长的本事、登峰的本事。

“吃饭”的本事就是锻工的基本知识和基本技能，虽然现在进厂的锻工大多都受过职业教育，但在校学学的东西和生产现场接触的实际还是有一定差距的，需要重新认知和融合，正所谓“开悟前砍柴、挑水；开悟后砍柴、挑水”。刘伯鸣要求“弟子”们不要急躁，要吃得起辛苦、耐得住寂寞，顶着住压力，把根基打实。锻造前，要精心研究图纸，把锻造工艺读懂吃透，认真按工艺要求生产。锻造中，工艺压下量和变形工序更要精心操作，严格执行“勤观看、勤测量、勤沟通”“三勤”工作法，严谨执行“四个凡是”“四个符合”标准。锻造后要认真归纳总结，形成各自的“修炼秘籍”，为今后工作积累经验。与此同时，听百遍不如干一遍。刘伯鸣坚持一对一地教，让“弟子”们当面实际操作，把理论转为实践。重要火次锻造，都要到现场，通过观察产品的变形过程，把握重点注意事项，增强大家的实操能力。同时，刘伯鸣把工作中的创新点指出来，在日常工作中增强大家的创新意识和创新能力。

成长的本事就是开发潜力、升华技艺。作为中华技能大奖获得者、全国技术能手和基层管理者，刘伯鸣以创新工作室为平台，牵头举办每周两次的“工匠讲堂”，带领大家学技术、钻业务，讲授《超大型锻件操作实战要领》《锻件质量问题及解决途径》等课程，把自己 30 多年的工作经验和操作技能，总结优化后传授给员工；对技术骨干，刘伯鸣侧重传承自己的绝技绝活，砺技能、强本领，提高实际操作和生产指挥的功力。刘伯鸣动员大家参加“百万一重杯”劳动竞赛及多种素质提升活动，开展岗位技术练习、建立岗位练兵台、开展互学互助结“对子”等活动，激发员工们学技术、钻业务的热情，营造崇尚学习、争当业务尖兵的浓厚氛围。同时，每个季度、半年和年度，都奖励工作有贡献、有进步的成员，重技术、讲业绩的良好氛围由此形成。刘伯鸣还常常利用工作空闲时间，召开班组技术座谈会，鼓励组员们将自己的实践工作经验、锻造小窍门分享给大家学习参考，交流共享理论知识和操作技能，把个人经验转化为团队经验和集体智慧，把个人发明创造、技术革新成果转化为推动企业高质量发展的强大合力。

登峰的本事就是向“深”与“博”拓展，在专业领域博采深挖。在理论知识方面，刘伯鸣针对锻工大多只接受过职业教育的实际，倡导大家继续专业知识学习，精深学习研究工程力学、工程材料及热处理、金属塑性成形、锻压设备、锻造工艺与锻模设计、锻压生产管理与质量管理等内容，为攀登锻造技术高峰夯实基础。刘伯鸣非常喜欢爱因斯坦所说的：“想象力比知识更重要，因为知识是有限的，而想象力概括着世界上的一切，推动着进步，并且是知识进化的源泉。严格地说，想象力是科学研究中的实在因素。”因此，在提升逻辑思维、形象思维、发散思维等能力方面，他带领大家以专业知识为基础，合力想象，在征得单位支持的前提下大胆试验，不断积累突破的能量。“它山之石，可以攻玉”，在学习借鉴行业前沿研究成果方面，刘伯鸣广泛关注中国锻压协会、先进企业的研究成果，丰富并完善自己的创新理念及方法并将其转化为团队的能力，进而厚植创新基础。

“志不求易者成，事不避难者进”，刘伯鸣多年不遗余力地传承取得了丰硕成果。一大批能独当一面的锻造技术能手迅速成长，徒弟张新宇如今已是水压机锻造厂最年轻的副班长，师徒二人还被省总工会授予“好师父，好徒弟”荣誉称号。刘伯鸣团队先后被集团公司、市工会、省工会评为优秀集体，荣获市工人先锋号、省双十佳班组等光荣称号。荣获全省职工职业道德建设模范班组、全国装备制造业调整和振兴规划立功竞赛优秀班组、中华全国总工会颁发的“模范职工小家”等集体荣誉。团队中的冯永亮、安汇先后获得公司大工匠、首席技能大师称号。创新工作室先后被评为“齐齐哈尔市技能人才（劳模）创新工作室”“齐齐哈尔市技能大师工作室”和“黑龙江省劳模和工匠人才创新工作室”。刘伯鸣也多次受到各级组织表彰和奖励，先后荣获全国技术能手、黑龙江省首届龙江大工匠、省十二届劳动模范、黑龙江最美工作者、第五批全国岗位学雷锋标兵、中国工会十七大代表、黑龙江省 70 年 70 人模范人物、龙江楷模、中央企业百名杰出工匠、大国工匠年度人物、全国劳动模范、党的二十大代表、“央企楷模”、中华技能大奖、省工会副主席等诸多荣誉。

刘伯鸣不擅写诗，但他很喜欢汪国真的两句诗：“我不去想是否能够成功，既然选择了远方，便只顾风雨兼程。我不去想身后会不会袭来寒风冷雨，既然目标是地平线，留给世界的只能是背影。”是啊，成事者从来离不开坚定，没有人能随随便便成功。刘伯鸣没有被众多的荣誉冲昏头脑、没有以“重地功臣”自居，他每天依然用加热炉、天车、砧座、马杠、操作机和锻锤撰写着灼热与轰鸣交响的诗句，在锻造“国之重器”的火热中追寻着那让他永远痴迷的诗与远方……

铸就 C919 飞机"中国大脑"

——记中国商用飞机有限责任公司 C919 大型客机控制律团队

◎文 / 中国商飞公司党群部

2023 年 5 月 28 日，随着 MU9191 航班平稳落地北京首都机场，历时 1 小时 59 分钟的国产大型客机 C919 首次商业飞行宣告成功。

C919 飞机商业首航成功，标志着中国大飞机已具备安全可靠的商业航空运输能力，表明中国民航工业已具备了自主设计、开发和生产商业大型客机的实力。同时，这也标志着中国商飞公司建立起了大型客机电传控制律研制体系，自主掌握了大型客机电传控制律技术。

当 C919 飞机在北京首都机场穿过象征民航业最高礼仪的水门时，首航机长赵宏兵向在场记者表示："首次执飞下来，体验非常棒。得益于 C919 良好的气动特性和飞机操控品质，起降操控都比较平稳。"同时他也提及，C919 飞机"控制律调得不错"。此时的上海，一群大飞机设计师看到这样的消息，内心振奋不已。10 年攻关，他们从无到有，从零到一，自主建立大型客机电传控制律研制体系，掌握大型客机电传控制律技术，填补了国内民机电传控制律的空白，走出了一条中国民机电传飞行控制律自主可控之路。他们就是——中国商飞 C919 大型客机控制律团队。

2023 年 2 月，团队获评国资委党委 2022 年度"央企楷模"。评委会在授予 C919 大型客机控制律团队的颁奖词中写道：

一以贯之，久久为功；

从无到有，敢为人先。

不畏严寒酷暑，陕南追冰，内蒙古捕风；

不惧艰难险阻，失速试飞，刀尖起舞。

十载攻关，掌握技术，建立体系；

百折不挠，铸就 C919 飞机“中国大脑”；

矢志不渝，让中国的大飞机翱翔蓝天。

回首 C919 飞机的研制历程，从 2007 年正式立项，到 2023 年正式投入商业运营，漫长的 16 年研制之路，是大飞机人踔厉奋发、勇毅前行，用泪水和汗水铺就的中国大飞机通天路。从量的积累，到质的飞跃；从点的突破，到面的提升，为了这一天，C919 大型客机控制律团队足足奋斗了 10 年。

踏上顶级难度的攻坚之路

对大部分非专业人士而言，“控制律”是一个陌生的词汇。如果把一架飞机比作一个人，那么发动机就是心脏，液压系统是血液，而控制律则相当于飞机自身的“大脑思维”，它通过复杂精确的算法处理飞行信息，实现飞机飞行姿态和轨迹的自主控制。电传飞行控制律的研制极大地提升了民机的飞行品质和安全性，是现代先进民机的重要标志，其研制涉及气动、飞行力学、控制、结构动力学等多学科，涉及飞控相关系统集成，技术难度大、验证任务艰巨，且与民机安全密切相关，一个简单的逻辑错误就会直接影响飞行安全，是飞机主制造商必须掌握的核心技术之一。

在 C919 飞机电传飞行控制律（以下简称“C919 控制律”）研制方案的论证阶段，有两个重要事项摆在大飞机人面前。一是选择相对简单的开环控制律，还是采用算法复杂得多的闭环控制律作为 C919 的控制律？二是作为主制造商的中国商飞，是与供应商合作用供应商现成的控制律，还是自主设计、自主掌握控制律技术？

经过反复论证，C919 大型客机总师系统最终拍板决定，选择了一条顶级难度的攻坚之路——C919 飞机不但要采用算法复杂的闭环控制律，而且这套控制律必须由我们自己研制。闭环控制律的研制在当时国内民机领域处于完全空白的状态，如果不依赖供应商的技术自主研制，其在设计、试验乃至试飞环节的难度都将大大增加。那么，我们为什么要“舍近求远”给自己“找麻烦”呢？

闭环控制律作为当下国际主流机型的“标配”，能提高飞机的安全性能，让飞机达到更好的飞行品质，并减轻飞行员的操纵负荷，是提高 C919 飞机核心竞争力的必要途径，也是让 C919 成为一款航空公司爱买、飞行员爱飞、乘客爱坐的飞机的必由之路。

控制律研制之初，也考虑过采用国际合作的方式，因为供应商拥有较为成熟的设计体系和充足的设计经验，但是由于该项技术作为大飞机设计的核心技术，如果采用供应商合作模式，整个型号的研制过程及周期将严重受制于人。

党的十八大以来，习近平总书记多次强调科技创新的重要性，多次提到要掌握核心技术。历史和实践告诉我们，核心技术是买不来的，只能靠我们自己。研制大型飞机，同样要下这样的决心，做这样的准备。

“欲事立，须是心立”。即使没有任何经验可循，即使没有电传控制律设计经验和设计体系，但全电传控制律设计技术是民机研制过程中必须攻克的一项核心技术，这不仅是民机研制的客观要求，更是实现航空科技自立自强的必然选择。C919 控制律的研发，难就难在这是第一次。但如果能打赢这场“破局之战”，后续型号的控制律设计就有经验可循，面对其他技术难题，也会更有底气去解决。

从“零”开始的攻关

2012 年 6 月 21 日，中国商飞公司成立了以 C919 大型客机总设计师、时任中国商飞公司副总经理的吴光辉为队长的 C919 大型客机控制律设计联合攻关队，攻关队以中国商飞上海飞机设计研究院操稳、气动、飞控、载荷和试验验证专业为主，中国商飞试飞中心试飞员 / 试飞工程师、其他高校和研究单位为强有力支撑。联合攻关队分为 5 个小组，在中国商飞上海飞机设计研究院集中办公。这一天，这场从“零”开始的控制律攻关持久战正式拉开序幕。

在某次讨论会上，吴光辉总设计师坚定地表示：“我们一定要相信自己的力量！我们拥有国内顶尖高校毕业的具有聪明才智的年轻人，拥有国内集中力量的民航工业资源和平台，拥有祖国和人民的支持做坚实后盾，眼前的困难只是通往成功的插曲，我们要做的就是尽快摸索出方法，把这条路走稳、走扎实。”年轻的攻关队队员没有辜负他的信任，在吴光辉的带领下，这支年轻的队伍凭着初生牛犊的胆识、超强的学习和适应能力，毅然扛起了千钧重担，投入到火热的科研攻关中。

从“零”开始的攻关，就要有从头学习的毅力。团队成员抓住一切可以学习参考的机会，在一片混沌中奋力摸索前进的方向。他们翻遍一切可以参考的资料，找遍所有能找的专家学者，学设计方法，学设计流程，学架构逻辑，学验证手段，学适航体系。队员们每天的工作生活单调却充实：查阅资料、推导公式、开展数学仿真……为了一个问题，大家常常讨论到深夜；为了修改一个设计，错过食堂的饭点，攻关队办公室的夜晚常常飘着泡面和面包的香味。

攻关队办公室墙上挂着一个横幅——“集中办公、不畏艰难、心无旁骛、奋力攻关”。这个横幅时刻提醒大家要竭尽全力，集智攻关，啃下控制律研制这块“硬骨头”。每周一晚上，全体攻关队队员要进行工作交流和讨论，每个小组成员在会上都会充分发挥所学的专业知识和平时的经验积累，积极建言献策。到了每周五，团队则会召开追踪检查本周计划的例会，并预判下周计划执行风险，做到计划周密、执行有力、沟通及时，每个人都发挥自己的聪明才智，形成攻坚克难的强大合力。

自主攻关的道路绝对不会一帆风顺。面对控制律探索的盲区，队员们面临着巨大的压力。为了突破困局，总设计师吴光辉每天组织大家开展讨论，常常陪同攻关队队员们加班到深夜。那段时间，每天深夜下班他都会留意到，攻关队办公室的灯光还是亮的。他十分心疼这些年轻人，但又深深被他们感动：“那盏灯是亮的，大飞机事业的前途就是亮的。”

某天深夜 11 点，吴光辉正走在下班路上，思绪却还沉浸在刚刚和队员讨论的难点问题里。忽然，手机铃声响起，把他的思绪拉回现实，“吴总，我们想到一个新方案，或许可以解决各个功能要求矛盾的问题！您要来听一下吗”？电话那端传来队员郑晓辉激动的声音。为了这一瞬间的灵感乍现，吴光辉立刻朝着办公室奔过去，此时攻关队队员都还在，看到吴光辉回到办公室，他们立刻围了上去，兴奋地介绍起大家最新想到的解决方法。吴光辉听完大家的新方案，立马来了精神头：“来，我们现在就一起论证一下！”

凭借超强的学习能力和不愿服输的心劲儿，这支年轻的攻关队在控制律技术的无人区中不断开拓疆土。当若干年后加入团队的新队员打开控制律的飞行仿真模型时，他们无不对眼前密密麻麻的上千个模块、上万条线的排布感到震撼：“到底是怎样一个团队，花费了多少精力，才能完成这么浩大的工程！”

而在飞行仿真模型刚搭建完成的那一刻，攻关队队员们并没有意识到他们已经创造了中国商用飞机的新历史，那时的他们甚至还不能百分百确定这个“新生儿”能否在真机环境中按照预期顺畅运行，一切都要等待试验验证给到他们答案。来不及为搭建完成初版模型而如释重负，攻关队队员们已全神贯注投入新的挑战——C919 控制律首次地面试验。

与地面试验的第一次“亲密接触”

如果说完成 C919 控制律初步整体设计是实现了“零”的突破，那么要做到“从零到一”，还要完成无数的试验验证。每一步都充满艰难，但每一次团队都在艰难中前进，步履不停。

试验验证的第一步是地面试验，只有通过工程模拟器试验和铁鸟试验的验证后，控制律才能被装上真机，进行下一阶段的试验。

地面试验阶段，工模试验与控制律的设计同步进行，团队成员在工程模拟器上输入控制律的方程式和算法，通过飞行员在环试验，来验证控制律设计本身的正确性。

首次飞行员在环试验的首个试验科目如约而至，郑晓辉、欧阳一方等队员与试飞员、试飞工程师登上工模台。其他团队成员反复检查就绪后，试验开始！

试飞员按照任务单要求，依次做出规定动作。突然，郑晓辉发现视景系统显示出现异常，同时他看到试飞员微微皱起了眉头。

“飞机拉杆无响应。”试飞员神色凝重，飞机保持在巡航高度。

“再尝试一次呢？”郑晓辉的声音透露着焦急。

试飞员又一次拉起飞机，重复动作，“还是有问题，不能飞行！”这一次，试飞员直接转头看向欧阳一方，明确表明试验无法继续。欧阳一方没有说话，只是和郑晓辉对视一眼，叹了口气。对于飞行员在环试验来说，时间分秒必争，在向试飞员、试飞工程师郑重致歉和道别后，控制律团队迎来新一轮的挑战。

“出师不利当然会有压力，但我依旧相信我们会在艰难中前进，解决遇到的所有困难，努力让 C919‘飞’起来。”刚才，在与郑晓辉的对视中，欧阳一方看到的是转瞬即逝的担忧和斗志重燃的熊熊火焰。

欧阳一方再次组织团队开展细致的排查梳理工作。控制律团队和工模试验团队开展深入讨论、举一反三，一遍遍复查程序、模型和代码，吃透技术，终于确定是控制律中一个模块的增益设置出现了问题。

试验重新启动。那天的上海天气不错，早晨的风吹在脸上温暖和煦，郑晓辉到达试验大厅的时候，身上竟然有些微微出汗，他是一路小跑着过来的。“当时既兴奋又忐忑，之前遇到了许多困难和问题，虽然都成功解决了，但是工模试验就是这样，不到最后一刻谁也不知道会发生什么意外状况。”郑晓辉回忆说。

登上工模台后，郑晓辉向试飞员确认任务单要求、检查设备运转良好，试验正式开始。随着试飞员缓慢推杆，驾驶舱视景系统开始变化。

“现在以 180 节的速度爬升至 4572 米。”

“增速至 250 节，准备做三轴操纵检查。”

“现在做纵向、横向动稳定性检查。”

“阻尼特性良好，重阻尼不到一周收敛。”

根据任务单描述，试飞员娴熟地做出规定动作，郑晓辉仔细记录试验过程，一切顺利。“试验结束。”试飞员将飞机稳稳“降落”后，郑晓辉宣布道。他拿出笔记本电脑，将试验曲线拷贝进去，与之前桌面仿真的曲线进行对比。此时的工模台，除了设备运转的声音，前所未有地安静。“曲线吻合！”郑晓辉的声音掷地有声。

小小的工模台沸腾起来了！团队成员们都明白自己经历多少日日夜夜，跨过多少艰难险阻，才能换来试验的成功。

“飞机响应不错，操纵比较平稳。”试飞员向在场的团队人员竖起大拇指。

“试验很顺利，做出来的曲线和此前桌面仿真吻合！”在全部试验完成后，刚走出工模台的郑晓辉第一时间和正在出差的团队成员通知了这个好消息。当控制律模型首次在工程模拟器里启动的时候，郑晓辉有种难以置信的恍惚感：我们自己设计的控制律真的能让飞机飞起来吗？直到看到视景界面的响应符合预期，郑晓辉终于敢相信，我们自主研发的电传控制律技术真的能行！

伴着朝霞开始，踏着夕阳结束，有了这次的良好开端，控制律团队顺利完成后续所有科目的工模试验，成功保障 C919 飞机首飞控制律、正常模式控制律工模试验按节点完成。

如果说工模试验是贯穿整个地面试验阶段的“持久战”，那么铁鸟试验则是联合各系统试验团队在地面试验阶段打的又一场漂亮的“攻坚战”！

在中国商飞上海飞机设计研究院试验大厅内，一只形似飞机、双翼延展、尾翼高翘的“钢铁雄鹰”振翅欲飞。这是C919飞机铁鸟试验台，也叫“飞控液压系统综合试验台架”。它按照真实飞机1∶1的比例建造，安装真实的一架份主飞控、高升力、自动飞行等系统，是多系统综合的飞机级半物理仿真平台，业内喜欢称它为第“0”架飞机。

铁鸟试验是在飞控系统供应商将控制律算法编入飞控计算机并交付安装到铁鸟试验台后，进行从驾驶舱操纵部件到飞机响应的完整闭环试验，是需要综合飞控系统、飞机本体模型、驾驶舱相关系统的飞控系统级集成试验，验证飞机级的飞行品质是否满足设计要求，是控制律算法正式装入真机前的必要试验。

2016年之前，国内民机对于闭环控制律的铁鸟试验可以说毫无经验。“当时团队里没有‘控制律也要进行铁鸟试验’这个概念。”团队成员余圣晖说道，“刚开始我们不知道怎么做铁鸟试验，只能先从最基础的资料看起，等理论体系稍微成熟一些了，我们邀请国内其他研究所控制律专家一起，讨论具体的试验内容。”

2015年10月，控制律攻关团队在大量查阅国外资料、借鉴国内相关机型试验方法后，终于总结出一套民机控制律铁鸟验证的方法。

2016年1月，C919控制律团队迎来了他们的第一次铁鸟试验。那年冬天很冷，铁鸟台架内没有安装空调，成员们在上面度过了异常寒冷的一周，这“冷”不单是身体的，更是心理的。在试验开始注入激励信号时，铁鸟台反复出现舵面振动的问题，试验无法进行，队员们情绪都有些沮丧。

但他们很快就调整好情绪，必须在接下来的一周，专注解决这个难题，否则对后续飞控集成试验进度会产生重大影响，团队紧急开发扫频程序，仔细研究每一个试验设备的工作原理，测试每一个试验设备的延迟，反复研究各设备联试后的系统延迟，最终找到“莫名振动”的根源——“信号注入系统”有200毫秒的延迟问题。找到问题根源对症下药后，铁鸟试验才得以顺利进行。

终于，铁鸟试验台没有出现振动现象，余圣晖站在稳稳的试验台上，没有太多的情绪起伏，只是想立刻推进下一步试验，“我们团队最不怕的就是问题，最擅长的就是在艰辛中勇往直前。在刚开始决定自行研制控制律的时候，我们听到的并不全是支持的声音，供应商不相信我们设计的控制律能够达到适航标准，但我们在地面试验上相继取得的成功，就会让这些质疑的声音消失。”

首飞，控制律的首次大考

2017年5月5日，晴，上海浦东机场，编号B-001A的C919飞机首架机静静地伫立在四号跑道。13点58分，在全世界的屏息瞩目下，飞机开始滑跑，加速，腾空而起！掌声、欢呼声伴随着这一跃，爆发出来，机坪上抬头凝望的人群沸腾了。

而此时，监控大厅里，控制律攻关队的成员们正全神贯注地紧盯屏幕，关注着飞机飞过的每一个响应，这次首飞对他们来说，无疑是一场“大考”。

C919飞机首飞前在工程模拟器上进行的试验，覆盖了典型航线运营的飞行任务和适航条款。而控制律到底设计得如何，飞行员的评价是最直观的。为了备考充分，吴光辉和其他几位副总师多方协调，邀请到了国内外优秀的试飞员在 C919 飞机的工程模拟器上对控制律进行了大量的试验。

2016 年，有着 40 多年飞行经验的国外资深飞行员一行来到中国商飞公司，在经过一天的交流培训后，他们来到工程模拟器上开始了 C919 飞机控制律考前摸底检查。

按照试验任务单，第一项任务开始。试飞员全神贯注地操纵着飞机，控制律团队成员屏住呼吸注视着飞机的显示和各项参数。几分钟后，任务结束，试飞员和他的助手简单交流几句后，对团队成员露出了一个大大的微笑。同行翻译说：试飞员评价不错，超出他的预期。团队成员轻轻舒了一口气，大家相视一笑继续下一项任务。

一项任务接一项任务，团队成员每天下午讨论试验任务、形成试验任务单，第二天早上 8 点 30 分，与飞行员讨论试验任务、试验动作、试验关键点、试验判据；讨论后与飞行员到工程模拟器一起进行试验、随时解答飞行员的疑问，支持试验顺利进行；试验完后加班分析试验数据，讨论试验结果，所有工作紧张有序地推进着。

历时 6 个月，经过不同试飞员、机组的三轮迭代试验，团队成员将控制律设计进行不断优化，把首飞前的飞行员改进评价意见逐一落实。

设计完成后，为了完成首飞前的铁鸟试验，团队再次拧成一股绳，先后攻克了铁鸟控制律试验需求和试验方案、仿真模型与地面模型等一系列技术难关。

由于铁鸟试验的周期非常紧张，为了保证首飞顺利按计划实施，试验团队成员实行了 24 小时试验制，2 班人员轮班。3 个月的时间，铁鸟试验台架上的灯几乎没有熄灭过，试验时液压系统振动发出的声音则成了这段奋斗历程中最动听的背景音。

最终，在大家的共同努力下，团队成功破解了首飞前在真实系统环境下模拟飞机飞行的技术难题，实现了首飞前铁鸟先“飞”的目标，有力地保障了首飞前控制律的充分地面验证。

马不停蹄地完成铁鸟试验，团队又转入培训飞行机组熟悉控制律操纵特性的战场。从 2015 年开始，控制律团队就形成了几百页的培训材料，技术负责人郑晓辉负责讲解控制律设计细节，从设计理念到设计目标，一一详解，让首飞机组充分了解控制律的设计特征和操纵特性。

设计师的语言和飞行员的语言之间还是存在一些差异，更何况又是一个全新的机型，一套全新自研的控制律。这个传递与理解的过程需要双方的共同努力。在飞行员对控制律熟悉后，团队组织飞行员在工程模拟器上进行试验熟悉控制律。对于飞行员的任何一点疑问和不解，团队都有针对性地做好答复和讲解，这也使首飞机组充分掌握了控制律的特征，对操作细节了然于胸。

首飞前的最后一个关键战役是滑行试验。为了不打乱浦东机场民航正常运行的飞行计划，C919 飞机首飞前滑行试验都是在清晨 6 点左右进行，凌晨 4 点就得开始做准备工作。于是，每天半夜 3 点半就成了那段时间团队成员们的标准起床时间。

在马路还被黑夜笼罩、只有路灯在工作的时候，团队成员就已经赶到试飞站进行航前讲评，向飞行员交代设计细节和操纵注意事项，每一项工作的扎实推进都是飞机安全的链条。从 2017 年 3 月开始，一直到 5 月首飞那天，每个滑行日的凌晨，从祝桥倒班宿舍到监控大楼的路上，都可以看到一群默默前行的身影。

两年的拼搏，终于在 2017 年 5 月 5 日迎来大考。监控大厅里，欧阳一方、郑晓辉、余圣晖一字排开，他们全神贯注地紧盯电脑屏幕。

“报告指挥员，飞机控制律响应正常。”

“好，继续监控。”

1 小时后，C919 飞机优雅的身影重新出现，它准备着陆了。着陆又是 C919 控制律的重要考点，其对飞行安全至关重要。飞行高度在慢慢下降，1500 英尺、200 英尺、50 英尺，团队成员盯紧监控屏幕上的每个参数，迎角、俯仰角、操纵面使用量与工程模拟器和铁鸟试验吻合，飞机响应正常。几十秒后，飞机平稳地落在跑道上，慢慢地、稳稳地停住。

刹那间，监控大厅内爆发出震耳欲聋的掌声，大家再也抑制不住内心的喜悦。首飞决战两年的辛苦在这一刻全部化为眼角激动的泪水，7 年的青春和付出，面对数不清的质疑和对未知的迷茫，无数次在前进中跌倒又爬起，攻关团队终于在这一刻可以骄傲而自豪地向所有人说：中国人自己的大飞机起飞了！

刀尖起舞，经受失速试飞考验

随着 C919 飞机成功首飞，控制律团队也随即赶赴新的战场——试飞取证，这意味着自主研发的控制律将经受更严峻的试飞考验。

从 2017 年到 2022 年，5 年来，控制律团队成员和试飞团队一起，转战国内多地机场，进行了艰苦卓绝的试飞试验。他们始终在飞行的安全边界探索，锡林浩特追侧风、陕南地区捕结冰、刀尖起舞入失速，他们带着敬畏一次次进入恶劣天气、一次次挑战速度极限，历经艰险，千锤百炼，在真实的大气环境中检验控制律，确保飞行安全。

面对试飞考验，团队成员与 C919 飞机一同在试飞之旅中不断成长，其中失速类科目因飞行难度大、试飞阶段多、时间跨度长，是各试飞科目中难啃的“硬骨头”之一，也被称为在“刀尖上起舞”。

2020 年伊始，一场突如其来的疫情席卷神州大地。2 月下旬，C919 飞机失速试飞科目负责人余圣晖接到了 C919 飞机型号副总设计师赵克良的电话：“失速试飞的后续工作都要尽快准备，不能让疫情停止试验试飞的步伐！”为了尽快部署相关任务，余圣晖和团队中的几位成员选择第一时间，辗转 12 小时，从上海点对点乘坐公司包车前往外场阎良。路上，年轻的成员发出心中疑问：“余老师，您说这次的时间节点我们能守住吗？”“那必须能啊。”轻描淡写的两句话后，两人会心一笑，但他们心里都知道，迎接自己的是怎样的一场硬仗。

比原定时间提前两个月来到阎良现场的团队几人，以最快的速度协调各专业全面开展失速试飞准备工作。失速试飞科目对于试飞院来说，心理和操作技术都面临巨大挑战，是压力最大的科目之一。如何建立试飞员的信心？团队在几个月的时间里通过不断努力找到了答案。

首先是充分的前置准备与预案。失速试飞作为高风险试飞科目，各系统均工作在临界边界状态。飞机失速会伴随掉高度、抖振、操纵能力降低甚至丧失等不同程度的危害特性，如果不及时改出失速，将严重影响飞行安全。因此，为保障飞机达到最优状态，能够安全、顺利完成每项科目，失速风险评估必须做深做细。

“整个飞机哪些系统与试飞科目有效性有关键影响，哪些系统对试飞安全有关键影响，系统在试验临界工况下的工作能力如何，都需要一步步深挖，不能漏掉细节。”每当说起构型梳理与系统安全性评估，团队成员总有一堆话说。经过梳理，团队通过 1 个月前置试飞试验，验证了飞机边界条件操纵性能，解决了飞行员试飞进入失速状态的后顾之忧。

失速试飞开始后，需要根据风洞试验、桌面仿真预测、前期试飞结果一步步逼近失速状态。团队对失速后飞机响应的未知性充满敬畏，由于在临界状态下每 1 度迎角的改变都会对飞机姿态造成显著影响，团队最终确定以“0.25 度迎角”为单位，循序渐进逼近失速迎角。

彼时，失速科目技术负责人郑晓辉是监控大厅最忙碌的人，他需要根据飞机响应时刻准备向指挥员喊停，或者决定下一次动作是否需要进一步增加迎角。“副翼小于 5 度，再增加 0.25 度迎角”“提醒机组减速率小于 1 千牛 / 秒，缓慢进入失速状态”“抖振增加，执行改出动作！”“副翼超过 15 度，已达到最大迎角，可以执行下一试验点”……他全程紧盯监控屏幕，一个动作接着一个动作实时分析，同时还要向指挥员报告关键参数，每天监控结束后，紧盯屏幕的双眼都红了。正是郑晓辉及其团队的高度专业性与精准预测，建立了试飞员的信心。

操稳专业派驻外场的代表李永涛是团队里勇挑重担的“担哥”，他常年奋战在试飞一线，每个飞行日晚上的九十点，在当天试飞数据到位，别人准备入睡的时间，却是李永涛晚班的开始。为了更好地解答飞行员试飞后提出的问题，李永涛会仔细分析试飞动作中的每一个细节，结合仿真分析，查找原因并完成当日试飞数据处理报告，结束一天工作时，常常已是凌晨。早上 8 点，他还要按时参加航前会，将分析报告交到机组手上。航前会是很多外场队员压力最大的时候，可当试飞员向李永涛提出一个个操稳问题时，他都能对答如流，台上一分钟，台下十年功，这有赖于他每晚仔细查看每一条数据曲线，真正做到了理论与实践相结合。试飞机组在航前会时常常表扬：“永涛的分析很透彻、很全面，数据分析特别有说服力。”

“凌晨一点、两点、三点，无论多晚，无论遇到怎样的困难，只要有飞行，每个人都会意志坚定、全力以赴。”余圣晖说道。在近120个失速试飞的飞行日里，团队就是这样连续地紧张工作，不放过任何一个细节，将试飞风险降到最低，彻底验证了高迎角保护控制律的可靠性。失速试飞完成后，试飞院副院长、特级试飞员赵鹏赞不绝口：“失速试飞本来是高风险、高难度的考验，有了控制律团队在，我们很放心。”

陕南追冰，攻克自然结冰试飞

失速试飞验证了飞机边界参数下控制律功能工作良好，团队攻下了首个堡垒，此时，新的考验与问题正在来临。“在遭遇恶劣天气下，飞机是否依然安全？”众所周知，飞机遭遇结冰气象时，机翼受到冰污染，与无冰状态下相比，结冰后飞机的气动和操稳特性会变差，失速迎角会提前，这意味着，飞机更容易发生失速，飞行安全会受到更大的威胁。面对新的难题，结冰小分队毅然出征。

结冰飞行试验包括模拟冰型飞行试验和自然结冰飞行试验。由于在飞机的试飞阶段，自然环境下的结冰条件可遇不可求，因此在自然结冰试飞前，团队要进行模拟冰型试飞，摸清各种情况下飞机的操稳特性。由于结冰情况极其复杂，团队需要考虑不同的飞行阶段和防冰系统状态，可谓是风险高、任务重。

在民航史上，由于结冰导致了许多安全事故，适航规章121修正案新增了6种冰型、24项结冰后操稳试飞验证科目。“这些新增冰型与科目在国内没有验证先例，如何解读最新的适航规章就是摆在面前的第一道难题。”结冰科目负责人赵晶慧说。

面对国内首次，没有经验可循的困境，她和团队毅然前行，成为国内结冰操稳试飞验证的探路者。赵晶慧从规章入手，通过查询相关修正案、咨询通告、最新适航资料，对适航要求的解读不断深入；同时结合C919

控制律设计特征对条款验证方法、试飞判据与审查方进行数次会议讨论。历经半年，当在审查会上听到“同意申请人提出的符合性验证方法”的结论时，她知道团队已经迈出了结冰试飞最初也是最重要的一步。

飞机结冰后控制律设计是赵晶慧面临的又一道难题。带冰后的保护控制律需要综合考虑带9种冰型后飞机气动影响，防冰、探冰系统设计逻辑，操作程序以及规章要求，同时需要兼顾信号的可用性和完整性指标，设计场景非常复杂。赵晶慧针对控制律设计过程，与防冰、飞控等专业经过20余次讨论，把系统状态，信号输入梳理清晰，对结冰控制律的应用场景进行了充分交流，完成了带冰控制律逻辑初步设计。之后，她和团队成员通过4轮评估确认了不同冰型气动影响，对结冰控制律进行了完善，有力支持了模拟冰型、自然结冰试飞。

2021年，C919飞机在阎良开展了首架次带模拟冰型的操稳科目研发试飞。赵晶慧带领结冰小分队成员，在阎良驻守5个月，顺利完成模拟冰型研发试飞验证工作。5个月时间里，多数成员都是从头跟到尾，长期离开上海，阎良成了他们的第二“战场”。当被问到长期出差的感受时，团队成员说：“外场的生活通常是紧张而忙碌，有时一天遇到好几个问题需要解决，当每天的时间安排变成了随着C919飞机起落而规划，这5个月也就在一个个飞行架次中度过了。”最终，结合研发试飞的结果，经过大量桌面仿真、评估分析，控制律团队已经为自然结冰试飞做好了准备。

2021年底，各专业接到通知，阎良将在几天内出现自然结冰气象窗口。机不可失，结冰小分队和自然结冰专项试飞涉及的众多专业同事立刻赶往阎良准备就位。各专业在飞行前集中梳理试飞难题和试飞风险，不敢有一丝懈怠。试飞前一晚，控制律团队召开讨论会，核查各类预案，确保每一个细节准确无误。

一切准备就绪，只等阎良云来。

第二天，C919飞机进行自然结冰第一架次研发试飞。监控大厅坐满了人，赵克良副总师与控制律团队成员一同监控，几小时后，试飞顺利结束，可以达到操稳试飞的结冰要求。主管赵晶慧和控制律团队汇报了旗开得胜的好消息，C919总师助理付琳、郑晓辉等人不约而同地问起了各种试飞细节，伴随着热烈的讨论，自然结冰试飞正式拉开了序幕！

接连3天，C919飞机执行了三架次自然结冰并行审定试飞，监控时所有人都高度专注，一旦结冰厚度或结冰时间不满足要求，就需要重新结冰。飞机不断穿云，通过监控画面可以清楚地看到机翼上的冰在日光的照射下闪闪发亮，厚度不断增加。结冰达到要求后，飞机出云执行机动动作，此时，团队成员全都聚精会神地关注着飞机的状态参数，尤其是失速状态，确保试飞安全和有效性。

飞行品质科目最后一个试验点完成后，成员们脸上数日的疲惫终于化作喜悦的笑容，所有人都不由自主地鼓掌庆祝。

当日试飞结束后，团队成员仔细分析了试飞数据，反复确认视频，结冰厚度和结冰时间均满足试飞判据。试飞结果表明，C919飞机在自然结冰条件下的飞行品质满足相关规章要求。自然结冰飞行品质试飞圆满完成！我们终于实现了中国的试飞员在中国的土地上驾驶中国的飞机完成了自然结冰试飞的梦想！

C919飞机结冰适航道路上，控制律团队既是继承者，也是领路人。团队一路敢打敢拼、笃行不怠，用对工作的热忱守护一次次飞行。他们用激情和理想做大飞机道路上的追梦者，用奋斗和奉献成为大飞机道路上的圆梦人。让飞机飞得更稳定、飞行员操纵更轻松、乘客乘坐更安全，是团队矢志不渝的使命。

MOC8试验，不断实现技术突破

飞机在通过适航验证前要经历无数次的刀尖起舞，然而并不是所有试验都要通过试飞来验证，对于控制律团队而言，面对不能或者不必在空中进行的试验，就需要进行工程模拟器（MOC8）试验。MOC8试验承担了所有无法通过飞行来演示的科目，如最小重量、双发失效、系统故障、大气紊流条件等。

为了让工程模拟器能更逼真地模拟出所需要的试飞环境，让仿真更“真”，控制律团队必须先完成气动参数辨识工作，为MOC8试验提供经过试飞数据修正的高精度气动模型。在此之前国内没有独立完成过用于MOC8试验的气动模型修正工作，因此这对团队来说无疑是一项巨大的挑战。

自2018年起，团队不断钻研气动参数辨识的试飞方法和模型修正技术，林佳铭博士便是参数辨识团队的核心成员之一。“参数辨识工作其实是通过分析大量数据，透过现象看本质，需要特别专业的能力和细心耐心才能做好这项工作。现在我们的模型经过多轮修正迭代，试飞数据匹配的精度与适航最低要求相比要高出很多。”林佳铭自豪地说道，“不过，气动参数辨识工作并非一帆风顺，2021年模型交付前我们就遇到个棘手的问题。”

时间回到2021年6月，经过试飞修正的气动模型要正式加载到MOC8试验平台，支持平台开试。其中有一个科目的桌面仿真数据曲线是振荡收敛的，并且与试飞数据结果接近，符合判据要求，但在模型加载到MOC8试验平台以后，相同输入的试验结果却与桌面仿真天差地别。“振荡发散。”林佳铭对着数据曲线皱起了深深的眉头。

为了定位这一问题，设计专业和试验专业同事联合坐到一块儿，共同排查，然而详细检查了几天仍然没有找出原因。眼看项目节点一天天逼近，成员们看着模型焦头烂额。“气动模型一致，那就再想想别的地方。”“再试试吧。”于是团队开始从之前认为“不可能”有问题的模块开始排查，结果还真发现了一个细节处的问题。“细节是魔鬼啊，真没想到是因为这个问题让大家这几天眼睛都要看花了。”林佳铭感慨道。问题修改后，模拟器的结果与桌面仿真一致，终于达到可以支持MOC8试验开试的条件。

与气动参数辨识工作同步进行的，是MOC8试验的前期准备工作。在MOC8试验主管邹灿东的带领下，团队吃透适航条款，梳理出操稳专业MOC8试验所有科目的需求，从几百个状态点中寻找出试验所需状态点，对试验点不断精简，对试验细节不断完善，最终完成了所有试验大纲的批准。在控制律团队和试验验证团队的紧密配合和通力协作下，2021年底，控制律团队MOC8试验的第一枪正式打响!

2022年春天，上海持续两个多月的静默期正是MOC8试验规划的时间。为了不影响试验进程，团队骨干代表主动请缨，在封控期间克服重重困难进驻试验室，连续封闭工作两个多月，封控在家的同事们则不论日夜，有需求随时响应，远程提供各种技术支持，没有一丝松懈。

驻扎试验一线的几名成员采取两班倒的工作制，每一组试验人员都要在试验台上工作 8 小时，晚班的工作一般要到凌晨才结束。上海四五月的天气本不算闷热，但在狭小的模拟器舱内，大家常常热到汗流浃背，即便如此，一旦投入工作，成员们就干劲十足，常常忘记时间。留在单位驻守的同事经常在办公区空旷的大厅内打地铺、睡睡袋。主管邹灿东在连续试验了数小时后席地而眠的情景，回想起来还历历在目。

每次试验开展的前一天晚上，邹灿东都会组织科目主管、试验跟试人员以及经验丰富的总师助理郑晓辉对第二天的任务单进行一遍完整的梳理，从而让跟试人员对试验过程、试验方法、试验判据以及注意事项有比较全面的了解，为试验结果的准确性和有效性多加一份保障。在每天试验结束后，封控在家的同事会在拿到数据的第一时间展开分析。“团队好像在接力赛一样。”成员打趣道。

2022 年 7 月，局方飞行员张惠中机长在 MOC8 试验平台中执行最后一架次试验，当最后一个试验点完成后，机长对团队竖起了大拇指。“心里这块大石头总算落地了”，看着全动模拟器经过复杂的运动后缓慢回中，邹灿东长吁了一口气说道。这意味着历经 8 个月的持续奋战，控制律团队完成了 C919 飞机飞行品质与控制律 MOC8 全部试验。

从飞行到飞行模拟，控制律团队不断实现突破。气动参数辨识技术的突破，为后续型号控制律研制提供了更接近真实飞行的仿真平台；而模拟器试验技术的突破，不仅提高了团队面对电传飞行控制律的适航验证能力，也使部分科目首次实现从飞行试验到模拟器试验的转变，提高了型号研制效率。

随着 MOC8 试验的结束，控制律团队的试验验证工作至此全部结束，冲锋决战的时刻即将到来，胜利的曙光就在前方！

拼搏奋进，赢取“最后一公里”

8月的嘉兴，是江南地区最炎热的时候，蝉鸣虫叫，犹如呐喊助威，伴随着外场试飞工作以及MOC8试验的顺利完成，最后的冲锋号角在这里吹响，控制律团队的取证之路到了最后的冲刺阶段——适航审查。黎明前的“黑暗”最是难熬，取证之路的“最后一公里”，也是最后一道难过的坎。

早在8月前，团队的“适航大总管”王娜和C919总师助理付琳、郑晓辉组成的“嘉兴小分队”就已坚守在“最后一公里”的阵地上，在嘉兴全力配合局方开展操稳与控制律的审查工作，第一时间向局方汇报试验试飞进展及试验结果的符合性情况。

8月伊始，团队人马便齐聚嘉兴，全力开展完成符合性报告的集中办公。最初，一切都很顺利，局方对控制律团队的信任在一次次精、准、真的数据以及严谨认真、追求极致的态度中建立起来，符合性报告批准较为顺畅。在一个多月的时间内，团队就完成了50余份符合性报告的编制及审批、30余项适航条款的关闭。

然而，在取证的最后关头，控制律团队却迎来了一项重大挑战——电传飞控系统的控制律和控制逻辑符合性报告。

究竟有多难？

首先，团队感受到最大的困难是不知从何下手。该报告的需求来源于对电传控制律提出的一个新的符合性方法。在国内按照该符合性方法对控制律进行确认尚属首次，需对控制律实现的正确性及鲁棒性进行更全面的确认，以保证相关控制律、控制逻辑及飞行特性得到更加充分的验证。

其次从数量上看，工作量巨大，针对该符合性方法，团队最终完成了200多页的报告，王娜透露：“一般来说，一份符合性报告在几十页左右，而该项工作需要对C919飞机的主飞行控制律包含的几十个功能模式分别进行确认，且每一个功能模式需采取不同的确认方法，就工作量而言几乎是短时间内不可能完成的任务。”

为了努力走完走好“最后一公里”，郑晓辉调集了有生力量组成了一个团队，共17人合力攻关这一份符合性报告。这是国内第一次按照该符合性方法进行控制律确认，但是，面对过无数“第一次”的控制律团队，对如何应对“第一次”早已有了充分的经验。

很快，17 位团队成员在明确自己的编制内容后，开始集中在会议室里边写边讨论，每位成员在自己主责的部分写完后便立即在会议室投屏，现场郑晓辉带着大家一起参与讨论，指出问题与不足，时常从早上 8 点开始编写，讨论修改再编写，一下就到了深夜。起初，“从头开始”“推倒重来”成了成员们的“家常便饭”，在王娜的印象里最多时候自己在一天内推倒重来了三遍，而沮丧之余，更多是在一次又一次的分析中寻找到了正确的方向，获得了突破未知的成就感。

这期间，郑晓辉也从不让大家一头扎进迷茫中，他协调多位适航代表参与每日的讨论，实时进行把关和指导。仅一个月的时间，又一个“第一次”被攻克，控制律团队完成了 200 多页的 C919 控制律确认总结报告，这也是国内首次按照这种新的符合性方法完成控制律和控制逻辑的确认。

看似只用了一个月的时间，背后则是团队多年以来积攒的丰富的适航经验，这为“最后一公里”的奔跑带来了强劲动力。在 C919 控制律团队，郑晓辉要求每一位成员必须具备适航基本功，每周他都定期为团队成员开展 1 ~ 2 晚的适航培训，这一团队自发开展的内部培训已持续了许多年，重视适航、深刻理解规章走进成员们的内心，成为潜意识。在这样的团队氛围影响下，一直以来，C919 控制律团队都是局方心中十分信任的申请方，局方代表不止一次对团队的专业与严谨提出赞扬。

骐骥千里，非一日之功，成功从来不是一蹴而就。

跑完“最后一公里”的那天，作为最后一份递交评审的报告，在向局方汇报时团队的每一位编制人全部到达评审会现场，坐满了偌大的会议室，大家怀着忐忑的心情，等待最终的结果，会议室里只有汇报人和局方来回交锋的声音，两小时的会议在王娜心里仿佛过了一个世纪那么漫长。终于听到局方代表说：“报告可以提交批准了”，大家顿时沸腾了，会场响起热烈的掌声。在王娜的回忆里，成员们在第一时间通过眼神互相传递着激动和喜悦的心情，有的眼里泛起了浅浅的泪花，郑晓辉也在此时激动地说道：“大家辛苦了，所有的付出都是值得的。”

在这一时期，团队成员分布在不同的战场，为了共同的目标而奋斗，披星戴月，一鼓作气，在奋斗也在成长，逐渐磨炼成一支作风优良、召之能战、战之能胜的精兵队伍。为了一个伟大的目标，热烈地奋斗，无畏地坚持，全力以赴地冲刺，短短的一个月也将是一生中最值得回味的闪耀时刻。

结　语

10 年攻关，C919 控制律团队不畏严寒酷暑，陕南追冰，内蒙古捕风，不惧艰难险阻，失速试飞，刀尖起舞，完成了一系列模拟器试验和试飞试验，攻克了失速、包线保护、结冰、大侧风等一系列高风险试飞科目，为国产大飞机适航取证奠定了重要基础。

10 年攻关，他们掌握技术，建立体系，百折不挠，铸就 C919 飞机“中国大脑”，矢志不渝，实现控制律自主可控，填补了国内民机的空白，走出了一条“从无到有，从零到一”的科技自强之路。

2022 年 9 月 29 日，C919 飞机终于取得中国民航局型号合格证，这是我国大飞机事业的重要里程碑，标志着我国具备按照国际通行适航标准研制大型客机的能力，同时也是我们迈向制造强国的重要标志。让中国的大飞机翱翔蓝天，承载着国家意志、民族梦想、人民期盼，未来的路依然任重道远，然路虽远，行则将至，每一位大飞机人将一如既往，不忘初心、牢记使命，在自主可控的路上，在创新发展的路上走得更远，走得更高，让中国的大飞机飞向世界。

为国掘宝的女院士

——记中国有研首席科学家、稀土国家工程研究中心主任黄小卫

◎文 / 周芳燕

“稀土”一词源于芬兰化学家加多林。1787 年，一位斯德哥尔摩矿工工头手中得到的一块形似沥青的重质矿石辗转落到加多林手里。1794 年，从这块矿石里分离出含有一种新元素的白色物质。当时由于受古希腊哲学思想“世间万物皆由空气、水、火和土构成”的影响很深，就把这种元素的氧化物都称作“土”，把这种分离出的元素称作“稀土”。

稀土是元素周期表中最大的一族。在天然的 90 多种元素中，稀土约占 1/5 的席位，它包括钪、钇和 15 个镧系元素。稀土是不可再生的战略资源，因其具有异常丰富而且独特的磁、光、电、催化等物理化学特性，被称为现代工业的“维生素”和“21 世纪新材料的宝库”。

20 世纪中后期，全球稀土年均增长率和消费水平大幅飙升，这与我国的介入是分不开的。我国拥有全球最丰富的稀土资源，已探明的储量约占世界总蕴藏量的 36%，居世界之首。1986 年，我国稀土产量首次超过美国，跃居世界首位，经过 70 多年几代稀土人的努力，我国已建立了稀土采、选、冶，稀土材料及应用的产业链和工业体系，稀土选、冶、分离技术世界领先，稀土行业已成为我国在国际上具有一定话语权和重大影响力的行业之一。这里记录了中国有研科技集团有限公司（以下简称“中国有研”）几代稀土人的艰辛与贡献，这与俯首深耕稀土 40 个春秋、稀土绿色冶金的引领者——中国有研首席科学家、稀土国家工程研究中心主任、中国工程院院士黄小卫密不可分。

——题记

2023年2月16日，国务院国资委党委在京发布第七届"央企楷模"，对中国工程院院士、亚太材料科学院院士、中国有研首席科学家、稀土国家工程研究中心主任、"央企楷模"黄小卫的颁奖词是这么描述的：

"恒心立、苦行成，
从技术员到女院士，
一步一个脚印；
择一业、精一事，
从精益实验到工业应用，
巾帼不让须眉。
你深耕稀土40载，
让稀土冶金之花绽放。
你情系绿色发展，
只为中国稀土产业更大更强！"

这是对黄小卫院士为国掘宝深耕稀土40载真实写照的高度精准概括，是对以张国成院士和黄小卫院士为代表的一代代有研稀土人的深度倾情褒奖！

让我们走近黄小卫院士，一起探寻她成长、成功耀眼历程的精神内核，一起领悟她奉献、贡献亮丽人生的动力源泉。

信仰，是反思生存意义的结果，从根本上影响人生。直接体现就是："人活着是为了什么"，即人生的目的和意义。有什么样的信仰就有什么样的理想。理想，是信仰的目标化形象，是对自己和祖国未来的预见和构想。

坚定信仰，为实现报效祖国的理想立志成才

一

黄小卫于1962年出生在湖南省的一个小县城——临澧县。由于父母都在县城工作，很忙，黄小卫一岁多便被送到了临澧县合口镇金龙村的奶奶家中。那是一个物质资源极度匮乏的年代，加上三年困难时期，生活极其艰难，普遍缺衣少食，尽管奶奶呵护有加，但是物质条件有限，使得刚断奶没多久的黄小卫也和其他孩子一样，靠吃面糊和野菜充饥，因营养不良，在她3岁多的时候得了疳积病，身体非常瘦弱，但是她都坚强地熬了过来。后来奶奶去世，年幼的黄小卫又被父母送到临澧县停弦渡镇花林坪村的外婆家。

黄小卫的外公是一名地下共产党员，革命烈士。1928年因叛徒告密被国民党杀害，牺牲时年仅22岁，家庭的重担就此落在了她瘦小的外婆身上。她的外婆非常坚强，为了让女儿读书，果断把家里的田地卖了，一直坚持让女儿读到师范毕业，并把女儿培养成一名优秀的人民教师。她的外婆虽然没上过正式的学堂，但是她念过私塾，常给黄小卫传授《三字经》《道德经》等中华优秀文化和传统美德，这些内容早已成为外婆的生活习性、融入外婆的言谈举止之中了，所以外婆讲授《三字经》《道德经》等和别人不一样，她是结合着言传身教侃侃而谈的。黄小卫小时候很懂事，上学回来帮外婆打猪草、砍柴、放牛，做很多农活。“双抢时期”，天气特别热，她和同伴一起割水稻、插秧，有时手被划破，家人不让她干了，她还是坚持干到底。从小在艰苦的环境下长大，生活的困难并没有让她退缩，反而磨炼了她吃苦耐劳、坚忍不拔、勤奋好学的优秀品质，也正是这种品质，为她以后进入科研领域挑战科技难题并做出重大贡献奠定了基础。

黄小卫的父亲是临澧县科委副主任，主管科技合作；母亲是临澧县教育局副局长，主管文教工作。父母一心扑在工作上，对工作认真负责、清正廉洁是有目共睹的，在当地口碑很好，在临澧县是有影响的人物。

黄小卫的父母从小厚培孩子敬廉崇德的价值理念，传授向上向善的纯真品格，让孩子养成自立、自信、自强等品质。黄小卫从小就感受到自己家庭

折射出的家风如雨、润物无声的强大感染力。黄小卫父母忘我工作、清正廉洁的工作作风和一言一行都在潜移默化地熏陶着黄小卫，使她从小就认准：长大了一定要好好学习、努力成才，将来才能像爸爸、妈妈一样有作为、受人尊重。

黄小卫说："外公的革命意志和精神激励着我，外婆、爸爸、妈妈的言行影响着我，他们从小就教育我'怎样做人'，告诉我'求人不如求己'，一切要靠自己的努力……"

由于父母忙于工作，黄小卫小时候一直由外婆照看，她的小学和初中时光都是在乡下老家度过的。

二

上高中时，黄小卫从乡下回到父母身边，开始了县城的校园生活。走进临澧一中，原本在乡下学习成绩一直名列前茅的黄小卫深感能跟上同班同学的学习都很难做到！

一是乡下和县城的教学进度衔接不上，数学课程比县城整整落下一本书；

二是乡下老师的总体教学水平远远比不上县城老师，教学质量有很大差距。

不甘落后的黄小卫课上和同学一起学习新课，课余自学落下的课程，在这种强压下，她的学习成绩不仅很快追赶上来，还名列前茅，这对于一个刚从乡下来的小姑娘来说该有多难！

学习是赶上来了，但因过度疲劳，黄小卫的身体健康亮起了红灯。

这还是小卫妈妈同事发现的。一次，黄小卫和妈妈一起走在回家的路上，碰到了迎面走来的妈妈的同事，细心的阿姨提醒妈妈："汪局长，你看看你家小卫的脸色怎么这么黄啊，是不是生病了？"

妈妈的眼睛不好，听后忙转身近距离仔细地观察小卫的脸和眼睛，真的都变黄了。深感内疚的妈妈当即说了声："我这就带孩子去医院检查！"话音未落，妈妈便拉着黄小卫的小手直奔县中医院。

经查，黄小卫各项肝指标几乎都到了上限，很快被确诊为急性黄疸性型肝炎，立马住进了医院。为此，黄小卫又遵医嘱休学了一年。

说到这里，插一段黄小卫忘不了的相关一事。2017 年，正是她参加评选院士的关键时期，身体健康第二次亮起红灯，由于严重透支健康，她得了一场大病，她还在做放射治疗期间，仍然坚持参加了院士候选人第二轮答辩，当时院士评委们也发现她脸色发白，说话没有精神，但她坚持下来了。这一次她深刻领略到健康的重要性，要肩负起身担的重任，没有健康则一切无从谈起。再忙她都会挤出时间锻炼身体。如今，年过六旬的她还在坚持练瑜伽。

黄小卫说："县城学校老师大多是大学毕业生，教学水平很高，这里的老师不仅教书，而且育人。我读中学时，受老师的影响就很大。'学好数理化，走遍全天下''要靠知识改变命运'，这些道理都是上中学时领略到的。那时，我就深知：将来要有本事才能干大事业，必须儿时就好好学习、努力成才。"黄小卫是这么想的，也是这么做的，她无论是上小学还是读中学，年年都是品学兼优的三好学生。

1979 年，黄小卫顺利考入中南矿冶学院（现中南大学），在"炼铁专业"学习，后来随着院校学科调整，又合并到"有色金属冶金专业"。

黄小卫感慨地说："学习这类专业的几乎全是男生，有的班连一个女生都没有。我们班女生算是较多的，30 多个学生中也只有 3 个女生。"

在大学学习期间，黄小卫学习成绩和中小学时一样，仍然名列前茅，依旧年年三好生榜上有名。为此，1983 年从中南矿冶学院毕业时，一个班只有一个进京指标，黄小卫因成绩优异被分配到中国有色金属工业总公司，从小县城走进了大北京，迈进了北京有色金属研究总院（以下简称"有研总院"，中国有研的前身）的大门。这就意味着她将要和我国的有色金属工业打交道了。

黄小卫说："能从乡下来到北京，这是我人生中的一个很大的转折点，也是我第一次亲身感受到了'知识能够改变命运'。"

信仰，是人对自己、对社会、对世界未来的期许；理想，为人确定价值目标，指出追求方向。

师从名家，有幸走进张国成团队与稀土结缘

一

国外稀土研发始于20世纪上叶，我国稀土研发起步于20世纪50年代初，比国外晚了约30年。北京有色金属研究总院1952年成立后便开始了稀土的研究。1958年3月，针对国家提出的“我国白云鄂博铁矿中稀土元素的提取和利用”问题，专门成立了从事稀土分离提取、分析测试和材料应用研究的第五冶金研究室（2011年改制成立有研稀土新材料股份有限公司，以下简称“有研稀土”），这是我国最早从事稀土研究开发的单位之一。昆明工学院一毕业就走进有研总院大门的张国成坚定不移地踏上这条布满荆棘的坎坷之路，成为我国稀土冶金的开拓者。我们观赏电视的彩色画面不可缺少的高纯氧化铕，就是张国成和他的同事们于20世纪60年代初研发出来的，为彩电荧光材料国产化做出了突出贡献；面对冶炼难度堪称世界之最的我国包头混合型稀土矿，当时连法国、德国、日本都束手无策且未能解决的世界难题，还是张国成和他的同事们研发出的酸法冶炼工艺技术攻克的，有研稀土人硬是啃下了包头稀土矿这块“硬骨头”，从此，开启了包头白云鄂博稀土矿的规模开发利用，使我国包头稀土矿有了用武之地……

20世纪80年代，美国国防部列出的35种高技术材料中，有16种是稀土元素；加拿大研究发展与战略的专家断言：在未来产业革命中，谁掌握了稀土，谁就掌握了主动权；我国科技界权威人士透露：21世纪电子信息时代的重要材料离不开稀土。随着电子信息技术的迅猛发展，稀土产品将越来越为世人所瞩目，加快发展稀土产业越来越为世界各国所看重。就在这种大背景下的1983年，黄小卫以优异成绩在中南矿冶学院毕业后被分配到北京有色金属研究总院。

当时，正赶上国家对稀土资源的开发、利用极为重视的时机。那时，有研总院已走过我国稀土起步研究阶段，填补了我国16种稀土元素的空白，正走在我国稀土新技术开发与推广应用的新阶段，黄小卫很想在这个重要的高科技领域涉足、发展、贡献。

这时，黄小卫还赶上在稀土领域为国家做出突出贡献的张国成要挑选两名大学生助手的难得机会。但是，有着亲身经历的张国成深知稀土领域工作性质的艰辛、工作环境的艰苦、研发条件的简陋，这是个要求研发人员马不停蹄常年在外艰苦环境中奔波不止的苦差事，连男孩子都难以坚持和承受！为此，他一直果断明确表态：选男生，不要女生。

二

当时，稀土冶金研究室的秦主任为张国成物色了两名优秀毕业生，一男：顾保江，一女：黄小卫。张国成对秦主任说："我们课题组从来就没有过女同志的先例，干起活来常常是光着膀子干，女同志怎么干得了？"秦主任态度也很坚决；"要俩，就是一男一女，你不要女生那就只给你一个男生。"

面对这种窘况，张国成为难了，但他想了想意识到"两个还是比一个好"。

从此，黄小卫跨入了神奇稀土宝库的大门。

黄小卫很有自信地说："男同志能干的事，我们女同志一样可以干。我对自己很有信心！"

张国成的眼球被黄小卫这个身高才一米五二、体重不足百斤的南方文弱小女生的坚定态度和执着劲头吸引，他望着黄小卫诚心拜师的坚定眼神，似乎看到了这个女孩对稀土的自信和执着，破例收下了这位当时 21 岁不起眼的小女生。俗话说，机会总是留给有准备的人。就这样，黄小卫有幸走进了稀土名家张国成牵头的稀土冶炼组，开始与稀土结缘。

之后的事实给出了答案：正如黄小卫所说，稀土这个连男同志都难以坚守的苦行当，女同志一样可以干，而且能够干好、干得出彩！

张国成语重心长地对黄小卫说："我国作为世界稀土资源大国，应该把稀土开发利用好，超过美国成为稀土生产和应用大国、稀土强国。但这又谈何容易！"黄小卫把老师张国成这句重托牢记心间。我国稀土资源储量大、品种全、分布广，但资源独特，用国外经典冶炼工艺难以提取分离，而且十多个稀土元素性质非常相似，分离提纯难度很大，如何提高稀土资源利用率、提高稀土纯度和分离效率，有很多难题需要解决。经过不断学习了解，黄小卫对挤在门捷列夫元素周期表这座科学大厦第57号房间的镧到镥共15个镧系元素，加上同族与其化学性质相似的钪和钇共17个稀土元素充满好奇，立志在张国成的指导下，虚心学习、踏实践行、一往无前地和团队战友一起深耕稀土提取分离技术，决心持之以恒地对稀土大家族纵深的奥秘探个究竟。从此，她一步一个脚印地为实现“稀土强国梦”一路前行坚守、全程助力添彩！

信仰，饱含着对未来美好理想的追求；理想，把信仰同现实条件及未来发展联系起来，使之成为具体现实化的信仰。

勇毅接力，为我国稀土资源高效开发利用披坚执锐

一

黄小卫在有研总院找到了实现“科技报国”理想的平台，这是她“稀土强国梦”开始的地方，她非常珍惜师从张国成这个难得的高起点学习、深造的发展机遇，步步紧跟张国成老师转战稀土科研生产一线，脚踏实地一步一个脚印，走遍了祖国大江南北的稀土矿山和冶炼分离企业。

20世纪70年代，张国成和他的团队研发成功的包头稀土矿第一代酸法工艺，虽然比较复杂，稀土回收率较低，原材料消耗较大，但它攻克了当时“低品位包头稀土精矿冶炼”的世界难题，使一直沉睡在祖国北方的稀土矿有了用武之地；80年代初，针对第一代酸法工艺的不足，他们又研发成功第二代酸法工艺，并在甘肃稀土公司建成6000吨/年氯化稀土生产线，成为当时亚洲产量最大的稀土冶炼厂。该工艺流程进一步简化，稀土回收率大幅提升且生产成本降低，并于1985年获得国家发明奖三等奖。

20世纪80年代，稀土产业迅速发展，技术进步不断加快，国内外市场对稀土需求量大幅递增、产品质量要求更高。为了适应市场需求，张国成带领黄小卫、顾保江等又开始研发第三代酸法新工艺。张国成大胆地把

研发第三代酸法新工艺的重任放手交给了黄小卫、顾保江两位新招进来的学生。黄小卫勇毅接力，承担 P204 萃取分离稀土的研发任务，这是该课题组首次涉足稀土萃取分离领域，只能从头学习，她利用业余时间查看相关资料和书本，一边干一边学，并经常向从事稀土萃取分离的其他组的老师们请教学习。

“20 世纪 80 年代，做模拟计算没有计算机，就靠人工计算、手工摇瓶子（分液漏斗）开展萃取分离试验，算了试、试了测，测完结果经过分析再算……循环反复无数遍，几十级的串级萃取试验，要达到萃取平衡至少需要 2 ~ 3 个月，才能得出一组试验数据。而现在只需经过单级试验就能直接模拟计算、设计工艺流程了，研发周期大幅缩短。”黄小卫说，“无论条件怎样，安排我做的事情，我就一定尽最大努力把它做好。试验过程碰到问题，就查资料、向老师们请教，找原因想办法，继续试验，只要坚持，难关终究能被突破。在张国成老师的指导下，经过近两年的实验室研究，我们完成了此项工艺试验，并获得了全套工艺参数和预期效果。”

二

回忆新工艺工业试验时黄小卫说：“如何使新工艺技术尽快推向工业化？按常规做法还需要开展中试或扩大试验，但我们一是没有钱，那时科研经费很少；二是没有中试或扩大试验的地方。面对这些问题，张老师心想，我们绝不能遇到困难就止步不前。为了向前推进，张老师决定直接从实验室放大到工业化，这是多么自信和大胆的决定！他找到以往合作过的哈尔滨火石厂栾厂长，正好他们也想扩产，一拍即合，就决定直接落地实施了。这一次是从几十毫升分液漏斗的小试直接放大到 1000 吨 / 年规模生产，其中的难度可想而知。”通过这次工业化的成功，厂家对他们的信任度大大提高。

老师的胆量触动了黄小卫，虽然开始为之有过担心，毕竟从实验室到工厂没经过中试就直接落地，中间会出现不少未知问题。但黄小卫从另一个角度分析：研发新工艺过程中，他们已经把可能出现的方方面面问题都考虑得比较周全了，并且在实验室里找到了解决办法；而且，张老师已经干过很多大工程，有丰富的工程化经验，能够判断工艺技术的可行性，因此对工程实施充满了信心。这信心来自张老师敢于拼搏、大胆创新的科学精神、胸有成竹的自信和有责任感的担当。

说干就干，张国成带着黄小卫、顾保江到工厂进行现场踏勘、讨论建设方案，进行初步设计。那时都是用手在硫酸纸上绘图，画错了修改很麻烦，车间平面布置图、管道图、萃取槽等非标设备图共几十张图纸画了几个月，再经晒图获得蓝图交给施工队开始土建、设备制造。这期间，他们常到现场查看与施工人员沟通，指导设备安装调试，不到一年生产线就建成了。试车调试期间，他们 7 月穿单衣去哈尔滨火石厂一直干到春节，经过半年多的调试，生产线才正常稳定运行。在这次艰难的实施过程中，张国成因劳累过度，患上了冠心病，在车间爬楼梯爬到一半就得停下来喘口气，但他一直坚守在现场指导。黄小卫带着新来的师弟胡凯负责萃取分离车间的调试运行，因为是全新工艺，工人不了解、不熟悉，车间必须有技术人员随时观察运行情况，发现问题及时解决，所以，他们每天在车间干十五六甚至十七八个小时是常事；为了随叫随到，他们都住在车间对面的办公室里。电话铃声就是命令，他们最怕半夜电话响，电话一响肯定有事，大家就赶紧起来奔向车间。因为这种越过中试一步落地的工业化生产存在很多不确定因素，从稀土精矿到产品，要经过十多道工序，哪道工序出问题，流程就走不通，就会导致停产。虽然调试期间碰到了如 P204 萃取剂过饱和乳化，氧化镁中和反应慢、过量导致稀土损失，硫酸稀土过饱和结晶堵塞萃取槽等诸多难题，但经过大家的共同努力，难题被一个一个破解，使包头稀土矿第三代酸法新工艺一次试车大获成功，生产线实现连续稳定运行。

第三代酸法新工艺与前两代酸法工艺相比，其优势在于工艺更简单连续可控、技术更先进、适应性更强，采用氧化镁代替氧化钙中和除杂，含放射性渣量大幅减少，稀土回收率提高到 85% 以上，运行成本比第二代酸法工艺再降 20% 左右。1987 年，中国有色金属工业总公司主持鉴定这项新工艺时给出的评价是："该工艺相对传统的硫酸法工艺是一次重大的突破，具有国际水平，对我国稀土工业的发展有积极意义。" 1988 年 11 月，该成果获得中国有色金属工业科学技术一等奖。该成果后续在多家稀土企业得到规模推广应用，1990 年 12 月，又荣获国家科学技术进步奖三等奖，黄小卫为第二完成人。

三

就在第三代酸法工艺开发成功要在包钢稀土三厂、核工业部包头 202 厂等同时开展技术转让推广应用的关键时期，黄小卫怀孕了，那时她 26 岁。可当时她的工作太忙了，需要她做的事情太多了，一贯把科研工作放在首位的黄小卫不假思索地就做了个决定：不能在这个时候要孩子。于是，她准备抽时间去北京积水潭医院做掉这个孩子。

稀土所办公室秘书卢凤英知道后，一个劲地劝她不要去医院做手术，并对她说："咱们室的工作有不忙的时候吗？你不可能一辈子不要孩子，早要早脱手，也不会耽误太多的工作。还有，这可是个活生生的小生命啊！你要好好想想。"在卢师傅的强硬阻拦和有理相劝下，才保住了这个孩子。

但是黄小卫怀孕期间工作不停，仍然在外出差，她的工作状态一如既往，孕期 5 个多月了出差都没人发现她怀孕了。

1988 年 3 月 9 日，她的女儿出生了，可是在孩子才 3 个月时她又开始上班，不到半岁就开始下厂了，她只好把婆婆从外地接到北京帮助照料女儿。

四

20 世纪 90 年代，包头稀土矿第三代酸法工艺快速在我国稀土工业得到广泛推广应用，并取得显著的经济效益。在工艺推广应用过程中，张国成再次大胆让年轻人挑大梁，让黄小卫主持包头混合型稀土精矿第三代酸法冶炼工艺的产业化推广应用工作。

那时，黄小卫针对我国稀土矿山、企业的需求，无时无刻不在思考如何进一步缩短稀土提取分离工艺流程、进一步提高产品质量和稀土回收率，如何降低消耗和生产成本，脑中装满稀土提取分离工艺存在的问题和各种各样解决方案的设想。这期间，恰恰又赶上孩子到了上幼儿园的年龄，作为常年在外奔波的母亲，黄小卫亏欠孩子太多太多，怎能推脱为数不多在北京上下班接送孩子的天职呢？那时，黄小卫家住在院外，离有研总院幼儿园较远。但是，在这有限的每一天，她都骑着自行车早晚往返于住地、幼儿园、单位上下班、接送孩子，这成了她回北京单位期间工作、生活的固定轨迹。

这对于一般人来说并不算什么，但对于黄小卫来说还真是不容易！原本她就没有8小时内外之分也没有工作日和公休日之别，更没有节假日的概念，怎能舍得天天接送孩子路上花费的分分秒秒呢？

黄小卫说："那时，我全神贯注的只有'稀土'，这一点也不假！说起这事，我还真是挺自责的。"原来，有一个让黄小卫至今难忘的愧对孩子的往事。一次，她骑车去幼儿园接孩子回家，在回来的路上，就因为脑子里一直在琢磨试验出现的问题，却完全忘了车上还坐着刚刚接回来的小女儿，因路不平把女儿颠掉地上都没感觉到，直到听见孩子的哭声，她才猛然从"稀土梦"中醒来。

黄小卫因工作忙，从小就让女儿养成"自己的事情自己做"的好习惯，注重培养孩子"自立、自信、自强"等品格。黄小卫说："我女儿小时候很懂事，上学后学习方面从来不用我操心，考入北京工商大学学习，接着又出国读硕士，学成回国后在银行工作。虽然我欠孩子的很多，但孩子性格很好，善解人意，也很理解我。在这一点上我真的很欣慰。"

五

"推不出去的，就不是成果。"这是张国成始终恪守的原则。黄小卫从导师身上悟出真谛：科技成果只有应用并转化为现实生产力才能体现出它的价值。她把这种理念牢记在心中，落实在行动上，并以此衡量自己的研发工作。为此，"坚持科技创新与实践紧密结合、服务国家战略和行业的发展需求"，便成为黄小卫接力传承稀土事业的初心。

关于"从硫酸体系中萃取分离稀土元素"申请专利的问题，张国成说："我国稀土资源丰富，是其他国家所欠缺的，但是人家在稀土专利方面却早早走在了我们的前面。过去我国没有专利局，在这方面吃了不少亏，现在有专利局了，我们这项新工艺技术要赶紧申报专利，补上这块短板！”导师的这些话，黄小卫牢记在心，在研发过程中有了创新成果就及时申请专利保护，截至目前，黄小卫为第一发明人或参与的国内外发明专利多达200余项，其中美国、日本、韩国等国外专利70余项。

“从硫酸体系中萃取分离稀土元素”这项发明专利技术于1986年8月23日申请，1990年12月19日得到授权，排名第二的仍然是黄小卫，这是有研稀土的第一个专利，也是我国稀土领域最早的专利。这项专利技术于1991年10月获得中国专利优秀奖（黄小卫排名第二）。

此后，黄小卫作为发明人申请的发明专利先后获得中国专利优秀奖和北京市发明专利奖5项。

六

20世纪90年代后，包头稀土矿中因独居石含量不断增加，出现了稀土浸出率从85%降到75%左右的严重问题。黄小卫经过认真研究发现，其原因是矿物中磷含量增加被大量浸出，在中和除杂过程中形成稀土磷酸盐进入渣中损失，由此提出了在稀土矿焙烧过程加入固磷剂，实现磷的物相重构新思路，避免磷的浸出，开发出包头稀土矿“固磷－硫酸强化焙烧新工艺”，并在甘肃稀土公司建成当时规模世界前三的年产1.5万吨氯化稀土生产线，稀土回收率提高10多个百分点。很快，这项新工艺便在包头矿冶炼企业得到普遍应用，并成为稀土行业的当家技术。这项成果于1999年荣获国家科学技术进步奖二等奖，黄小卫为第二完成人。

“包头稀土矿第三代酸法工艺”相继转让给哈尔滨稀土材料总厂、包头稀土高科（原包钢稀土三厂）、核工业部包头202厂、甘肃稀土公司等企业大规模应用，成为包头稀土矿分解提取稀土的当家技术和主流工艺，为我国北方稀土工业体系的建立和发展厚植了牢固根基，奠定了坚实基础。后续经过不断优化升级，相关工艺技术在包头矿冶炼分离工业生产应用率超过90%，年生产能力达到15万～20万吨，占该矿型总量的90%以上，生产的稀土产品约占世界稀土总产量的65%，为我国稀土工业的建立、发展和壮大做出了突出贡献。此外，该技术还被应用于冶炼澳大利亚的稀土矿，成为国内外冶炼复杂轻稀土矿的世界经典工艺。

“第三代酸法新工艺”的工艺技术、专利和应用推广项目，黄小卫均排名第二，先后荣获3项国家级大奖：国家科技进步奖三等奖、中国专利优秀奖、国家科技进步奖二等奖。

成绩的背后是巨大的艰辛。在这项专利技术转让之时，因劳累过度，张国成患上了冠心病，但他仍然忍着疼痛一直在北国冰城坚持指导工业试验。导师的一言一行、一举一动，深深影响着黄小卫。已经当了妈妈的黄小卫和团队的男同志一样，一年中至少有半年甚至多到300多天的时日一直在外奔忙、深扎科研生产一线，其间的节假日都是在科研生产试验现场度过的，他们无暇留意哪天是公休日、哪天过节，也记不得有多少个除夕夜在家家欢欢喜喜团聚时，他们却在试验现场和工人们一起进行紧张的试车，与家人一起欢度节日成为他们的奢望……

1995年，张国成当选为中国工程院院士。在张国成院士的指导下，勇毅接力的黄小卫成为张院士的得意门生，在其中崭露头角，初显“她力量”。

信仰，是一个人的精神内核，是支撑人坚定走下去的动力源泉。任何伟大的事业，都始于理想，成于实干。无论途中出现多少曲折，遇到多少坎坷，都以坚定不移的意志、百折不挠的毅力、勇毅前行的精神，在履职尽责、拼搏创新中彰显理想和信念。

社会责任，开拓引领我国稀土工业绿色高质量发展

党的十八大以来，以习近平同志为核心的党中央把生态文明建设摆在全局工作的突出位置，做出一系列重大战略部署。在党的十九大报告中习近平总书记指出：“坚持人与自然和谐共生，必须树立和践行绿水青山就是金山银山的理念，坚持节约资源和保护环境的基本国策。”

在国家环保政策日趋严格的大背景下，稀土企业氨氮废水污染江河湖泊水体、高盐度废水排放造成土壤盐碱化等问题，成为制约稀土行业发展

的“瓶颈”问题。

以黄小卫为代表的第三代有研稀土人，把稀土工业绿色发展的时代使命担当起来，他们清楚地意识到稀土分离提纯过程中产生的大量氨氮废水，是世上公认的对水体生态影响恶劣的特征污染物。由于氨氮废水浓度低、成分复杂，回收能耗成本高，直接排放对水资源会造成严重污染。那时，我国有稀土冶炼分离企业近百家，每年稀土分离量为 12 万 ~ 15 万吨，消耗液氨 10 多万吨。长三角、珠三角、环太湖流域地区和包头的稀土企业曾多次因氨氮超标排放而被叫停，严重影响稀土行业的正常发展。这已成为阻碍我国稀土工业持续发展不可逾越的“拦路虎”，严重阻碍行业发展。加快推进落实绿色无污染选冶开采工艺开发进程迫在眉睫，这是摆在黄小卫及其团队面前必须要完成的重大课题。以实干担当践行初心使命，实现稀土工业绿色化可持续发展，是黄小卫及其团队必须扛起的共建人类美好家园的社会责任。黄小卫带领团队“恒心立”——勇敢挑起这副重担，决心“苦行成”——坚毅踏上开拓、引领我国稀土资源绿色高效提取新工艺的荆棘路。

“我们解决问题的思路是可行的、创研方案定位是明确的，研发路途是艰难的，但无论实现稀土行业绿色、清洁、高效发展这条路多么艰辛，我们都要一直坚定走到底！我们既要金山银山，也要绿水青山。”黄小卫自信地说。也确实如此，在追求稀土高质量发展中，他们“一步一个脚印，择一业、精一事”，近 20 年来，黄小卫带领团队朝这个目标前行，开发了多项绿色高效提取分离稀土原创技术，推动了稀土行业的绿色发展，进一步夯实了中国稀土冶炼分离技术在国际上的领先地位。

二

20 世纪末到 21 世纪初的 5 年是稀土市场极度疲软的 5 年，又是开拓稀土资源绿色发展的艰难时期，不少业内人士纷纷离岗转行。

面对这种困难局面，黄小卫很清醒，她认为：“越是困难越要坚守。虽然通过工艺技术的提升，稀土产业规模和稀土回收率有了大幅增长，但是稀土生产过程中产生大量“三废”污染，靠末端治理投入大、能耗及成本高，且难以达标，稀土提取分离的绿色化、高质化任重道远，还有许多‘卡脖子’的问题急待我们去解决。”为了我国稀土行业的绿色高质量发展，切实解决这一重大难题，黄小卫坚守稀土冶炼分离技术研发岗位，始终如一、不离不弃。

黄小卫在多年科技创新的实践中得到的重要启发是：自主，掌握命运；创新，决定未来。每一项技术的重大突破，几乎都是勇于打破守旧思维和传统定式才获得成功的。

2005 年，黄小卫以全新的思路摒弃以往弊端重重的末端治理思维定式，执着地坚持“源头减排、清洁高效”的思路解决“三废”污染问题，现有工艺技术已难以满足新发展需求，必须进行创新发展。她带领团队年轻人通过稀土绿色分离基础理论研究，创新发展了萃取分离技术，成功开发了具有自主知识产权的“非皂化萃取分离稀土新工艺”，突破了传统的氨皂化萃取分离稀土模式，彻底革除了氨氮废水污染问题，同时还使材料成本下降 35% 以上。

随后，以黄小卫为第一完成人的“非皂化萃取分离稀土工艺”，在我国多家大型稀土企业实现工业应用，年减排氨氮废水上百万吨。2010 年，这项开启我国稀土绿色化生产的崭新工艺技术获得中国有色金属工业科学技术奖一等奖，之后又荣获国家技术发明奖二等奖，开拓了我国稀土绿色发展的有效路径。

二

稀土元素性质相近，十几种元素全分离难度大，分离 1 吨稀土消耗液氨、液碱、氧化镁、盐酸、碳铵等 10 余吨，产生近百吨高盐废水。为了解决稀土分离提纯过程中产生的高盐废水的处理难题，2010 年，黄小卫创新性地提出了从源头治理、循环利用的全新思路——将稀土分离提纯过程产生的镁盐废水和二氧化碳气体碳酸氢镁溶液，又返回用于稀土分离提纯实现循环利用，简称“碳酸氢镁法分离提纯稀土新工艺”。

就在新工艺攻关最紧张的时候，黄小卫女儿怀孕了，她抽不出时间照料。而在科研开发这边，她全身心投入，在引领我国稀土绿色发展征途中，她和她的团队不断创新、完善，解决了一个又一个稀土绿色提取分离新工艺研发过程的“瓶颈”问题。

在项目实施的关键时期，女儿的预产期快到了。此时，工信部国家稀土办邀请黄小卫到南美考察稀土资源及开发情况。她说：“自己家的事再大也是小事，不能误了重要工作！但有哪个做母亲的不关心自己孩子的生育大事呢？女儿怀孕期间我就一直亏欠着孩子，心想再忙到了女儿的预产期也要守在她身边。”很多时候就是这么“寸”，黄小卫又要食言了，但她女儿已经习惯了，对她说：“妈，您安心出国吧，孩子用的东西、住院的用品我都准备好了，您放心，没事儿的。”结果天遂人愿，女儿晚产了，出国考察回来第二天，宝贝外孙女出生了。可是，没过两天，广西国盛正在实施的项目出现问题需要解决，黄小卫又马不停蹄地赶往广西项目实施地了……

经过5年多的艰苦奋斗，终于开发出具有原始知识产权的“碳酸氢镁法分离提纯稀土新工艺”，首次将氯化镁或硫酸镁废水和二氧化碳气体循环自制碳酸氢镁溶液，返回用于皂化萃取分离及沉淀结晶制备高纯稀土化合物，镁盐废水及二氧化碳循环利用率达到90%以上，化工材料成本降低30%～50%，攻克了从源头消除稀土分离提纯过程的氨氮/高盐废水污染难题，并解决了长期困扰包头矿冶炼企业的硫酸钙结垢难题，实现了低碳低盐无氨氮清洁生产。

该成果申请发明专利50多项，获得美国、澳大利亚等国外授权发明专利10多项。其中美国发明专利一审就获得授权，审查员认为该发明专利权利要求书全部具有新颖性、创造性和实用性，也充分说明该专利技术属于原创技术。成果评价专家认为整体技术达到国际领先水平。成果获得中国有色金属工业科技奖一等奖2项，2020年入选国家发展改革委《绿色技术推广目录》。

目前，该成果在中国稀土集团、北方稀土集团等6家大型稀土企业新建或改建9条生产线，其中甘肃稀土建成产能5万吨稀土氧化物/年生产线，并与北方稀土集团签订了规模世界第一（10万吨稀土氧化物/年）专利实施许可合同，全部达产后稀土生产量将超过20万吨/年，在全球占比70%以上。

三

离子型稀土矿是我国最早发现且富含宝贵中重稀土占比高的独特资源，其品位极低，赋存形式独特，无法使用常规选矿方法富集回收。我国科技工作者经过长期研究实践，开创了“铵盐工艺”，并实现大规模开发利用。目前全球所需中重稀土 80% 以上依靠我国利用离子型稀土矿生产。但随着经济社会发展，稀土应用量不断增长，而对生态环境的管控日趋严格，传统工艺存在的环保问题日益凸显：一是生产过程消耗的铵盐全部进入矿区土壤和地表 / 地下水，造成氨氮超标上百倍，一些规模开采的矿山环境破坏严重，被勒令停产；二是稀土除杂、沉淀、过滤工序多，稀土损失大，稀土精矿酸溶、除杂得到的酸溶渣中总放射性比活度超标，处置困难，存在严重的安全隐患。

针对上述问题，黄小卫于 2009 年创新性地提出用环境友好的镁盐代替铵盐浸矿，用高效的离心萃取法代替碳酸氢铵沉淀法富集回收稀土新工艺设想，并带领她的团队成员冯宗玉、肖燕飞、赵龙胜等进行基础研究和关键技术开发。由于离子矿浸出液稀土含量低，杂质铝、铁含量高，采用常规的溶剂萃取法无法解决杂质干扰、萃取易乳化、有机相损失大的难题，而且常规萃取设备体积大，无法在矿山应用，哪一个问题不解决都无法实现规模化生产。他们经过 5 年多不断探索试验、小试、放大试验、工业试验，功夫不负有心人，终于研发成功“离子型稀土原矿绿色高效浸萃一体化新工艺”，从源头消除困扰行业多年的放射性废渣和氨氮污染，工艺流程缩短 5 步，稀土回收率提高 10 个百分点以上，生产 1 吨稀土氧化物新增效益 3 万 ~ 5 万元，有效提升了我国中重稀土资源的绿色开发水平。

“离子型稀土原矿绿色高效浸萃一体化新工艺”成果评价专家一致认为“新工艺是离子型稀土矿生产工艺的一次重大变革……整体领先于世界稀土金属选冶技术水平”。成果于 2017 年获得中国有色金属工业科学技术奖一等奖，并先后入选工信部稀土办稀土行业“十二五”十大突破技术、自然资源部 2019 版、2022 版《矿产资源节约与综合利用先进适用技术目录》，以及入选国家发展改革委《绿色技术推广目录（2020 年）》。

上述成果先后在中国稀土集团、厦门钨业等企业所属广西、福建、湖南、江西稀土矿山建成 7 条示范线、生产线。近年来，该成果得到了国家领导人的重点关注、批示和支持，在中国稀土集团广西花山稀土矿、福建稀有稀土集团和厦门钨业的中坊稀土矿山分别建成 500 吨稀土氧化物 / 年规模实施工程，正在连续化运行；该技术的规模化实施，为离子型稀土矿山全面复产实现绿色化开发提供了技术支撑。

近年来，黄小卫院士团队开发的几项绿色高效提取分离技术成果不断在稀土行业大规模推广应用，目前有 8 项工程正在实施。年轻硕士、博士们常年奋战在矿山、冶炼分离企业实施现场，特别是疫情期间，有的一年 300 多天在南方湿热的矿山开展工业试验、生产示范线建设、调试和运行。他们白天在敞开的车间干活常有蛇陪伴；晚上住在活动板房里，蚊虫嗡嗡叫，咬得睡不好觉；山上常年没有信号，无法与家人正常联系，如赵龙胜博士在福建龙岩矿山做工业试验时，国庆节放假回不来，妻子就带着孩子到矿山去看望他。李铮博士长期驻扎在江西赣州矿山现场，晚上想与家人视频沟通，就是跑到附近山上信号都不行。偶然回京，一岁多的女儿把他视为陌生人，一抱就哭。齐少雷驻扎在福建中坊矿山现场，长期与妻子两地分居，离多聚少，只能在晚上抽空与家人视频沟通。刘德鹏、郑旭东长期驻扎在福建、广西矿山现场，甚至没有时间交女朋友……他们为稀土事业奉献青春，真正把论文写在了稀土矿山上。

四

保护生态环境功在当代、利在千秋。黄小卫深刻意识到加强生态文明建设、治理环境污染的重要性和必要性，尽快推动我国稀土产业绿色发展、循环发展、低碳发展的紧迫性和艰巨性。她带领团队全方位推进我国稀土的绿色高效发展：深入全国稀土企业开展生产污染源普查，做到心中有数；进行相关应用基础研究，为稀土绿色发展提供理论指导；面对我国不同地区、不同稀土矿种以及造成污染的不同“卡点”，自主研发出有针对性的绿色提取分离新工艺，并加快脚步推动成果转化、推广应用，推动我国稀土行业绿色高质量发展。

让我们沿着时间顺序轨迹进行一下盘点。

2005 年，针对我国包头稀土矿冶炼造成的严重污染问题，自主研发出“非皂化混合萃取剂从硫酸稀土溶液中萃取分离稀土新工艺”，首次采用非皂化混合萃取剂协同萃取分离稀土，从源头上解决了包头矿冶炼过程中氨氮废水对水资源的严重污染。这项新工艺技术相继转让给山西锁簧稀土公司、甘肃稀土新材料股份有限公司，实现了包头稀土矿绿色清洁生产。

2006 年，原创开发出“盐酸体系非皂化萃取分离稀土新工艺”，相继在宜兴新威利成稀土有限公司、常熟市盛昌稀土材料有限公司、广东珠江稀土有限公司、江苏省国盛稀土公司等单位进行技术转让推广应用。

2007 年，进行了稀土金属冶炼行业排污系数核算研究，获得国务院第一次全国污染源普查项目资助，普查的稀土企业占工业污染源企业总数的 90% 以上，提交了《稀土金属冶炼行业产排污系数使用手册》、相关系数核算技术报告和工作报告等，为稀土行业绿色高效发展相关政策制定和新工艺奠定基础。

同年，黄小卫参加中日联合主办的稀土交流会，赴东京作题为《稀土绿色冶炼分离技术研究进展》大会报告。

2010 年，提出了碳酸氢镁皂化萃取分离稀土工艺，并申请了中国发明专利“碳酸氢镁或 / 和碳酸氢钙水溶液在金属萃取分离提纯过程中的应用”，该专利是碳酸氢镁法分离提纯稀土技术的原始专利，荣获中国专利优秀奖。

同年，开展的离子型稀土矿镁盐、钙盐浸取技术基础研究申请了中国发明专利，并于 2013 年获得授权，是国内最早的镁盐、钙盐及其复合体系浸取离子型稀土矿专利；同年，黄小卫担任大会执行主席、参与组织第 377 次香山科学会议，并作题为《中国稀土资源的高效清洁提取与循环利用》主题评述报告。

2011 年，参与起草的《稀土工业污染物排放标准》正式实施，力促提高我国稀土行业的环保水平。

2012 年，打破传统模式的“非皂化萃取分离稀土新工艺”，解决我国稀土产业皂化有机带来的氨氮废水污染问题，荣获国家技术发明奖二等奖，入选“2012 年中国稀土十大科技新闻”。

2013 年，“碳酸氢镁皂化萃取分离稀土新工艺”在江苏国盛进行工业应用，镁和二氧化碳回收率超过 90%，稀土萃取回收率提高了 1.65%；开发了碳酸氢镁新型沉淀结晶技术，代替碳酸氢铵沉淀剂，实现了无氨氮排放；开展了离子型稀土矿低浓度稀土浸出液 P507 一步非平衡离心萃取富集新技术、P507/P204 分步耦合离心萃取分组新技术研究，并申请了发明专利。

2014 年，“碳酸氢镁法分离提纯稀土新工艺”在中铝广西国盛稀土开发有限公司应用实施，建成了年处理 3000 吨稀土氧化物离子型稀土矿全分离生产线（Ⅰ期工程）；研发成功的“非皂化萃取分离稀土新工艺”和“低碳低盐无氨氮稀土氧化物分离提纯技术”入选工信部印发的《稀土行业清洁生产技术推行方案》，为我国稀土低碳冶金、绿色高效生产提供技术支撑。

2015 年，承担国家科技支撑计划项目“离子型稀土矿产基地资源高效清洁开发技术研究与示范”，2019 年通过验收；针对包头稀土矿冶炼分离过程中存在的问题，开发出基于碳酸氢镁法的包头稀土矿新一代绿色冶炼分离工艺；参与编制的“稀土工业污染物排放标准”，获得中国有色金属工业科学技术奖一等奖。

2016 年，“低碳低盐无氨氮分离提纯稀土新工艺”获中国有色金属工业科学技术奖一等奖，专家一致认为“整体领先于世界稀土金属冶炼分离技术水平”。硫酸体系碳酸氢镁法分离提纯稀土技术甘肃稀土新材料股份有限公司进行转让实施，对原工艺进行升级改造，建成当时规模世界第二的年处理包头混合型稀土精矿 3 万吨新一代绿色冶炼分离生产线，实现硫酸镁废水、二氧化碳气体的循环利用，解决了生产过程中硫酸钙结垢的行业难题。

2017 年，开发的“离子型稀土原矿绿色高效浸萃一体化新技术”在中铝广西崇左六汤稀土矿山建成规模示范线，首次实现了离子型稀土矿低浓度浸出液直接萃取富集的工业应用，获得中国有色金属工业科学技术奖一等奖，并入选自然资源部《矿产资源节约与综合利用先进适用技术目录（第六批）》。

2019 年，开发的“碳酸氢镁法分离提纯稀土新技术”在中铝广西国盛稀土开发有限公司完成Ⅱ期工程应用实施，离子型稀土矿冶炼分离总能力达到 5500 吨稀土氧化物 / 年以上，成为全球最大的离子型稀土矿冶炼分离企业。

2020年，完成的“包头稀土矿冶炼分离过程硫酸镁废水循环利用关键技术”获得中国有色金属工业科学技术奖一等奖；开展了风化壳淋积型中重稀土矿稀土元素赋存状态与强化分离机理研究，获得国家自然科学基金重大研究计划项目资助；开发的基于离子型稀土矿绿色高效浸萃一体化新技术、碳酸氢镁法分离提纯稀土技术的“稀土高效提取分离技术”入选国家发展改革委《绿色技术推广目录（2020年）》；负责起草的稀土行业标准《离子型稀土矿混合氯化稀土溶液》发布实施。

2021年，黄小卫和她的团队完成的“高比表面、超细稀土化合物制备技术及产业化”项目，实现了系列高端稀土化合物产品产业化，获得中国有色金属工业科学技术奖一等奖；与福建省长汀金龙稀土有限公司、厦门钨业股份有限公司等单位合作承担的国家绿色制造系统集成项目“福建离子型稀土资源的全流程绿色高效提取分离技术与应用”通过验收；负责起草的行业标准《绿色设计产品评价技术规范　离子型稀土矿产品》发布实施。

2022年，离子型稀土矿绿色高效浸萃一体化新工艺分别在五矿稀土江华稀土矿山和厦门钨业长汀晋江工业园建立百吨规模生产线；在中国稀土集团广西花山稀土矿、福建稀有稀土集团和厦门钨业的中坊稀土矿山分别建成500吨稀土氧化物/年规模实施工程，正在连续化运行。

2023年，碳酸氢镁法冶炼分离新工艺即新一代包头稀土矿绿色冶炼分离工艺在甘肃稀土建成第Ⅲ期工程，合计年产能5万吨，并与北方稀土集团签订了10万吨稀土氧化物/年规模世界第一的绿色工程项目专利实施许可合同，全部达产后稀土生产量全球占比达70%以上。

当前，工业绿色化发展的理念已深入人心，从国家顶层设计到企业发展规划，在发展生产力的同时，维护好生态安全、实现可持续发展的战略已提升到前所未有的新高度。稀土工业的绿色化、高质化、智能化及循环利用已成为行业持续发展的重点方向。

在党的二十大报告中，习近平总书记指出：“我们要建设的现代化是人与自然和谐共生的现代化，既要创造更多物质财富和精神财富以满足人民日益增长的美好生活需要，也要提供更多优质生态产品以满足人民日益增长的优美生态环境需要。”在深耕稀土的新时代，黄小卫带领团队准确把握这一

精辟论断的科学内涵，不断开发稀土绿色高效提取分离新技术、新工艺及装备，并在稀土行业规模应用，持续保持我国稀土提取分离技术的国际领先地位，进一步提升我国稀土产业的核心竞争力和国际影响力。

信仰，简单地说就是对人生观、价值观和世界观的选择和坚守。信仰，是一种价值形式，是对终极价值的高远追求。

言传身教，倾囊打造我国稀土高科技人才高地

黄小卫扎根稀土、立足时代、面向未来，她高瞻远瞩地始终把培养稀土高端人才定位在发展我国稀土大业、为国家贡献稀土力量的战略性优先位置。作为一名中国工程院院士、稀土国家工程研究中心主任、博士生导师，她言传身教，把立德树人放在首位，倾囊打造我国稀土高科技人才高地，努力培养创新型、复合型、应用型的高素质稀土生力军。她倾心助推、全力营造“人人都学、处处能学、时时可学”的学习环境，使学习成为稀土全员的

习惯。大家眼中的黄小卫是站位高、视野广、思维新、自律严、人格正、情怀深的科技工作者，是难得遇见的高质量导师。

截至 2022 年，黄小卫院士已培养了 41 名研究生，其中博士 20 名、硕士 21 名；另外，合作博士后出站 5 名。目前她正在培养的在读研究生 20 余名，在站博士后 5 名。

对于培育人才，黄小卫遵循的原则是：对年轻人一要爱护、要高标准严要求；二要信任、委以重任；三要支持、为其发展创造条件；四要带头、身教重于言教。

一

作为一名研究生导师，黄小卫力争做一名合格的好导师，她以自己坚定的“稀土强国”理想信念、广博扎实的学识、在 40 年实践中沉淀积累的丰富经验及淡泊名利的坚守、培育人才的高尚情操、对年轻人的仁爱之心，在身担诸多要职的百忙中执着于悉心呵护每一位学子和员工，显现出她深爱培养优秀人才的定力。这定力来自“深耕稀土为国掘宝要后继有人，且一代要比一代更强”的理念。

黄小卫院士对年轻人首先是关心、爱护和理解。她认为每个年轻人都有成长、进步、成才、发展的潜力，只要悉心呵护、精心雕琢，便可成为美玉。

北京理工大学毕业、研究生师从黄小卫并入职有研的徐旸说：“2016 年三四月，我被派去甘肃稀土公司进行新工艺工业试验，没想到那边天气那么冷，我穿的衣服很少，当时黄老师要去其他项目实施地，临走时把她的羽绒服留给了我，顿时一股暖流涌进心头。黄老师在工作上对我们要求一丝不苟，在生活中对我们和蔼可亲。”

黄小卫培养的博士后赵政，是 2019 年从北京化工大学博士毕业后来到有研总院读博士后的。他说：“我能在一次面试之后就快速果断决定到有研总院读博士后，回想起来还真有点戏剧性。一般情况选择自己今后的去向都很慎重，肯定经过多项反复综合比对精选其一。当时我听说这边要招博士后，作为选项之一先投了份简历，很快就受邀面试。走进办公室，当我知道和我谈话的是稀土领域专家黄小卫院士时，心里就感觉特别激动，也有点紧张，因为这是我第一次这么近距离面对面地和院士交谈，在和蔼可亲轻松愉快的沟通中，我感觉到黄院士非常亲切，她像我的长辈一样。听了黄院士对我国稀土工业言简意赅的前瞻性、战略性的概述，就感觉自己已融入这个稀土圈子里了，是黄院士的影响力、亲和力和感召力，让我旋即丢下其他选项，毅然决定就走稀土这条路。"

2019 年中南大学博士后毕业入职的李铮说："刚毕业找工作时，我收集不少相关招聘信息，并都试投了简历。单位招聘员工的惯例，一般是由人力资源部门出面简单和你联系一下再说，若是有部门主任一级的与你联系就很不错了。可我万万没想到，竟是黄小卫院士亲自给我打的电话，与我坦诚交谈，非常关心我的学习工作情况，以及下一步的想法和未来志向，并介绍了有研总院稀土中心的特点和发展情况，以及未来发展前景。虽然没有见面，但已经感觉到黄院士一点架子都没有，并感受到了对方的诚意、看重和期许，交谈中我已做出决定，就来有研总院就职、发展。致使我这么快就决定有关自己发展前途的大事还是有生以来的头一次。说实话，这是当时让我感到挺震惊的一件事。"

黄小卫老师时不时地会挤出时间请年轻人到家做客，院士亲自下厨烹调，为大家忙前忙后地做了一大桌盛宴，而且速度很快，大家很是佩服。年轻人就像在自己家一样吃喝随意、开怀畅饮、有说有笑。谈笑间，黄院士会有意识地了解年轻人的感情生活，比如有没有对象、结没结婚，对未婚青年她还会为其牵线搭桥；她会走进年轻人的生活圈子，经常问及孩子怎么样，有没有人照料，还会尽力帮忙联系入托或上学；在不经意中她会让年轻人潜移默化地受到"立德"的感染教育，这里"90"前后的年轻人都有志向、有追求，并能吃苦；很多时候大多还是不由自主地会谈论到"稀土"这个主题上，关注年轻人的发展成才。她会细心观察学子的身体状况，当她得知在培博士后钟祥熙通勤时总带着一个"U"形枕时，马上介绍他去找单位附近医院有名的正骨大夫医治，并以自己的真实感受叮嘱大家再忙也要注意锻炼身体，非常关心大家的健康成长。学生王琦读博士期间，患了比较严重的皮肤病，家里条件比较差，黄老师多次给他资助治病，鼓励他战胜困难，使他顺利毕业并获得了博士学位。的确，这里的年轻人都有同样的感受：我们在各方面得到黄老师的关心和帮助一点都不难，黄老师像对待自己的孩子一样关心培养我们。

二

黄小卫倾囊培养年轻人首先打心底相信他们，敢于对他们委以重任，放心让他们挑大梁，力推他们快速成栋梁。很多国家稀土重点项目和课题，黄院士根据每个人的特点，把各类项目交给不同的年轻人负责，或者一人负责一部分任务，把他们推到前面尽量给年轻人锻炼机会，自己在后面给他们指导把关，申报项目或报奖时尽量让年轻人排在前面。

2018 年，在甘肃稀土新材料股份有限公司实施“碳酸氢镁法冶炼分离包头稀土矿新工艺”时，黄小卫放手让她培养的博士冯宗玉（2020 年入选“国家特支计划青年拔尖人才”，现任稀土中心副主任、有研稀土副总经理）牵头，带领王猛、徐旸、夏超、张永奇等年轻人共同研发，成功开发出硫酸镁废水和二氧化碳循环制备碳酸氢镁溶液技术，解决了长期困扰包头稀土矿冶炼企业的两大难题——硫酸镁废水循环利用和硫酸钙结垢难题。同年，我国稀土行业第一个绿色设计产品评价标准《绿色设计产品评价技术规范　稀土湿法冶炼分离产品》发布实施，负责起草的第一排名人就是冯宗玉博士，黄院士排在 5 名年轻人之后。

2020 年，黄小卫把“构建稀土行业高质量发展指标体系研究”项目大胆地让她的博士生王猛（2019 年入选“北京市优秀人才”培养计划）负责牵头，经努力获得工信部软课题研究项目资助。王猛和徐旸等年轻人认真梳理并深入分析国内外工业高质量发展的政策文件及其研究成果，同时根据我国目前的稀土工业现状、未来发展趋势以及行业的特征属性，开展我国稀土行业高质量发展指标设定和体系构建研究，并已形成《构建稀土行业高质量发展指标体系研究》报告。

同年，黄小卫把“稀土矿非铵浸取 – 淋洗源头控制工艺及可移动处理装备”项目交给赵龙胜博士负责，赵龙胜是2015年中国科学院过程工程研究所毕业入职的博士，入职后黄小卫把他安排在矿山一线，让他积累了相关项目实施和推广应用的经验。经过几年的努力，该项目得到国家重点研发计划项目资助，他们开发了离子型稀土矿浸矿场地残留浸矿剂靶向快速淋洗技术、残留浸矿剂微生物/化学协同原位固化技术，以及淋出液处理与循环利用的可移动装备等，为离子型稀土矿浸矿场地污染源头防治提供了技术支撑。

有研稀土的年轻人有一致的认同和异口同声的共鸣：“在这里，很多重要项目黄院士放手交给我们，让我们挑头担责，我们能够得到信任和重视。黄老师总是鼓励年轻人开阔思路，大胆创新，谁提出的思路、方案，谁解决的难题，申请专利谁就是第一发明人，其他人也根据贡献大小排序，不论资排辈；黄老师对年轻人真正做到公平公正，成果报奖也是这样，为了鼓励年轻人，尽可能把我们这些年轻人排在她的前面。这种做法，在别处很少见；而在这里，却是常事，我们能遇到黄院士实属荣幸。在这里，我们能够体现自身价值，很有成就感。”

三

黄小卫院士对年轻人在信任、大胆委以重任的同时，注重为其创新研发进行启迪指导、多方引领，尽其所能为其研究工作和推广应用扫除障碍、创造条件。她经常把自己的成长经历和感悟分享给年轻员工和学生们，告诉他们要热爱自己从事的工作，对研究工作和各种现象充满好奇心，不要按部就班跟着别人走，一定要有自己的想法和不一样的思路，要善于发现问题，不要怕问题、怕失败，只要通过分析问题找到问题的原因，就有希望找到解决问题的办法。

现任有研稀土分离与化合物事业部副总经理的张永奇说：“我是2005年来有研总院读博士的，具体工作学习都是黄小卫老师带的我。我的博士论文就是围绕非皂化萃取稀土工艺及其机理展开研发工作。第二年在实验室小试试验基础上，黄老师派我和彭新林等人去甘肃稀土开展中试规模试验。在工厂里，白天同工人一起调试试验，晚上要把中试数据和操作记录汇总给黄老师审阅，及时沟通遇到的问题。记得有一次遇到了突发事件，在反应过程中搅拌槽突然结晶，这会引起萃取槽阻塞，将对工艺造成极大波动。这是我在实验室里从未遇到过的现象，又没任何实践经验，当时我就凭课堂经验，往里面补充了一部分酸，也没进行记录。事后向黄老师汇报，黄老师非常严肃地批评了我。不是因为出现问题批评我，而是对我处理突发事件的思路和方法进行批评指正。黄老师说：'实验过程中出现问题并不可怕，关键是对出现的问题一要分析产生原因，为什么会结晶？二要找到解决问题的多种办法，优选其一；三要有实验记录，以确定更好的解决办法。你采取的加酸法恰恰是最不可取的办法。'这件事对我触动很大，使我深刻认识到自己的错误所在，在日后的各项工作中，我一直都将其作为自己重要的研究方法一以贯之，受益匪浅。"

赵龙胜博士说："黄老师审阅我们写的项目申请报告、实验方案和总结等，不仅提出修改思路和建议，还经常逐字逐句帮助修改，甚至连标点符号都要推敲去改，非常严谨。我们经常在凌晨两三点还能收到黄老师回复的邮件，当时这对我的触动很大。

我入职的第二年，黄老师就让我带一名博士生和一名硕士生到广西矿山负责推广浸萃一体化项目。黄老师要求我们每天都要写总结并提交给她。由于在矿山没有信号，每天几乎要干到晚上七八点钟才下山，等我们下山吃完饭、写完总结一般都到晚上 10 点甚至更晚了。但即便如此，我们每天发出的总结，黄老师都会认真批注反馈，让我们及时收到下一步推广工作指导意见。遇到文字表达可能出现理解偏差的地方，黄老师会及时与我们电话沟通，引导该如何去做。基本上每周都会打三四次电话，时间大多是晚间 11 点以后了。关键是黄老师不只是指导我们这一个项目，还有分离提纯、催化材料、陶瓷材料等好几个项目组，目前正在实施的工程项目就有 8 个，都需要黄老师进行指导，黄老师每天收到的邮件几十封，电脑桌面上经常有几十份材料需要修改处理，真不知道她一天能休息几小时，我们在私底下都说黄老师是 24 小时在线导师。"

2021 年黄院士招收的博士后钟祥熙说："在这里，我深深感受到黄院士对培养年轻人的力度，极力为我们提供申请和参与项目的机会。博士后入站不久，她就让我参与到稀土陶瓷材料国家级项目的申报与研发中。一次，我写的一份公司级的项目申报书发给黄院士审阅，当天午夜之后就收到了黄老师回复的邮件，夜深人静人们都已熟睡，黄院士还在指导我们，对级别不高的申报也这么认真及时批复，真是感慨不已。修改意见大到思路框架，小到每个句、词、字甚至标点，都批注得让我心服口服，深感自愧；我们写的项目申报书，经常会被黄老师反复审阅修改很多遍甚至十几遍，每改一次我们都有不同的收获、不小的提升，也是因为这种严谨的态度，我们单位申报的很多国家项目都能在多家竞争中获批立项。”

同年，黄院士一个电话招聘入职的博士后李铮说：“我刚入职，黄院士就派我去湖南矿山推进离子型稀土矿的项目落地工作，碰到了在实验室根本发现不了的诸多问题，黄院士对我写的自认为完美的解决方案，还是指出了多个必须修改的关键问题。对要上一个什么样的有机相回收用加热设备问题，黄老师先是让我们根据试验得到的工艺参数进行模拟计算，以生产线规模为依据，算出每天需要进多少料、能出多少料，需要多大容积，选多大功率的加热设备最适合，要用数据说话。最适合的就是最好的，把钱用在刀刃上，改变了我们之前认为功率越大越好的想法。”

四

黄小卫院士倾心营造“人人爱学、处处能学、时时可学”的学习环境。尽其所能为有研稀土培养优秀人才，充分发挥好青年才俊的作用，使稀土人才脱颖而出并尽展才华，推进创新链、人才链和产业链尽快深度融合，强化有研稀土的主体地位，发挥好稀土国家工程研究中心科技创新型骨干央企的引领、支撑作用。

黄小卫院士除本单位的研发工作外，还经常承担工程院、工信部、科技部以及中国有色金属学会、中国稀土学会和协会等委托的战略研究及规划制定、重大项目策划及评审、学术交流等工作，经常出差在外，与研究生当面交流指导的时间比较少，主要靠在线上开组会进行研究进展讨论和指导。随着研究生人数不断增加，工作越来越忙，于 2020 年 3 月把动力电池中心的杨娟玉教授（现任有研稀土分离与化合物事业部总经理）调到稀土中心，开始在黄小卫身边协助开展科研和研究生培养工作。

杨娟玉说：“对于我来说，等于是换了一个新环境、走进一个新领域、从事一项新工作，黄院士初次谋面给我留下的第一印象是，身为一名院士，她一点架子都没有。刚到稀土中心我不知从何做起，是黄院士给了我很大的支持，一来就让我负责院士工作站项目，使我很快融入新工作。”

黄院士非常重视研究生培养，针对她工作繁忙、不少人员常年工作在矿山和企业的特点，决定抓人员比较齐的晚上业余时间、无论人在何地都能参加的线上方式进行指导、培训、沟通、交流。一周开两次组会，每次安排一个主持人、两个研究生做专题报告，内容包括试验方案、研究进展、文献专利等，参加人员不只学生和老师，员工也主动参加。

“榜样的力量是无穷的，是黄院士的身体力行深深打动了我们，同时也因每次参会都有不同的收获，致使大家都能积极参加。”中南大学博士后李铮入职后感慨万分地说：“我们在大学读博时，也有类似的组会，但往往因为老师出差或是有什么事时就会自然中断，之后便不了了之，我对此已习以为常。到了稀土中心又碰到这类组会，开始，我是戴着有色眼镜参会，心想：不定什么时候就会中断的。事实上，这边的组会和大学里的还真是不一样，它是雷打不动的。黄院士无论出差、开会，还是下矿山、去企业，每周两次的组会都会准时召开，有时在高铁上也照样开，只要她不是在会议上或飞机上，黄院士百分之百都在线上；就是有时在飞机上或临时有事情，组会只有推后改时间，绝不会被取消；研究生放假期间甚至快过年了都坚持召开。在矿山现场干活整天没有坐着的机会，感觉很累，每到晚上组会时间，很想和平时一样躺下休息。但想到黄院士比我们忙得多、累得多，她都坚持上会，全方位指导我们，倾心培养我们，而我不仅能够学到知识，而且工作中的问题还可得到院士的指教，所以不只是我，我们再疲乏都很珍惜这个学习、切磋的机会。”

线上组会学习交流不仅研究生和指导老师参加，团队员工也积极参加，大家把这视为院士作为指导老师、不是研究生的研究生待遇，能不积极参加吗？

学无止境，每周两次的线上组会一直常态化召开，大家无论在北京，还是出差在外；无论是在矿山推广项目，还是在企业转让技术，每周二、周四晚上都会在组会上相聚，准时向黄院士报到。组会有固定的上线时间，一般晚上七点半开始，如遇特殊情况，会及时通知延时或改时召开，从来没有中断过；但组会没有固定的下线时间，有时会热烈研讨交流到晚上十一二点。对于大家的报告内容不清楚的地方、实验中遇到的新问题、在研项目中遇到的难点、有什么新想法、新思路和建议等，在会上都能畅所欲言、各抒己见，黄院士都会事无巨细地一一进行具体指导和明确引领，准确评述哪些是可行的，哪些可能出现的问题，并给出具体建议。

大家都说，黄院士在稀土领域站位高端、视野开阔，指导到位、方向清晰、目标明确。每次组会大家都受益匪浅，都有不一样的收获，获得不一样的灵感。黄院士的研究生、院士工作室的全体成员以及稀土中心的所有员工都积极踊跃参加线上组会，大家都非常珍惜每周能与院士交流科研工作的机会，这已成为有研稀土培养人才的有效机制之一。

坚持信仰的坚定性，要在长期实践中不断磨炼提高，始终追求人生的崇高境界，以淡泊之心对待各种名利得失。

享誉业界，有研稀土人一路丰收硕果累累

在我国稀土从无到有、由小到大、由弱变强的艰辛发展历程中，留下了有研稀土深耕细作的耕痕轨迹和接踵而来的累累硕果。从20世纪新中国成立初期的50年代到如今21世纪的20年代，有研稀土发展历程整整走过70多年。中国有研首席科学家黄小卫院士从20世纪80年代初期开始勇毅接力、承上启下、传承弘扬、继往开来，走过了风风雨雨40载。几代有研稀土人为我国稀土从跟跑到并跑、到领跑的战略性转变不断开拓创新，他们步步脚踏实地，个个足迹深重，承载着我国稀土业国之重器的分量！

一

先盘点一下他们完成和参与完成的诸多“首创”：

新中国成立初期有研总院就开始研发稀土，是我国最早从事稀土研究开发的单位之一。

20 世纪 50 年代末、60 年代初，率先开发出稀土元素分离提取、金属制备工艺技术和 16 种稀土氧化物和稀土金属。

20 世纪 60 年代，锌粉还原碱度法制备 99.99% 氧化铕，成为行业主流工艺，成果在行业应用率达 80% 以上，为彩电荧光材料国产化做出突出贡献。

20 世纪 70—80 年代，开始稀土储氢、永磁、抛光、发光、催化等稀土功能材料的研究工作，首次开发出钐钴永磁环，成功应用到我国第一颗人造地球卫星。

20 世纪 80—90 年代，首创包头混合型稀土矿硫酸法冶炼工艺，为冶炼分离世界公认的难冶炼包头混合型稀土矿开先河，第三代酸法工艺成为冶炼复杂稀土矿的世界经典工艺，使我国稀土产业实现大规模生产，1986 年稀土产量首次超过美国，改变了世界稀土产业和供应格局。

率先开发成功 P507、环烷酸 -HCl 体系萃取稀土全分离工艺，主导或参与建设了多条国家稀土示范生产线；开发出氧化还原、P507 萃取色层法、离子交换法制备 5N-6N 高纯稀土氧化物；转让给德国的原创发明环烷酸一步法萃取提取高纯氧化钇工艺，是我国首次出口的稀土分离技术。

自主开发出中间合金法制备高纯稀土金属技术，实现高品质金属钇规模化生产，产品成功打入国际市场，成为第一个批量出口的稀土产品；研发出生产制备高纯金属钪工艺技术，首次实现我国高纯金属钪产品的出口。

进入 21 世纪，实现电解还原法制备 5N 级高纯氧化铕生产工艺的重大突破，建成当时世界最大的高纯氧化铕生产线，产品实现规模出口，推动我国稀土发光材料快速发展。

突破高性能钕铁硼快冷厚带（SC 速凝铸片）关键制备技术及首台（套）装备，实现国产化替代，打破国外垄断，推动国际市场份额从 1% 迅速增长到 90% 以上；突破了快淬磁粉关键制备技术，建成年产千吨级快淬磁粉生产线，建成国内唯一的高端异方性磁材生产线，打破国外垄断。

自主研发成功“非皂化萃取分离稀土新工艺”，创新发展了稀土萃取分离技术，丰富了稀土萃取分离理论，从源头消除稀土萃取分离过程氨氮废水污染，并在我国多家大中型稀土企业成功实施，取得良好的经济效益和社会效益。

在国内率先突破所有 LED 主流荧光粉制备技术，并实现产业化，高端荧光粉市场占有率全球第一，迫使国外垄断价格降低超 90%，推动 LED 荧光粉国产化率由 2009 年不足 5% 增至目前的 80% 以上；国内率先突破闪烁晶体用高纯无水稀土卤化物批量制备技术，实现了国产化替代。

在国内首次提出并开发成功原创性技术——“碳酸氢镁法分离提纯稀土新工艺”，在稀土行业大规模应用，引领我国稀土行业绿色发展，保持我国稀土提取分离技术国际领先优势。

“离子型稀土原矿绿色高效浸萃一体化新工艺”，首次实现离子型稀土矿低浓度浸出液直接萃取富集的工业应用，专家认为“该技术是离子型稀土矿生产工艺的一次重大变革，整体领先于世界稀土金属选冶技术水平”，为我国离子型稀土矿绿色开发奠定技术基础，保障我国中重稀土资源供应安全。

开发出 4N5 稀土金属、4N 全系列稀土金属靶材，打破发达国家技术封锁；突破稀土靶材的变形加工技术，成为国内最早开发并销售晶界扩散用镝 / 铽靶材的企业，镝 / 铽平面靶、管靶市场占有率稳居全国第一位，大幅节约宝贵重稀土镝 / 铽用量，推动了我国高性能稀土永磁体的技术升级。

国内率先开发出 10 余种高性能各向同性稀土黏结磁粉，建立千吨级产业线，打破国外垄断。

…………

70 年来，有研稀土及前身不断致力于行业共性技术开发和辐射推广、高端稀土功能材料及应用技术创新和成果转化，向技术实施成果转化或转让 70 余项（180 余次），支援建设数十家大型稀土企业，为中国稀土工业体系建立、发展和壮大做出突出贡献，是中国稀土工业技术的主要发源地。

有研稀土 20 年来，人才队伍从 50 余人发展到 1000 余人，其中科研人员350余人，博士、硕士及高级工程师以上人才200余人。坚持科技和产业协同发展，实现了持续盈利，累计收入超过230亿元，利税超过33亿元，资产增值32倍，企业品牌影响力显著提升。未来，将把稀土国家工程研究中心打造成为中国稀土原创技术策源地，将有研稀土发展成为世界一流的高科技稀土企业，为实现稀土强国贡献有研力量。

二

接着，再用具体数据来说话：

1964—2022年，有研稀土获得国家及省部级项目奖228项，1988年11月至2022年，有研稀土获得奖项163项，黄小卫为主或参与的奖项有29项，占比17.8%。

1978—2022年，有研稀土培养稀土领域研究生228名，2002—2022年培养207名，其中黄小卫培养或参与培养的就有41人，占比19.8%。

1978—2022年，有研稀土在我国稀土重要学术兼职有29个，2002—2022年18个，黄小卫前后兼职10个，占比55.5%。

1981—2022年，有研稀土技术转让、许可与服务项目185个，1985—2022年180个，其中黄小卫为主或参与的50个，占比27.8%。

1985—2022年，有研稀土获得集体荣誉称号24个，其中国家级荣誉9个，占比37.5%。

1989—2022年，有研稀土国内外授权专利472项，1991—2022年授权470项，其中黄小卫为主或参与的专利授权有167项，占比35.5%。

1995—2022年，有研稀土荣获个人荣誉及纳入人才计划的有113项，2005—2022年107项，黄小卫有12项，占比11.2%。

…………

三

接下来，再以任职、兼职位置看业界对黄小卫的认可：

2009年，黄小卫担任中国稀土学会常务理事、稀土化学和湿法冶金专业委员会主任。

2012年，黄小卫被科学技术部聘请为“十二五”国家科技重点专项“稀土材料专项”专家组成员；被科学技术部聘请为“十二五”863计划新材料技术领域“先进稀土材料制备与应用技术”重大项目总体专家组成员。

2014年，黄小卫被科学技术部聘请为先进稀土材料产业技术创新战略联盟秘书长。

2015年，黄小卫被国家新材料产业发展战略咨询委员会聘请为第三届国家新材料产业发展战略咨询委员会委员。

2016年，黄小卫被科学技术部聘请为“十三五”国家科技重点专项“战略性先进电子材料”专家组成员。

2017年，黄小卫当选为中国工程院院士。

2018年，黄小卫被国际标准化组织稀土技术委员会诚聘为国际标准化组织稀土技术委员会主席团顾问。

2019年，黄小卫入选亚太材料科学院院士；被国防科技工业科学技术委员会诚聘为国防科技工业科学技术委员会军工配套领域铜及稀有金属专业组组长；被广东省稀土开发及应用研究重点实验室诚聘为广东省稀土开发及应用研究重点实验室学术委员会主任。

2020年，黄小卫被国务院学位委员会聘为国务院第八届学位委员会冶金工程评议组成员；被国家科学技术奖励工作办公室聘请为国家科学技术奖评审委员会委员；被中国稀土学会聘请为《中国稀土学报》(中、英文版)常务副主编。

2021年，黄小卫被科学技术部聘请为国家“十四五”重点研发计划“战略性矿产资源开发利用”重点专项总体专家组副组长；当选为中国有色金属学会第八届理事会副理事长、稀有金属冶金学术委员会主任；被白云鄂博稀土资源研究与综合利用国家重点实验室诚聘为白云鄂博稀土资源研究与综合利用国家重点实验室学术委员会主任；被中国稀土集团研究院诚聘为中国稀土集团研究院学术委员会副主任。

2022年，黄小卫当选为中国稀土学会第七届理事会副理事长；被聘为中国稀土集团研究院学术委员会副主任。

…………

黄小卫现任中国有研集团首席科学家、稀土国家工程研究中心主任、稀土冶金材料与应用技术研究所所长。

四

最后以黄小卫和她的团队荣获的诸多荣誉进行评价：

集体荣誉：

2003年，黄小卫团队被国务院国有资产监督管理委员会和共青团中央授予“中央企业青年文明号”荣誉称号。

2004年，被共青团中央授予“全国青年文明号”荣誉称号。

2012年，获得国家发展和改革委员会颁发的“国家工程研究中心重大成就奖”。

2014年，有研稀土被中央组织部、中央宣传部、人力资源社会保障部、科学技术部授予“全国专业技术人才先进集体”荣誉称号。

2016年，被国家知识产权局评选为“国家知识产权示范企业”。

2017年，黄小卫团队被中华全国总工会授予“全国工人先锋号”荣誉称号。

2018年，黄小卫院士团队入选“智慧郑州·1125聚才计划顶尖人才（团队）”。

2019年，黄小卫领衔的“稀土绿色冶金与材料创新团队”被国务院国有资产监督管理委员会授予中央企业“优秀科技创新团队”荣誉称号，被工业和信息化部认定为“绿色关键工艺系统集成应用系统解决方案供应商”。

2021年，黄小卫院士团队被中国有色金属学会授予“第二届中国有色金属创新争先团队”。

…………

个人荣誉：

2005年，黄小卫享受国务院政府特殊津贴。

2007 年，黄小卫被纳入北京市百千万人才工程。

2012 年，黄小卫被北京市西城区委员会、西城区人民政府评为首届西城区“百名英才”突出贡献人才。

2014 年，黄小卫荣获中华国际科学交流基金会颁发的首届“杰出工程师奖”，这是我国第一个也是唯一一个以“工程师”命名的面向全国的企业工程技术人员奖。

同年，黄小卫被中国科学技术协会授予“全国优秀科技工作者”荣誉称号。

2015 年，黄小卫被中共中央、国务院授予“全国劳动模范”荣誉称号。2017 年，黄小卫荣获人社部、中国科协、科技部、国资委颁发的“全国创新争先”奖状。

2018 年，荣获中共中央、国务院、中央军委颁发的“庆祝中华人民共和国成立 70 周年纪念章”。

2022 年，黄小卫荣获中国工程院颁发的“第十四届光华工程科技奖”。

2023 年，黄小卫荣获“央企楷模”荣誉称号。

回首盘点有研稀土贡献纪实，面对诸多科技成果大奖和顶顶荣誉桂冠，黄小卫院士和她的团队为之自豪，为之骄傲，但她和他们总是以淡泊之心对待功和绩、看待名和利；她和他们永远把已取得的成就作为新的起点。时间，是无法回到原点的。但是，成就我国深耕稀土伟业的人生、实现“稀土强国”的理想，黄小卫和她的团队每个个体都有一个从某个起点传承接力的重要原点，并以这个高起点为新征程的出发点，锲而不舍地踏上不断延长深耕稀土产业高质量发展的王者之路。

“十四五”是稀土发展关键时期，黄小卫说：“稀土要发展，应用是关键。只有搞好稀土的开发应用，才能把我国稀土的资源优势转化为经济优势和战略优势。”

黄小卫的思维模式是：国内外状况要看透，上头的精神要吃透，下头的情况要摸透。身处稀土王国，她从不站在岸边数浪头，而总是沉入海底去摸深浅，所以她总能高站位、大视角，做到前瞻性的自主创新研发。耕者无疆，为卷起我国稀土自主创新巨浪，他们永续前行；为打造国家甚至世界稀土高质量发展的名片，他们信心满满；为把中国稀土工业推向世界之巅，他们勇毅攀登！

笔者感悟

稀土是世界公认的发展高新技术、国防尖端技术不可或缺的战略资源，是21世纪新材料的宝库，是信息、生物、能源等高技术领域和国防建设的重要基础材料，也是传统产业改造提升的重要支撑材料。

我国是稀土资源、生产、应用大国，经过几代稀土人的拼搏，实现了从无到有、从小到大的跨越式发展，稀土选冶、分离技术国际领先并禁止出口，在稀土应用研究上取得了诸多重大进展，但与世界先进水平相比，我国在稀土新材料原始创新能力及高端应用方面仍存在不小的差距，成为我国稀土产业将资源优势转变为经济优势的“瓶颈”，影响着我国在国际稀土产业市场上的竞争力。

有研稀土黄小卫院士团队现有60余人，平均年龄刚刚进入而立之年，其中有研究生学历的员工占比高达90%以上。年轻的他们，在黄小卫院士的带领下，已经负责或参与了50余项国家重大/重点研发项目，为我国稀土行业科技与产业发展做出了重要贡献，并正在我国稀土由大国向强国、由原料生产向高端制造、由传统生产向智能制造转变中寻觅突破口、提出新举措……这已令中国有研以张国成院士为代表的有研稀土前辈和以黄小卫院士为代表的第三代有研稀土人感慨不已，并对有研稀土的后生们给予厚望。

正像黄小卫所说，不是我比我的老师这辈稀土人聪明能干，而是我赶上了国家极为重视稀土资源开发利用的重要时期，走进了有研总院的大门，老一辈稀土人给我们打下了坚实基础，并得到张国成老师的精心培养；也正像黄小卫团队年轻人所说，不是我们有多聪慧、有多大本事，而是我们赶上了国家经济发展进入了由快速转为高质量发展的新时代，有国家极为重视的中国有研这个大平台的支撑，并成为黄小卫院士团队的一员。这个年轻团队，知识结构高而新，在黄院士的带领下敢想、敢干，且学懂了会想、会干，他们充满活力和拼劲，还能吃得了苦，这在“90”前后这代年轻人身上是难能可贵的。

张国成院士带出个黄小卫院士，试想：黄小卫团队的冯宗玉、杨娟玉、张永奇、彭新林、侯永可、王猛、赵龙胜、孙旭、徐旸……这代年轻稀土人再过 20 年到了黄小卫这个年龄，他们能解决我国稀土产业将资源优势转变为经济优势的多少“瓶颈”问题？会补齐或超越我国稀土产业高端应用与外国相差的多少个短板？为了这些，黄小卫付出了所有，她认为值得！

黄小卫和她的团队赶上了“我国稀土产业全面贯彻新发展理念，在强化创新引领，推动绿色化、智能化、高端化转型等方面深入探索并力争取得新成效”的关键时期。他们牢记习近平总书记关于稀土产业发展的重要指示精神和为我国稀土产业高质量发展所指明的方向，立足新发展阶段，贯彻新发展理念，构建新发展格局，坚持生态优先，进一步推动行业绿色低碳发展；强化创新引领，进一步加快锻长板、补短板；面向国家重大战略需求和企业所需关键稀土材料、提升产品质量等方面谋划布局、勇毅前行，为推动我国稀土高质量发展，为实现国家“十四五”规划和 2035 年愿景贡献“稀土强国”的力量。

我们坚信：未来，黄小卫院士团队将在我国稀土资源绿色高效开发利用、稀土新材料及其高端应用等方面，不断探索创新，一定会进一步提高稀土科技和产业的国际竞争力，为我国稀土行业高质量发展做出更大贡献。

黄小卫和她的团队，是稀土国家工程研究中心的软实力，在某种程度上讲也可以说是中国稀土的软实力。他们正在全面贯彻习近平总书记提出的新发展理念：以“创新、协调、绿色、开放、共享”的内在统一把握和衡量发展；他们正在推动我国稀土数字化、智能化转型的巨大发展空间中按下探索创新的快进键，朝着抢占世界稀土高地的远大目标赓续出攀登的加速度！

为党尽责强企为民的央企好干部

——“央企楷模”曾兵

◎文 / 国药集团党委宣传部

曾兵，1970 年出生，四川内江人，1993 年 7 月参加工作，2007 年 10 月加入中国共产党，中国医药集团有限公司副总经理、董事会秘书、新闻发言人、政策研究室主任。

2022 年 7 月 23 日 19 时 55 分，担任辽宁省大连市委常委、市人民政府副市长、市政府党组成员（挂职）的曾兵同志，在工作调研期间因突发心脏疾病医治无效，在大连逝世，享年 52 岁。

在抗击新冠疫情的大战大考中，他坚决贯彻落实习近平总书记关于抗击疫情的重要指示批示精神，全身心投入抗疫斗争。2020 年 2 月，在疫情最严重的时期，他逆行进驻湖北武汉，入列中央指导组物资保障组，在抗疫一线连续奋战 51 个日夜，指导国药集团驻鄂企业全力做好医用防护物资、医疗设备药品的应急采购、储备和配送工作，出色完成各项任务，为打赢“武汉保卫战”“湖北保卫战”做出重要贡献，得

到中央指导组的高度肯定。2020 年 9 月，他又带队远赴秘鲁开展国药新冠疫苗海外Ⅲ期临床试验，历时 8 个月，克服各种难以想象的困难，确保临床试验有序开展和顺利完成，为我国新冠疫苗率先研发成功做出突出贡献。

赤子丹心　许党报国
两次选择　矢志不渝为医药耕耘

“大家好，我是曾兵，在高考填志愿的时候，10 个志愿我填了 7 所医学院校。我的人生最大理想就是当一名医生。毕业后的生涯充满了变化，住院医生、医药代表、MBA 留学生、外企国际总部职员、地区经理、首席代表、国企高管、政府挂职，我不断描画着人生的轨迹……”这是曾兵在参加同学聚会时，因工作繁忙未能赶到现场，特别录制的自述音像。

1987 年，18 岁的曾兵以高考优异成绩来到北京医科大学（北京大学医学部）求学，毕业后分配到北京中日友好医院。他一边工作一边继续学习，后来经过努力，又到欧洲求学深造。曾兵是勤奋工作、积极上进的人，也是知恩图报的人，学成归来后，他再次投身医药事业，满怀理想报效祖国。

放弃外企高薪投身“医药报国”

1998 年，在荷兰奈洛德商学院研究生毕业后，曾兵开始进入外企工作，先后任职于知名外企的全球总部和中国代表处，在 2004 年离开外企时，他已经担任法国生物梅里埃中国有限公司广州代表处首席代表。彼时的外企薪资令人羡慕不已，但是令家人和朋友没有想到的是，他竟然辞去了外企工作，毅然放弃高薪，秉持着“医药报国”的理想，通过当时国务院国资委的中央企业全球招聘进入中央企业任职。2004 年，曾兵被选聘入职中国生物技术集团公司，任副总经理，当时的企业基础还较弱，但他干劲十足，因为他朝着“医药报国”的坚定理想又迈进了一大步，公司的老领导曾经这样评价他：“曾兵积极要求上进，对自己要求很严，是一名真正的好党员好干部。”

奋力推动国药集团高质量发展

2009—2011 年，中国医药集团与中国生物技术集团、上海医药工业研究院、中国出国人员服务公司联合重组，正式确立打造“中央企业医药健康产业平台”的战略。2009—2018 年，曾兵任中国医药集团总公司（中国医药集团有限公司）副总经理。自 2018 年起，任中国医药集团有限公司副总经理、董事会秘书、新闻发言人、政策研究室主任。

在国药集团任职期间，曾兵因业务能力优秀身兼多职，他攻坚克难，夙夜在公，积极谋划，详细部署，分管工作取得明显成效，为国药集团高质量发展做出了重要贡献。

稳妥有序、聚焦重点，扎实推进国药集团深化改革各项工作。

作为国药集团分管改革的副总经理，曾兵在“国企改革三年行动”中，牵头抓总，会同集团各方力量，研究制定《国药集团改革三年行动实施方案（2020—2022 年）》，明确了国药集团改革三年行动的总体要求、重点改革任务和具体改革措施以及保障措施，为国药集团全面深化改革提供了遵循。同时，他牵头研究制定了《国药集团改革三年行动任务清单》，将实施方案中每项改革任务均细化明确了责任部门、实施范围和完成时限，为后续跟踪各项改革任务进展情况以及进行重要改革指标采集等工作制定了依据。他对照国资委考核文件，结合国药集团实际，组织制定了《国药集团落实改革三年行动重点任务考核实施方案》，对照方案开展自评估工作，协调确保完成改革任务目标。在他真抓实干、细致入微的工作作风带动下，集团三年改革任务扎实推进，最终圆满完成，国药集团也连续获评中央企业改革三年行动重点任务考核 A 级企业。

面对改革的繁重任务，曾兵勤思考、重实践，他常对改革小组的同事们说：“一定要注重学习各中央企业推动改革的先进经验，要组织挖掘出国药集团改革工作中好的做法和经验。”2021 年 7—11 月，他多次组织召开国药集团改革三年行动推进会，对改革三年行动进行再动员、再部署，加速加力推进实施方案落地见效。同时，认真组织参加国务院国资委组织召开的国企改革三年行动月例会，认真学习领会国资委领导讲话精神，学习各中央企业推动改革的先进经验，并把月例会当作推动国药集团改革三年行动的重要抓手之一，通报国药集团改革进展情况并对下一步工作提出具体要求。正像他自己说的那样，曾兵也非常注重组织挖掘国药集团改革工作中好的做法和经验，不但在集团系统内进行学习推广，同时还通过多种渠道加大对改革实践的宣传力度。在他的推动下，《国药集团推进混合所有制改革　建立市场化机制》一文在《人民日报》刊登，在《国企改革》杂志上作为央企改革典型案例推出了《天坛生物改革发展取得新成效》。

精心服务、完善治理，全力保障集团董事会高效履职尽责。

作为国药集团董事会秘书，曾兵通过认真梳理，进一步规范了股东会和董事会流程，做好与各股东方及董事的沟通协调，同时，指导相关部门和子公司做好董事会会议各项工作。在担任董事会秘书期间，他协助集团董事长和董事会战略委员会，组织召开多次战略研讨会，研究制定和宣贯国药集团“十四五”发展战略规划，研究审议重要子公司“十四五”发展战略规划和专项发展战略规划，全力推动国药集团高质量发展。

曾兵常对同事们说：“做好调研工作是对董事会决策的重要服务支撑。”近年来，他亲自组织集团董事会先后赴广东、湖北、甘肃、四川、辽宁、黑龙江、陕西、河南、云南、山东、北京等省（市）58家子企业，对医药分销、零售、化学制药、生物制药、中药、医疗服务、医药金融服务等业务板块发展情况，展开了深入细致的调研考察，对国药集团战略决策的执行情况，以及各项管理控制和风险防范措施的落实情况进行现场检查和指导，并将董事会调研组的意见和要求及时向国药集团经营班子与有关企业传达。

曾兵同志坚决贯彻落实习近平总书记关于坚持“两个一以贯之”、建设中国特色现代企业制度的重要论述精神，落实好国务院国资委关于加强中央企业董事会建设的各项要求，牵头组织先后制定了《国药集团董事会授权管理办法》《关于进一步加强外部董事履职保障工作的意见》，修订完善了《国药集团董事会议事规则》和《国药集团董事会提案管理办法》，推动完成了董事调整、董事长选举、董事会专门委员会成员调整及公司章程修订等相关程序。同时，严格执行《董事会决议事项督办制度》，对董事会审议通过的投资类、工程类、融资担保类项目进展情况定期跟踪和反馈。

围绕中心、服务大局，着力加强集团新闻宣传和舆情管理。

作为国药集团新闻发言人，曾兵积极承担起新时代宣传思想工作的使命任务，为推动国药集团高质量发展营造积极良好的舆论氛围。

曾兵同志深入学习贯彻落实习近平总书记关于新时代宣传思想工作的重要论述，贯彻落实国务院国资委对中央企业开展宣传舆论工作的要求，压紧压实各级党委意识形态工作领导责任，注重防范化解意识形态领域重大风险，牢牢把握宣传舆论工作正确政治方向，高举旗帜，组织国药集团媒体深入学习宣传贯彻习近平新时代中国特色社会主义思想、党的十九大和十九届历次全会精神、习近平总书记“七一”重要讲话精神和关于构建人类卫生健康共同体的重要论述精神等，积极做好主题教育宣传工作。

围绕国药集团改革发展取得的成就和抗击新冠疫情所做出的突出贡献，他先后组织了“媒体走进国药集团”系列活动。在2020年抗击疫情“武汉保卫战”“湖北保卫战”期间，在新冠灭活疫苗研发、生产、认证、供应和国际合作工作的重要时间节点，在庆祝新中国成立70周年和建党100周年重大历史时刻，在组织参展国际服贸会、上海进博会、中非经贸博览会等重要活动期间，他一方面通过召开媒体见面会和接受专访等形式，协调中央广播电视总台、《人民日报》、新华社、《中国日报》、人民网、新华网等主流媒体采访集团和子公司领导、科研专家、一线生产流通服务工作人员；另一方面充分运用自有媒体矩阵，编发《国药集团新冠疫苗助力全球战役》等系列专题报道，全方位、多角度立体展现并提升了集团作为医药健康产业主力军、国家队的企业形象。他多次接受中央广播电视总台采访，介绍集团改革创新和高质量发展等情况，为树立集团品牌形象亲自上阵主动发声。

此外，曾兵还十分注重加强精神文明和企业文化建设，努力提升国药集团综合软实力，弘扬爱国主义精神，挖掘“国药故事”，宣传好国药集团在疫情防控、深化改革、科技创新和脱贫攻坚中涌现出的先进典型。

驰援武汉　远赴秘鲁
两度逆行　勇往直前为生命护航

2020 年，新冠疫情暴发，冲击中国经济、社会、卫生等多个领域。疫情发生后，曾兵同志认真学习贯彻习近平总书记关于坚决打赢新冠疫情防控人民战争总体战阻击战的指示批示精神以及统筹疫情防控和经济社会发展重要论述精神，全面贯彻党中央决策部署，深刻理解疫情就是命令，防控就是责任，坚持人民至上、生命至上，始终把人民群众的生命安全和身体健康放在第一位，把疫情防控工作作为当前最重要的工作来抓，全面贯彻坚定信心、同舟共济、科学防治、精准施策的要求，发扬伟大抗疫精神，做到守土有责、守土担责、守土尽责，关键时刻挺身而出、英勇奋斗、扎实工作。在三年的抗疫大战大考中，他两度逆行，先后到武汉参加抗击新冠疫情战斗 51 天，又远赴秘鲁执行国药集团新冠灭活疫苗国际Ⅲ期临床研究任务 8 个月，妥善应对各种艰险和挑战，经受住了重重严峻考验。

驰援武汉，入列抗击疫情中央指导组物资保障组

2020 年 2 月 6 日，在武汉抗击疫情的关键时刻，曾兵接受国务院国资委和国药集团委派，奉命逆行抵达湖北省武汉市，入列中央赴湖北等疫情严重地区指导组（以下简称“中央指导组”）物资保障组，随即迅速投入紧张而激烈的疫情防控战斗中。

在国家发展和改革委员会副主任连维良同志、工业和信息化部副部长王江平同志两位组长的直接领导下，曾兵与来自中央有关部委办局和湖北省、武汉市政府各有关部门的同志并肩战斗。

全力以赴，攻坚克难，千方百计协调做好重点医用物资供应保障。

曾兵所在的中央指导组物资保障组的主要任务是研究指导疫情防控所需重点医用物资和生活基础物资的保障工作，协调物资保障工作中需要国家层面帮助解决的问题，指导地方政府抓好企业复工复产、畅通物流、物资调配、稳定物价、社会治安稳定等工作。战斗在疫情防控一线，曾兵收获了深

刻感悟，他曾回忆说："感觉就像打仗一样，特别是我们刚到武汉的那几天，正是战事吃紧的时候，我们早上、中午、下午、晚上都要开会，而且领导对任务落实抓得很紧，早上布置的任务，中午开会时，领导就要听汇报，然后布置新的任务，下午开会再听汇报，如此滚动推进。还有几次，是晚上 8 点开完会之后，12 点再次开会，可见当时的工作强度是相当大的，大家都处于高度紧张的状态。"

每次开完会之后，曾兵和同事们马上就要联系和落实会议布置的任务，通过各个条线去解决问题。对于曾兵来说，在接受中央指导组物资保障组的指令后，主要是依靠国药集团及各子公司，特别是驻鄂企业落实相关事宜。在国药集团董事长、党委书记刘敬桢同志的支持和指导下，曾兵与集团其他领导班子成员、总部有关部门和各子公司以及集团驻鄂企业负责人保持密切沟通，调动国药集团作为中央医药企业的全产业链优势资源，全力支援湖北及武汉疫情防控工作。

在武汉期间，曾兵克服了重重困难，完成了多项艰巨任务。他组织采购、运输、发货、收货，和当地疫情防控指挥部物资部门进行对接，拿到确定的物资配送清单之后，第一时间将物资送到医疗机构。比如，帮助湖北省和武汉市在 3 周的时间内实现了 N95 口罩、医用防护服等医用防护物资从严重短缺到紧张平衡再到充足供应，实现了呼吸机、心电监护仪、"人工肺" ECMO 等医疗救治设备从严重不足到应配尽配，实现了磷酸氯喹、阿奇霉素、阿比多尔等新冠感染重点救治药品从初期的局部短缺到全面的充足库存；同时，他还协调保障中央企业国内外采购捐赠医用物资和医疗设备的快速运抵和调拨配送，在最短的时间内将一份份满载央企人爱心的捐赠物资安全运抵湖北。

"当时，我们也遇到了一系列的挑战。比如，物流方面，武汉封城后，交通管控非常严格，很多社会车辆没有通行证。国药集团组织的车辆，都要逐台办理特殊的通行证，才能参与到运输任务中去。再如，人力资源方面，抗疫的开始阶段正值春节假期，国药集团驻汉企业的员工在封城前有的已离开武汉，要返程很困难，初期坚守在岗员工只有 30% 左右，我们采取了多方面的措施和手段，才让情况逐渐得到改善。"回想起当时的工作历程与重重困难，曾兵总是感慨不已。

经过日夜拼搏、不懈努力，曾兵所在的中央指导组物资保障组在重点医用物资供应保障方面取得了实质成效。

医用防护物资终于实现了从严重短缺到平衡再到充足供应。经曾兵全力协调，由国药集团统一组织运抵武汉的医用防护物资，在这一时期发挥了重要作用。医疗救治设备也实现了从严重不足到应配尽配。他与集团下属公司国药控股、国药器械迅速而密切沟通，充分发挥国药集团作战优势，在最短时间内完成国内外大批量医疗设备采购并火速运抵武汉，并在武汉备有充足库存，为医疗机构医疗救治设备实现应配尽配做出了重要贡献。此外，他积极协调国药控股，及时补充新冠感染重点救治药品库存，并紧急配送到医疗机构，出色完成了物流中心重点药品库存任务。

奋战疫情防控一线，指导国药集团驻鄂企业抓好疫情防控和复工复产。

在武汉期间，曾兵经常到国药控股湖北公司物流中心，看望坚守在一线的员工，实地查看库存，详细了解运营情况，协调加强与中央指导组物资保障组、湖北省及武汉市疫情防控指挥部的工作对接，争取运输通行保障和运力支持、运营资金等支持。他陪同中央指导组领导赴国药集团驻鄂企业调研，深入了解疫情防控所需医用防护物资、医疗设备、药品的仓储库存和物流配送，新冠感染防治中药品种生产以及动物疫苗生产和研发、新冠感染疫苗研发、新冠感染康复者血浆采集制备使用及特异性免疫球蛋白研发等情况，协调解决企业疫情防控及复工复产中遇到的实际困难。

2020 年 3 月 15 至 17 日，曾兵参加专题调研组赴鄂州、黄冈、黄石、咸宁四市，先后组织召开 4 个座谈会，走访了 15 家企业及重点项目，深入了解疫情防控和复工复产情况，认真听取意见建议，对调研中发现的问题当即纠正，对当场能解决或答复的当场协调。对各市下一步推进复工复产提出要求和建议。同事们都说“曾兵是一个说干就干、真抓实干的好干部”。

当时，国药集团治疗性新冠特免血浆制品的临床研究和应用正在武汉市金银潭医院率先开展，为了尽快推进工作，给危重患者带来生的希望，曾兵多次带队前往武汉血浆捐献点调研指导具体工作。新冠特免血浆对于金银潭医院乃至整个武汉、湖北的新冠感染重症患者的康复发挥了关键作用、做出了重要贡献。

在曾兵的全力协调推动下，截至2020年4月4日，国药集团向武汉运送了防护服1075万件，隔离衣575万件，护目镜60万副，手套758万副，口罩2.65亿个，药品1152万盒，还有呼吸机、心电监护仪、连续性血液透析机、空气消毒机等各类临床急需的医疗设备6700余台，派出90多台车，100多名员工，帮助火神山医院、雷神山医院建设药房，承担药房前期的运转工作，并向火神山医院、雷神山医院、金银潭医院提供消杀用品援助。

曾兵在武汉连续奋战了51个日夜，于2020年3月27日随同中央指导组部分成员撤离武汉。在抗疫前线战斗最吃紧的时刻，作为一名央企抗疫先锋，他挺身而出，克服了难以想象的艰难险阻，彰显了中央企业的责任担当，出色完成了艰巨的工作任务，不负重托，为打赢新冠疫情防控"武汉保卫战""湖北保卫战"发挥了重要作用。

曾兵在武汉的抗疫贡献得到了中央指导组的高度肯定，他还收到了中央领导的署名感谢信。

远赴秘鲁，执行新冠灭活疫苗国际Ⅲ期临床试验任务

2020年下半年，随着国内疫情逐步得到有效控制，已不具备开展新冠疫苗Ⅲ期临床试验的条件。为加快推动新冠灭活疫苗研发，国药集团积极开拓新冠疫苗国际临床试验工作。2020年9月1日，为争取新冠疫苗早日面世，造福世界人民，曾兵再次受国药集团党委指派，率领国药秘鲁临床项目团队共计11名队员远赴秘鲁首都利马，执行国药集团新冠灭活疫苗国际Ⅲ期临床试验任务。

一次接种两针，左臂右臂同时各打一针。

从武汉抗疫一线回京后，曾兵又全身心投入到了国药集团新冠疫苗研发的紧张工作中，这项艰巨任务同样是与时间赛跑，同样也是不容有失。

在2020年7月的一次疫苗研发工作推进会上（在那段时间像这样的工作会几乎两三天就会开一次），曾兵再次主动请缨，担当起国药集团新冠灭活疫苗在秘鲁的国际Ⅲ期临床试验重任。

“曾兵，当时你从武汉返京后还在隔离，没有接种到咱们紧急使用的新冠疫苗吧？为了降低感染风险，走之前最好还是要接种疫苗。”国药集团党委书记、董事长刘敬桢在会上就关切地询问曾兵：“但这是要接种两针的，算上间隔时间，距离你们出发也可能来不及了吧？”

“请领导放心，我一定会做好安全防护，也会要求我的组员们做好个人防护，至于接种疫苗，为了缩短时间应对随时出发，我可以一次接种两针，左臂右臂同时各打一针。”为了更好更快地完成任务，使新冠疫苗早日上市护佑人民生命健康，曾兵毫不犹豫，回答十分坚定。这次会议结束后，他在现场同时接种了两针国药新冠疫苗。

曾兵带领团队抵达秘鲁后，与当地合作伙伴通力合作，努力克服严峻的新冠疫情、复杂多变的政局、不同的语言及社会文化、舆论干扰、自然灾害等所带来的巨大风险和重重困难，有序有力推进Ⅲ期临床试验、疫苗供应及注册等各项工作，同时与国药集团、秘鲁外交部、卫健委、药监机构、驻华使馆以及中国驻秘鲁大使馆、驻秘鲁中资企业保持密切沟通，积极争取支持。

疫情肆虐，他重任在肩，保障团队成员零感染。

2020 年 8 月正是秘鲁疫情肆虐之时，团队出发前，从全球疫情报告上看到当地每天新增病例数居高不下，居全球前几位，加上医疗条件差，病死率全球最高。即使是这样的信息摆在眼前，曾兵带领团队成员也面无惧色，毫不退缩，勇毅出征。

除了工作上的各种困难，队员们还面临着个人健康防护方面的巨大挑战。从 2021 年 1 月开始，在当地新一波疫情下，合作的外方团队中不断有人感染。当时曾兵对大家最常说的一句话就是，“我一定要把你们平平安安地带回国内去”。他反复要求大家一定要充分认识到防疫的严峻性，避免思想麻痹、放松警惕。在他的率领下，团队严格遵守防疫规定，无论工作中还是生活中都坚决做好团队和个人防疫。直到平安回国，在境外疫区高危环境下工作的团队成员保持零感染。

与病毒赛跑，他不分昼夜，跑出“中国速度”。

因为时差原因，在秘鲁的每天晚上正是国内的工作时间，忙碌一天后，曾兵作为团队负责人还要参加国内会议、审议事项，参加世卫专家会，研究疫情发展态势和全球疫苗研发进展。他几乎来不及休息，每天清晨依然要跟团队一起前往临床试验现场。他在现场用流利的英语和研究团队积极沟通试验中的难点、问题，协调解决项目遇到的各种困难。

队员们都非常敬佩他冲锋在前、率先垂范的工作风格，更赞叹他的专业观点给研究团队带来很多启发和帮助。队员们经常劝他要保重身体，昼夜连续奋战后应该去补个觉，可他却说："与病毒赛跑不分昼夜，我们要跑出中国速度，尽快将疫苗研发成功，护佑人类生命健康。"

高度重视大力支持，秘鲁总统亲临试验现场。

在曾兵的带领下，国药集团新冠灭活疫苗国际Ⅲ期临床试验在秘鲁科学严谨地开展实施。在秘鲁首都利马开展Ⅲ期临床试验的现场有两个：秘鲁卡耶塔诺－埃雷迪亚大学（Universidad Peruana Cayetano Heredia，UPCH大学）临床研究中心和国立圣马可大学（Universidad Nacional Mayor de San Marcos，UNMSM 大学）校医院。

UPCH 大学和 UNMSM 大学先后于 2020 年 9 月 9 日和 29 日开始Ⅲ期临床试验受试者首批入组。秘鲁时任总统比斯卡拉先后于 2020 年 9 月 11 日和 29 日亲临 UPCH 大学和 UNMSM 大学临床试验现场视察，充分体现了时任秘鲁政府对国药集团新冠疫苗临床试验的高度重视和大力支持。

面对困境，他义无反顾、坚定信心勇往直前。

曾兵带领团队在秘鲁的 8 个月时间里，当时的秘鲁政局动荡，经常遇到民众抗议游行示威，秘鲁官方机构的工作效率也不能有效保证，严重影响了疫苗临床试验的正常推进，面对如此复杂的困境，甚至有队员出现了沮丧情绪。但是曾兵经常给大家打气鼓劲，他说："我们国家没有在海外大规模临床试验的经验，我们目前的工作可以说是开创先河的，遇到各种困难是难免的，大家一定不要气馁，我们一定要努力交出一份满意的答卷。"

2020 年 11 月，志愿者招募工作受秘鲁政局剧变（接连 2 任总统在 1 周内先后遭弹劾或引咎辞职）和民众游行示威的负面影响而大幅放缓。合作机构在招募临床试验志愿者时遇到困难，数量迟迟上不来。面对各方面的困难与挑战，曾兵没有退缩，而是不等不靠，想方设法不断推进工作。他带领团队协调秘鲁合作方研究团队积极发动各种力量、通过各种途径加大志愿者招募工作力度。他亲自带队，冒着感染风险到繁华街区发传单做宣传，在他的带领和努力下，招募工作得到快速改善，最终于 12 月 19 日圆满完成全部受试者招募入组任务。

为了更有效地开展工作，他在团队内建立了明确的任务分工，建立和完善了工作机制，严格试验现场管理和质量控制，密切开展不良事件监测，规范病例监测和病案书写及判定，规范受试者血样的采集处理操作，努力克服冷链要求高、航班不确定等困难，成功安排分批运送血样回国。

密切沟通交流、努力协调推动，国药疫苗供应和注册等工作进入加速阶段，取得突破性进展。

由于新冠灭活疫苗国际Ⅲ期临床试验入组人数多、时间跨度长、受关注程度高，再加上当地疫情波动起伏和政局动荡不稳，在项目开展过程中遇到了一系列紧急突发事件。受到相关舆情的压力，当地合作伙伴 UPCH 大学数次更换研究项目负责人，使临床试验受到严重影响。但是曾兵带领团队始终

团结一致，临危不乱，积极稳妥与多方沟通，一次次妥善处置应对，成功化解了风险。

曾兵充分发挥其医学专业和英文能力所长，组织制订了大量规范性文件，并在现场对外方研究人员进行培训，深入开展沟通交流。

他还带领团队与秘鲁外交部、卫健委及秘鲁药监机构（DIGEMID）就新冠疫苗供应和注册事宜进行密切沟通。经过他的努力协调推动，当地时间2020年11月17日上午，国药集团刘敬桢董事长与秘鲁外交部、卫生部举行高级别会谈，确定了供应秘鲁3800万剂国药新冠疫苗的框架意向。2021年1月，国药疫苗在秘鲁获得进口和使用特殊授权，2月完成2批共100万剂发货。时任秘鲁总统萨加斯蒂和总理维奥莉塔先后到机场迎接。2月9日萨加斯蒂总统代表秘鲁公务员第一位接种国药新冠疫苗，充分体现了对国药疫苗的信任。3月25日至26日秘鲁药监机构对国药集团进行了GMP线上评审。此后，国药集团根据国内国际统筹安排陆续向秘鲁供应新冠疫苗。

克服千难万难，不负使命终获凯旋而还。

在新冠疫情十分严峻的利马坚持工作8个月之后，曾兵于2021年4月30日带领部分队员离开利马回到祖国。在秘鲁奋战期间，他带领团队严格遵守政治纪律、工作纪律、保密纪律和防疫要求，加强团队成员之间的相互关心和沟通交流，确保了全体成员在秘鲁执行任务期间的安全和健康。

在海外奋战不比国内，要应对复杂多变的国际环境，要克服难以预料的困难挑战，但这都没能阻挡曾兵率队开展新冠灭活疫苗国际Ⅲ期临床试验的步伐。他全力以赴推动抗疫国际合作，为国药集团成功研发全球首支新冠疫苗做出了巨大贡献。目前，国药集团新冠疫苗已在119个国家、地区及国际组织获批准入，覆盖196个国别人群，国内外生产供应超过35亿剂，50余位外国国家领导人带头接种，是全球获批国家数最多、供应范围最广、接种量最大、安全性最好、产能最充足的新冠疫苗。国药疫苗造福了多国人民。

对于曾兵而言，两度逆行的难忘经历，让他强烈感受到了祖国稳定团结的政局、安宁祥和的社会和抗击新冠疫情取得的成果与国外复杂多变的政局、动荡纷乱的社会和严峻的新冠疫情之间的鲜明对比。他深刻认识到党中央的坚强领导和正确决策部署是克服困难战胜疫情的根本保证，全国上下万众一心、众志成城是快速反应、有效应对的力量源泉，他也深深地为国药集团在打赢疫情防控总体战阻击战中充分发挥国家队主力军的作用以及为构建人类卫生健康共同体所做的重要贡献而感到骄傲和自豪。他用实际行动践行了自己“医药报国”的初心使命。

满腔热忱　毕生勤勉
两轮挂职　初心不改为祖国奉献

曾兵曾在云南和大连两次赴地方挂职，在挂职期间他充分发挥桥梁纽带作用，积极致力于促进央地合作，为繁荣地方经济、打赢脱贫攻坚战做出突出贡献，也为国药集团在当地的发展开拓了新的空间。

促进央地合作繁荣地方经济

2016 年 3 月，曾兵由中共中央组织部、国务院国资委选派，成为赴西部地区、老工业基地和革命老区挂职干部中的一员，在云南省发展和改革委员会挂职担任党组成员、副主任两年，2018 年 3 月底挂职结束回到北京。

在云南挂职工作期间，曾兵坚持以习近平新时代中国特色社会主义思想和习近平总书记考察云南重要讲话精神为指引，深刻认识决胜全面建成小康社会面临的形势任务，抓重点、补短板、强弱项，为云南省打好精准脱贫、防范化解重大风险、污染防治三大攻坚战贡献了积极力量。

他坚决践行新发展理念，积极贯彻落实省委、省政府的决策部署，围绕省发展改革委的中心工作，团结带领所分管部门和事业单位的干部职工，勤勉尽职，开拓进取，出色完成了各项工作任务。

深入调研改革创新，助推云南省县域经济发展提升。

曾兵累计在云南 63 个县（市、区）开展调研指导，形成了多份专题调研报告供领导参考，组织汇编了 30 个县（市、区）典型材料，编写了《云南省县情手册》。他先后组织制定出台了《中共云南省委云南省人民政府关于进一步加快县域经济发展的意见》《云南省县域经济发展分类考核评价办法》《云南省县域经济 10 强、民营经济 10 强、园区经济 10 强考核评价工作实施方案》，牵头起草了《支持重点县市区率先发展的政策措施》等，不断提升服务县域经济能力和水平。

曾兵充分发挥云南省县域经济发展领导小组统筹协调作用，建立健全上下联动推进工作机制，联合浙江大学组织了云南省县域经济发展专题研修班。他开展县域经济监测分析，做好县域经济考评工作，评选年度全省县域经济发展十强县、先进县和进位县，有力推动了云南省县域经济发展总体实力实现新跨越。

降低实体经济企业成本，促进全省经济平稳运行。

在云南工作期间，曾兵牵头研究制定出台了《云南省降低实体经济企业成本实施细则》，推出了 75 条符合云南省实际的降成本政策举措。

曾兵通过完善上下联动机制、加强政策宣传解读和培训、组织专项督导检查等方式，聚焦政策的关键环节、重点对象、难点问题，发挥云南的电力资源优势，从降低制度性交易成本等 11 个方面入手，有力推动各项政策措施落实落细，超额完成了全省为企业减负的目标任务，位居全国前列，为实体经济企业的轻装前行和全省经济社会健康发展提供了有力支撑。

在支持就业推动增收方面，曾兵持续推进就业创业公共服务设施和服务体系建设，认真督查各地在建就业创业相关项目的进展情况；积极争取到国家发展改革委专项资金 4200 万元，支持普洱市和昭通市公共实训基地建设项目。

2016 年和 2017 年，曾兵先后努力争取到云南省 5 个和 8 个县（市、区）入选国家第二、第三批返乡创业试点工作，并积极开展全省总计 15 个试点县（市、区）的调研指导。他还积极组织全省支持返乡创业试点现场推进会和返乡创业培训班等。同时组织研究出台了《云南省激发重点群体活力推动城乡居民持续增收的实施方案》并推动贯彻落实。

在曾兵的带领下，还取得了《云南省战略性新兴产业发展规划》等一批重大规划编制和《“一带一路”倡议下的云南省全方位对外开放研究》等一批重大课题研究的丰收成果。

脱贫攻坚，他依然奋勇当先。

在云南省挂职期间，曾兵心系群众、深入走访，扎实推动易地扶贫搬迁、定点扶贫和产业扶贫等工作。他全力推动易地扶贫搬迁工作，先后5次深入西双版纳州各易地扶贫搬迁安置点入户走访和现场督导，与各级相关负责人现场交流，更新问题清单，形成督导报告，并要求州、县、乡、村各级干部认真抓好整改落实。

他认真开展“挂包帮”“转走访”活动，先后多次到迪庆州德钦县拖顶乡洛玉村挂钩农户家走访探望，积极在迪庆、大理、楚雄、文山、红河等民族自治州开展中药材产业发展项目对接，探索产业扶贫的有效途径。

发挥优势主动作为，助力云南省生物医药大健康产业发展。

曾兵积极协调推动云南省人民政府与国药集团于2017年5月15日签署《战略合作协议》，并统筹协调合作事项的落实落地。

他大力推动国药中生生物制品产业基地和中国中药控股有限公司中药产业园项目落户滇中新区，总投资超过20亿元，项目建成可填补云南生物制品和现代中药细分领域空白并成为辐射南亚东南亚的生物医药领军企业，为云南增加税收和就业以及产业扶贫做出重要贡献。

曾兵还积极推动国药控股医药健康产业园项目落户滇中新区，打造区域性现代化医药供应链管理中心；协调国药励展于2016年12月在昆明成功举办第76届全国药品交易会，2017年11月在昆明成功举办第78届中国国际医疗器械博览会，共计吸引30万以上客商参会。

他全力支持国药集团成员企业加强与云南省和各州市政府有关部门的沟通联系和开展合作，全力推动促进央地合作，繁荣地方经济。

为党和国家事业奋斗终生

许党报国、赤胆忠诚，曾兵将个人的理想融入党和国家的事业，鞠躬尽瘁、奋斗终生！

一个月内开展22次工作调研。

2022年6月，曾兵再次接受组织委派赴地方挂职，任大连市委常委、市人民政府副市长、市政府党组成员，市委军民融合办（市国防科工办）主任。

到任大连后，为尽快掌握情况，迅速开展工作，曾兵马不停蹄，一心扑到工作上，在短短的一个月内就开展了22次工作调研。

曾兵从到大连工作的第一天起，就全身心地投入工作中。他负责8个方面工作，任务重、跨度大，来到大连后他甚至一次家都没有回，一天也没有休息。

他深入居民家中宣讲防疫政策，了解社情民生，有力推动了大连市60岁以上老年人群新冠疫苗接种，全面抓好新冠疫情防控工作。

在大连工作期间，曾兵积极推动了当地卫生健康事业发展。他经常奔赴现场，实地推进大连医科大学附属第三医院等项目建设；他深入研究，做好退役军人服务保障，推动保障体系建设，助推民生改善；他关心企业发展，帮助解决工业企业员工到岗等实际困难，安排做好"迎峰度夏"保供电工作，推动大连军民融合产业发展，扎实做好产业结构调整；他聚焦国企改革发展，深入研究推动大连国资国企改革重组，积极协调对接中央企业，推动大连国企做强做优做大，为国资央企建设挥洒满腔热血。

2022年7月23日，曾兵在工作调研期间因突发心脏疾病医治无效，在大连逝世……

等退休后一定好好陪你们。

曾兵曾对同事和朋友们表露过，他觉得自己对家庭亏欠太多。成家后，因工作他走南闯北与家人聚少离多，家庭的责任总是妻子在默默承担。特别是近些年，在女儿小学毕业前夕，他却受组织安排去云南挂职；在女儿中考最关键的时期，他义无反顾地随中央指导组奔赴武汉抗疫；为了新冠疫苗临床试验，他奔赴万里之外的秘鲁奋战；在女儿高中学习最关键的时候，他又去了大连挂职，可没想到这次的离别竟成了永别。

在妻子钟琳眼中，曾兵是个有担当、爱操心的好丈夫、好父亲、好女婿，尽管工作繁忙，但他依然牵挂着女儿的学业、老人的身体。"他是一个温和敦厚、乐观豁达、热爱工作、热爱生活的人。他特别疼爱女儿，虽然他平时工作很忙，但只要不出差就会送女儿去上学"，回忆起曾兵，钟琳总是满眼泪光，“他们父女的缘分也很深，他们是同一个属相，同一天生日，他身在秘鲁时没办法和女儿一起庆祝生日，但还是十分挂念女儿，为她发来了祝福视频。他还经常对我说‘等退休后一定好好陪你们’，可是他这次食言了……”

回顾曾兵的一生，他自觉把个人理想融入党和国家事业，是中国共产党的优秀党员，医药健康领域的优秀企业家，地方政府的优秀领导人。他的逝世，使任职地方失去了一位优秀领导，医药战线失去了一位优秀企业家，家人失去了一位挚爱亲人。

曾兵的一生是忠于党、忠于祖国、忠于人民的一生，是尽职尽责、真抓实干、无私奉献的一生，是襟怀坦荡、公道正派、廉洁自律的一生，是关心家人、热爱集体、团结同志的一生，他把毕生精力都奉献给了祖国的事业，奉献给了他工作过的地方和群众。

曾兵的革命精神、优秀品德和良好作风，值得我们不断学习，他的精神激励着所有国药人，为全面建设社会主义现代化国家、实现中华民族伟大复兴的中国梦不懈奋斗。